澈言 · 著

王牌创业者

―风口游戏―

百花洲文艺出版社
BAIHUAZHOU LITERATURE AND ART PRESS

图书在版编目（CIP）数据

王牌创业者：风口游戏 / 澈言著 . —南昌：百花洲
文艺出版社，2017.12
ISBN 978-7-5500-2538-7

Ⅰ.①王… Ⅱ.①澈… Ⅲ.①长篇小说 – 中国 – 当代
Ⅳ.①I247.5

中国版本图书馆CIP数据核字（2017）第291347号

王牌创业者：风口游戏

澈言　著

出 版 人　姚雪雪
责任编辑　袁　蓉
封面设计　仙境设计
出版发行　百花洲文艺出版社
社　　址　南昌市红谷滩区世贸路898号博能中心A座20楼
邮　　编　330038
经　　销　全国新华书店
印　　刷　三河市祥达印刷包装有限公司
开　　本　670mm×970mm　1/16　印张　22.5
版　　次　2018年2月第1版第1次印刷
字　　数　303千字
书　　号　ISBN 978-7-5500-2538-7
定　　价　48.00元

赣版权登字 05-2016-455

邮购联系　0791–86895108
网　　址　http://www.bhzwy.com
图书若有印装错误，影响阅读，可向承印厂联系调换。

序
创业是一件水到渠成的事情
文/陈腾华

澉言是 2011 年加入优雅 100 的，那时我们的经营模式还属于垂直电商平台，计划做家居家纺领域的京东商城，所以内部有个接近二十人的技术团队，负责自有网站系统前、后台的开发和维护。澉言是前端交互工程师，负责网站页面的 UI 设计和页面重构。我后来才意识到，这是一个要求很高的岗位，需要能写代码，还需要能做美工设计。在我看来，这是两个完全相斥的领域，但偏偏澉言能兼顾得很好，这很难得。

当时的他二十岁刚出头，个子不高，长像清秀，看起来像个逃课来工作的高中生。不知道公司里有没有暗恋他的女生，倒是经常有人起哄他和某个女同事怎样怎样，结果不得而知。

和技术部其他的理工男明显不同，他浑身上下散发着文艺气息，也是当时公司里唯一一个自费购买 MacBook Pro 用来工作的员工。他思维敏捷，做事踏实，具有很强的独立思考能力。

所以，当后来我得知他一次次地创业，我一点都不觉得奇怪。

《王牌创业者》写的是年轻的创业企业家的故事，这是我不熟悉的领域。我的第一次（也是唯一一次）创业是在四十岁，也就是现在的优雅电商。在互联网领域，我算是"老人创业"了，但是书中描绘的理工男的生活我倒并不陌生。

我 1995 年从清华大学电子工程系凝聚态物理（也叫电子物理）专业本科毕业，是个非典型的"有知识没文化"（北大同学们的调侃）的清华理工男。因为

1

我的兴趣不在专业，所以毕业前就通过校园招聘加入了远在广州的宝洁公司市场部，当了个卖香皂的舒肤佳品牌助理经理。后来在可口可乐、雀巢、马氏等消费品品牌公司工作过，又经历了在诺基亚、新浪网、当当网等IT领域的历练。在长达十五年的工作之后，我才等来了创业的时机。

所以，我一直不鼓励大学生"努力"去创业，因为这些年的经验告诉我：创业是一件水到渠成的事情。当有一件事情你很喜欢，认为有能力胜任，而且拥有足够的资源去启动它，甚至愿意为这件事情搭上自己的时间和青春——你自然而然会去做的。

而现在，有些人先"决定"创业，再苦思冥想该做什么，这是本末倒置的，出发点就是错的。而在读或刚毕业的大学生，大部分都没有水到渠成的创业想法和能力，踏踏实实找一份工作去充实自己、提升自己，慢慢积累经验才是正路。

在这个故事里，主人公莫飞一开始就被合伙人和投资人共同算计了，想来也是够倒霉。曾经有朋友问过我："企业家坑投资人容易，还是投资人坑企业家容易？"

我觉得都挺容易，毕竟要一门心思坑人——总是有办法的。所以，无论是找创业合作伙伴，还是找投资人或投资对象——最关键是找对人。大家都是成年人，做的都是双向选择，如果到最后被坑了，也只能怪自己遇人不淑、识人不明。

优雅100能经过六七年的时间发展成现在的优雅电商，除了在日常运营中坚持原则和操守，不像书中的角色一样授人以柄之外，最重要的是，我和我的合伙人能够始终互相尊重、认可、忍让、以诚相待。

创业这些年我也遇到了很多困难和曲折，回想一下，如果合伙人不能始终如一，可能公司早就散了。

所以，我也有点经验想跟年轻人分享——如果你跟人合伙创业，那么，有以下两种特征的合伙人坚决不能合作：

1. 斤斤计较。生意场上没有绝对的公平，无论股份占比、职责分担、薪酬设定，还是话语权等，处处都有引发冲突的可能。如果我的合作伙伴是个斤斤计较的人，那在这六年当中，早就爆发一百次核战争了。

2. 过分自负。在长期的合作过程中，最重要的是合伙人的互相信任，而自负的人往往对别人不信任，只相信自己，以自我为中心，这样就很难沟通，经常闹矛盾。

当然，还有很多特征也是需要注意的，只是以上这两种特征有时不容易识别，比如斤斤计较有时会表现为关注细节，而过分自负也常会以超级自信的姿态示人。

另外一个让我觉得有趣的事情是很多创业者的心态——现在很多年轻人创业的目的不是把公司做成赚钱或上市的成功企业，而是做个热闹的样子，希望很快有人收购他的公司。

比如现在很流行的一个说法：要创业，关键看项目是否有能被腾讯收购的可能——他们关于商业模式的构想从一开始就是以被腾讯收购为目标。这也许是个很现实也很无奈的策略，但是我几乎可以肯定地断言：抱着这样的心态，成功的几率是很小的——因为当在创业中遇到了真正的挫折和困难时，这种赚快钱的心理会很容易崩溃，导致产生"实在费劲的话就干脆算了吧……"的念头（毕竟你本来就没想过要破釜沉舟地全身心地投入）。

我亲眼看到了很多这样的失败案例，而且那些创业者都是很聪明的人，可惜大多只是小聪明。所以，想走得更远，有时可能需要你"傻"一些，需要你有"一条道儿走到黑""不见棺材不落泪"的劲头。

看着澈言的小说，我不禁遗憾：我的创业生活怎么没有那么多精彩的故事呢？放下稿子后，我又想了想：幸亏没有故事里的那些情节，否则我的小心脏还真受不了。毕竟平淡的生活才最实在。

写到这里，我不禁抬头看了看办公室里的同事们，我看着他们忙碌的身影，心想：不知道这里面是否还能再出个作家，或者网络红人，或者创业的企业家……

总之，无论你的选择是什么，无论你在经历什么——你可能会成功，也可能会和澈言一样一次次失败，却又一次次重头再来——我都希望一起奋斗过的小伙伴们能有个充实完满的人生，并无愧于心。

（陈腾华：当当网前副总裁，优雅电商（新三板股票代码：836093）现CEO兼创始人。）

序

创业是场马杀鸡

文/颜桥

澈言把这本创业小说的稿子发我，嘱咐一个未曾创业的人给创过N次业的人写篇序，可见其创业屡次失败，是活该的。

如果时光回到20世纪80年代，谈论诗歌、文学，以及音乐，你会觉得那就是一个精神抽屉空着的年代，必须有诗集、小说，或者油印手抄本。那是时代之风尚。只不过一代人有一代人之抽屉文学，你刚把红宝书掏出来，就被创业手册占了位，"占位"、全民创业和互联网+就这样进入你的抽屉。但声称"创业"的人未必"真在创业"，我们遇到太多太多的"假创业者"：

1. 他很有情怀，或者他除了情怀，什么也没有。

2. 他并不在乎创业的结果，或者说，他需要通过向别人展示他在创业来刷存在感。

3. 他被从工业化的流水线上抛出来，重新成为一个自由人，也是一个零余者。

4. 他需要一个庞氏骗局，用一个故事、一堆假数据、一个打鸡血的价值观，让这个流水线继续运转下去，损失转嫁他人。

一个创业者向我描述自己公司未来的前景——产值超十亿，公司塑造出伟大的企业家精神，每位员工都是公司的核心资产，每位员工的薪资过百万。

但，你目前有什么？我可以给你什么？你可以给我什么？显然我是一个扫兴的人。

毕竟人家只是一个微信公众号，这个海口夸得有点儿大。

这是一个秀场，每个人编织自己的梦幻故事，只是为了成功概率更高。尽管成功的概率很微小，但你必须假定那微小的概率是自己。

这是一个赌场，你的筹码就是你的身体、你的大脑、你的劳动力、你拥有的经验资历，这些无形资产正因为是"无形"的，可以被任意包装和夸大。

这是一个幻境，你必须假设自己是VR游戏里的hero，你拥有一切精神力量，你需要的是找到自己的风车，并与之战斗。

显然，小说里描述的创业场景已经成为大部分年轻人的生活。当创业成本边际递减的时候，只要有一个想法，或许就有人给你投钱。

你只需要一个支点，边上就有人给你一根破杆子，你有了新的代号，叫阿基米德。你的梦想是发现"杠杆"，尽管它还是破杆子。但你做了一件伟大的事，你找到了可以"撬起地球的支点"，尽管那就是一块破垫脚石。

随着故事传播，你有了赞助商，有了自己的破浴缸，尽管你晚上和很多妞儿泡鸳鸯浴，但你的宣传照片里，都眉头紧锁。你享受孤独，声称孤独的思考让你发现了"浮力"，你拥有了"情怀"，尽管浴缸是别人送的，尽管所有的东西都是道具，但你是全天候的专业影帝。

这就是粗糙的创业比喻，道具可能是人家赋予你的，你得硬着头皮演下去，这也是小说的开始。

本书的男主莫飞，在大三时就创立了二手物品交易平台——闲置网，并以此得到了融资，创立了天创科技公司。可是，就在B轮四千万融资的发布会上，他的技术合伙人——天创科技的CTO彭剑，以及他的投资人——滕佳创投的老板吴明，联手陷害他，导致他失去了自己一手创立的公司。故事就是你周围的事，你所听到的，就是你身边张三李四对你说过的——他创业了，他开始了一场伟大瑰丽的冒险。

这部小说写的鸡飞狗跳的世界是无限嵌套的，故事远远不如生活和现实狗血。

当有人说自己在创业了，他可能处于以下场景：

1. 天堂；2. 地狱；3. 精神病医院；4. 骗子传销公司；5. 太虚幻境。

一个创业者可能随时在无限场景里自由切换。

一个午夜给我打咨询电话的创业者说，他要做面膜界的"小米"，打破中间环节的利润垄断，打通消费者和生产者的壁垒。更重要的是，它将成为最富有生命力的故事电商平台，同时产生知识交易的附加值。

我的脑子转得很慢，最后只总结出四个字：面膜直销。

可能，所有创业故事的迷人之处就在于此，当你遇到贩卖梦想的人，先不要急着冷笑。可能，敢想并不是一件坏事。在赌场里，一切都是你的筹码，你需要用这个筹码去赌一个未来。

在虚与实之间，如何找到自己的筹码，才是关键。

我们这一代，将有越来越多的人进入这个"赌场"。很可贵的是，现在有这样一个身经百战的"赌徒"告诉你一个精彩、有画面感的故事，它甚至就是作者亲身经历的创业故事，它比任何理论都有说服力。

创业是一场无尽的零和游戏，但有时它并不是守恒的，你失去的未必增加到别人那里。也许所有在创业里失去的，都将成为这个小说的一部分。

（颜桥：资深媒体创意人，专栏作家，新浪读书频道"新浪好书榜"评选人。）

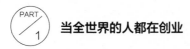

当全世界的人都在创业

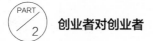

创业者对创业者

PART 3　游戏只有序幕，没有终章

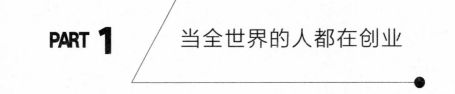

PART 1 当全世界的人都在创业

如何扳倒一位优秀的创业公司CEO?

1

起风了，他看看窗外，风卷着沙尘狠狠砸向二十二楼的玻璃窗。三环路上的车流依然如梭，两旁林立的大厦高耸入云。在这样的雾霾天，所有景物都好像蒙上了层灰纱，除了昏黄的车灯，什么都看不真切。

从这里跳下去会怎样？摔得死吗？

他曾经听一个朋友讲过，自杀的人最忌讳的就是杀不死自己。

如果从这里跳下，摔在地上肝胆俱裂，却留有最后一口气，导致后半生都不能自理，只能活成一个笑话。到那时候，新闻媒体会怎么报道？《少年CEO创业失败，纵身一跃惜成残疾》——不行不行，太窝囊了。他摇摇头，松了下上衣领口，才发觉汗水已经浸湿了衣衫。夏末的天气依然闷热，他调下空调旋钮。等了半分钟，并没有感受到一丝凉意，才发现，酒店已经停掉了会场的空调。

"真是兔死狗烹，连冷气都舍不得给我开了。"他喃喃自语道，"那两个家伙在做什么呢？是不是在算自己手里的股份值多少钱？哼，一群王八蛋。"他边骂着，边把视线收回屋内——脚下的纯羊毛地毯纹路复杂，却又不失淡雅；身旁的墙面雕刻着龙飞凤舞的鎏金图案；他抬头看看，天花板上排列着数盏通体晶莹的水晶灯，闪烁着让他目眩神迷的斑斓光芒，那每一束光里，都折射出大都市里关于欲望和权利无尽的纷争。

如此豪华的会场，本该是他今天表演的舞台，如果没有早上那场意外的话，此刻或许会是他二十六年人生中最光辉的时刻。他该像乔布斯一样，穿着朴素的牛仔裤和黑T恤，在演讲台上挥斥方遒，以天创科技CEO的身份，高谈阔论自己的经商之道；在镁光灯下，接受纷至沓来的财经专访。他会老成地在镜头面前，跟记者侃侃而谈商业理想和远大抱负，迎接着一轮又一轮的鲜花、掌声和赞誉。

但是此刻，这个少年得志的企业家，却一个人孤零零地站在这里——考虑如何去死。

2

大学没毕业，莫飞就和朋友一起创立了二手交易平台：闲置网。本来只是挂在校园论坛上的一个附属功能，谁知几个月内，发展速度异常迅猛，流量经常爆满。商业嗅觉极强的他，立即独立运营闲置网。不到一个月的时间，用户就突破了百万。这百万的种子用户为他带来了第一笔天使轮融资，帮助他招兵买马，成立了天创科技。半年后，他又拿到了滕佳创投一千万人民币的A轮融资。当年二十三岁的莫飞，也成了大学生心目中的创业楷模。

时至今日，闲置网已被评为年轻人群体最喜欢的二手易物网站，注册用户超一千万，次日留存55%，订单月增长率超过100%，平台月流水一千万。而由他一手创立的天创科技，也成了最被投资人看好的科技公司之一。

用他的创业好搭档彭剑的话说："这年头，要是哪个年轻人没在闲置网上卖过东西，那他一定不会过日子。"

而令莫飞万万没想到的是，正是这位昔日的好友、天创科技的CTO，在今天，亲自把他踢出了公司。

早上十点，将召开天创科技旗下产品闲置网2.0的发布会。在这次活动中，不但要发布新版本新产品，还要宣布由滕佳创投继续投资的B轮四千万人民币融资启动的消息，一旦这笔融资到位，闲置网就能继续在二手电商领域开疆拓土，抢占更多的市场份额。

就在他意气风发准备上台演讲时，彭剑却忽然把他拽到了后台。他扫了眼这间屋子：墙角堆些空箱子，中间摆了一张脏兮兮的茶几，旁边凌乱地倒着几把椅子。他的对面，站着他的投资人——滕佳创投的老总吴明。吴明并没有跟莫飞打招呼，只是在窗前低着头默默地抽着烟。莫飞看了看彭剑，又望了望吴明，不懂这唱的是哪出戏，他只好问彭剑："你干吗呢？发布会马上就要开始了，可别耽误我上台了，今儿来了不少大媒体。"

他的这位少言寡语的好搭档并没有搭话，只是静静地指了指桌上的一份文件。莫飞拿了起来，这是一份简短的文件：

股权转让协议书

因公司业务发展需要，原天创科技创始人莫飞不再担任CEO一职，由原CTO彭剑暂任，莫飞自愿将手中所持有的天创科技的全部股份无偿转让给滕佳创投。

文件下方已经盖好了天创科技和滕佳创投的公章，还附着一份厚厚的《股东决议书》，其他几位没到场的股东们都已签好了字。看来此刻的这一切是早有准备的。

莫飞翻着这摞文件，看了很久后才反应过来。

"什么意思？"他望向二人，"这是在跟我开玩笑吗？"

"谁……谁跟你开玩笑了？"彭剑给自己鼓了鼓气，他反问，"你说，咱俩认识这么些年了，你有见过我跟你玩笑吗？"想了下，他又提高了分贝，"莫飞，你不适合再继续管理这家公司了。你已经当了三年的CEO了，该挪挪屁股了，给别人点儿机会吧。"

"让我挪屁股？"莫飞不解，"挪到哪儿？凭什么？"

彭剑并没有告诉莫飞应该把屁股挪到哪个位置，他只从兜里掏出来一张银行对账单，按在了莫飞面前的桌子上。

莫飞看了眼对账单，不动声色："你什么意思？这钱可是你让我转的。"

"我让你转的？"彭剑激动起来，"我辛辛苦苦地跟你干了三年，每月才拿八千的工资，我会让你从公司户头转五十万到你自己的腰包？我傻吗？"

莫飞终于遏制不住心头的怒气，指着彭剑的鼻子吼了起来："彭剑！这笔钱是怎么回事，你比谁都清楚！"

3

今年春节，莫飞去女友林姿的老家做客。她的家在江苏宿迁郊区的一个小村子里，住的平房一看就有些年头了。林姿的舅舅舅妈住在她家隔壁，经常帮忙照料她母亲的生活。一家人的日子过得实属不易。

吃晚饭时，舅舅给莫飞倒了杯酒，他打开了深聊的话匣："听林姿说你在北京开公司，是做什么的？"

莫飞起身谢过舅舅，端着酒杯抿了一口。南方的白酒口感绵甜，不似北方那样炽烈，让他回味无穷。"也不是什么大生意，就是做电子商务的，淘宝您知道吧？跟那个差不多。"

"淘宝？淘宝我们当然知道了。你别看咱这地方偏，快递可是天天来。"然后舅舅一拉自己的袖子，露出一块金表，举着给莫飞看，"你瞅瞅，这就是我儿子从网上买的手表，劳力士。人都说这金表贵，好几万，我儿说啊，他一万块钱就买了。"说着，他把表摘下来，递给莫飞，"舅舅第一次见你，也没啥像样的礼物，这块表，就当是给你的见面礼了。"

莫飞吓了一跳，忙推脱："那可不行。这么贵重的东西，我怎么能要呢？更何况，我这来得匆忙，两手空空，都没准备什么，怎么还能拿您的东西呢？"

说话间隙，莫飞低头看了眼那块表，哪是什么劳力士，分明写着"劳力土"。他捏了下表壳，铜的，外面镀了一层金漆——这种漆还不能经常摸，指甲一抠就掉——表盘上镶了一圈水晶石，大小尺寸各异，闪着廉价九块九包邮的光芒。

舅舅又给自己倒了一杯酒，继续吹牛："没事，送你的就收着，咱啊，不缺这点儿钱。"

莫飞见逃脱不过，只好收下，心想着反正不值什么钱，回头也找块假表回赠他就行了，但面上却装作如获至宝的样子，连声感谢："以后舅舅您需要什么，也只管告诉我，俗话说女婿能顶半个儿，往后，我就是您的亲外甥！"

这话深得舅舅心意，他看到自己拿一块假表就换来一个有钱的外甥，乐得合不拢嘴，但他仍不忘向莫飞显摆他的学识："电子商务啊，可真是个好东西，就说咱们宿迁，不就出了个大老板嘛，叫……刘……刘大……刘大什么来着。"

舅妈赶紧接话："什么刘大，你都没看新闻联播吗？不是刘大，是刘强……"她补充道，可惜她也只想起来一个"强"字，接着又卡壳了，"刘强……刘强什么来着？"

"是刘强东，舅妈。"林姿补充道——谢天谢地，终于完成了这道填空题。

舅舅端着酒杯豁然开朗："对，对，是刘强东，那就是咱们宿迁的孩子，你看，现在在北京生意搞得多大，做了一个网站，叫什么来着……"舅舅又一次卡壳了，他想了一会儿，又一次茅塞顿开，"哦，叫东京网！"

"是京东网，舅舅。"林姿又修改了道错题。

舅舅自罚了一杯酒后，困惑地挠了挠头："我就说嘛，为啥在北京办的网站要叫东京网——那这个京东又是甚意思？"

莫飞抢答了这道送分题："舅舅，这个京东网啊，是刘强东在他和他老婆名字里各取了一个字组成的。不过，他们已经离婚了。"

他刚说完这句话，林姿就在饭桌下踢了他一脚，莫飞这才察觉，他说了不该说的话。

林姿的母亲刚离了婚，丈夫跟村头一个开小卖部的女人去外地进货，一去就是一年多，浪够了之后，竟是带着一张离婚协议书回的家。

进家门之前，林姿特意跟莫飞强调，什么都能聊，就是不能提"离婚"两个字。

此刻莫飞一脸尴尬，不知该如何圆场，怨只怨自己喝多了口无遮拦。众人集体无声，空气都安静了。过了一会儿，林姿妈妈起身说："你们吃，我再去烧两个菜。"然后她离开了桌子，从背影看去，仿佛是在擦眼泪。

又过了会儿，舅舅率先打破了沉默。他虽是在帮莫飞救场，但却是对着林姿在讲："林姿啊，既然小飞也说了，是我的亲外甥，是吧？那舅舅也就不讲两家话了。"他给莫飞倒了杯酒，继续说道，"咱们村的人，现在都在往城里走，那儿发展好，也繁华，听说今年的新楼盘还能供暖，舅舅琢磨着跟你娘一起搬到城里去，房子都看好了。"

他想了下，继续补充道："眼看你弟弟也要上初中了，城里的学校也好。我姐年龄大了，你们娃又不在跟前，也得有人照顾。"

这段话倒是杀了莫飞和林姿一个措手不及，来之前完全没料想到会凭空多出这么一档子事，俩人面面相觑，不知该从哪个角度接这个话。

莫飞只好附和着说："是啊，舅舅，您说得对，阿姨年龄也大了，咱们也确实应该考虑换一个好点儿的生活环境。"

舅舅一口闷了整杯的白酒，像是在给自己壮胆，接着说："是啊，我们就寻思着一步到位，换个大点儿的房，这样以后咱两家人能在一块儿过……我们在宿城新区看了一个房，二百平方米的四室两厅，很宽敞。你舅妈托了她的一个老同学的关系，能给优惠，三千五一平方米……舅舅这儿有二十万，这也是我们家全部的钱了。你妈没什么钱，你也知道，你爸走时把家里值钱的东西都拿走了……本来我们是想着再借一借，凑个首付，往后咱慢慢还，但是……"

说到这里，舅舅意味深长地看了一眼莫飞。

房间里迎来了又一次的集体沉默。

莫飞捏着酒杯，脑子里飞快地进行着数学运算："单价三千五……二百平方米……算下来共计七十万……减去舅舅的二十万……还需要……"思考了半分钟后，他终于发觉自己要撑住这个场面，于是，他也给自己灌了杯酒，喝完后，他清了清嗓子，说："好，舅舅，这钱，我来出！"

4

从宿迁回来之后，莫飞就一直在责怪自己不应该趁着酒劲儿装腕儿。虽说他是公司老板，但天创科技还远没到盈利阶段，钱都是股东的，每一分钱投资人都做了周密的预算，自己每月也只拿八千块钱的工资。真说存款，自己可能有个三五万，但在五十万面前，那只是杯水车薪。

但既然牛都吹出来了，那铁定不能赖账，否则以后还怎么在林家做人，毕竟自己还拿了人家舅舅的金表——"劳力士"。

万般无奈下，他只好找彭剑商议。这也是他创业后养成的习惯，凡是生活里遇到点儿波折，大到公司发展规划，小到他跟林姿吵架拌嘴，他首先想到的倾诉对象，总是这个跟自己携手并进的好兄弟。

彭剑一听，二话没说，当时就提议莫飞从公司户头里转这笔钱，他说："咱们B轮融资已经上马，滕佳那边也谈得差不多了，这次还是他们领投，都是合作过的老朋友了，出不了什么岔子。你先从公司账户支五十万，做成差旅费，等B轮到账了，再想办法把窟窿补上。"彭剑给莫飞吃下定心丸，"要是股东们查起来，你咬死了差旅费就行，没人在乎这点儿钱的。"

"毕竟，你才是这家公司的老板。"最后，彭剑这样总结道。

此刻，莫飞看着这张对账单，回想着彭剑当初的话，才清楚了这早有预谋的一切。冷静下来后，他笑笑："彭剑，你不会只凭这一纸对账单，就想把我搞趴下吧？"

"莫总，除了这对账单的事……"一直闷头抽烟的吴明忽然开了口，他按灭了烟蒂，说，"你就不想跟我聊聊，你跟龙金资本的小秘密吗？"

虽然心里清楚他说的是什么，但莫飞仍装作听不懂的样子，他摸了摸后脑勺："龙金资本？跟他们又有什么关系？"

"你再好好想想，跟他们到底有什么关系。"

几个月前，在天创科技跟滕佳创投接洽 B 轮融资时，龙金资本就一直追着屁股竞价。刚开始，吴明的滕佳创投只打算给一千万，于是龙金就开到了一千五百万。因滕佳是上一轮的投资方，所以拥有同样价位的优先投资权，于是只好加到一千五百万。可当滕佳刚涨完价，龙金竟然又开到了一千八百万，滕佳没办法，只好又跟着涨。双方就这样你来我往，几轮竞价之后，数字就翻到了惊人的四千万。

"我之前就一直在纳闷儿，龙金为什么对天创科技这么感兴趣，毕竟他们这些年一直在布局移动社交，很少染指电子商务。"吴明慢慢走近莫飞，表情也变得有些冷峻，"原来这一切，都是你从中作梗。"

虽然明知早晚要被他识破，但事到如今，莫飞也只好继续装傻："这个……吴总，我还是不太懂您的意思。"

"看来，你这是不见棺材不落泪啊。"吴明说着，拿出手机，翻开了一组相册——那是一张张电子邮件截图，详细记录了莫飞跟龙金资本联手商议如何抬价的全过程。

"要是没有彭剑给的这些资料，我还真不可能知道，你竟然背着我搞这种手段。"吴明瞪向莫飞，"你竟然以闲置网嵌入龙金投资的一聊SDK①做筹码，让龙金配合你演戏抬价，就为了让滕佳入局多砸钱给你。你疯了吗?"

莫飞没有说话，他明白这件事的严重性。

在闲置网App中，用户的聊天功能是基于彭剑技术团队开发的IM②模块，但这个模块稳定性很差，经常丢包，并发用户多就会卡顿，还极其消耗服务器资源。而龙金投资的一聊SDK是业界功能最全的在线聊天服务系统，功能全面，系统稳定，只要嵌入几行代码，就可以把IM功能交由他们托管，不但稳定性大增，还能省去一大笔额外的运维开支。

虽说龙金资本跟滕佳创投这两家公司多年来一直不怎么对付，但莫飞有信心在年底财报时拿出漂亮的数字来补这个窟窿。但此刻，计划被当场揭穿，他有点儿下不来台。

吴明继续责怪莫飞道："闲置网的重要资产不只是商业流水，还有用户！用户！用户！我这么说你能明白吗?"他挥着手，拍着桌子，嗓门越来越高，"我宁可你们花大价钱高成本去维护好IM，也不允许你们使用龙金的SDK。如果所有的用户数据都走第三方，你知道会泄露多少用户信息和商业机密吗?"

"这没问题的，吴总，我们可以在传输过程中对数据进行加密。"莫飞开始给自己找台阶。

"加密？你还有心思跟我谈加密？你先完善闲置网，再谈数据加密吧！你们

---

① SDK, Software Development Kit，软件开发工具包，由第三方服务商提供的实现软件产品某项功能的工具包。例如，文中一聊SDK就是给其他软件提供聊天功能支持的公司，当某个软件嵌入了一聊的SDK，就可以轻松地在软件内实现聊天功能。

② IM, Instant Messaging，即时通讯，提供两人或多人使用互联网时即时传递文字信息、文件、语音与视频交流的功能。

现在的系统简直就是个充满漏洞的破烂货！"

"破烂货？破烂货也是他彭剑一手造成的！"莫飞试图把火引到彭剑身上，"要不是他不务正业，整天一门心思地搞什么人工智能，平台至于进展得这么慢吗？"

听到莫飞的指责，彭剑也变了脸色，他气愤道："你怪我不务正业？怎么不说你自己整天在办公室里动什么政治心思？要不是我偷取了你电脑里的文件，我都不敢想象，你竟然背着我搞这种手段！"他激动地拽起了莫飞的衣领，"你竟然想在资金到位后，跟股东们建议限制我的表决权？生意才做到B轮而已，这么快就想清我的场，未免太心急了吧?！"

莫飞干张着嘴巴，涨红着脸，却说不出一个字。

没错，他是在公司规划里写到了这一点，但他知道这项措施会刺激到彭剑，所以一直没想清楚应如何操作。他按着彭剑的肩膀，试图为自己找补几句："彭剑，你听我解释，我只是想暂时限制你的表决权而已，因为……因为我知道，你一直想做人工智能。那个想法虽然不错，我也认可，但是太烧钱了。我们账面上的资金不允许往那个方向上走，现在时机不合适……"

这番解释显然没能让彭剑满意，他打断了莫飞："你上一句话还说我做人工智能是不务正业，现在又说我想法不错，只是时机不对……自从你当上CEO之后，满嘴全是谎话，跑的全是火车，一门心思算计，我都分不清你现在说话到底哪句真哪句假。而且你说万劫不复，真正让公司万劫不复的是你才对。"彭剑说着，打开了台笔记本电脑，"我之前多次跟你强调，为卖家垫付货款的行为风险太大，那么多钱堆在用户账户里，如果集中提现，你有想过，我们的资金链会出现多大的危机吗？"

"所以才限制提现到账时间为七十二小时，这样就能为资金的流转提供充足的时间。"莫飞解释。

"说这些都没用了。"彭剑指着电脑屏幕上的一行代码，"早上我修改了配置文件，已经把提现的时间……"他犹豫了下，又说，"我已经把提现的时间缩短成两小时内即时到账了。"

莫飞彻底蒙了。

开发布会之前，他大概算过，公司账面上的钱还剩下不到二百万，这些钱包括未来三个月的员工工资和下半年的水电物业，平台里用户的交易资金从来没有进行过第三方托管，直接走的公司户头，而以现在闲置网几千万的用户基数看，哪怕每人提现一块钱，光银行的手续费就足以分分钟拖垮公司。

"你疯了吗？这网站是咱们两个人的心血！"

"咱们两个人的心血？"彭剑苦笑了声，"去年你说这话我可能还信，但现在……我看，只是你莫CEO一个人的江山吧！"

他狠狠地瞪着莫飞，眼睛里充满怨恨的血丝。

"这么多年，你只把我当作一个写代码的小弟，什么时候真把我当公司的合伙人看待过?!"

吴明没耐心听两人再吵下去了，他拿起桌上的一支笔，递到莫飞面前："别磨叽了，莫飞，签吧，签完后我保证投资款今天就能到位，否则……"他下了最后的通牒，"否则，股东们会以挪用公款的罪名起诉你，下周的这个时候，你会在公安局里听到你公司破产的消息。"

莫飞接过笔，久久说不出一句话，只觉得这支笔异常沉重。以前，他在纸上写下自己的名字时，都标志着他又一次的成功；而今天，他每写下一笔一画，都如同在心头挖洞般刻骨铭心。

这些年，他一直自傲地认为自己无坚不摧，未尝一败。

但此刻，他迎来了人生的第一次失败。

而且败得极其彻底——倾家荡产。

是什么导致创业合伙人的分裂?

1

莫飞在会议室呆坐了六个小时，静静地反思着自己所忽略的全部细节，但他仍不知电脑里的资料是如何泄露的，也搞不明白他们是从哪儿弄来的那些邮件。他说不清楚这俩人从何时开始谋划这一切的，更不敢相信这个昔日的挚友，如今会对自己下如此重的死手。

发布会早已结束，彭剑代替他完成了今天的演讲。讲的什么莫飞毫不关心，因为那已经跟自己全然无关了。针对今天的局面，彭剑肯定已经做了万全的准备。

如果自己不死，那接下来将要面对的，定是一幕又一幕凄惨的人走茶凉。

他刚感叹完世态炎凉和人情冷漠，电梯门忽然开了，有个人如阵风似的从里面冲了出来。他背着个双肩包，身材壮硕，皮肤黝黑，脑袋又圆又大，边跑边复读莫飞的名字："莫……莫……莫……莫……莫莫莫莫莫飞!"说完，便紧紧地抱住了莫飞的肩膀。

莫飞被他勒得透不过气，忙拍了拍他的背："大壮，快松手，我要被你勒挂了。"

田大壮赶忙松开了手："我……我的天，你……你可把我……我……我……吓死我了，我……我……我从中午就……就……就一直在给你打……打……打……电话。"说完，他席地而坐，从背后的包里掏出一瓶水，递给了莫飞。

"你这一着急就结巴的毛病就不能改一改?"莫飞嘟囔了句，打开水咕咚咕咚地喝了起来。喝完，他躺在了地毯上，两眼直勾勾地盯着天花板的一角，那里不知何时冒出一只在结网的蜘蛛,它爬得很慢,但网却织得很快。莫飞看着那张密密麻麻的网,想到自己或许就是网中的猎物,他叹了口气:"大壮,你是看了新闻才过来找我的吧?"

田大壮摇了摇头:"没……没有,我今儿太……太忙了,饭店事……太……太多。是威哥给……给我打的电话,他在上……上海出差,回不来。我找了你大……大半天,去了你家和你……你公司,后来胡威说你可能还在发……啊……发布会……会场,我才……才来这儿……找……找你了。"

"这家伙,远在上海还料事如神,真有点儿'诸葛亮未出茅庐便知三分天下'的意思。"莫飞感慨了下,又故作平和地说,"没事大壮,你看,我现在不是还活得好好的嘛,活蹦乱跳的。"

他的出现,让莫飞觉得心里暖洋洋的。他知道,田大壮在饭店帮工,待遇一般,请次假至少要被扣五十块钱,日子过得很艰难。而胡威……莫飞不由得心里惊了一声:"这家伙是不是早已经算到我会有今天?"

"威哥说他得下……下周才能回……回来。"田大壮说着也躺在了地上,"我啊……我……我虽然搞不清你们公司的……的事,但我也知道你……啊……你被人……人坑……坑了。"

"看来,这家伙确实已经把一切都看透了啊。"莫飞看着天花板,又长长地舒了一口气。

在地上躺了半小时后,莫飞忽然站了起来,他舒展了下筋骨,打算振作精神,去找点儿东西吃。事已至此,他也只好认命,但他要弄清今天所发生的这一切,因为只有弄清了这一切,他才能想明白一件事——如何夺回今天被他们抢走的一切。

莫飞走下楼,漫无目的地四处走着,但是田大壮仍旧不放心他,狗皮膏药一样跟在他屁股后面。

于是，在糟糕的雾霾天里，他们竟然走了十几公里。以前创业的时候，林姿就经常提醒他锻炼，说人每天要走一万步才健康。他看了下手里的 Apple Watch，不知不觉中，他竟然带着田大壮走了十万步了，看来今天超额完成了接下来九天的任务了，他想，之后的几天可以好好在公司加班工作了。

恍惚间，他又如梦初醒般地感叹道："莫飞啊莫飞，你在今天早上已经失去了CEO的职位，从此以后，你都不用再去那家公司上班了。"

想到这里，他只觉得心里更不是滋味。他站在大街上，木讷地望着眼前看似繁华的一切，觉得这个大都市在雾霾的遮蔽下越来越难以看清了。

所有的事情都如同人心一般扑朔迷离。

走到银河SOHO的时候，莫飞打算上去转一转。

潘石屹盖的这几栋楼里，他最喜欢这栋楼的设计，极有未来感。他曾经计划着，如果B轮融资顺利，就把公司搬到这里，他偷偷地连户型都看好了。如果B轮融资顺利……他又一次晃了晃脑袋，让自己别再想这些事情了。他以前甚至幻想过有朝一日能有幢属于他自己的办公楼，但今天过后，曾经萌发的可以触摸未来的小芽，统统变成了黄粱美梦般的昙花一现。

但他依然打算上去，因为林姿的公司在这里。那家公司是做女性电商的，创始人是一位海外归来、背景极佳的80后，不但能经营公司，还很会自我营销，带有他肖像的宣传片轰炸了这座城市的大街小巷。莫飞甚至有时候也幻想着自己有朝一日能出现在大屏幕里，如他一样摆着造型高喊：我为自己代言。

他俩从电梯出来，穿过长长的走廊，一个前台的小姑娘正对着镜子补妆，看见莫飞他们，连忙收起小镜子问："您二位找谁?"

"您好，我找林姿，麻烦您帮我叫一下。"说完，他就后悔了，因为林姿只是海外运营部的一名普通职员，这家公司有二百多名员工，眼前这个小姑娘未必会记得住一名普通职员的名字。

谁知她竟然认识，她反问："你说的是那个做海外直邮货品翻译的林姿吧，不是早就离职了吗?"说着她又拿起了小镜子，旁若无人地看了眼镜子中的自己，"还是我帮她办的离职手续呢。"

莫飞怀疑自己听错了："你确定是海外运营部的林姿?"

"确定啊，我们公司叫这名字的人就她一个。"然后她看向另一个女孩，"那女的英语挺不错的，对吧?"

"对，对，英……英语好。"田大壮忙插嘴，"什……什么时候的事……事啊? 因……因为啥?"

一个来取快递的女孩搭了句话："你问林姿啊? 心气傲，不服管呗。那天她的运营方案没通过，领导训了她两句，说她工作不用心，两个人当时就吵起来了，事闹得特别大。然后她自己就主动离职了。"她沉思了一下，"唔，好像都过去小半个月了吧?"

小半个月了? 莫飞带着满腔疑问自顾自地走回电梯间，开始给林姿打电话。电话响了一声就接通了："你……在哪儿呢，晚上咱们在外面吃吧?"

她在电话那头轻松答道："哦，好啊，亲爱的，我还没下班呢，现在在忙，咱们晚点儿见吧。地点嘛……还在我公司楼下的那家金鼎轩吧?"

"我……"莫飞迟疑了下，他扭头看了一眼公司的前台，那女孩仍旁若无人地在照镜子，他喉结动了一动，"我跟大壮刚从你公司出来，现在就在楼下。"

电话"嗡"的一声就断了。

再打过去，提示已无法接通。

莫飞一头雾水，今天发生的事情太多了，每一桩都让他摸不着头脑，他听着忙音，渐渐地陷入了沉思："这半个多月，她瞒着自己干什么去了?"莫飞不清楚，虽然林姿向来是一个性格独立的女孩，但毕竟离职这么大的事情，她理应跟自己知会一声。

"这事跟彭剑有关吗？"

莫飞被自己的这个想法吓了一跳，他已经不敢再往深想了。

<h2 style="text-align:center">2</h2>

建国门外大街的京伦饭店六楼有家极负盛名的日本餐厅，以关西料理为主，虽然菜式清淡，却都有浓浓的海鲜味儿。尽管价格不菲，但慕名而来的人依然络绎不绝。

为了这顿饭，彭剑提前两个小时来等位。此刻刚刚坐下，他就焦躁地看表，暗自咒骂着那个赴宴的人又迟到。

以彭剑的收入，在这儿吃上一顿饭怕是要肉疼好几天，何况他也不喜欢吃海鲜，更别提日料。若不是那个曾经在日本留过学的家伙非约在这里，打死他也不来这地方受罪。

更重要的是，他现在根本就没心思吃饭，眼下还有一大摊子事等着解决——当务之急就是要把公司里莫飞的余孽都清理出去。

中午从发布会场馆出来，彭剑就直奔公司，他需要趁热打铁，先把自己CEO的位置坐实了。可是，等到他真坐在莫飞的办公室里时，却说不出的不自在。他四下看了看，觉得这里到处都有莫飞的影子。

坦白讲，彭剑在一年前还没有动过"谋反"的心思，要不是那天他一时好奇，用一个U盘偷看了莫飞的电脑，或许，他永远都不会把事情做到今天这个地步。他并不认为自己是个冷酷无情的人，今天的局面只是迫不得已地先下手为强。如果他不动手，待到B轮融资到位之后，莫飞便会随便找个由头稀释掉自己的权利和股份，并把他赶出公司。

天创科技虽然公司名头带"科技"二字，实际上却是以销售为主营业务的电商公司。在这样结构的公司里，技术部虽不可或缺，但并不是核心部门。谁能提高现金流带来回款，谁才有话语权。这也就证明他这个CTO有名无实。说白了，无非就是一个码农带着一帮码农，闷头给莫飞干活儿罢了。

今年年初，彭剑利用业余时间和技术部的几个同事在公司加班，鼓捣他的人工智能。算法刚刚有一点儿进展，他就兴奋地向莫飞展示项目的可行性，结果遭到莫飞劈头盖脸的一顿臭骂："我给你和你们技术部发工资，是让你们搭建闲置网的，谁允许你们私下里搞这么无聊的东西了？"

"我给你和你们技术部发工资"这句话深深地刻进了彭剑的脑海里。他很想问问莫飞，在说这话的时候，是否已忘记了曾经两个人一起拿着BP①找融资却四处碰壁的时光？

莫飞刚开始做闲置网时，彭剑已经大学辍学，窝在家里靠给人做网站为生。那时莫飞缺一个技术合伙人，于是就来找彭剑帮忙。两人窝在一间不足十平方米的小房子里，完成了产品初期架构，也是靠着这个原型，才拿到了第一笔融资。

在创业之前，他和莫飞是多年的朋友；可是在创业之后，他们对外是搭档，对内，却是对手。

真正导致矛盾爆发的还是之前发生的那场事故。

半年前，彭剑的弟弟在宁波的棉花工厂里被轧花机碾断了手臂，治病几乎花光了他们家的全部积蓄，而第二次手术还需要十多万的手术费，如不能及时进行第二次手术，依然要面临截肢的风险。他无可奈何，只好求助莫飞，想从公司账户上预支十万给自己。谁知莫飞先是装模作样地表示关怀心痛，但又一脸正气地遗憾表示这不合规矩："公司的钱，谁也没办法挪作私用。"最终，莫飞也只是给

---

① BP，Business Plan，商业计划书，向投资人介绍企业经营状况，或创业项目的发展方向、盈利目标、想象空间及商业计划，目的在于获得融资或合作。

彭剑预支了不到五万块钱的半年工资。彭剑求爷爷告奶奶舍弃脸面和自尊东拼西凑，才勉强凑齐了十多万块钱的手术费。

虽然最后保住了弟弟的胳膊，但那段痛苦窝囊的经历，依然如根刺一样狠狠扎在彭剑的心上。

"我亲弟弟为了保命，找你要十万块，你口口声声跟我提规矩。可到自己身上，为了给女友买套房，就可以擅自挪用高达五十万的公款。"

想到这儿，他更气不打一处来，看着办公室里莫飞的痕迹，有种想放火把它们全部烧光的冲动。

这时，市场部的小陈推开了门，他疑惑地看着彭剑："你怎么坐在莫总的办公室里？"

彭剑清了清嗓子："从今以后，这里没有莫总，只有彭总。以后，我就在这儿办公。"

小陈刚出完外勤，显然还没看到人事任免通知，他以为彭剑在跟他开玩笑："别闹了，我找莫总有事，这儿有笔预算需要他盖章。"

"我说过了，从今以后，我就是天创科技的CEO。"彭剑再次强调，"你把文件放下，我一会儿看看。"

小陈的神经反射弧有点儿长，还是没搞清楚状况。他斜眼看了下彭剑，心不甘情不愿地把文件放在了桌上，退出了办公室，走的时候还小声嘀咕："这家伙有毛病吧！"

彭剑坐在那里并没有动怒，他这才明白，比换莫飞用过的桌椅板凳更重要的事情是要先换掉莫飞曾经用过的人。他拿起座机给人事打电话："市场部的陈昭，从明天起，不用来公司上班了。你通知他办离职。"

"除了陈昭以外……运营部的那几个也都是莫飞的人；法务部的梦梦是陈昭的女朋友，也不能留；设计部的那个总监和前台那个我没记住名字的小姑娘，都是莫飞招来的，这些都得开。"彭剑坐在桌前，暗暗地算计着。

3

比约定时间晚了四十五分钟，一聊SDK的CEO张克亮才大腹便便地缓缓走来，他那个如怀胎九月的肚子好像比上次见到的时候又大了一点儿，坐下都费劲，一副随时要临盆的样子。头上的毛好像也少了许多，四仰八叉地贴在头皮上。

虽然头顶的毛看起来萎靡不振，但是张克亮本人却显得神采奕奕，这尤其让彭剑讨厌。这帮喝过洋墨水的孙子，一回到国内就不会说人话了，崇洋媚外，一脸贱样，吹嘘国外多好多棒多有素质，准时准点从不迟到，但跟自己见面却没有一次准时赴约的，甚至把这看作理所应当，毫无愧意。

服务员递上来两份菜单，彭剑拿了一份，张克亮却摆了摆手，如数家珍地背诵了七八个名字冗长的菜名。彭剑没出息地翻着菜单，搜索着张克亮点的菜，每道菜的照片看起来都很诱人，而每道菜的价格看起来也十分吓人。

背完菜单后，张克亮笑着冲彭剑挤眉弄眼："小彭啊，哦不，现在得改叫你彭总了。"

彭剑勉强地对他笑了笑，没说什么，继续闷头看菜单。

张克亮喝了口茶，继续说："你知道我为什么这么喜欢日料吗？"

彭剑没有回答，头好像长在了菜单上，抬都没抬一下。

他见彭剑依然没吭气儿，又自顾自地说："在中国啊，吃的叫饭，管饱就行。而在人家日本，吃的是料理，讲究一个色香味俱全。不光吃饭，就餐的环境也很重要。就说我以前在京都吃饭时，那儿的服务员！啧啧！"他咂摸了一下嘴，又说，"其实啊，日本女孩普遍腿短脚粗，不好看，但是她们穿上和服就不一样了。你知道这个和服啊，讲究个一藏一露，啥是一藏一露？"说着，他指了指远处的女服务员，"你注意看，她们的衣服在脖子和后背处的开口，虽然露，但露得恰到好处，既令人陶醉，又令人浮想联翩。还有，她们的衣服上都没有扣子，只用一条衣带缠绕起来，你想想，假如用手轻轻一勾……啧啧啧！"

张克亮的话题越说越淫荡，脸也跟着潮红了起来，仿佛把自己都说出了快感："徐志摩曾经就写过一首诗，讲的是穿和服的日本女人。"他将了一下头顶光秃秃的几根毛后，装模作样地吟起诗来，"最——是那一低头的温柔，像一朵水莲花——不胜凉风的娇羞。"

"你说说，啥是'那一低头的温柔'？不就是看见大胸脯了嘛！哈哈哈哈！"说完，他被自己逗乐了，笑声毫不避讳地回荡在安静的餐馆里，让彭剑感到尴尬难堪。彭剑意识到有必要迅速把话题拉入正轨，以免这个崇洋媚外的家伙讲出更多的黄段子来。

彭剑从兜里掏出一个U盘，放在桌子上："这里面是闲置网的用户数据，包含了账户信息和密码，以及交易记录和历史聊天信息，都是明文的，随便找个支持mysql格式的数据库工具都能打开看。"

张克亮本想跟彭剑再探讨一下日本的建筑和文化史，借此引导彭剑从中总结出当前中国社会的不足，好显摆自己的学识和阅历。但显然对面这个搞技术的木头脑瓜子对这些毫无兴趣，他只好悻悻然地拿着U盘上下地摆弄："就这么一个8G的小小的U盘，里面竟然放着你们闲置网几千万的用户数据？"

彭剑喝了一口玄米茶，感受着淡淡的幽香，跟眼前这个崇洋媚外的家伙比起来，他反而更喜欢日本茶清香淡雅的感觉。他放下茶杯，给张克亮科普："数据库的体积跟表的设计、视图和过程都有关系，存储的其实都是单个的字段，单张表一百万的数据量并不大。我给你的这个盘里只有导出的数据库，不包含日志文件，那个相对比较大。你要是真需要，我回头也拷给你。"

张克亮摆了摆手："不听了不听了，没必要，你说了我也不懂，回头我拿给技术部的那帮小孩们看一看，有什么不清楚的再问你就行了。"

彭剑实在是不理解，为什么这么一个脑满肠肥的技术门外汉，会是以做SDK接口为生的一聊公司的CEO。但是他知道，张克亮不光是一聊的CEO，还是龙金资本的投资经理。

在VC①界，投资经理看中的好项目，拿过来自己接盘也是业内公认的潜规则，张克亮便是如此。几年前，他遇到了刚从校园出来的几个做IM的年轻人，看了他们的demo（小样）后很有兴趣，就自己掏腰包给他们融了天使轮，谁知虽然他们的产品越做越好，但这帮小孩只会写代码，对公司运营一窍不通，于是张克亮就趁机"兼任"了这个公司的CEO。

张克亮把玩着手里的U盘，忽然说："我上次给你的那些东西，派上用场了吧?"

彭剑自然知道，他说的是龙金资本的投资经理跟莫飞合谋竞价的往来邮件。

一开始是张克亮先勾搭的彭剑，他本想让负责技术的彭剑神不知鬼不觉地在闲置网里嵌入一聊的SDK，但当时就被彭剑拒绝了，因为这么做风险太大，如果被莫飞抓住，立刻就会成为他清退自己的把柄。但彭剑由此想到，这个张克亮也可以为自己所用，于是他就提议，让张克亮安排一个龙金的投资经理跟莫飞私下往来，做出竞价的样子，演戏给滕佳创投看。

张克亮本不打算答应，担心盲目跟价最后真砸到手里，但彭剑给张克亮打保票，说滕佳创投肯定不会轻易放弃闲置网，并许诺，如果最终扳倒了莫飞，自己当了CEO，不但会嵌入一聊的SDK，还会把闲置网几千万的用户数据信息拱手奉上。

① VC，Venture Capital，风险投资。

23

于是，这两个人就合力上演了一出"计中计"——"设置圈套的人，以为别人中了自己的圈套，殊不知，自己在下套的同时，也掉入了别人的圈套。"想到这里，彭剑的心也"咯噔"了一下，他默默自问道："我现在自以为掌控了一切，会不会——也只是在别人的圈套里沾沾自喜?"

员工离职了，期权怎么办？

1

莫飞已经在床上睡了三天了。这三天里，他做了各种梦，印象最深的一个，是自己跟同事一起爬山。看场景，应该是百望山吧，他们公司曾经在那里团建。当然还有彭剑，彭剑慢吞吞地跟在众人后面，一句话也不说，盯着自己的后背。

漫山遍野的红枫叶，艳得如血一般。他们艰难地爬到了山顶，正打算合影留念，忽然，彭剑冲出来，一把将他推下山崖。

峡谷深得看不见底，失重的感觉极其真实，仿佛心都要被甩出来了。他听见了自己被风撕碎的声音，怀疑身下是无底深渊。他眼睁睁地看着自己掉入那个黑洞，终于意识到，自己将要完蛋了。

醒来后，他仔细地摸了摸身体，庆幸每一个零部件都健在，只是浑身冷汗、心跳极快，显然还没从刚才的惊魂一梦中回过神来。

他拉开窗帘，阳光洒了进来。他看了下表，刚过中午十二点。创业的几年里，他很难能保证一天六小时的睡眠。而现在，他睡了三天三夜，如同在还债。

过去的几天里，他的手机如同上了弦的闹钟一样响个不停。

刚开始，基本上都是投资人打的，表达虚情假意的问候和装腔作势的关怀；然后是几个曾经采访过他的媒体记者，大多都是为了赶新闻热点，想从他嘴里套出点儿劲爆的料；最后，才是他的同事和朋友。

市场部的小陈来过几次电话。第一次他怒气冲冲地骂彭剑以下犯上，说这家伙狗装人样，还真把自己当老板了。莫飞只好安慰他好好上班、安心工作。第二次他再来电，就说自己莫名其妙地被彭剑开除了，并且还要收回他的期权，他气呼呼地质问莫飞是否知情，甚至扬言要跟公司打官司。

然后就是法务部梦梦打的电话。梦梦是小陈的女朋友，她在电话里问莫飞，小陈的离职是否会影响她在公司的工作。莫飞不知如何回答，也只能安慰她别乱想。然后梦梦又询问莫飞有关期权的事情，莫飞只能模棱两可地说："应该不会出问题吧。"

再之后，是公司前台瑶瑶打来的电话，告诉他彭剑已搬进了他的办公室，并把所有他用过的东西清除一空，问需不需要把一些私人物品给他寄过去。瑶瑶是他面试来的，刚到公司不到两个月，还在试用期，她之前的表现不太合莫飞的心意——也因为她长得不太漂亮，本打算试用期一到就辞退她的，但现在，莫飞却第一次，也是最后一次表扬并感谢了她的工作。

他其实并不关心这些人的想法，他也知道，这些人其实也没几个真正关心他的死活。尤其是对于拿着期权、想留在公司的老员工来说，他这个前任CEO是一颗雷，能不去触碰就不触碰。而对于刚到公司的新员工来说，他这个前任CEO只是一张旧报纸里的老新闻，顶多只能作为茶水间里闲话的谈资而已。

他打开了微信，看着几屏几屏的未读消息。翻着翻着，他注意到其中一条：

我回来了。

看完，莫飞收好手机，穿上外套出了门。

他知道此时，如果还有人能解答他的疑惑，那一定——也只能是这个人。

2

"七谈"的前身是个车库咖啡馆，很多VC机构的投资经理都指定在这里约见创业者。那时候，不管何时来这里，都能听到各个角落里激昂的关于远大梦想的高谈阔论，俗称吹牛——有畅谈大数据对未来的影响，劝说对方要迅速抓住商机的；有幻想突破行业瓶颈冲击千亿市场的；有王婆卖瓜自卖自夸地说自己的项目多好多牛，资金到位后必定三年上市的。

可惜牛皮终究只是牛皮，在一轮又一轮互联网的寒冬过后，死掉的不光是只会高喊口号要上市圈钱的创业者，就连这个曾经号称"创业者导师集散地"的咖啡馆也未能幸免，难逃被收购的命运。

车库咖啡被改建成了如今的七谈酒吧。冬去春来，传说资本的春天马上又要来临了，创业者又聚集在这里，幻想能实现创业梦想。于是，这里又响起了此起彼伏的上市融资声，无数创业者拿着电脑和商业企划书蜂拥而来，想趁着酒意多拿到几笔融资。

莫飞今天来这里不是为了喝酒，而是为了寻求一个真相。

他呆呆地看着眼前这位忙着写稿的朋友，思绪纷乱。以往他们见面，多是在莫飞的办公室里，莫飞要一边敲着电脑装作日理万机的样子，一边回答他的问题。而现在，自己反倒成了游手好闲的人，要看着他的脸色，乖乖地等。

胡威是莫飞校友，新闻系的高才生，毕业后进了商讯网，几年不到就混成了高级主编。他对新闻的敏感度非常高，又因为职业便利，有着极多的内部资料和小道消息。

莫飞刚拿到天使轮之后的第一份新闻稿，就是胡威写的——那时他还只是个小编辑，这样一篇新闻稿连写带发，对外要收五百块钱，可以保证优先投递到各大门户网站。

当时的莫飞刚拿到天使轮，意气风发，在谈到闲置网"先替卖家垫付货款，再从买家手里赚差价"时，胡威已经提醒过这样做的风险："一旦涌入大量订单，就会极其考验账面上的资金储备，而且电子产品不保值，握在手里每天都会掉价。"但当时春风得意的莫飞显然没有把这件事放在心上，他一直强调说："只要有钱，什么问题就都能解决。"

约莫过了半个小时，胡威才悠悠地合上了笔记本电脑。他捏了捏太阳穴，扫了莫飞一眼，揶揄道："看样子，你这几天睡得不错嘛。"接着，他却叫苦道，"唉，我就没你这么好命了，你们公司的事闹得太大了，内幕消息此起彼伏，写稿都快写得我手抽筋了。"他翻了个白眼，"你看，要是不玩命写的话，这个热点就又要被别家抢走了。"

莫飞被他气得无可奈何，抱怨说："我之前邀请你参加发布会了，你不愿意来，我能有什么办法。"

"是啊，本来只是一家小公司的B轮融资，确实没啥好报道的嘛。"他往沙发上一靠，"但是，创始人被合伙人设计清退出公司，这可就是大热点了。"

"热点个屁！我现在可彻底成孤家寡人了。"

"你是很惨啊，但你别忘了，你公司里那帮员工更惨。彭剑已经在着手开掉你的人了。"胡威提醒莫飞，"我还听说，那帮被开除的老员工，还都被收回了期权——啧啧啧，你看看，这可又是一个极好的新闻素材。"

关于期权这个事，也是悬在莫飞头上的一把剑，之前小陈在电话里也提到过。当初在创业初期，莫飞为了招兵买马，并让他们安心卖命，确实设计了诱人的期权激励政策，并承诺，无论是公司辞退还是员工主动离职，按照期权协议上的条款，员工都有权要求公司出钱回购自己手里的期权。

但为了以后公司能够赴美上市，他听从投资人的意见，搭建了VIE①架构。公司的注册地在英属开曼群岛，这就意味着，虽然签过期权协议，但如若员工离职后真的要求公司出钱回购自己手里的期权，公司会以"开曼群岛注册的公司发放的期权，目前得不到中国法律的支持"为由而拒付。

而这个真相，在当初签订期权协议的那刻，莫飞是不可能告诉员工的。他心知肚明，对于天创科技的员工来讲，除非熬到公司上市或者被出售的那天，要是中途离开，已经签订的期权合同就如同废纸一张，根本不可能兑现。

说穿了，所谓许诺的期权激励，从开始就是预谋好的一种忽悠员工卖命的手段罢了。

3

莫飞不想谈这个事情，他摆摆手："别提期权了，有个事我一直没想明白。"他做出不解的样子，"滕佳创投既然投钱，那肯定看中了闲置网这个项目。如果现在就把我踢出局，是不是太早了点儿？毕竟，没有人比我更关心这家公司未来的发展。"

"你啊，真是闷头创业，丝毫不关心世界的局势。"胡威点了根烟，"知道UST公司吗？"

UST，全称United States Trade，中文翻译为"美国贸易网"，是美国知名的电子商务网站。莫飞当然知道这家公司，但因为UST一直扎根北美市场，尚未进入中国，所以莫飞对其关注并不深。

---

① VIE，Variable Interest Entities，协议监控，指境外注册的上市公司与境内的公司业务运营实体相分离，境外的上市实体通过框架协议的方式控制境内的业务实体。

"他们计划明年进入中国市场，总部的地址都已经定好了。而且我最近还听说，这帮美国佬打算狠狠烧钱，花重金收购一批国内的B2C①网站。"他吐了口烟圈，"而在这之前，滕佳创投不光投了你们天创科技的闲置网，还并购了其他几家中小型电子商务网站，例如针对女性用户的'美美网'、针对运动用户的'动体网'、家纺网站'纺家乐'，而闲置网的用户多是大学生和数码爱好者，你们这几家各有千秋的小网站结合在一起，基本能覆盖中国互联网一部分的购买人群。滕佳创投是打算把你们几家网站捆绑在一起，回头一起打包卖给UST。而以滕佳创投的手段，把你们几家的资源整合起来，应该可以卖个好价钱。"

"你A轮融了多少钱？我记得是号称一千万人民币。"他掸了掸烟灰，又问莫飞，"实际到账了多少？只有第一次打过来的五百万头期款吧？这五百万你撑到现在，已经算是超额完成任务了，毕竟……"胡威停顿了一下，似乎没想到什么合适的词儿，他只好耸了耸肩膀，"这么跟你讲吧，我认为从一开始，滕佳创投就没有认定你能坚持到现在——因为，根本就没有B轮的这四千万！"

"没有四千万？"莫飞急了，"那不可能！我融资合同都签完了！"

"按我的理解，既然滕佳创投已经打算把你们卖掉，那么就没必要再继续往天创科技砸钱了。"胡威解释，"我相信彭剑也意识到了，所以，他才会选择和吴明一起联手搞垮你，毕竟他们的立场是一样的——因为，只有作为公司创始人的你才真正在意这四千万是否到账。而如果你被清退出这家公司了，那么账面上到底还有没有这四千万，是不是也就无所谓了？再说早一点儿，我认为，从天使轮开始，滕佳创投就在布局。A轮说好的一千万只到账了五百万，而你硬着头皮用这五百万完成了千万级的用户量。这时滕佳创投看到UST打算进入中国，就已经计划收割胜利果实了。签融资协议也好，开发布会也好，大张旗鼓地做宣传，都

---

① B2C, Business to Customer, 是指商家对个人的电子商务模式。

只是个形式，为了抬高身价预热市场罢了。如此处心积虑地布这么大的一个局，只是为了把你的公司卖个好价钱而已。"

"而从头到尾，你都只是一枚棋子。"胡威总结，"知道你们几家网站加起来的估值是多少钱吗？我刚刚简单算了下，"说着，他扭转了他的笔记本电脑屏幕，给莫飞看，"估值大约是十亿。"

十亿?! 莫飞不敢相信自己的眼睛。

"当然了，估值只是估算的数值，不一定真按这个数成交，但是……"胡威按灭了烟头，眼中闪着敏锐的光，让莫飞不寒而栗，"你刚刚不让我谈期权，但是你可知道，彭剑现在作为天创科技的CEO，他是有权优先回购期权池里那些没有发出去的期权的。这些他回购的期权，再加上他手里的股份……从这笔一次性买卖中，他至少能赚一千万……完全不成问题。"

莫飞只觉得五雷轰顶，浑身冰凉，心头升起了股绝望的情绪。

他清楚，假如滕佳创投真把这几家公司卖到十亿，那从里面拿出一千万给彭剑这个现任的天创科技CEO，完全有可能。

他呆坐在那儿，彻底词穷。他从来没有想过，自己创业这么多年，用尽了心思算计好的一切，每一块曾经费力搬起的石头，如今通通都砸向了自己的脚。时间仿佛被定格了一般，他就那样傻傻地坐着、想着，殚精竭虑地想找到条依据反驳胡威，哪怕一条就好，只要能够证明这并不是一个谋划已久的局就行，只要能够证明他的遭遇只是马失前蹄遭小人暗算而并不是命中注定的就好。

可惜他绞尽脑汁地想了半天也没有想出来。到最后，他只得承认，他的这位朋友分析得有道理，任何一个字，都不容自己反驳。

"今天的结论或早或晚你都要面对，想开点儿吧。既然你已经知道这是个局了，就别太钻牛角尖了，毕竟你一个人再怎么算计……说到底，你玩得过投资人

吗?"

　　说完,他站了起来,开始收拾东西:"就这样吧,我一会儿还有个采访,约了几个做新能源汽车的创业者。你知道,这可是现在行业的新风口。我虽然没看到那几个年轻人做的汽车,但是我见过他们的PPT,很漂亮,能唬人。"他把电脑塞进包里,拍了下莫飞的肩膀,"你啊,要是愿意想,就慢慢琢磨,我知道你现在也需要静一静。但说好啊,可千万别想不开,别去死,毕竟创业这场游戏,敢玩,你就得敢认,不是吗?"

该用什么词汇来形容如今的互联网?

1

胡威走后,莫飞仍在发呆,这些天来,发呆似乎成了他唯一的正经事。他一幕幕地回忆起往事,他想起三四年前,刚和彭剑一起在小黑屋里做闲置网的时候,他们虽然很穷,但依然对未来充满希望,也从来不计较得失,除了为了产品方向的事情,很少吵架。

如今,他看着手里的酒杯自问,这一切究竟是从什么时候开始变化的?是自己变了,还是别人变了?

夜色深了,窗外不知何时下起了雨,黑夜显得更加凄凉。莫飞喝着闷酒倍感孤独,以往这个时候,他的手机会响个不停,媒体、员工、投资人……似乎每时每刻都有人在找他。

但一切烟消云散之后,在这热闹嘈杂的酒吧中,还有谁会介意一个在角落里买醉的失败者呢?

还真有。就在莫飞闷头一杯接一杯喝酒的时候,对面响起一个女声:"喂,你要不要试一试新出的预调鸡尾酒?"

莫飞抬头,看到一个穿着帽衫的女孩。她拿着一个托盘,里面放着几瓶洋酒,看着价格不菲。他可没心思品什么见鬼的洋酒,于是他晃了晃手里的啤酒杯:"不用,我喝这个就行。"

"那个喝多了对胃不好。"女孩貌似关怀地说,"如果你想借酒浇愁的话,建议你试试这个。"她拿起一瓶蓝色的酒,"这是新出的,叫'蓝色莫妮卡',是用伏特加、紫罗兰酒、凤梨汁调和成的。"她把酒放在莫飞桌子上,"你知道吗?这酒有个美丽的故事。传说以前有个叫莫妮卡的女人，她种了很多红玫瑰，但她丈夫偏偏喜欢蓝色，这可把莫妮卡愁坏了。有天，她想了个法子，用颜料把红玫瑰染成了蓝的。丈夫看见蓝色的玫瑰，高兴极了。可是不巧，天下起了大雨，把花上的颜料淋褪色了，于是'蓝'玫瑰又都变回了红玫瑰。丈夫知道莫妮卡骗了他，就离家出走了。莫妮卡很伤心，每天都在哭泣。很久以后，丈夫原谅了莫妮卡，就想回家跟她团聚，但到家之后才发现，莫妮卡已自杀，死在了玫瑰园里。丈夫很懊恼，每天借酒浇愁。再后来，有个调酒师知道了这个故事，就为他调了一款鸡尾酒，名叫'蓝色玫瑰'，又叫'蓝色莫妮卡'。"

这个极其凄惨的故事却把莫飞给逗乐了："不是吧？我半个月前来的时候，你还跟我朋友说这酒叫'伤心太平洋'呢，怎么今天就换了个名字继续忽悠人？"

那次，他和彭剑在这里跟朋友一起商讨某个产品细节，当时也是这个女孩打断了他们的谈话，同样拿出了这瓶蓝色的酒，给他们讲了一个伤心太平洋的故事——想到彭剑，莫飞又心酸了一下。

被揭穿后，女孩尴尬地笑了笑："嗨……敢情是老客户啊……真不好意思。"她摸了摸后脑勺，"其实也不算是忽悠人。这个莫妮卡的丈夫呢，最后还是因为思念妻子伤心过度，跳进太平洋里淹死了，所以这个酒也能叫'伤心太平洋'。"

"淹死了？如果她的丈夫后来去参加二战了，你这酒是不是还能叫'登陆诺曼底'啊？"

"做生意嘛，何必这么较真。"女孩说着，竟直接坐在了莫飞对面，"这样吧，如果你买我的酒，我还能附赠给你一次算命。你看好不好？"

莫飞头一次听说还有这种买一赠一，于是他把手伸过去："那你来给我看看吧。"

女孩一只手托着他的手，另一只手在上面比画："喏，你看啊，你的生命线很长，说明你能活到……唔，至少能活到八十岁吧，挺长寿的。不过，咦，你中间有断过一次。"她犹豫了下，抬起头，直勾勾地看着莫飞，"你……是不是曾经想到过自杀?"

莫飞倒吸了一口凉气，觉得她似乎还真有两把刷子。

"你看，你生命线这里有一小点儿断痕。"她仔细地指给莫飞看，"不过很快就接上了。"

"人生苦短，千万不要想不开。"她又说。

"你怎么知道我有想不开的事呢?"莫飞问。

"你要是开心的话，就不会一个人坐这儿喝闷酒了。"女孩放开了莫飞的手，"其实呢，每个人都有自己排解压力的方法。你就说我，我不高兴的时候就出去跑步，边跑边骂人，谁惹我不高兴我就骂谁，围着操场跑一圈呢，基本上也就骂痛快啦。我建议你也学一学。"

这话又把莫飞逗笑了。他觉得眼前这个女孩很有意思，于是拿起那瓶上周叫"伤心太平洋"，这周叫"蓝色莫妮卡"的酒："这样吧，你陪我喝，我就买下它。"

女孩愣了一下："那可不行。"想了一会儿，她又眨巴了下眼睛，"你得买两瓶。"

女孩拿过来一个空杯子，先往里面夹了几粒冰块，然后打开了一瓶"蓝色莫妮卡"倒进去，一股冷气升起。莫飞接过来，晃了晃杯子，里面有些黏稠，闻着有淡淡的蓝莓香气，还有一丝丝的酒精味儿。

第一口喝下去，感觉不似白酒那么烈，不像啤酒那么苦。后味儿有一点点的酸，细细再品，却又能尝出一点儿甜味儿，一大杯喝完，只觉得浑身清爽。

"这酒还真不错。"莫飞边说边看着女孩的眼睛，觉得那双眼睛仿佛一下就能把自己看透。莫飞以前也见过这样的眼睛，例如林姿，她的眼睛也是这样，大而深邃，但莫飞从来不敢久视那双眼睛，因为，他看不懂。

"算了，看不懂就别看了。"每次，莫飞都是这样安慰自己，他觉得自己既然跟一个看不懂的女人一起生活，就没必要去执着那些细枝末节，否则只会徒增烦恼，但又或许，正是因为自己的粗心大意，才给了林姿消失的理由。

"想什么呢你？"她的手在莫飞眼前晃了晃，"你这样六神无主的傻样子倒是挺像我哥哥的。"

"哦？你哥哥做什么的？"莫飞好奇地问。

"跟你一样，干IT的呗。"她撇了撇嘴。

神了，莫飞心想，我可从来没跟这个刚认识的人说过自己的职业："你怎么知道我是干这个的？"

她做出漫不经心的样子："这有什么难的啊，我在这儿卖酒一个多月了，天天听到的都是上市啊融资啊移动互联网啊这些词儿，搞得我都快成半个专家了。"她边说边抠了抠自己的指甲，"我观察你半天了，你一来就跟你朋友坐那儿说什么股权期权投资融资的，肯定就是干这个的呗。这年头，还有哪个行业像你们IT业一样……"她停了下，翻着眼睛在想一个合适的词，思考了半天，她说，"还有哪个行业像你们IT业一样燥热呢？"

莫飞觉得这个词用得非常精准。互联网向来就不是个务实的行业，上到投资人，下至创业者，大家想的都不是怎样把产品做好，而是怎样才能圈到更多的钱。人们总是一窝蜂地扎堆跟热点，雾里看花地高喊着风口，什么火了就跟风做什么，真正能看清楚大环境的人少之又少……想来想去，他觉得，"燥热"这个词，还真是特别适合目前互联网的创业环境。

"那么你哥哥也是创业的呗？"莫飞饶有兴致地猜了起来。

"是啊是啊，我哥哥可厉害了。"她掏出手机，打开上面一个App给莫飞看，"你看，这就是我哥哥的创业项目，厉害吧！"

那是一个叫"狗狗宝"的应用，界面上显示着"资讯""交友""购物"等几大板块。莫飞随便点了点，没觉得哪里厉害，不就是一个宠物社区嘛。但他没有把这种不屑表现在脸上，他请教说："这个主要是做什么业务呢？"

"这还看不明白啊？你智商太低了。"她对他做了个嘲讽的鬼脸，"这是个宠物社区，给爱狗人士提供一个交流的平台，可以在上面发帖子聊天，买狗粮，找医生给狗狗做绝育什么的，多好。"然后她一脸神秘地问莫飞，"你猜猜，这么好的想法，是谁想出来的？"

莫飞白了她一眼，心想，看你这样子，用脚后跟猜也知道是你的破点子，但他打算装傻装到家，说不知道。

"你太笨了，这当然是我想出来的啦！"她说着，又没心没肺地笑了起来，"像我哥哥那种木头脑子，哪能想到这么好的创业好点子呢。"

莫飞边听着她的话，边点开了"狗狗交流"的板块，内容无非就是"怎么给狗狗洗澡""怎么给萨摩剪毛""怎么给泰迪绝育"这样的帖子，还有一个人在问"我们家的泰迪发情了怎么办？附近有没有人能拉一只母泰迪来配种？着急，在线等"——这倒是把他看乐了，他哈哈哈地笑说："有意思有意思。"

她很满意莫飞的表现："是吧，这都多亏了我，就我哥那笨脑子，一点儿都不灵活，想个创业项目想了快一个月，要不是我点拨，没准儿他现在还憋着呢。"女孩又感叹，"他们那帮清华的研究生啊，书都读死了，脑子一团糨糊。"

"清华？"莫飞有点儿惊讶，"一个清华出来的研究生，就搞了这么一个破玩意儿？"

"什么叫破玩意儿啊，有没有审美？这东西对养狗的人来说，很有意义的。"

"是是是，有意义有意义，一个清华出来的研究生，做了个给狗配种的平台，太有意义了，哈哈哈哈。"莫飞差点儿把眼泪笑出来了。

女孩显然听出莫飞话里的嘲讽，她狠狠地瞪了莫飞一眼，从他的手里抢过了自己的手机，骂了他一句"白痴"，扭头就走了；刚走两步，又觉得只骂一句不过瘾，干脆回过头来，拿起酒杯就朝莫飞泼了过去。

这一杯酒泼得太过突然，莫飞没来得及躲闪，被淋个正着。他擦了把脸，看着她离去的背影，哭笑不得。

他本不想得罪她，只是，他确实不觉得一个清华出来的研究生做这个宠物社区能有什么前途。如今互联网的环境太浮躁了，一个应届毕业生，找不到工作，一拍脑门，憋出来一个想法，设计个漂亮的BP，就到处约见投资人，吹嘘自己是风口的猪，幻想一夜翻身当老板。而手里稍微有点儿闲钱的人，听说互联网高科技，也禁不起三两句忽悠，傻乎乎地掏腰包投资，幻想着一年回本、两年翻番、三年上市。

作为一个曾经小有成就的创业者，他显然看不起这帮投机者。

但是，他想了想，如今自己两手空空，风光不再，接下来，他需要考虑的是找一份工作安稳上班，还是重整旗鼓再次创业。

未来的路何去何从，他完全不清楚。

2

莫飞回到家已是深夜一点了。他站在小区门口，借着酒劲儿回想了下今天发生的一切，他本打算梳理下思路，但此刻昏天黑地，阵阵凉风袭来，酒精混合着尿意，憋得他燥热不已，什么都梳理不出来。

他一路小跑地上了楼，却发现家里的灯亮着。他打开门，背靠着墙，看着眼前的人忙来忙去。

"你去哪儿了？"莫飞这时已经浑然忘记了尿意。

林姿没有答话，依然自顾自地整理东西。客厅里放着一只旅行箱，她走过去，合上了箱子，又到茶几前，晃了晃水壶："你这些天过的是什么日子，怎么都不知道烧壶热水？"她从厨房接好水，拿着水壶走过莫飞身旁，"酒气这么大，你喝了多少？一身的酒味儿。"

莫飞没有说话，从身后一把环住了她，这时，他闻到了烟味儿。"可能是我的，毕竟哪个酒吧都是烟雾缭绕的。"莫飞心说，他又想起了晚上被自己气跑的女孩，"她叫什么来着？酒钱我还没给她呢。"

"你这两天一定忙坏了吧！"林姿说着，扭过来亲了莫飞一下。

莫飞并没有回应她的温存，他还在纠结林姿这几日的踪迹："你这几天到底去哪儿了？你公司的人说你早就离职了。"

林姿松开了莫飞的手，没有回答。她走近沙发，从包里拿了一根女士烟，抽了起来——在一起五年，莫飞竟然不知道她什么时候开始抽的烟。烟缓缓地升到了空中，在电视苍白的荧光下，她显得更加迷离。

莫飞发觉，自己好像不认识她了。

"我创业了。"沉默了一会儿，她忽然开口。

"创业"这两个字如同一根尖针，又一次挑动了莫飞脆弱敏感的神经。这起起伏伏的几天里，他好像掉进了这两个字的迷宫里。本以为回到家就可以躲开这烦扰的一切，但天不遂人愿，仿佛在他失业的这几天里，全世界的人又都开始创业了。

莫飞平复了下心情，故作镇定："是……做什么的呢？"

"做移动社交。"林姿拿出手机，点开一个应用，"基于LBS①的陌生人社交，这两天刚做好的demo。"

莫飞接过手机，划动了几下屏幕。这个应用设计得很简洁，第一屏是选择性别，莫飞选了个男，注册完成，手机就启动了GPS，之后每隔几秒钟，屏幕上就

---

① LBS，Location Based Service，通过网络和GPS获取用户位置信息的技术。

会跳出一个漂亮女孩的头像。

"数据都是假的，只是用于测试。"林姿提醒，"不喜欢的话往右划，可以删掉；喜欢的话往左划，可以打分，并加在通讯录里。聊天功能还没做好，初步的设想是陌生人可以直接通过这个聊天，并可以互相送礼物。"

莫飞忽然意识到，这是自己今天看到的第二个创业项目了，而且都是做社交服务，不同的是：一个给人找朋友，一个给狗找朋友。

他左右划了几下，觉得没什么乐趣："这跟陌陌有什么区别？"

"有时候人往往只是想找陌生人聊个天，所以我们这个应用都是纯匿名设计的，双方只有在互相标星之后才能开始聊天，更方便速配。"

"是方便约炮吧？"

"你脑子里能不能别整天都是这种龌龊事？"林姿有点儿生气，"我们做过调查，现在有80%的都市白领下了班之后，都有跟陌生人倾诉的欲望。有时候我们跟亲近的人会因为距离的关系没办法敞开心扉，但在面对陌生人时，因为有着一层隔阂，反而能无话不谈。"

莫飞想了下自己最近的处境，觉得她的话有点儿道理："就像咱俩这样吗？"

林姿没有接他的话，她看着电视。夜间新闻开始了，主持人一脸严肃地念着稿子："领导强调，大众创业，万众创新，国家鼓励年轻人跳出传统的思想圈子，多多创业……"

烟在一点儿一点儿地耗尽，两个人都没有再开口。莫飞回想了一下刚才的对话，才注意到自己的语气多是反问。他意识到自己对林姿有些不屑，便试图缓和一下气氛："这个App还没起名字吧？"

林姿点了点头："还没想好叫什么，你有什么好建议？"

"叫翻牌子吧。"莫飞说，他边说边划动起来，"你别说，这玩意儿就跟皇上选妃子睡觉一样让人上瘾。"

林姿不觉得这个话有多幽默："这个名字已经有人用了，是一个针对同性恋的交友 App。"

这冷冷的语调又让莫飞觉得有点儿扫兴，他关闭了应用，又重新点开了图标，这次他选择了女性的身份，系统推送了一些男性的照片，都是郭富城、刘德华、周杰伦之类，莫飞知道，这一定也是内测的运营人员的小趣味。

莫飞划过一个刘德华，又蹦出来一个郭德纲。他皱了个眉头，给郭德纲打了个星标。于是又蹦出一张卡片，上面是于谦的照片。他乐了："别说，你们这东西还挺有意思的，配对算法挺精准的嘛。做了多久？"

"策划了小半个月吧，上周才招到的程序员，我也是今天才拿到的 demo。"

"你跟谁一起做？"莫飞问到了重点，因为能在一周之内做出这么个 App 的 iOS①开发，至少得有个三五年经验，这样的人月薪至少在两万上下。他清楚，林姿在化妆品电商公司做运营，虽说负责海外分部，但薪水也只有八千多块钱，何况她消费向来大手大脚，不可能有什么存款。

"几个朋友，你不认识。"

莫飞"哦"了一声，继续把玩着这款 App。他翻着翻着，又划过了几个不认识的韩国男明星。忽然，他愣住了，他把手机递给林姿，问道："是这个我'不认识'的朋友给你投资的吗？"

手机屏幕停留在一张照片上，那个人西装革履，干练的短发，戴着金丝边眼镜，眯着眼微笑，一副商界精英的打扮。

是彭剑，这个曾经和他一起创业又在一夜之间让他失业的人，这个曾经是莫飞最好的朋友，也是此刻他最恨的人——而这张工作照还是莫飞安排人给他拍的，打算用于天创科技的对外形象展示。

---

① iOS，苹果公司开发的移动操作系统，应用在 iPhone 及 iPad 上。

林姿慌忙地拿起手机，不知如何开口。

她沉思了一会儿，说："我知道，我如果直接说创业，你肯定不会支持，所以就在私底下跟几个朋友做了这个项目。一个月前，彭剑看到了，觉得我们这个创意挺有趣，就说等你们公司B轮谈下来了，划一百万给我们做天使轮融资。"

"他给你融资了一百万？"莫飞有点儿蒙，就在半年前，他还为了林姿家人狮子大开口的五十万而费尽心思地挪用公款，谁知彭剑大手一挥，就许诺了一百万，"这么大的事，你怎么都不跟我说一声？"

"我一直以为你知道！彭剑告诉我说，你是为了避嫌才让他出面操作的。"

"你知道彭剑是怎样的人吗，你就想拿他的钱？"莫飞跳了起来，这几天所积累的情绪都在这一刻爆发，他开始翻林姿的包，"融资协议呢？快把融资协议拿出来给我看看！鬼知道这家伙在条款里做了什么手脚！"

"你有病啊？那协议我看过了，没问题。"林姿一把夺回她的包，"你别因为这事就跟我发神经。你还没说，你到底是因为什么事而被公司清退的呢。"

"还不是因为你……"莫飞刚要发作，就又把话咽了回去，他是个爱面子的人，那五十万的来源他并没有对林姿讲过，"算了，这事跟你没关系，你没必要知道。"

"又是这样！每次一说到工作你就说我没必要知道，你到底有尊重过我的想法吗？就凭你这样，你还怪我不告诉你我的事情，我凭什么告诉你啊？！"

"因为我是你爷们儿！"莫飞又一次炸了。他随手把遥控器摔到了地上，遥控器碎成了两半。电视新闻还没有完，男主播依然在一脸正气地念着新闻，电池嗖地一下从地上回弹到了男主播的脸上，男主播没有闪躲。"啪"地一下，屏幕被砸出了几道裂纹，但是男主播无动于衷地继续念稿，仿佛不食人间烟火。

林姿看见碎裂的电视屏幕，哇地就哭出来了。

莫飞有点儿窘迫，但依然不住地在心里埋怨："不就两千块钱吗，哭个屁。

这还是我花钱买的，就凭你那点儿工资，撑得起这个家吗？"不过他很理智地把这话咽了回去，他抱住了林姿，摸着她的头发，不知道说点儿什么好，憋了半天，终于憋出一句烂俗的话："一切都会好起来的。"

林姿没有说话，趴在他的身上瑟瑟地哭。他拍着她的后背，看着那台破了相的电视机，暗自想道："一会儿得查一下银行卡里的余额。"

"至少还能买台新电视机吧。"他心想。想着想着，困意又一次袭来，他晃了晃脑袋，"不行不行，还不能睡，老子那泡尿还没撒呢。"

3

华清嘉园——距13号线五道口地铁站二百米，这是一个藏龙卧虎的地方。别看它只是一个普通居民区，但曾孵化了校内、暴风影音、饭否、美团、美丽说、酷我音乐等众多互联网公司。它的周边有清华、北大、中科院等高校……也正是因为挨着这些学校，房租又比一般的写字楼便宜不少，很多初创的互联网企业都把办公地点选在了这里。

莫飞是第一次来这里，七拐八绕地差点儿迷路，但幸好胡威以前多次来这里做采访，对这儿比较熟。而田大壮竟然也对这里很了解，因为他曾经往这小区送过外卖。进大门的时候，胡威、田大状甚至还跟门卫热情地打了个招呼。

林姿的公司在华清嘉园的一个两居室里，客厅里放着张大桌子，散乱地放着各种品牌型号的手机，看得出来，他们正在艰苦地进行着兼容性测试①。

除林姿以外，屋里还有两个女孩，林姿介绍说都是她的朋友。顿了下，她纠

---

① 一款App在开发完成后，需要测试此产品在指定的终端上是否能正常安装、运行、卸载，以及界面是否有位移。是最基本的测试环节。

正："准确地讲，应该是我的合伙人。"

"三个女孩一起创业，这本身就已经足够有话题性了。"胡威捧了个场，打开了录音笔，跟她们聊了起来——这也是他们今天来的目的。

林姿消失的那一星期都在上海，她去参加了一个创业孵化的活动，这个活动是朋友介绍的。以前工作时，她从来没有觉得圈子有多重要，如今自己创业，势必要多融入互联网的创业圈子，并适当地增加下自己的曝光度，也因此，她联系了胡威，希望他能报道一下自己的创业项目。

"我们认为，陌生人交友的市场还远远没有饱和。"林姿说，"社交是人类社会发展的必须因素，也是人类的本能，每个人都有倾诉欲，但这种倾诉欲在对陌生人和对熟人时是两种不同的状态，这也就是我们开发'欢聚'这个App的意义。"

欢聚？这个名字听着不错。但是，莫飞想了下此刻自己的处境，觉得分外凄凉，一点儿也不"欢聚"。

莫飞不看好林姿的项目，因为陌生人社交已经被陌陌玩透了。在一家上市公司面前，细分领域如果没有杀手级的功能，只凭UI①设计上的抖机灵是不可能有胜算的。在已经近乎饱和的IM市场，陌生人社交真的很难再玩出花样来了。毕竟，像支付宝那样的巨头，砸了那么多钱，花了那么多人力、物力，也没见砸出什么成绩。

更让他不自在的是，此刻对着胡威侃侃而谈的女人是自己的女朋友，他很难相信那些有关互联网创业的浮夸句子会从林姿嘴里讲出来。以前，他是创业者，而林姿是自己身边的小女人。而现在，自己失业了，躺在家里无所事事，她却一副女强人的样子，在外面混得风生水起，这让他自惭形秽。

听了一会儿，莫飞觉得有点儿沉闷，只好悄悄走出了门。刚走没几步，田大

---

① UI，User Interface，用户界面。

44

壮也跑了出来，他跟上莫飞，说："我……我虽然不懂啊，但林姿她……她讲的那个关于陌生人……聊……聊天的事确实存……存在。"

"存在是存在，但你不了解，这个市场杀出来一个上市公司之后，还剩下多少机会！"莫飞向田大壮解释，"创业，有时候其实只是资本的游戏。资本愿意投钱陪你玩那可能还有机会，但如果没有资本撑腰，就只能是散兵游勇地瞎扯淡。尤其是IM，这是一个很重运营的项目，在形成市场垄断之前的营利模式并不明显。林姿她空有创业热情，能力根本就不行。"

"得，反正我……我不懂。"田大壮摸了下肚子，"要……要不要，一……一起吃……吃个饭，我……我饿了。"

于是，两个人走进了五道口购物中心。正四处晃荡打算找一家靠谱的馆子时，忽然，有人拍了莫飞一下。

莫飞回头看去，竟是上次在酒吧被自己气走的女孩。莫飞没料到她竟然会先跟自己打招呼，反而有点儿不太好意思，他支支吾吾地开了口："咱们……竟然在这儿遇见了。"

"是啊，挺巧。我刚看背影就觉得挺眼熟的，虽然我也没见过你后面长啥样，哈哈哈。"说完，她又没心肺地笑了起来。

"你怎么在这儿?"

"我哥哥在这儿工作嘛，所以我自然就在这儿喽。"

莫飞想起来那个给狗交配的App，又打算笑。他努力地克制了一下，想到自己还欠着人家的酒钱："上次的钱我还没有给你，正好现在给你。"

女孩这才想起来莫飞曾经得罪过自己，忽然又来气了，嘟着嘴说："不了，我还要给我哥哥带饭。"

说完，她扭头就走，刚走没两步，忽然又想起来了什么似的，转身说："不然你请我们吃饭吧? ——就当你给我赔罪了。"

莫飞只好巴结道："行行行，然后你带我去看看你哥哥的创业项目，也……"他看了看田大壮，"也带我们长长见识！"

路上，莫飞才知道这女孩的名字叫何小婉，她的哥哥何阳是清华的研究生，刚毕业，没打算找工作，一直在自己开发App。因为学校的扶持政策，他在五道口的启迪科技园里租了个工位办公。

启迪科技园归属于清华大学，如果说林姿所在的华清嘉园是天使轮企业的大本营，那这里就是没拿到天使轮投资的企业孵化器。在这个创业园区里，一个可以正常上网办公的工位，每个月只需要一千元，如果是优秀的清华毕业生，甚至可以无偿使用这里的设备和会议室。

何阳坐在负一层的一个角落里。他穿着黑色的长外套，圆圆的脸上戴一副黑框眼镜，标准的码农打扮。莫飞又想起了当初认识的彭剑，也是这副模样。

何阳显然不善言谈，他看到莫飞等人，羞涩得手足无措。倒是何小婉帮他解了围，她把盒饭递给他，叮嘱他别敲键盘，趁热吃饭。

莫飞已经见识过了何阳的创业项目——狗狗宝，田大壮对这个很感兴趣。他养狗，家里有一只一岁的萨摩，最近正在掉毛。他跟着何小婉的引导，从应用商店里下载了App，有滋有味地看一条《三招教你搞定家里的狗毛》的文章，如获至宝："飞哥，你……你看啊，这东西还真……真有用！"

莫飞瞪了田大壮一眼，心说："你这个没见过世面的家伙，不管看什么项目都觉得好，这不就是从网上采集来的帖子嘛。"他找到了话题，问何阳说："这里面所有的数据都是UGC①来的吗？"

看到有人赏识自己的工作成果，何阳终于放松下来，他解释道："也不全

---

① UGC，User Generated Content，用户生成内容，指由平台的注册用户通过发帖来生产内容的模式。

是。我们的用户数量还太少，相关的资讯还不太完善，所以我就写了个算法，从其他的网站上采集内容。"

说着，他打开了另一个网站——同城信息网，这是一个公开的分类信息发布平台，他在宠物板块下发了个帖子《怎样防止萨摩犬掉毛》。

他刚按下了发布键，这个帖子就出现在了田大壮的手机屏幕上。

莫飞打开了他手机上的狗狗宝，也看到了这条信息，他困惑地问："为什么你在人家网站上发的信息，会出现在你的应用里面？是同城信息网推送给你的？"

"不不不，我们这样的小平台，是没有资格让同城信息网给我们推送信息的，这些消息的推送，都是经过机器抓取来的。"

"抓取？"莫飞听到了重点，"你是说所有信息都是机器抓取，而不是人工录入？"

"嗯。"他点点头，"一开始，我跟小婉也自己录入些，后来发现网上的信息实在太多了，人工根本录不过来，所以，我就写了这么一个算法，去其他网站上抓内容，复制到狗狗宝里——当同城信息网的网站上有提到狗的帖子，我的算法就会自动把它抓取到狗狗宝中。"

传统UGC平台的最大弊端，就是在用户基数较少的情况下，高质量的内容不多，而内容少则会导致用户也少，平台活跃度低，这是一个类似"先有鸡还是先有蛋"的问题。所以在运营初期，运营者需要从其他网站上抓取内容来填充平台资源。在这个过程中，有钱的团队会自己招编辑，人工从网上复制粘贴；没钱的团队会自己开发一个算法，定时浏览特定的网站，并把内容下载到本地，再发布到平台中。

而无论人工抓取还是机器抓取，都有个共同的弊端，就是及时性低：人不可能二十四小时地盯着其他网站的变化，而机器抓取则因为受限于网站流量、带宽等因素，也只能做到定时轮询抓取——例如每十分钟更新一次数据，除非目标网站主动通过 API[①]推送更新信息，否则只能做到轮询抓取。虽然能够抓到数据，但准确性不高。

"可怎么会这么快？你刚在电脑上发了帖，大壮的手机就显示了。"莫飞虽不太懂技术，但基本的网络原理还是一清二楚，面对何阳如此高效的抓取算法，他难以置信，"按理说……不可能做到这么快的。"

"其实还不算快，有大概几千毫秒的延迟。"何阳略带遗憾地说，"服务器配置太低了，暂时只能做到这样。我统计过，同类型的宠物资讯网站大概有一百多家，现在我这个系统，只能保证排在前五位的网站不低于五千毫秒左右的延迟。"

他继续剖析算法的原理："传统的通过爬虫软件[②]抓取数据信息的做法，对服务器带宽和工作线程都有严苛的要求，毕竟爬虫不可能一直挂在人家的网站上抓数据，会被 ban[③] 掉的。"说着，他打开了编辑器，指着代码继续科普他算法的工作原理，"为了防止被 ban，又能提高效率，我设计了三组服务器集群，一组用来爬网站的站点地图，另一组用来监测网站地图的变化，当发现网站地图有变化时，第三组服务器才去抓取有变化的内容。"他边说边切换着屏幕上的几个抓取程序，"这三组集群交互访问，并及时切换代理 IP，互相配合，才完成了狗狗宝的信息抓取……"

---

① API，Application Programming Interface，应用程序编程接口，是一些预先定义的函数，开发人员可以通过 API 来调用某个网站或者平台的相关数据。文中，如果同城信息网给何阳提供 API，则他就可以通过接口直接获取同城信息网的数据。也正是因为没有 API，所以何阳自行设计了一套算法，主动跟踪同城信息网的网站变化，并及时抓取变化的信息。

② 网络爬虫，又被称为网页蜘蛛、网络机器人，是一种按照特定的规则，自动地抓取互联网信息的程序或者脚本。例如，某个网站能被百度搜到，就是因为百度的爬虫捕获了网站的数据，并写进了百度的数据库。

③ ban，禁止。爬虫抓取数据时，会给被抓取网站带来大量的机器访问流量，影响正常用户对网站的浏览。为防止爬虫过于频繁地访问网站，所以某些防火墙会 ban 掉爬虫的 IP 地址。

想不到一个不起眼的宠物社交平台的背后，竟然有如此复杂的程序逻辑，莫飞不禁有点儿佩服何阳。而且，他深深地意识到，虽然何阳把原理说得简单明了，但这背后，一定有着极大的工作量。

"不过，这么一个高效的抓取算法，如果只用来抓狗的交配信息……是不是有点儿大材小用了?"莫飞暗自嘀咕道，"是不是……可以改造成更有用的东西呢?"

创业失败之后，你该如何找工作？

1

几天后，商讯网刊登了胡威对欢聚 App 的报道。商讯网庞大的用户群，为林姿和她的创业团队带来了不少关注，她还一度上了微博热搜榜。

但这些，并没有给这支创业团队带来任何实质性的益处，人们的眼球只停留在"三个漂亮的姑娘"身上，而很少有人对她们到底做了什么感兴趣。

更让林姿感觉煎熬的是自己的男朋友莫飞。

自从他失业之后，整个人都没什么精神，成天窝在家里上网，也不出去找工作。更令她不满的是，莫飞对自己的创业项目毫不支持，连向她引荐投资人的想法都没有，一副事不关己高高挂起的样子。

在家闷了一个多月之后，莫飞终于坐不住了。他意识到自己需要一份工作，来填补柴米油盐酱醋茶的开销。更关键的是，他受不了林姿看自己的眼神。他这个"落难CEO"在资金和人脉上，已经完全无法为女友提供支持，如果再在家里混吃等死，那好像就真的有点儿自甘堕落了。

可是，真到了找工作的时刻，他又开始犹豫——自己能做什么呢？

他一毕业就创业，只有这一份工作经验，还是CEO，哪家公司会外聘一个二十六岁的CEO呢？

要是不做高管，当个小职员呢？例如，随便找家小公司做开发？毕竟说起来还会点儿C++[①]。但现在是移动互联网的年代，C++顶多也只能写写SDK，这年头

[①] C++，当今最流行的程序设计语言之一。

还是做iOS赚钱，可是，自己完全不熟悉Objective-C①，虽说都是C，区别似乎挺大的。又想想，他还会点儿Python②，能写几个小脚本跑跑数据，但水平也不高。PHP③和JavaScript④倒是很精通，要不然去做个前端开发？

规划了半天，莫飞这才发现，自己虽然看似什么都会，但又没一样真正精通。创业这些年，他从写代码搞产品到国地税开发票，什么都做过，但从来没彻底专注过某一个领域，似乎做哪个行业都差了一些深层次的积累。

事实证明他的担忧不无道理。他面试的第一家公司在海淀黄庄，职位是前端开发，结果笔试题没做完他就放弃了。那些题太过于理论化，而实践和理论完全就是两个方向，自己经验本就少，何况还要他在纸上写清楚计算机网络五层模型以及路由器和交换机分别工作在哪一层，这些鬼东西他听都没听说过。

看来开发是不行了，他只好转换方向，几天后，去应聘了产品经理。面试的人让他上机用Axure画个原型图，他用了半个小时只画了几个方框——自己原来也用过Axure，但也只是画个基本框架，交互和转场都是直接吩咐下面的人去做的，真让自己一个人从头到尾地画完，够呛。

"他们怎么就不问问我对产品的设计思路呢，毕竟这个才是我的强项。"莫飞在心里抱怨了起来。

后来，他索性把目标再降一层，面试一个三千块钱的基础运营岗。这么底层的职位，自己不可能应付不来吧？

这家公司在一栋民宅里，看起来刚创立不久。莫飞被人事领进一个小会议室

---

① Objective-C，在C语言的基础上，加入面向对象特性的编程语言，主要用于iOS开发。

② Python，一种免费的开放源代码的脚本编程语言，被认为是最适合入门程序员掌握的编程语言。

③ PHP，通用开源脚本语言，主要适用于网站开发。

④ JavaScript，一种直译式、广泛用于客户端的脚本语言。

里，填了张基本信息表后，人事就离开了。屋子里只剩下莫飞一人，他低头玩了会儿手机，百无聊赖地等待着。大约半小时后，一个男孩姗姗来迟，年龄看着二十五六，穿着一身西装，看起来像个卖保险的。

"这不会是个皮包公司吧?"莫飞想。

"您以前做过运营吗?"小西装先开口。

莫飞这次吸取了教训，绝口不提自己曾经的创业经历，只把工作经验提炼出来："做过，以前给一个电商网站做过运营，出过一些策划方案，也干过地推，对数码电子这个类目比较熟悉。"

"以前那是家什么样的公司?"

"就是一家很小很小的创业公司，七八个人吧。"莫飞开始编瞎话，"干了小一年，后来公司倒闭了。"

他现在说起自己原来的公司，脸不红心不跳，早已接受了现实。

"怎么倒闭的?"

"老板经营不善呗。"

"怎么经营不善了?"小西装喋喋不休地追问。

"那我就说不清楚了，我这做运营岗的小职员，哪能说清楚老板的生意经呢?"莫飞打算搪塞过去。

"那如果你是老板，你对你那家公司的发展有什么规划?"

凭空冒出这么一话茬儿，莫飞不知道怎么接，想了想，他只好耸耸肩，说不知道。

小西装有点儿来劲了，厉声地问："不知道? 你作为一家创业公司的员工，对公司的发展一点儿想法都没有，难道只打算混一份死工资坐吃等死吗? 你觉得哪家创业公司会要你这样的人?"

莫飞意识到，对面这家伙来者不善，根本是存心让自己难堪。这时，他兜里的电话又振了起来。从他进到会议室后，这破电话就一直不合时宜地在振，之前他觉得在面试时打电话有点儿不礼貌，就忍住没接，但此时看气氛，既然对方咄咄逼人，自己也无须顾及什么礼仪。他说了声抱歉，然后从兜里拿起电话，自顾自地小声说了起来。

"哎哟哥哥，你终于接电话了，怎么给你打个电话这么难，我还以为你死了呢！"电话那头响起犀利的女声。

"你谁啊？"莫飞问。

"我何小婉啊，这才几天不见你怎么就把我忘了，你脑袋又被水浇了？"

莫飞想起那个伶牙俐齿的女孩，知道是个难缠的主儿："怎么了，我这面试呢，你有什么事找我？"

"面什么试啊，你失业了？"

"你没事我先挂了，咱回聊。"莫飞有点儿不耐烦了。

"别挂别挂啊！好容易才打通的。那什么，你完事了赶紧来第三医院，三楼301病房，大壮在这儿躺着呢。"

"大壮？他不去饭馆里干活儿，没事躺医院干吗？你把他怎么了？"

"哎呀你别废话了，赶紧来，挂了啊。"

然后电话就一阵忙音。

莫飞丈二和尚摸不着头脑，他收起手机，略带歉意地看着小西装，说："真不好意思，我可能不太适合您这工作。一会儿我还有事，不然您先忙，咱今天就到这儿？"

小西装冷眼看着莫飞，不咸不淡地说了声："看莫总您这德行，恐怕没料到您也会有今天吧？"

"莫总"两个字刺激了莫飞的神经。显然这小西装认识自己，莫飞迅速地回想在哪里得罪过这个人，但想了半天，都没有答案。

"我们……在哪里见过吗？"莫飞问。

"您贵人多忘事，记不得我这小虾米，很正常。"小西装继续用讽刺的口吻说，"那年我刚毕业，去您公司面试，也是运营专员。您一进会议室，上来就问我对您公司有什么想法和计划。我当时一职场小菜鸟，有个屁计划，一声也吭不出来。然后您就骂我没有抱负，连我的简历都没看，就把我打发了出来。"小西装说到这儿，恨恨地磨着牙，"我在您公司前台等了您一个小时，您倒好，两句话就把我打发了。"

莫飞记不起这段经历，但自认确实不假。早些年，他创业一帆风顺，春风得意，嚣张得谁也看不起，尤其是碰到来面试的同龄人，都觉得对方矮自己一节，要是再遇见几个心气儿高的主儿，莫飞就难免摆架子，会在嘴上多苛责对方几句。时过境迁，现在回想起来，他也意识到了自己当时装得有点儿过，于是他只好认怂地说："得，风水轮流转，当年是我太装孙子，现在你解气了吧？"

小西装没料到莫飞怂得如此之快："您不打算再跟我掰扯掰扯？"

"掰扯个屁。"莫飞边说边站了起来，打算走人，刚迈出步子，他又回过头来，看着人模人样的小西装说，"祝你生意兴隆。"

2

莫飞刚出地铁站，就碰见了从出租车上下来的胡威。

这家伙最近不知道写了多少昧良心的稿子，肯定赚了不少外快，整天买衣服，出门都打车。莫飞又细看了下胡威的脸，吓了一跳——怎么今天还画上眼线了！

"你这什么情况？小脸怎么粉扑扑的，跟个娘儿们似的。"

胡威用手抹了下脸上的粉底："去去去，我哪会化这个。今天参加一个发布会，得上镜，主办方给我拾掇的。"

"你这一做新闻报道的，现在都开始往台面上跑了，混得不错嘛。"莫飞说着，心头又酸了一下，时过境迁，现在好像全世界只要是个人，过得都比自己好。

"这不遇到好时代了嘛，全民创业、万众创新，你又不是不知道现在创业热。"胡威说着，又照顾了下莫飞的情绪，"不过大多都是一时脑热的瞎折腾，真成的没几个。"

一会儿胡威又问："你呢，工作找得如何了？"

莫飞只好把这两天的遭遇一五一十地讲给胡威。胡威听完，不知道应该从哪个角度去安慰莫飞，只好另起一个话题："你知道大壮怎么了吗？人怎么好好的就住起院了？我这刚参加完活动，何小婉就给我打电话了。"

"何小婉？你们什么时候认识的？"

原来，那天在启迪科技园里，田大壮加了何小婉的微信，后来又把何小婉介绍给了胡威认识，三个人还经常在一起吃饭。

田大壮见何小婉总是在外面打散工，没有正式工作，就将她介绍到他所在的饭店工作，送外卖。今天何小婉入职刚满一周，她去KTV的一间包房送饭，客人说点的是宫保鸡丁，结果她送的是酱爆鸡丁，客人因此拒绝付款。何小婉脾气暴，当时就跟顾客吵了起来。田大壮见人出去了半个多小时还没回来，就给何小婉打电话，得知出了事，火速赶去救场。他刚进KTV没说几句话，就又起了口角，与对方打了起来，混乱中被人用酒瓶砸晕了。

"我就知道，这女孩整天就会惹事。"莫飞又想起了那晚她泼向自己的酒，"哦，对了，你们没跟她说我的事吧？"

"什么事？"胡威问。

"天创科技呗。"莫飞说，"那个何小婉整天叽叽喳喳的，要是让她知道了，又得到处传。"

"我没有，不过大壮有没有，我就不知道了。"胡威耸了耸肩。

两人一路小跑进了医院，刚打开病房门，就看到何小婉和田大壮正兴奋地低头玩着手机，联机打消消乐。

"这看着不像是差点儿出人命的样子啊?"胡威说。

莫飞附和道："看这亲密的样子，怎么感觉还有点儿小暧昧?"

何小婉看见两人进来，不自然地站起来，红着脸说："暧昧个屁啊，没看人都包得跟个粽子一样!"说着她拍了拍田大壮的脑袋。

田大壮倒是没解释，嘿嘿嘿笑得跟个傻子一样。

莫飞挪过何小婉的胳膊说："人都为你被打成这样了，你还拍他脑袋，真想弄死他啊?"

"什么死不死的，这不好好的吗?"何小婉嘟着嘴说。

"你还好意思说，肯定又是你惹的事吧? 脾气硬，不服软，三两句话就挑事。"

"说什么呢? 还不是那帮人存心找事，鸡丁是'宫保'还是'酱爆'有那么重要吗? 我跑那么远给他们送饭，一单就赚两块钱，至于这么折腾我吗?"何小婉想到这事还是气不打一处来，"看着挺嚣张的，谁知一见血就跑了。那帮孙子，别让我碰见他们，不然肯定跟他们没完。"

"得了吧你，整天就会惹事。大壮才认识你多久啊，真是个彻头彻尾的灾星!"

何小婉没再回话，她把莫飞推到门外，低着头，小声跟他嘀咕说："哎呀，你要骂我就骂吧，但……但……但那之前，能不能先帮忙把医药费付一下，护士催半天了。"

"多少钱?"

"一共四千多……"

"四千？抢钱呢，就这点儿小伤？"莫飞惊了，对于如今的他来说，一分钱都能难倒他，更休提四千。

"光照个CT就九百八，床位费加上药钱，就四千多了……"何小婉为难得快哭了，"我知道这次是我闯的祸，害大壮住院，但我身上真没这么多钱……你放心，我一发工资就还你们。"

"得了吧，还个屁，你觉得出这么大事饭店还能要你？别说你了，可能大壮都得失业。"

胡威看不过莫飞的态度，打了圆场："行了行了，别怪小婉了，大壮那性格你又不是不知道，平时就闷葫芦一个，脑袋没有筋，冲动起来做什么都有可能。"

"钱你别出了，我掏吧。"胡威知道莫飞最近的状况，清楚他手头紧，自告奋勇地把这笔费用承担了下来。

两个人一路无话地从缴费处出来。莫飞看着深邃的医院走廊，想到自己一筹莫展的工作和女友一筹莫展的事业，似乎往后的路就如同这走廊一样狭长而幽怨。他长长地舒了一口气，不知应该何去何从。

他又扭过头来，指着胡威粉扑扑的脸说："你这浓眉大眼的样子我也很不习惯，一会儿找个地方赶紧洗了吧。"

"哦对，你不提这事我还忘了。我今天去参加了协力科技园的一个活动，他们要在下个月举办一场创业大赛。我看了下名单，有几个大的投资企业会参加，还算比较靠谱，前几名能得到园区内部的融资，第一名是五百万，还有免费的办公场地使用。我觉得，可以让林姿试试。"

莫飞以前参加过类似的创业大赛，但都是以评委的身份，他清楚这种创业比赛大多是走个形式：主办方为了声誉和宣传什么话都敢说，而投资机构去的多是拍不了板的业务经理，获奖名额基本上也是内定的。这类活动，基本上都是看着声势浩大，实则只是一场秀，真正能够拿到钱的都是关系户，只是想趁着这个活动混个脸熟而已。哪怕有些没有门路的创业者真的争得花魁，也很难见到现钱。

所以他不禁问："靠谱吗？"

3

尽管心里觉得一千万个不靠谱，但在山穷水尽的情况下，也只好抓住这根救命稻草把死马当作活马医。莫飞打算让林姿去试试运气——至少也能增加一些曝光。而林姿听到要参加创业大赛，又激动又兴奋，毕竟，这是一次可以直接跟投资人接触的机会。

接下来的几天里，莫飞就窝在华清嘉园和林姿一起准备参赛用的PPT和商业企划书。准确地说是林姿及她的合伙人们在干活儿，而完全插不上手的莫飞只得像个老妈子一样给她们订外卖张罗吃喝拉撒睡，当好"贤内助"。虽然身份又一次一落千丈，但他乐在其中，毕竟很久都没有如此充满干劲儿地认真做一件事了。

夜里两点，在改完又一版PPT后，众人打着哈欠散去。林姿本打算继续在公司凑合一宿，但莫飞提议一起去外面散散步，然后打个车，回家好好休息休息，精力充沛地准备下周一的创业大赛的初试。

两个人走在回家的路上，白天热闹的五道口此刻只零星地亮着几盏路灯，深秋的街上飘着几片枯黄的叶子，看不到几个人影。他们手拉着手，时不时地望一眼天上稀稀拉拉的星星，倒也不觉得扫兴。创业大赛点燃了林姿公司活下去的希望，她挽着莫飞的胳膊，说："你知道吗？曾经你创业的时候很忙，经常不着家，我知道你怕我生气，所以每次你因为加班带着愧疚给我打电话说不回家时，我表面上装作失落难过，但其实从来没有抱怨过。我只是希望我自己能再多努力一点儿，好能为你分担一些事业和生活的压力。”

这些心里话林姿从来没有对莫飞说过，莫飞向来只当她是一个需要陪伴的小女人，却从来不知道，她的心思竟然如此缜密和细腻。

“你从天创科技退出后，我从来也没有怪过你，毕竟那些事是我们无法控制的。其实想想也挺好，至少平衡了。”林姿苦笑，“你说，咱们家总不能两个人都去创业吧？那生活得乱成什么样子？”

走过一栋办公楼时，林姿忽然站住了。她看着楼上一排排因为加班而亮着灯的窗户，对莫飞感慨地说：“欢聚并不是一个忽然异想天开的项目，它是在每次你因为加班而无暇顾家时，我从自身角度出发构想出来的一款产品，我觉得好的产品不应该是技术驱动，也不是从别的任何一个角度入手……只有一款从人的情感出发、以情感来驱动的产品，才是真正的好产品。”

风吹乱了林姿的刘海儿，她抚了一下头发：“只要贴近了人的情感，那么这款产品就一定有市场。”林姿向莫飞的身上靠了靠，“我是倾注了我的所有在打造欢聚，我真的希望它能成功，让更多人的情感有所寄托。”

莫飞站在她的身边不发一言，他这才知道林姿对事业的要求和对成功的渴望，也清楚了欢聚这款产品对她的意义。他听着听着，竟然有种力不从心的难过，发现自己好像跟不上身边这个在创业的女孩的节奏了。

协力科技园坐落在市郊，原是市第三无线仪器加工厂，后来随着产业升级，这个曾经占地一千多亩的巨大厂区逐渐荒芜。由于租金低廉，几年前被协力集团承包下来改成了库房。近两年，随着创业潮兴起，协力集团及时地转型做起了资本投资，协力科技园便是在此基础上改造而成的创业园区。

园区内邮局、银行、宿舍、健身馆等设施一应俱全，俨然一座迷你城市。创业大赛的会场设在B区的广播室里。早上七点，莫飞和林姿就到了会场。本以为自己来得已经够早了，到了门口才发现已经排起了等待入场的长队。

胡威带着他们从后门走进会场。他说:"今天是初审,每个创业者会有十分钟的上台时间,介绍完自己的创业项目之后,台下的评委会根据手中的资料简单地跟创业者交流两句,最后打分。赛果以百分制论,五位评委,每人手里有二十分,合计一百分,只有拿到六十分以上的及格分才有机会进入下一轮筛选。"

莫飞扫了一眼,偌大的会议室里满满当当的都是人,好像全中国的创业者都来了,吵吵嚷嚷的如同菜市场。不远处有几个穿着暴露的女孩正在补妆,衣领都快开到肚脐眼了,如同是来参加选美大赛的;旁边有个西装革履梳着大背头的年轻人,拿着手机高声地用英语讲着电话,虽然派头很足,但看起来还是很像个卖保险的;角落里有几个智能硬件创业者,煞有介事地提着几个金属保险箱,戴着墨镜,不知道的还以为是混黑社会的。

"没想到,创业的浪潮已经热到今天这种程度了。"莫飞感叹。

快到林姿上台了,她看着周围的人,忽然有点儿紧张:"你们说,如果评委问一些我答不出来的问题,怎么办?"

"答不出来很正常,毕竟都是年轻的创业者,就事论事地找个由头搪塞一下就行了。"胡威说,"但要注意的是,千万别跟评委顶嘴。他们如果说你的项目不好,或者哪儿哪儿有问题,能解释就解释,不能解释也别硬扛,有一说一。"

"虽然这些评委都只是投资公司的小虾米,但个顶个地把自己当人物,千万别跟他们顶嘴。"胡威叮嘱道。

林姿嚼了两颗口香糖,然后缓步迈上演讲台。她穿着一身职业装,云淡风轻地介绍起了欢聚这个创业项目。

"在忙碌而快节奏的都市生活里,每个人心里都有自己的小秘密,但这些小秘密有时候也期望向人倾诉。"林姿说着,用遥控器翻开了一页PPT,"可是,我们在熟人面前往往难以开口倾谈那些小秘密。不知台下的评委老师有没有过这种经历,有些事只能跟陌生人讲,对熟人反而难以开口。于是,有人就去找心理医生，但其实聊多了你会发现，他们除了劝你想开点儿，再给你开一些安神补脑的药以外，真正宣泄和抒发情感的效果是很差的——而且还很贵。"

她的侃侃而谈引得众人频频点头。刚开始有几个评委还在低头玩手机，听到这里，情不自禁地抬头看向她。

林姿乘胜追击，又切换了一页PPT："欢聚就是这样一款富有趣味的社交应用。"她背后的大屏幕上出现了欢聚的UI界面，一张张带着头像的卡片富有动感地划来划去，像是在打扑克牌，呈现出来的效果确实很别致，"我们精心设计了交友的动画，当你烦闷无聊或者有话想说的时候，只要打开欢聚，随手翻一翻卡片，选几个和你志趣相投的陌生人，跟他们聊一聊生活和工作中的烦心事，相信你会轻松快乐不少。"

莫飞看到身旁已经有人在网上搜欢聚App了。

"我们的口号是，在欢聚放下伪装和戒备，跟陌生人欢聚一堂。"林姿的十分钟演讲完毕，台下响起了此起彼伏的讨论声。

接下来是投资人问答环节，林姿谨记胡威的提醒，时刻注意说话的内容和态度，从不多言。她的回答滴水不漏，尺度把握得刚好。这样的节奏显然超出莫飞的期待，他站在台下看着林姿的表现，欣慰地笑了起来。

可是，就在他几天来悬着的心刚要落下时，台下的某个投资人却忽然"噗噗"地吹了下话筒，说："林小姐的项目很不错，今天表现得也很优秀，气质也非常棒，那么，请问林小姐，您喜不喜欢我这样的投资人呢？"

这个问题显然不在林姿的准备之内，毕竟谁也料想不到在这么一个场合里，会有投资人开这种玩笑。这是个两难的回答，说喜欢，难免会被人觉得轻佻；说不喜欢，就又会显得拒人于千里之外。

林姿想了一下，继续保持着微笑，她答道："谢谢您对我和我的创业项目的肯定，而说到喜欢嘛……我喜欢给我们公司投钱的投资人。"

这个机智的回答瞬间让气氛轻松了下来，一来谁也不会把这句玩笑话当真。二来又活跃了气氛，展示了创业者的风趣。几位评委也是微笑着鼓着掌。

　　台下的掌声和赞扬声让林姿觉得今天是这几个月来难得的好日子，她终于离成功融资的梦想更近些了。

　　项目介绍完，林姿从台上飞奔下来，紧紧地和莫飞相拥在一起。

　　而远处，在那个评委台的角落里，有一双会说话的眼睛，正死死地盯着莫飞和林姿的身影。

● 在创业大赛中拿到第一名，是一种什么样的体验？

1

张克亮本不打算出席这次创业大赛，对于他这种退隐江湖的投资人来说，经营好一聊SDK，将来卖个好价钱闷声发大财才是最好的生意经。比赛前两天，他在一次饭局中无意间听人聊起这次大赛的详情，说是有几个不错的社交应用可能会脱颖而出，职业的敏感性再一次地把他推上了评委席。

但是，今天看过的这些创业项目，没几个能给他留下深刻印象的，包括林姿的欢聚。在陌陌上市之后，他已经对陌生人社交市场不抱任何希望。他坚信，当今的社交如果说还有出路，只能是做垂直和细分——前提还得是具有非常雄厚的资本和极强的运营能力。

林姿的表现确实不错，长得也很漂亮，是他喜欢的那一款，所以他才忍不住在评委席上跟她开了个玩笑——没错，张克亮就是刚刚那个有意使林姿难堪的评委。

但此刻，张克亮的注意力却不在林姿身上，而在莫飞那儿。

那场令莫飞失去了公司控制权的局是张克亮一手安排的，不过张克亮从头到尾都没有出面，否则碰见了难免尴尬。现在，他好奇这个已经"过气"的年轻CEO究竟还有多大本事，怎么才几个月不到，他就打算重出江湖创业了？这次还拖家带口的，领着女朋友一起干？

张克亮知道，不管怎样，他都不能小瞧了莫飞。莫飞这个人虽然年轻气盛吃过亏，但毕竟有点儿能耐，无论如何也不能让他东山再起，否则将来回首往事，早晚会捅自己一刀。

"不能让他们继续往前走了。"张克亮暗自嘀咕道，他翻出自己的评分表，找到林姿的名字，在上面狠狠地打了个勾。

经过焦虑的一周，林姿终于收到了初赛结果的邮件，她获得了一百分的满分。

她清楚这分数意味着她的创业项目"欢聚"是从上千个项目里杀出来的、为数不多的、被投资人一致看好的、"具有投资价值"的好项目之一。

而莫飞站在她的身后，看着屏幕上的分数，惊讶得合不拢嘴。

"难道是我判断错了创业的风口？"莫飞心想。"不可能，虽然林姿表现得确实不错，但这可是一百分的满分。这证明了所有的投资人都出奇一致地看好这个项目，这不符合常态，除非……除非内部有人修改了分数，或者指示五位评委一起打了满分，否则不可能出现这个分数。那这个人是谁呢？胡威？不会，他虽然有点儿小资源，但绝对不可能神通广大到这种地步。如果他有能力操纵投资人，那早就直接投钱给林姿了，何必绕这么大一个圈子。"

"那还能有什么原因呢？不然就是邮件发错了，把原应该发给别人的邮件发给了林姿。"于是莫飞打开了大赛组委会的官网，找到了比赛结果的新闻公告——欢聚获得一百分，是初审比赛的第一名。

"这绝不科学！"莫飞只好做此感叹。

不光莫飞，林姿一开始也不相信这个分数，但随后纷至沓来的媒体采访却让她无暇再去计较这中间到底出了什么岔子。所有的媒体都开始关注这个在万众瞩目的创业大赛里，以满分成绩稳拿第一的创业项目，到底有什么神奇之处。

在刚接受采访的几天里，林姿还多少表现了一些对第一名的不自信，但几轮采访过后，她渐渐地也懒得向媒体表达那些困惑了，她开始觉得，欢聚这个创业项目——好像真的很有前景。

最先冷静下来的，还是以"局外人"自居的胡威。一周后，他对莫飞说：

"我打听过了，欢聚确实是五位评委一致看好的创业项目，这个满分的确是实至名归，但是……"

莫飞赶紧接过话茬儿："但是什么？"

"是这样，林姿这个第一名只是初赛的成绩，下周二是复赛，月底是总决赛。按照规则，初赛第一可以免复赛，直接参加总决赛，所以，现在就产生了一个问题。"

"什么问题？"

"欢聚现在只是内测的beta版①，还没有几个真实的在线用户。初赛时林姿可以用绚丽的UI来打动评委，复赛也可以再讲讲市场前景和行业天花板，但……总决赛肯定得拿出一些真实的用户案例和实测数据吧。毕竟小一个月过去了，在这段时间里，如果还是只有百十来个用户，那肯定入不了投资人的眼——如果想拿到投资，一定得有用户数据。"

"你的意思是再伪造点儿用户？"莫飞抓到了重点。

胡威没好气地白了莫飞一眼："伪造只是一方面，但假如……我是说假如，万一那天真有投资人在现场使用欢聚跟陌生人聊天呢，总得有点儿反馈吧。不然加了十几个都只会简单地打招呼或者自动回复，那岂不是一眼就会被人识破？"

他说得不无道理，从8月份到现在，欢聚已经开发三四个月了。这期间，林姿要么忙着找钱找投资，要么就是加班加点地完善程序体验，却忽略了最重要的一点：核心的第一批种子用户从哪里来。

虽然林姿的工作重心是在不断地完善欢聚的用户体验，但这些都得有个前提，就是真的有人在使用这款App进行交友。

现在，欢聚的重度用户基本上都是林姿的亲朋好友，再加上这两天媒体

---

① beta版，软件在开发过程中所发布的测试版本。

报道所引来的一些流量，但留存率都不高，真正的活跃用户更是少之又少。如果在总决赛的时候台下的投资人好奇，下载试用了欢聚——这几乎是一定会发生的事情，毕竟这是以初赛满分的成绩进入决赛的项目，无论是谁看到了都肯定会实际操作一下——如果试用了以后，发现并不能真正完成交友目的，那么很显然，要么这款App名不副实，要么就是用户数据大量造假，定会影响比赛成绩。

莫飞撇下胡威去找林姿。此时，她们正在开会讨论如何继续美化PPT和完善产品的交互，争取在总决赛时给投资人以耳目一新的完美体验。

莫飞打断了她们的会议，他把林姿拽出会议室，说："当务之急并不是美化PPT，或添加什么新功能，而是利用这半个多月的时间发展欢聚的第一批种子用户。"

林姿睁着大眼睛，不解地问："种子用户？为什么要花心思在这上面？如果我把App做好了，在比赛里拿了第一，赢得了五百万人民币的天使轮融资，这笔钱自然可以帮我带来更多的用户，何必急于这几天？"

"有了融资并不代表一定有了用户，假设你真拿到了五百万，那你怎么凭这五百万换来种子用户？"

"这多容易啊，有这五百万，我高薪招几个商务经理和市场运营去给我跑用户啊。"

莫飞料想到林姿把这件事计划得很简单，这也是绝大多数创业者的普遍心态：没错，钱有时候是能带来流量和用户，但在创业初期，这是一个先有鸡还是先有蛋的问题。如果没有资金就无法获得用户，那么投资人肯定会问——多少资金可以换来多少用户？如果只是拿钱换用户，那么这个项目的优势在哪里？同样的钱我砸给你们和砸给其他的创业团队有什么区别？创业者总是认为只要自己的产品足够优秀，自然会有用户和流量，好像这中间有着"因为所以则必然"的因果关系,但技术强硬到如BAT①这样的大公司,做砸了的项目也是数不胜数,难道是他们的技术和产品不够优秀吗?

创业初期,产品很重要,技术很关键,但市场和营销同样重要。产品如果无法第一时间递达用户手中,真正转化为流量,那么再好的产品和再辛苦的努力,也都是白搭。

真正成功的创业项目,都是一边在努力完善产品,一边在辛苦推广的过程中慢慢完善的。在最少的资金状况下,实现更多的用户流量,才是一个创业者真正的能力价值所在。

"一定要保证在比赛当天,评委们用手机能找到周边的真实用户。"莫飞做总结。

之后几天里,莫飞带着林姿开始了浩浩荡荡的刷量活动。他们先是制作了精美的宣传单页,印着"注册欢聚聊天交友可得iPad一台"——这当然是虚假宣传,他们根本就没有备货。这些印着虚假广告的宣传单页被散发在市区的大街小巷间。他们又通过田大壮和何小婉的资源,协调了酒吧、饭店等"可能会聚集陌生人"的场所,以每天一百块钱的高昂成本承包了店内桌椅上的空间,贴上了欢聚App的下载二维码。

"没想到,刷个用户也这么难啊。"经过几天马不停蹄的拜访抓量之后,林姿累倒在地铁站口,"我本以为只要把产品做好了,流量自然而然就会来,没想到,创业里面的每一环,真做起来……都不容易。"

11月28日,在众人千辛万苦的总动员之下,欢聚App成功地有了一万个注册用户。每天的二次回访率在55%左右,用户留存率在10%左右。"虽然只有两

---

① BAT,是中国互联网公司百度(Baidu)、阿里巴巴集团(Alibaba)、腾讯公司(Tencent)三大互联网公司首字母的缩写。

百个DAU^①，但……应该足以应付这次大赛了。"胡威看了一眼后台的监测数据说。

2

11月30日，周末，晴转阴，仍然是在协力科技园B区的广播室里。今天是创业大赛的总决赛，欢聚作为本次大赛中唯一的满分项目，第一个上台。

林姿这次表现得比上次还要优秀，短短的几句发言就赢得满堂的喝彩。莫飞注意到，台下已经有了几小撮林姿的狂热粉丝，他们高举着印有林姿名字的牌子，高喊着她的名字。

"想不到一个小小的创业大赛，也能有如此巨大的影响力。"莫飞感叹，"这真是一个处处能够造星的时代。"

但台上的评委们显然表现得足够冷静。果不其然，这次评委们都把注意力集中在了欢聚的实操上面。一位留着光头的评委在听完林姿的演讲后说："林小姐，您的演讲很不错，很能打动人，您的个人形象也不错，在今年的创业大赛中给我们留下了极其深刻的印象。但是……我们还是想看下欢聚这款应用的真实体验。"

林姿迅速接话："您说得对，毕竟实践才是检验真理的唯一标准嘛，我也非常欢迎您能来欢聚的大家庭里与我们欢聚一堂。"

"林小姐真是会说话。"说着，光头评委掏出了手机，投屏到了现场的大屏幕上。他打开了欢聚，点击了注册，系统提示输入验证码，可等了几秒钟，也没收

---

① DAU，Daily Active User，日活跃用户数量，用于反映网站、互联网应用或网络游戏的运营情况。

到验证码。莫飞暗想糟了糟了，这几天忙着刷量，可能忘记给运营商充短信服务费了，本想着万无一失，谁料想在注册的第一步就出了岔子。

好在林姿机灵，她当即拿起话筒解释："哎呀，抱歉抱歉，可能是我们的短信验证服务器开小差了。"她做了个悲伤的表情，"真是不好意思，我们的App最近实在是太火了，服务器可能不太稳定，毕竟我们是创业公司，资源有限，服务器配置跟不上飞速发展的用户数量……我建议您可以选择用其他方式登录一下。"

"没关系，创业项目能做到这种地步已经很难得了。何况，你要是不缺钱我们也没法投资嘛。"另一个国字脸的评委也帮林姿解围，看来，她在这场比赛里的人缘真的不错。

然后，"国字脸"推了一下旁边的"光头"，催说："你快用微信登录看一下。"

光头评委用微信登录成功后，摇了摇手机，在一段炫丽的交互动画之后，屏幕上出现了无数张重叠在一起的陌生人头像卡片，个个都是美女，他随便点开一张，发了声问候，结果显示对方"目前在忙"的自动回复。

"可能这位用户刚好不在手机前。"林姿又补充说，"我们的用户多是在晚间上线，白天的活跃度确实不高……这我得承认是我们的不足，这也是我们接下来努力的运营方向。"

她刚解释完，光头评委的手机忽然响了，有一个陌生的女孩通过欢聚跟他打了个招呼：

　　Hi，帅哥，在吗？

"你看，你看，这不就有人主动找你了嘛！"依然是那个国字脸的评委在帮腔，"快，简单聊两句，看看聊天的体验顺畅不。"

没等光头评委打字，陌生的女孩忽然发了一张照片，不知道什么原因，等了几秒钟，那张图片还没有完全加载出来。

莫飞又暗自叹道："看来欢聚并没有对图片进行压缩，对面的女孩可能传了一张超大的图片，而欢聚直接把那张原图原封不动地传过来了，这样必定会拖慢速度，这一点回去后也必须提醒林姿改进。"

光头评委好像终于抓到了把柄，他苛责地说："林小姐，你们这个服务器很不稳定啊，你看看，一张图都加载这么久。"

"真不好意思，这个我们回去会重新做测试排查。"林姿彬彬有礼地鞠了个躬，"不过我建议您把WiFi断一下，试试用手机流量看呢？因为我刚刚上台前发现，咱们这个会场里的WiFi好像不是特别稳定。"

果不其然，光头评委一关掉WiFi，用手机流量，图片马上就传过来了，而且是接二连三的许多张图，但那些图一加载完，就让在场的所有人脸红心跳、惊诧不已。

那是一张张没有穿衣服的裸照。

顿时，整个创业大赛的会场沸腾了起来。

女孩发来几张袒胸露乳的照片，照片里她身着三点式，动作撩人，尺度巨大，她说：

　　　　约吗？今晚有空，一千包夜。

瞬间，全场嘘声四起，林姿的脸涨红不已。这出戏并不在众人的安排之中，她急得脑门上全是大颗大颗的汗珠，站在台上不知道该说点儿什么好。以往，如果在公开场合里发生这种不合时宜的事件，主持人都会及时地打断救场，但今天，主持人却站在台下一动不动，任由事情继续往糟糕的方向发展。莫飞和胡威在台下看着猝不及防的这一切，惊讶得手足无措。"完全没有料想到会发生这种事！"胡威也为林姿捏了一把冷汗，"这个女的是怎么回事！快把她的线路切断！不能再让他们聊下去了。"

莫飞迅速给林姿公司的程序员打电话，但无人接听，他才想起来，今天周日，林姿给全公司放了个假。

"今天这么重要的时刻，放什么假啊！怎么不安排个人值班！"莫飞恼怒地骂了起来，也不知道是在骂谁。

3

屏幕上，令人尴尬的聊天场景还在继续：

光头评委：你是做什么的？

陌生女孩：这还不清楚吗，当然是"卖有偿服务"的。"欢聚"不就是干这个的吗？

光头评委：你们都在这个App上找业务？

陌生女孩：是啊，开发这个App的人，不就是为了做这个生意嘛。您不信我？不然，我让您先试爽五分钟，然后您再决定是否要约？

光头评委：不约，我们不约。

"光头"评委幽默了一句，台下哄堂大笑。伴随着此起彼伏的哄笑声，台下的观众们也纷纷把手机摇了起来，边摇边嘻嘻哈哈地讨论着欢聚，他们说："原来创业大赛第一名的好项目，就是做裸聊服务的啊！"

众人清楚事情的严重性。对于一家创业公司来说，在这种公共场合上发生如此严重的丑闻，无疑会发展成行业内的大笑话，甚至还有违反国家法律的风险，往后发展必定举步维艰。更要命的是，以后，还会有哪个投资人去投这么一家"价值观不正确，又在公开场合出过丑"的创业公司呢？

但话又说回来，欢聚从公测到今天，满打满算也才四个月，真正的注册用户寥寥无几，又几乎都是这一个月经过莫飞等人"突击"引流注册来的新用户，本来热度就不高，无非是为了欺骗台下的投资人所制造的繁荣假象而已。莫飞他们观察过后台数据，聊天的黏合度很低，基本上就是打个招呼简单聊几句然后互加微信而已，何来"欢聚做的是裸聊服务"这一说法？

光头评委收起手机，问："林小姐，您可知道做这种服务平台是违法的吗？"

林姿没有回答，她仿佛得了失语症，愣在台上。她委屈得说不出一句话来，耳朵里全是此起彼伏的嘘声，她只能不住地摇着头，差点儿哭出来。她看着台下情绪激昂的评委和煽风点火的观众，感觉自己在被全民批斗。她的脑子嗡嗡的，她回想着刚刚发生的那一段对话，回想起那个女孩袒胸露乳的照片和"约吗""裸聊"的字样，越想越乱，越乱越想，似乎每根神经都在尖叫着对自己进行道德审判，想着想着，她"轰"的一声，晕倒在了演讲台上。

要把一件丑闻洗白，得花多少钱？

1

林姿完全不记得自己是怎么从创业大赛会场回来的。之后几天，她闭门在家，没再出去过一步。她知道媒体会怎么报道自己和欢聚，她能想象到那些犀利又刺激眼球的恶毒词汇是怎么描述她的，她知道自己又一次被推到了舆论的风口浪尖，她害怕去关注那些能够吞噬自己的文章，因为她无力反击这个丑闻。她每天都在这种煎熬中焦灼，开始怀疑自己为什么要创业。

为什么要创业呢？一方面是来自琐碎工作的压力，原来公司那个主管总是不满意自己的项目策划方案，于是她就想另起炉灶自己干；另一方面，也是来自彭剑——这个莫飞曾经的创业好搭档的鼓励，当时她无意间把欢聚的产品原型透漏给了彭剑，他立即鼓励她说这个产品很有发展前景，并承诺将来会代表天创科技向她个人投资一百万元人民币的天使轮。

对，她想，要不是这一百万，自己才不会如此冒失地去注册公司创业。对，这才是让她沦落到如今地步的主要原因。要不是这一百万迟迟不到账，自己也不会去参加什么见鬼的创业大赛。现在公司的房租和人员工资，都是由两个姐妹垫的，如果资金再不到位，自己真不知道该如何跟她们解释了。

想到这里，她心头又烧起一团焦灼的火焰，她拿起手机，再一次拨打了彭剑的电话。

彭剑坐在会议室里，看着桌上林姿的来电，没打算接。这已经说不清楚是第几个未接来电了，他明白林姿为什么一直纠缠不休地给自己打电话，但他没心思跟她解释为什么失约这一百万，毕竟此刻，他这里也是一团乱麻。

彭剑接手天创科技已经两个月了，滕佳创投之前许诺的四千万融资到现在连个子儿都没见到，这些日子的房租、工资一直靠吴明个人的借款，钱根本就没有过自己手。

他每天的工作除了写代码就是催吴明打款。在他接连几十封的邮件轰炸之下，吴明终于承诺在12月中旬会先安排给天创科技五百万的投资款救急。

五百万？这跟约定的四千万差着十万八千里呢。算了，有总比没有强，再这样下去，自己真要成光杆司令了。彭剑刚打算答应，吴明就又提了一个条件说，如果想拿到钱，那他要给天创科技空降一位CEO。

"空降CEO？这是什么意思？嫌自己管理不力吗？对，这几个月的增长曲线确实放缓了很多，但这也怨不得我啊，毕竟巧妇难为无米之炊，市场推广、活动营销哪一项不需要钱？公司的老员工开走了一大半，新招的人又不熟悉业务，难免发展得慢，但不能让我一个技术出身的新任CEO来背这个锅。"彭剑在心里抱怨，"这家伙欺人太甚，想一点儿一点儿渗透进这家公司，明显不把我放在眼里。"

此刻，他手里正拿着这份空降CEO的简历。"华裔美国人，先后就读于密歇根大学和美国斯特恩商学院——这是个什么学校，不会也是个野鸡大学吧？毕竟自己只知道哈佛和斯坦福商学院，彭剑撇了撇嘴。工作经验嘛，在摩根士丹利做过理财顾问。理财顾问？那是干什么的？估计就跟国内银行里那些推荐你存定期买黄金的人一样吧，就是个业务员呗，没啥可牛的。爱好写的是，吃糖？！怎么这么大人了还喜欢吃糖呢！是不是还没断奶，没准儿还穿着尿不湿呢——想到这里，彭剑暗笑了一下。哦，对了，他叫什么来着？J-A-S-O-N，这怎么念？早知道就先在网上查一查了。他就没有中文名吗？真讨厌跟这种假洋鬼子打交道，简直没法好好说人话。"

"Penry，你先接电话呀。"对面这个不知叫"詹森"还是"鸡森"的人往嘴里塞了块糖，敲了敲彭剑面前的桌子。

彭剑显然还没习惯"Penry"这个英文名，毕竟这是他为了应付事临时在网上搜的。他看了下手机，这次终于不是林姿的电话了，是张克亮的，他找自己干什么？黄鼠狼给鸡拜年，准没好事，先不理他了。彭剑按了静音键，把手机放到一边："没事，只是个广告推销的，你继续介绍吧。"

于是这位空降的CEO又继续做起了自我介绍："我叫Jason Wang，您可以叫我杰森王……oh，sorry，我又忘记了，你们中国人是姓在前的，那您称呼我王杰森也行啦。"

"你们中国人？"彭剑在心里嘀咕，"什么你们我们的，说得跟你不是中国人生的一样。王杰森？什么破名字，怎么不叫'王八杰森'呢。"彭剑暗自骂着，忽然抬头看到了他的手表："哎，你手上戴着的是……"

"王八杰森"抬了抬手："这是最新出的Smart Watch 3，我刚在美国买的。"

"我知道我知道。"彭剑来了兴致，他向来对这种电子产品有着极浓的兴趣，而这块Smart Watch 3正是美国刚发布的智能手表，听说功能极其强大，自己一直想海淘一块，无奈囊中羞涩，只能天天在网上看测评视频过干瘾。

"王八杰森"看出彭剑对这块表感兴趣，他识相地摘下来递给彭剑："既然Penry有兴趣，那就送您当见面礼。"

"不用不用，我就新鲜两天，玩一玩，看看都有什么功能。"说着，他没出息地接过手表。

"哎？这个界面是英文的，应该有内置中文吧？我记得在视频上看到过是有中文的，是在哪里设置来着？唔，我想想，是这个扳手图标还是齿轮图标呢？管他呢，瞎点点看吧。"他边想着，边鼓捣起来。

"Penry，那我继续说我接下来对闲置网的计划。""王八杰森"继续口若悬河地说，"不知道您关注过国外的二手市场吗，美国都是以女性奢侈品为主。我了解过咱们的订单数据，还是以数码产品、二手手机、电脑为主，可是consumer electronics（消费类电子产品）并不保值，就像你手里的这块 Smart Watch 3……"说着，"王八杰森"指了指彭剑手里的表，"它刚发布时被炒到一千美元，但一个月后就回落到五百美元，price（价格）掉了一半。等明年再发布新款，这块表就只能卖一百美元。"

"So，我觉得往后天创科技的转型方向是针对女性用户，我们可以从女性闲置服饰和 light luxury（轻奢品）切入市场。"

彭剑边鼓捣智能手表，边暗笑"王八杰森"幼稚。他并不关心这位新任 CEO 到底要把公司往哪个方向转型，反正这些都只是做做样子罢了。天创科技如今已半死不活，时时刻刻都有可能被突然卖掉，而一家要被卖掉的公司又谈何市场方向？这还不是人新东家说了算嘛。这个"王八杰森"无非就是个不愁吃穿、整日异想天开的富二代，不知道跟吴明什么关系，被安排进天创科技拿自己练手瞎折腾。

这时，彭剑终于找到了切换语言的入口。他按了一下中文选项，然后手表伴随着"叮"的一声自动重启了，这声音把两人吓了一跳。

"这是什么声音？""王八杰森"凑过去看了眼手表，吐着舌头说，"sorry，这个 ROM（系统固件）不够稳定，我刷的 beta 版，可能还有很多 bug，不是质量问题。Penry 你不要介意啦。"

彭剑有点儿尴尬，忙说："没关系，没关系，你对公司的发展方向的想法也挺好的，挺好的。"

"既然你也认可我的 idea（想法），那我明天就办 process（入职流程）好吧？""王八杰森"倒是对工作很有热情。

彭剑看这个人不像其他假洋鬼子那样令人反感，就说："好好好。"刚说完"好"后他又忽然想起来什么，他问"王八杰森"："对了，您的待遇是……"

"啊？Uncle 吴没跟你说吗，年薪一百万。"

"多少钱?"彭剑怀疑自己听错了。

"王八杰森"愣了一下："没错啊，Uncle吴跟我说的就是一百万。"他又解释，"别紧张，一百万在北京也买不到什么，毕竟这里的物价贵到要人命，何况我可是斯特恩商学院毕业的。"

彭剑心里暗骂道："吴明这个浑蛋，给自己五百万，却又空降一个不知哪儿来的留洋亲戚，给他发一百万的工资，这分明就是在趁火打劫。"想到这里，他狠狠地捏了下手表，忽然手一打滑，手表"啪"的一声摔到了地板上，手表屏幕磕出一道裂纹。

"我靠!"彭剑听见了自己心碎的声音。

2

出租车穿过六环外市郊的一片荒地后，忽然别有洞天，一幢五层高的小洋楼出现在眼前，门口一左一右地站着两个守卫，正在百无聊赖地玩着手机，似乎这里已经很久没有人来拜访了。

林姿从车上下来，观察了一下四周的环境，有点儿胆怯。为什么约在这里?

两星期前，她接到了彭剑的电话，这位曾经许诺给自己投资一百万的人，却在电话里哭穷说："林姿，我知道你的创业项目一直缺钱，但是天创科技这边你也知道，莫飞走后，我就被架空了，完全接触不到公司的财务，所以没办法给你投资。但是，我依然看好你的项目，这几个月里，我联系遍了我身边的投资人，终于找到一个对你的项目有兴趣的人。我相信，他一定可以投钱给你。"

经过这几次起起伏伏的打击，林姿已经不敢对任何事情抱有希望了，她只是淡淡地问了句："谁?"

"他叫张克亮，一聊SDK的CEO，龙金资本的投资人，做IM的，刚好跟你的项目对口。"

这位"跟自己项目对口"的投资人很难约，林姿跟他定了几次时间，都被临时放了鸽子，要么是正在开会，要么是刚刚出国。就在她打算放弃时，这位投资人说："我这周末跟朋友有个聚会，你来吧，我了解下你的项目，谈得好了，当面就能签融资协议。"

林姿顺着地址找到了这幢别墅，但她看着郊外寸草不生的荒芜景色，心生不安："哪有约人谈生意约在这儿的？太不靠谱了。"她心里起疑，"不行，还是回去吧，彭剑这人现在靠不住，我怎么鬼迷心窍就信了他呢？"

林姿刚一转身，后面一个保安跑过来叫住了她："抱歉，您是林小姐吧？"

她睁大了眼睛："你认识我？"

"不是不是，张总告诉我说，下午会有一位重要的客人来。"

"张总？张克亮吗？他一个人在这里面？"林姿指了指这幢让人不安的别墅。

保安看出了林姿的不安，他解释说："没有没有，张总和他的几个朋友在里面谈事，他们一到周末就来这儿聚会。今天风沙大，所以才没开窗，看起来有点儿冷清。"然后他又补充，"张总人很好的，在日本留过学，很懂礼节，您尽管放心。"

思考再三，林姿觉得这可能是自己最后的一次机会了，她整理了下衣服，走了进去。

别墅的一层大厅里挂着几幅日式的山水画，林姿看了几眼，觉得也没什么特别的。"这帮有钱人就这种品位吗？"她鄙夷地想。

保安带她上了二楼。偌大的空间里只有一张牌桌，张克亮正坐在那儿跟几个人打麻将。林姿来之前在网上搜过他的照片，所以第一眼就认出了他。

"来了啊？"张克亮没看林姿，只是抬头看了下挂钟，"比约定的时间晚了半小时，现在的创业者，找钱都这么不积极吗？"

他声音里带着点儿怒气，吓得林姿忙解释道："真不好意思，这个地方比较难找……我刚刚迷路了。"

她没敢说自己在门口站了半天不敢进来。

"找个地儿坐吧，陪我们打几圈。"张克亮说。

林姿站在身后，没有说话，也没有动。

"老张，你总是这么凶，别把人小姑娘吓着了。"说话的是张克亮左边的一个戴眼镜的光头男人。

"就是，哪能这么对女孩子说话啊。"对面一个锥子脸的女人接了张牌，她姿态扭捏、浓妆艳抹，溜尖的下巴好像一把勾人的钉子。

"哎哟，侬又不是不晓得，张总素来都是这样直来直去嘛。"右边的一个瘦瘦的上海佬接茬儿道，他戴一顶黑褐色的小毡帽，看起来像个算命的。但别看他人小，嘴却很荤，他眯着眼对张克亮笑，"阿拉（我们）张总呀，直……来直……去哟，哈哈哈。"

张克亮看着这几人边打牌边揶揄自己，也没有辩解，只打趣说："我错了我错了，以后我对女性一定相敬如宾，白头到老，以诚待人！"

"人小姑娘还没答应你呢，谁要跟你白头到老了。""锥子脸"说。

"咳咳咳，这话说的。"张克亮咳嗽了声，然后脸转向"光头"，"朱总，您这生意最近可谓兴隆啊，我看您上月收购的那家做输入法的公司，这个月估值就翻了一番啊。"

"光头"推了一下眼镜："嗨，别提了，那公司就是一烂摊子，我也是让人骗了，说什么输入法有创新性，真接手一看，全是吹的，没多少创新！"他望向"锥子脸"，"说起这事来，还得感谢我们徐大美女呢，没有您写文章做公关出谋划策，把盘子炒热，我这局还真担心出不去呢。现在看起来，这破公司可算是有人接盘了——唉，市场不景气，生意难做啊。"

"可别这么说，您要是都说不景气，那我们这帮搞公关的可就没得玩了。"
"锥子脸"说，"毕竟，朱总可是中国网游界的大佬级人物，这个圈子，您可比我
们这帮小玩家拿手多了。"说着她打下了一张牌。

"哟，东风！我要了。""光头"从牌堆里拣出"锥子脸"的牌，又从自己牌
面里推倒三张东风，凑了个明杠。

"侬瞧瞧，朱总就是会捡漏，吾真服帖侬。（我真佩服你。）"上海佬指着
"光头"笑道。

"马经理您又拿我开玩笑了。您随随便便投资个小公司，几天估值也能翻几
番，您还能从中间讨点儿好处费，这钱来得也不要太容易咯！""光头"酸兮兮地
奉承，"谁不知道您所在的同德基金，可是中国投资界的前十呢。"

林姿站在张克亮身后，听着几人的对话，暗自猜测他们的身份。看样子，锥
子脸的女人应该是做公关的；而那个被叫朱总的"光头"显然来头不小，毕竟在
如今这个年头，能随随便便收购一家公司、还把估值翻一番的，肯定多少都有点
儿关系；而那个同德基金，更是赫赫有名，因为这次的创业大赛，就有同德基金
的赞助。

这个胖子，没想到人脉还挺广的。想到这里，林姿不禁又看向了张克亮，他
的牌面不好，基本上全是断章和散牌，看起来赢面很小，没有胜算。

张克亮摸了张牌，又随便地打了出去："马经理的生意确实做得好，就是不
知道什么时候才能让您大手一挥，也给一聊 SDK 再融上几个亿？"

"张总侬又讲笑了不是，侬不差钞票的呀。"上海佬忙说，"伐（不）过，吾
还真有事体要麻烦侬。"

"不就帮两个孩子择校的事嘛，包在我身上。"张克亮拍了拍胸脯，"我有好
几个亲戚能办，已经托关系找去了。您放心，年后就能办妥。"

"没想到张总业务够广的啊。我以前就知道您是投资人改行创业，没想到您

连这活儿都揽啊？""锥子脸"说着，又摸了摸她的尖下巴，手上的大红钻戒闪闪发光，看似价格不菲，"不然赶明儿我们新公司的发布会您也帮忙张罗下？"

"徐大美女说笑了不是，做发布会、做传媒、做公关可是您的拿手行当，我可不敢抢您的活儿。"

"锥子脸"好像很满意自己下巴的弧线，她两只手撑着头，看着张克亮："说真的，张总，知道您人脉广，我们新公司是做政务关系的，希望能邀请一两个有头有脸的人物来帮忙剪彩，这样新闻做起来才够大，也好给以后铺路。"

"好好好，只要您徐大美女开口，我老张定万死不辞，必不辱使命。今晚我就去联系，把名单给您张罗到位。"张克亮说着挥起手，又揭了一张牌，几轮过后，他已经打发掉几张散牌，牌面也渐渐变得清晰。

"碰！""光头"好像牌势不错，他接起张克亮扔下的八万，"听牌了！"

"看看，朱总不但在生意场上如鱼得水，打牌手气也这么壮！"张克亮竖起了大拇指。

"不不不，这做生意啊，其实就跟打牌一样，都得靠朋友。""光头"仔细地看了眼牌池里的牌，"外人觉得是靠手气，其实咱们自己心里明白，都是朋友互相帮衬。就拿这八万来说，没有您张总的八万，我也听不起来嘛不是！咱们心里清楚，什么生意能做，什么生意不能做，要没有朋友们帮忙，孤军奋战……"他摇了摇头，"啧啧，难呀。"

"侬瞧瞧，还是朱总看得清爽（看得透彻）。"上海佬又伸起了大拇指，"侬能把做生意跟搓麻将联系起来，说明侬平时也没少思考的哇。"

"哎哟，马经理过奖了，有您这句话我就已不胜荣幸了，这都是跟您学来的投资知识。"

张克亮稳稳坐着看对面三人相互吹捧，又轮了几圈后，林姿发现张克亮在不声不响中已经调换了所有的散牌，手里握着八九条，夹赢七条。

再有个七条就可以和牌了，这么快。林姿纳闷儿张克亮在什么时候神不知鬼不觉地把牌面清了个底掉，而自己一直站在他身后看牌，竟然完全没注意到。

"喏，吾也上听了。"上海佬接了张牌，看了下，然后扔下一张七条。

张克亮手里握着八九条，并没有拿牌面上的七条。

"明明拿了七条就可以和牌的，为什么不拿？"林姿想，"可能是等着自摸吧。"

刚想到这儿，她就看到张克亮摸了一张七条，他拿着牌，在八九条中间比画了下，又扔了出去——他好像并没有打算和牌的意思。

"哟！自摸幺鸡！""锥子脸"把牌摊开，"别说，今儿还真神了，大家轮流坐庄！给钱给钱！"说着，她又晃了晃手上的大钻戒。

上海佬从抽屉里掏出一沓百元大钞，递了过去："是阿拉轮流坐庄，张总可还没开锅呢！"

张克亮一脸惭愧地说："手气不好，手气不好。您几位玩得高兴就行！我嘛，做东又作陪！"

四个人接着又打了几局牌。林姿这才看明白，这个张克亮根本就没有赢牌的意思，甚至还频频点炮，两个多小时里，输了得有小十万。

也不知道他们要打到几点，林姿打了个哈欠。她觉得有点儿无聊，似乎张克亮约自己来纯粹是逗闷子的，哪有什么要签融资协议的劲头。趁着他们一局牌打完的空隙，林姿起身道："张总，不然您和朋友先玩着，天色也晚了，我还有事，就先走了，您下次有空了再叫我吧。"她的声音里带着一点儿埋怨。

张克亮还没说话，倒是"锥子脸"先责怪起了林姿："现在的小姑娘怎么一点儿耐性都没有呢？你张哥能叫你来玩是多大的面子啊，怎么不识抬举呢？"

上海佬抬头望了林姿一眼，指着她问张克亮："这个小姑娘是张总的贵宾吧？冷落了可不好。"

"拉倒吧，什么贵宾。""光头"接话道，"不就是上次在创业大赛出洋相的小姑娘嘛。"说着，他煞有介事地看向林姿，"怎么样，林小姐，还记得我吗？"

林姿这才想起，这人就是在创业大赛中实测欢聚的那位评委，只是那天的镁光灯照得太厉害，自己又紧张，没记清他的脸——怪不得她一直感觉声音很熟。

她终于搞明白了，这个张克亮叫自己来，并不是为了签什么融资协议——哪有在这种地方签协议的——只不过是为了继续看自己出洋相罢了。她有点儿生气，打算马上走人："张总，您要是没什么事的话，那我就先告辞了。"

自动麻将机刚洗完牌，张克亮在不断地扔着骰子，一下又一下，骰子碰在一起，发出噼里啪啦的声音，在安静的空气里响得格外恼人。

"你想走就走吧。"张克亮说，"这里没人强迫你留下来，你想来就来，想走就走，只是……"

"只是什么？"

"只是你要清楚，你今天离开了这里，那么你就永远没有翻身的机会了。"他没有看林姿，只是摸索着手里的骰子，过了一会儿，他忽然问，"林小姐，你知道把一件丑闻洗白要花多少钱吗？"

"多少钱？"

张克亮伸着五个手指头，晃了晃。

"五十万？"林姿本想说五万，但看了下对面几人的地位，显然不止这个数。

张克亮摇了摇头。

"五百万？"

张克亮继续摇头。

"五……五千万？"林姿张大了嘴巴。

"锥子脸"笑了起来："小姑娘，你还不明白吗？张总的意思是，不花钱。"

"不花钱？不花钱怎么做？"林姿纳闷儿。

张克亮笑了："你知道我今天为什么叫你过来吗？你的BP我看过了，做得还行。但IM是个烧钱的行业，流水又慢，没个三五年做不出来，何况你的公司如今还出了这么大的一个丑闻。要我说，你往后别继续创业了，凭现在的名声，可能找工作都难吧？"

　　"这些我都懂。"林姿当然清楚他说的这些，"如果张总只是为了拿我当笑话逗乐，那就罢了。"

　　"可你不知道的是，今天这一屋子的人，就是可以救你的人。"张克亮没有动怒，他指着对面的三人，"朱总，曾经是中国的'网游教父'，现在是资深投资人，擅长的就是公司的并购和交易；这位美女是奥莱公关的创始人徐奥莱，常年负责几大跨国公司在中国的公共关系业务，可是出名的大公关；马经理，他你可能不认识，但相信你一定听说过同德基金。你眼前的这几位，可都是动动手指就能让投融资界翻云覆雨的大人物。有这三位出马，你还担心你的公司……"他这才看向林姿，"还担心你的公司救不活？"

　　林姿知道这三人的能力，也清楚他们组合在一起能为自己带来巨大的转机，她好奇的是，自己要凭什么，才能获得这些人的帮助。

　　"你说说，你创业是为了什么？"张克亮继续问，"为了你的理想？远大的抱负？还是改变世界？"说着说着，他自己也笑了，"无非就是为了赚钱嘛。而赚钱的目的，又是为了什么？——是为了改变自己的出身。"张克亮自问自答，"每个人都想通过创业来发家致富，可是，这个世界上，又有多少人能彻底改变出身？相信你也清楚，创业是九死一生的冒险，你们创业者总说失败了大不了从头再来。说得容易，真亏到倾家荡产时又有几个人能承受得了那种痛苦？真相就是，大多数人都只会输，没法赢，毕竟这个世界上赢家总是少数。这就跟打牌一样，四个人中，每次只能有一个人和牌。"他话锋一转，"但，有时候，跟对人了，可能路——"他故意把尾音拉得很长，侧头看着林姿，"一旦跟对了人，路就不一样了。同样的一个盘子，自己玩跟大佬带着玩，玩法和规则都截然不同。"他举例，"还拿打牌来说，打麻将是各自为战，但如果是斗地主，只要你跟对了庄家，我就能保你百战不殆。"

"不知……"他的眼睛眯成了一条缝，透过那条缝隙看向林姿，"不知林小姐是否清楚我的意思？"

林姿显然听懂了张克亮话里的话，这几个月的创业过程让她明白了谋事在人成事在天的道理。没日没夜地工作，比任何人都要努力地创业，所有该做的都做了，但是再好的产品，只因为投资人和媒体的一句话，就能万劫不复。她知道自己在现实面前无能为力，这也是自己现在如此落魄的原因。

而此刻，听了这一席话，她好像隐约摸到一点儿门路了。

"林小姐，机会只有一次，你自己选。"

说着，张克亮又扔了一次骰子。

三个六。

"你要愿意留下来，就坐着，陪我们一起玩，我可以带你融入这个圈子。"张克亮下最后通牒，"要是不愿意，你随时都可以走，来去自由。"

外面的风吹得更紧了，林姿身后的窗户好像没有关严。她听着呼呼的风声，觉得脖子后面有点儿凉，似乎有一些风吹进了她的身体里。她咬了咬嘴唇，鼓起了勇气，朝着张克亮的方向，微微地点了一下头。

3

12月的深夜，天上飘起了片片的雪花，风吹在脸上如刀割一般疼。林姿从出租车上下来，收紧上衣的领口，觉得自己度过了漫长而沉重的一天。圣诞节快到了，街上张灯结彩。她开始回忆，去年的圣诞节自己在干什么。她想了想，去年莫飞在加班，自己是跟另外几个姐妹——就是现在跟自己一起创业的那两个女孩一起过的。今天以前，她还不知道怎么面对她们，今天之后，终于有答案了。那么，前年呢？前年莫飞也在加班——他这班好像永远也加不完一样。今年他终于不用加班了，因为他失业了。那么，两个人唯一一次一起过圣诞节是在什么时候呢？应该是在上学时吧。大一还是大二？记不得了，只记得那天晚上两个人在世贸天阶看一场晚会，那台晚会一直开到夜里十二点，回家时已经没有地铁了。那天还下着雨夹雪，很冷，打车回郊区的学校估计得花两三百，他们舍不得花钱打车。没办法，学生都很穷，他俩最后等了三个多小时的夜间公交才回了学校。也是那天之后，莫飞才忽然对自己说，他打算创业了，他说，等项目拿到融资，生活就会好起来。可是，这么多年过去了，经历了这些起起伏伏，生活真的好起来了吗？她没有答案，也不想再去找答案了。新的一年就要到了，她觉得，从今天起，自己也应该向过去的一切告别了。

半个月后，商讯网刊登了一篇新闻报道：

掌游互动全资收购创业公司欢聚网络

近日有消息称，中国第一梯队的游戏公司掌游互动将全资收购创业公司欢聚网络，作价约三千万元人民币。

据悉，掌游互动的财务和审计部门已经全面接管欢聚网络，正式的收购消息会在春节期间宣布。完成收购后，欢聚网络将并入掌游互动的移动业务部。

资料显示，欢聚网络创业刚满半年，专注于陌生人社交领域，目前尚未有公开的历史融资信息资料。创始人林姿女士曾经在今年11月的协力科技园创业大赛中崭露锋芒，以初赛满分的成绩直接晋级总决赛，成为年度黑马，但在总决赛的评委实测环节里爆出了"用户裸聊门"，轰动一时，导致其中途退赛。对于这一丑闻，创始人林姿女士表示已封停相关的违法账户，并针对所有的涉黄问题严格自查整改，欢迎广大网民对不良信息监督举报，共同营造良好的网络生态环境。

而对于此次的收购传言，林姿女士暂时不予置评。

PART 2 创业者对创业者

谁把我的网站拖库了？

1

这可能是莫飞有史以来过得最糟糕的一年了，他先是在半年前失去了自己的公司，又在一个月前失去了自己的女友。他后来去华清嘉园找过几次林姿，不出所料，人去楼空。但他知道她还在这座城市，因为对于他们这种从小城市里出来的人来说，一旦适应了更好的生活，就很难再回到旧的地方了。也正因如此，他更加清楚自己给不了林姿现在想要的一切。

这个年莫飞过得很沉闷，他早早地就回了西安老家，整日窝在家里看电视，他甚至拔掉了网线，关掉了微信通知，与世隔绝。

初五的早上，他正在边看春晚的重播——这重播他已经看了不下一百遍了——边对着一张《建材胶黏剂采购表》发呆。他已经决定不再回北京了，打算留在家里跟着父亲做建材生意。

在退租北京的房子时，他最后一次看了眼一片狼藉的家。看着那里曾经和林姿生活过的痕迹，他暗暗地对自己说："离开北京之后，就再也不回来了。扔掉那些也好，彻底跟过去的一切告别。"

这时，"装聋作哑"了半个多月的电话终于响了起来，他有气无力地接了起来："谁啊？"

"终……终于联系上你了，给……给发微信咋……咋不回啊，以……以为你消失了。"田大壮带着一腔幽怨说。

"过个年，清静一下呗。"

田大壮知道莫飞状态不好，但他仍带着乞求的口吻说："你……知……知道吗，小婉的父亲病……病重，快……快……啊快……快不行了。"

"人爹死了，跟你有什么关系？"莫飞嫌弃起来，"大过年的，你操的这算什么心？"

"你……你帮……帮我去山西运城看……看下吧。"田大壮在电话那边哀求道，"我……我这饭店……忙……忙死了，走……走不开，正好你离……离……离……离得也近。"

"你是不是有毛病？"莫飞骂道，"你俩什么关系都没有，她爹是死是活干你什么事啊？怎么还得我千里迢迢地给人送终啊？"

"朋……朋友嘛。飞……飞哥，得……得帮忙啊……你……你不知道，小婉家里很……很艰难的。飞……飞哥，你就去一趟吧，就当散心了，车……车费我给你报……报……报……报销还不行……吗？"

"报你妹！"莫飞挂了电话。

运城离西安很近，莫飞只坐了两个多小时火车就到了。他不知道自己为什么要答应这趟莫名其妙的差事，毕竟大过年的去给人送终不是什么吉利事，或许自己确实想散散心，又或许，只是自己实在不想面对那些让他完全提不起兴趣的建筑材料。

按照田大壮给的地址，莫飞找到了一片破旧的水泥厂房，厂房四周是写满"拆"字的红砖墙，墙面被熏出黑漆漆的一片片，远处是又粗又高的大烟囱。他看了眼门口传达室，里面没有人，于是他径直穿过大门，绕到后院，几经辗转，才找到栋矮小的职工宿舍楼。

他看了下手中的地址，确定没错，于是鼓起勇气敲了敲门。

"谁啊？"里面传出一个女声，是何小婉。

"我……"莫飞也不知道应该怎么说，只好干干地拍了拍门，"别问那么多了，你开门就对了。"

"吱扭"一声，门开了。何小婉穿着一件红色的大棉袄，系着围裙，吃惊地瞪着莫飞："你怎么来了？"

"来看看你。不欢迎？"

"哦。"何小婉一甩门，也没跟莫飞客气，直接把他让进了屋。这是间很小的老房子，客厅很窄，进门右手边是厨房，挂着脏兮兮的帘子，迎面是块镜子，旁边是两个房间。"那边有水，渴了自己倒。"何小婉指了指莫飞身后的一张桌子，转身又到厨房忙去了。

他掀开帘子，看到何小婉正在煮东西。

"在做饭？"莫飞边问边不住地来回跺着脚，他才注意到这个房间里没有暖气，冻得他浑身发抖。

何小婉没回答，拿出汤勺搅了几下锅之后，径直离开了厨房。她走到里屋，拿出一台"小太阳"打开："家里冷，别冻着了。"

莫飞缓了一会儿，才闻到一阵刺鼻的药味儿："煎药？给谁煎药？你爹？"

"谁爹啊？"何小婉生气道，"他不是我爹。"

"不是你爹，你给他煎什么药。"

"管什么闲事呢？这大过年的，谁让你来了？"

"你这简直就是不识好人心。"

"谁需要你来当好人了？"她摔了下汤勺，锅里的热水溅了出来，溅到了手上，何小婉疼得接连倒退了几步，她擦了擦眼泪，"这药太呛人了！"

说着说着，她声音里竟然泛起来点儿哭腔。

"你就不能别总这么冲动吗？"莫飞找了条毛巾蘸了点儿凉水，裹住她的手，"何阳呢？"

"在医院，我一会儿给他送饭去。"何小婉指了指燃气灶上的另一口锅，"你帮我看下粥，应该快熬好了。"

"行了行了，我来吧，你歇着。"他把何小婉推到一边，揭开燃气灶上的一口砂锅，顿时，浓烈的中药味儿散发了出来，呛得莫飞直咳嗽，"这什么药，太冲了。"

"治肺癌的。中医院给的药，我也是第一次熬。"何小婉用毛巾擦了擦手，靠在门边望着莫飞，"你怎么想到来运城了？"

"大壮给我打电话说你家里需要人帮忙，就让我来看看。"莫飞说，"他曾经给你家里寄过东西，所以有地址。"

"让……让你们费心了。"何小婉看了看窗外，风卷着扬尘吹起了几片落叶，一只乌鸦落在一棵光秃秃的树上，呱呱地叫了两声，刺耳难听，"医生说他是肺癌，晚期了，也不建议做手术了。刚开始时做过两次化疗，花了好几万，效果也不好，家里也没多少积蓄了，听说中医没准儿有用，我就从中医院买了药自己回来熬。"

莫飞本想试着哄哄何小婉，却又找不到合适的话，毕竟在一条沉甸甸的人命面前，什么词汇都显得苍白无力。他拿着汤勺思来想去，最终也只是不咸不淡地说了句："也别放弃希望，没准儿还有别的法子呢。"

何小婉没有回应他的话，仍旧自说自话："你说，他怎么就病得这么突然呢？"她挠了挠头发，"我以前那么恨他，恨他逼死了我妈，我甚至真的想过他怎么不去死，可是……可是……"她干脆抱膝瘫坐到了地上，"可是……他真的快死了，我……我怎么就忽然恨不起来了呢？他那么喜欢喝酒，我一直在想，他迟早醉酒被车撞死，但……但……谁知道他偏偏得了肺癌，他……他可是从不抽烟的啊。"

说着说着，她把头埋在两腿间哭了起来。这时，水开了，热水壶呜呜地响了起来。在刺耳的鸣音中，她哭得稀里哗啦。"得什么肺癌呢？他应该喝死的，他应该喝死的。他要是不那么酗酒，我妈也不会死。他应该喝死，老天爷为什么不让他喝死呢！"

面对何小婉对父亲莫名的仇恨，莫飞愣在她面前，一句安慰的话也讲不出来了。

"或许自己就不应该多管这档子闲事。"莫飞想，他又一次觉得，这个春节过得真是糟糕透了。

2

不只莫飞，彭剑这个年也没有过好。尤其是春节前的两个月，他不但要手忙脚乱地处理公司的各种杂事，还要陪着"王八杰森"在公司里各种折腾。这个富二代整天吃饱了撑的，今天颁布一个新管理条例，明天又心血来潮地到各部门"体验工作"，时不时地还要给彭剑开会，灌输国外的最新商业理论，完事竟然还布置作业，隔三岔五地，竟然还得检查彭剑的英语单词有没有背完！

彭剑纳闷儿，"王八杰森"是不是把他当儿子看了！罢了罢了，就当陪小孩过家家了，反正已经把这个祖宗打发到美国休假去了。此刻，他坐在宁波慈溪的老家里，看着弟弟和年迈的父母亲在厨房忙来忙去，长长地舒了一口气，心说："这糟糕的一年终于要过去了。"

热气腾腾的饺子刚端上桌，他就接到了小赵的电话。彭剑往嘴里塞了一个饺子，问："怎么了小赵，我刚不是给技术部的同事发过拜年红包了吗？怎么，没收到？"

"不是，不是说红包的事。"小赵忙解释，"彭总，你快看下微信，我把截图发您了！"

"截图？什么截图？"彭剑没理解，"我现在手机跟你打着电话呢，怎么看？"

"那我先挂了，总之您看一下微信，事……事关重大。"

"到底什么事啊，这么要紧？"彭剑满脸疑惑。这个小赵，闷头写代码倒是把好手，无奈语言表达能力实在太差，说话总是抓不住重点。

"我们……我们的用户数据……"小赵着急地说，"我们的用户数据被拖库①了！整整8G的用户数据，全被人公布到网上了！"

彭剑脑子"嗡"地响了一声——这一天终于来了。

"我在黑市论坛上看到的，这些数据卖一万块钱，全……全都没加密。"小赵继续说道，"我本以为是假的，结果试了几条，竟然全都是真实信息！更重要的是，这些数据都是明文显示的。现在网上已经闹得沸沸扬扬了，刚还有几家媒体给我打电话问内情。太……太诡异了，肯……肯定是从咱们内部泄露的。"

彭剑含着那口没咬完的饺子愣在了饭桌前。毫无疑问，这又是张克亮的杰作。他先是从自己手里拿走了数据库，扩充了一聊SDK的用户，之后就把这份数据公布到网上。但这么做对他有什么益处呢？彭剑没有答案。虽然自己不是很喜欢他，但至少两个人场面上的合作还说得过去，这么着急在大过年时置自己于死地，他图什么呢？

当天晚上彭剑都没敢睡觉，他提心吊胆地握着电话，等待吴明劈头盖脸的责问。他虽不清楚张克亮的动机，但他了解吴明的脾气，自己现在就如同他手中牵着的那条狗，前进不得，后退不得，只能按照他的旨意小心翼翼地度日，不容出现任何差错。

忐忑不安地等了几个小时，他才接到吴明的电话。彭剑看了看表，夜里十一点半，吴明正在夏威夷度假，所以，现在应是美国时间早上十点钟左右，想来他刚刚睡醒，就得到了这条噩耗。

---

① 拖库，指网站用户信息数据被泄露，公布在了互联网上，供网民公开下载和访问，即网站的用户隐私泄露。

"你这是怎么回事?!"吴明的语气里带着前所未有的愤怒，好像要透过电话信号跨越半个地球生吞了彭剑，"现在网上都在报道闲置网用户隐私泄露的新闻。那可是整整8G的数据！"

彭剑握着电话，一个劲儿地解释说，正在进行内部排查，追溯源头。

"你排查个屁！那肯定是内部人干的！"吴明继续怪罪道，"我看过那些数据了，用户名、密码都是明文存储的。没有内鬼，这些未加密的信息能自己从数据库里蹦出来？"

"可能……可能是莫飞干的。"在这几个小时里，彭剑已经想好了对策，打算让前任CEO来背这个黑锅，"毕竟他曾经是老板，没准儿在服务器里留下了什么后门，因为一直怀恨在心……所以才报复咱们。"

吴明显然没吃这一套，他严令道："别以为你能脱得了干系。我警告你，年后美国UST就要来中国了，我们跟UST的收购案也已经谈到要走审计流程的重要关口了，你要是再敢搞出什么负面新闻……"他提醒彭剑，"别提你手里的股份变现了，小心我要了你的命！"

诚惶诚恐地挂了电话后，彭剑在心里又一次狠狠咒骂了张克亮这个小人。他这才顿悟，原来张克亮此举并不是冲着自己，而是奔腾佳创投来的。趁着UST进入中国的时机，让闲置网声名扫地，搞黄这笔买卖——"太孙子了！"他暗骂道。看来，这事暂时只能推到莫飞身上了，毕竟，从舆论的角度讲，他这个前任CEO就如一条丧家犬，做任何脏事都有可能。

回想到吴明说的那句"跟UST谈判的重要关口"，他又气不打一处来。事到如今，自己早不指望那虚无缥缈的四千万了，就算闲置网真被卖掉，自己能从吴明那儿分到多少钱也尚未可知，本计划趁着这次把股份套现再创业，但……这帮搞投资的王八蛋，一个比一个工于心计，只把他当棋子和炮灰，无时无刻不计划着阴自己一把。现在，前有吴明这匹狼，后有张克亮这只虎，中间还有"王八杰森"不断给自己找麻烦，彭剑心烦意乱，不知如何是好。

看如今的局势，彭剑终于明了自己很难从中捞到好处了，如不能及时套现离开，恐怕自己就真要被埋在这个坑里了。想到这里，他更感觉到焦头烂额。他看了下表，已经早晨五点了，天还没有亮的意思，但他已经完全坐不住了。他下了床，来回踱步，终于决定出门，直奔火车站。

3

莫飞是头一次见到ICU（重症监护室）的布局。他在窗前看到重症监护室里各种复杂的仪器和手指粗的输液管，看到那根管子穿过老人的鼻子，听说要一直插到肺里。他想了一下那种感觉，觉得浑身极其不舒服。

何阳看到莫飞，也很意外："你怎么来了？"

"小婉在家煎药，我就先过来给你送饭了。"说着，他晃了晃手中的饭盒，"反正我在家闲着也没事，就看看有没有什么我能帮上忙的。"

何阳接过饭盒，坐在病房门口的塑料椅上，并没有吃饭的胃口。

"躺多久了？"莫飞问。

"在ICU里一星期了，今天是最后一天，下午医生就要把他转到普通病房了。"

"怎么不再多躺几天？"莫飞不解，"毕竟……这么严重的病。"

"扛不住了。在里面一天就要五千多块钱，家里的积蓄用得差不多了。而且，进ICU基本上就宣判了死刑，医生也建议……"何阳的眼神黯淡了下来，"医生也建议我们放弃了。"

"那……就这样了？"

何阳没回答。过了一会儿，护士推着何阳的父亲从ICU里出来，何阳急忙扔掉手里的饭盒冲了上去，却被护士拦住："病人需要静一静，我们先转到普通病房，让他休息两个小时，之后你们再来看吧。"

莫飞看了眼地上被摔开的饭盒，粥洒了一地，他只好拽了何阳一把："走吧，我们去外面吃点儿饭去。"

两个男人坐在医院对面的小饭馆里相视无语。何阳趴在饭桌上两眼无神，呆呆地望着医院的方向，似乎自己的魂还停在那里。莫飞只得敲了敲手中刚洗干净的饭盒："你看，小婉给你熬的粥，你一口没喝，多可惜。"

何阳好像忽然回过神一般，他摘下酒瓶厚的眼镜，鼻子一酸，忽然哭诉了起来："我……我们家对不起小婉。"

他的这忽然一哭，倒让莫飞尴尬起来。莫飞连忙抽出几张纸巾递给他："你别这样，小婉看见了肯定也很难过。"

何阳吸了一下鼻子，忽然说出句话："小婉……小婉并不是我的亲妹妹。"

原来，在何小婉两岁的时候，她父亲就因一次事故去世了，她母亲带着年幼的何小婉从扬州万水千山地到运城来投奔她的大学同学，也就是何阳的父亲。当时他刚离婚没多久，带着何阳住在市水泥厂的家属楼里。两个苦命的人很快就重组了家庭。但是婚后，何小婉的母亲才发现，这个曾经老实稳重的男人如今嗜酒如命，整天喝到深夜并屡教不改，而酒醉之后性情也大变，变得性烈如火，一点就着，经常对她拳脚相加，全不见往日的温和沉稳。一次酒后，他因急性酒精中毒而住了院，也因此丢掉了水泥厂的工作，终于成为这个再婚家庭的累赘。他失业后，何小婉的母亲不得不成了家里的顶梁柱，终日奔波在外赚一点儿糊口钱。为了抚养两个孩子，某天，她终于累倒在工厂的流水线上，再也没有醒来。

"我爸要是不喝酒，她妈妈也不会死……"他喃喃地说着，"莫飞，你知道我为什么要做狗狗宝吗？何小婉的妈妈死前，曾捡过一条狗给她，结果，一次我爸喝醉了，就因为狗冲着他吠了两声，我爸他……他就把狗踢死了。"

何阳说着，又趴在饭桌上歇斯底里地哭了起来。

莫飞这才知道，为什么何小婉如此爱她这个异父异母的哥哥，却恨死了这个哥哥的父亲。

● 今年互联网创业的风口是什么？

1

春节假期还没过完，彭剑就已经回到了公司。他受不了这几日在家无能为力的煎熬，既然已经认清闲置网是个烂摊子，他就要早做打算，另谋出路。

技术部的几个核心员工也陆陆续续地回到了公司。这帮人很义气，跟着彭剑风风雨雨两三年，他一个电话，众人就提前买票回京，任劳任怨，随时听候差遣。

彭剑看着他们风尘仆仆的样子，满怀感动地说："谢谢大家放弃春节假期，匆匆地赶回公司。"他清了清嗓子，"大家也知道，最近这半年公司出了很多状况，很多事情都已经超出了我们可以掌控的范围……"

他话还没说完，一个方脸的码农就立即表了忠心："彭总，您就别客气了，公司的困难我们都看在眼里，但我们发誓，这次的数据泄露跟我们完全无关，希望您一定要相信我们！"

彭剑连忙解释："不用不用，今天在场的都是自己人，我清楚，这事不可能是你们做的。"他话锋一转，示意小吴打开投影仪，"今天召集大家来，是为了讨论一下 AI MAKE 的进展。"

AI MAKE 是彭剑在莫飞出任 CEO 时，偷偷在天创科技技术部立项的人工智能项目，本想着莫飞一走，就可以光明正大地把它搞起来，谁知又忽然冒出来了个"王八杰森"，导致项目一拖再拖，直到年前才匆匆收尾，完成了第一版原型。

幕布慢慢地垂了下来，彭剑打开了 AI MAKE："这些年，我们对人工智能的基本语义分析、自然语言理解和深度学习都摸到了一点儿门道，虽然只是些很小的收获，但我清楚，这些都是很难得的成就，尤其各位还是利用私人时间去做的这个项目，我明白你们下了很大的功夫，但是……"他犹豫了下措辞，"但是目前，我们的产品离可用性还差得相当远。"他拿着手机晃了晃，"你们说说，现在我们的App可以做什么呢？"

小赵不识趣地自夸了起来："彭总，您用了我们的App吗，挺好的啊！它可以预报天气、查公交线路、添加待办事项，还能跟你讲笑话，多厉害啊！"

"就是，而且这都是我们自己一行一行代码敲出来的，没有拿网上的开源项目充数。"另一个码农帮腔道。

"也不是，有个别模块还是引用了几个国外的公共库。"小赵没只顾着邀功，自告奋勇地承认，"主要还是时间太仓促，没办法把所有的模块都写一遍。不过彭总您放心，后期我们肯定把公用库里的代码重新写一遍，争取里面用的都是咱们自己的东西！"

他说着，眼睛里又闪烁着码农常有的主动加班的幸福光芒。

码农的话并没有让彭剑兴奋起来，他了解这帮人，知道他们对技术精益求精的追求，醉心于代码缩进、流程优化、精简代码冗余的过程，甚至觉得这才是编码的意义。

殊不知，这些重复造轮子的举措，对项目的进展于事无补。

彭剑没有理会他们的热情，一针见血地指出问题："我明白大家为AI MAKE的确花了很多心思，但显然，现在这个产品是没有竞争力的。如你们所说，它虽然可以查天气、查线路、查待办事项，甚至还能讲笑话，可是……"他指着桌子上的一台苹果手机，"有什么用呢？这些Siri①都可以做到，而且，远比我们做的

---

① Siri，苹果公司开发的一项智能语音控制功能，用户利用Siri可以通过手机读短信、介绍餐厅、询问天气、语音设置闹钟等。Siri可以支持自然语言输入，并且可以调用系统自带的天气预报、日程安排、搜索资料等应用，还能够不断学习新的声音和语调，提供对话式的应答。

要好很多。"

眼看工作成果并没有得到老板的肯定，众人难免有些失落。沉默了会儿，另一个码农开口说："彭总，我不太明白您的意思。现在我们的产品是不够完美，但基本的流程都能跑通。"说着，他也拿起手机，点开了 AI MAKE，对着屏幕问："明天的天气怎么样？"很快，手机就告诉他说："明天阴转多云，气温-5~8℃。"

他拿着手机对彭剑说："彭总您看，这个体验多好啊。虽然市面上的人工智能的产品功能大同小异，但我们在速度上显然更有优势。"

这位码农的演示并没有让彭剑满意，他强调："你们还是不明白，人工智能并不是一问一答——你们现在做的这个东西，原理不过是分析用户语音，识别个别词汇，再给予设定好的反馈，通过这样一问一答，的确能完成些简单的日常交互，但充其量只是初级的语音助理而已，这离真正完善的人工智能，离我们心目中可以跟人交流、沟通、给予反馈甚至能够深度学习并自我进化的终极目标差得还太远了！我们现在做的这个东西，没有任何的实际用处！"

见产品被老板批得体无完肤，众人都呆坐着，没敢多吭声。过了会儿，角落里一个码农举起了手："彭总，您的意思我们都明白，但……以我们目前的技术水平，只能做成这个样子……如果要做到您理想的形态，需要极强的降噪消音处理技术，以及基于神经网络的语义分析，可能还需要几千个 TB 的大数据存储量。以苹果和谷歌的技术，没准儿都得数百名科学家干上十几年，而凭我们这几个人，做到这样……"他犹豫了下，又鼓起了勇气，"做成这样，已经是很难得了。"

这些道理彭剑也不是不知道，毕竟在场的人都是技术出身，谁都清楚做这个的技术门槛。但彭剑毕竟是老板，他阴沉着脸反问道："就因为难，所以我们就不做了吗？"

众人被这句反问镇住了，谁都不敢接话。

沉默了很长时间后，小赵忽然提议："如果这个太难，那，要不然……咱们换个方向？"

"换方向也行，你们有什么想法？"

大家又一次被问住了。说白了，做这个人工智能项目本就是彭剑的要求，但他作为项目领头人，其实自己也没想太明白，只是抱着"一条道儿走到黑，走到哪儿算哪儿"的态度边做边琢磨，要说方向错了，那也是彭剑的责任。而至于说项目转型……自己给别人找问题倒是很拿手，要说解决方案……彭剑一时语塞，也答不出来。

空气里迎来又一次沉默，众码农面面相觑，尴尬地盯着投影仪幕布不发一言，谁都不敢再接话。

"我觉得，你们可能需要个product manager（产品经理）。"这时，门口有个人打破了屋里的沉默。

众人朝门边望去，"王八杰森"靠着门廊，怀里抱着一大盒糖果，边往嘴里塞，边笑盈盈地看着他们。

2

"大过年的，你来公司干什么？"彭剑有点儿紧张，"你不是应该在夏威夷跟吴总度假吗？"说着，他迅速示意小赵关掉投影，以防被"王八杰森"找碴儿——毕竟人家是天创科技的空降CEO，自己背着他搞这种项目，实在是自寻死路。

"你们中国人讲究过年，我可没这习惯。""王八杰森"嘎嘣嘎嘣地嚼着糖，"正好我妹妹也在国内，我就提前回来陪陪她。"说着，他朝小赵挥了挥手，"别关啦，我都看在眼里了。"

他自说自话地走进会议室，搬了张椅子坐在了彭剑的身边："Penry，这个Artificial Intelligence（人工智能）做得确实是不行。"他朝彭剑挤了挤眼睛，"这种产品投放到市场不可能有任何的competitiveness（竞争力）。"

彭剑不懂他嘴里夹杂的英文单词都是什么意思，但明白都不是什么好词。既然一切已经被"王八杰森"看到，那就没必要藏着掖着了，大不了就此一拍两散，反正自己也受够了。他直截了当地说："那，请问王总有什么见解？"

"见解谈不上。""王八杰森"显然没听出彭剑话里的嘲讽，他比画着，"我在New York University时就跟导师讨论过有关Artificial Intelligence的问题，当时我导师就问我说，既然Artificial Intelligence是用来帮人工作的，那么你有没有想过，人类的哪些工作可以被replace（替代）呢？"他跷着一只腿，科普了起来，"就拿科技界已经应用的技术来讲吧，Amazon送货的无人机、Tesla的autopilot 2.0①、Schneider②的智能家居，甚至Google的AlphaGo③，它们的特点是什么？"他挑了下眉毛，望了望在场的码农，继续说，"他们的特点就是只focus（集中）在一个细分领域，专心完善产品，使他们在这个领域里可以 replace 人的工作。"说着，他拿起桌上装有 AI MAKE 程序的手机，"喏，你们想它可以 replace 人

---

① 自动驾驶技术在国际上有严格的分级标准：0 级，无自动驾驶；1 级，通过分析驾驶环境，对驾驶操作提供辅助支持，主要还由人类操作；2 级，部分自动化，通过分析驾驶环境，对方向盘和加减速中的多项操作提供支持，其他动作由人类进行操作；3 级，有条件自动化，由自动驾驶系统完成所有的驾驶操作，人类在适当时候提供应答；4 级，高度自动化，由自动驾驶系统完成所有驾驶操作，人类不一定需要对所有的系统请求做出应答；5 级，完全自动化。截至 2016 年 10 月，特斯拉推出的 autopilot 2.0 技术已经实现了 5 级标准，可完全替代人类驾驶员开车。

② Schneider，施耐德电气有限公司，世界 500 强，在能源与基础设施、工业过程控制、楼宇自动化和数据中心与网络等市场处于世界领先地位。

③ AlphaGo，阿尔法围棋是一款围棋人工智能程序，由谷歌（Google）旗下 DeepMind 公司开发，其特点是摈弃了人类棋谱，只靠深度学习的方式自我成长，挑战围棋棋艺的极限。

的什么工作？"他皱着眉头琢磨了下，"看起来好像是 Voice Assistant（语音助手），但是语音助手也包含了好多学问，你们这个 prototype（雏形）只是完成了简单的查询和反馈，可用性还是很差的。更别说发展成能独立思考、自我进化的超级 AI，那需要好多的 scientists 来研究，你们做不了……"

话还没说完，彭剑就打断了"王八杰森"，他没耐性地摆摆手："你说的全都是废话，这些大家都懂。"会议室里升起一丝硝烟味儿，"我就想知道，您的美国导师有给您指点过什么牛×的解决方案吗？"

"王八杰森"没急着回应彭剑的挑衅，他悠悠地抛出一个问题："你们觉得，现在我们公司里，什么职位可以被 AI replace？"

用人工智能来替换公司的内部职位？这事彭剑从来就没有想过，他做这个人工智能的目的是为了 to C①，并没有指望它能够对公司内部的运作起什么帮助，更何况自己连公司到底有多少个业务部门都不清楚，这话题对他来讲过于缥缈，他答不出。

小赵想了下，眼睛一亮，举着手说："当然是库房了。我去库房帮他们做过几次盘点，累死了。咱们库房的进货、发货、盘点都需要耗费极多的人力物力，很耗神。我听说国外的某些公司都已经开始使用机器人盘货了，难不成王总的意思是说……咱们转型做机器人？"

一想到要做这么有趣的项目，小赵的眼睛里又闪烁起码农常有的主动加班的幸福光芒。

"王八杰森"被他的话惊了一跳，连忙解释说："No，做机器人太烧钱了，去工厂开一次模就能把我们拖垮，Uncle 吴是不会答应的。"

见答案被否，小赵嘬着嘴望了望彭剑，没再说话。其余人也大眼瞪小眼地默

---

① C，customer，消费者，to C，指面向个人消费者的产品或服务。

不作声，看着"王八杰森"，等他给一个方向。

"王八杰森"拆开一块水果糖，用手捏着晶莹透亮的糖体，放在灯下百无聊赖地观察着，等了一会儿，才发现无人再敢应答，他只好把糖塞进嘴里，说："是customer service（客户服务）。"

"客服?"众人只觉得匪夷所思，显然没法把这个职位和人工智能联系起来。

"这两个月，我仔细research（研究）了所有部门的工作日志和周报总结，发现customer service的trouble（问题）最多，他们二十四小时两班倒，却依然处理不完客户的list（清单）。So，我就去坐了一天班，observe（观察）他们的工作内容。我发现，有80%的重复问题，例如什么时间发货，用的什么快递，或者商品成色和退换货事宜，这些我们虽然都在官网上写着，但还有很多人问。""王八杰森"从椅子上站起来，围着屋子开始踱步，"So，如果我们用AI来处理，是不是可以帮customer service减轻点儿工作量呢？例如，针对用户反应的高频次问题，在后台设置好keyword（关键词），结合自然语言语句分析，无论他是用文本还是电话提问，我们的AI都可以给出answer（答案），如果预设的answer不能满足客户，再进行人工干预，还可以结合客户的size（尺寸）筛选商品进行推荐……你们看，这样是不是一个在细分领域的尝试?"

虽然夹杂了很多英文单词，但彭剑也能听懂个七八分。他惊讶于"王八杰森"的适应能力，只是来了两个月不到，就把全公司的状况摸得这么透，显然，这个富二代对天创科技的发展是有过思考的。

"而且，更重要的是，在这个process（过程）里，也能掌握话语积累和情绪分析，这些积累和反馈所组成的大数据，对AI的完善，也很关键。"

彭剑不由得对"王八杰森"另眼相看，但仍吃不准他的想法，他也抓了颗糖，走到了"王八杰森"的身边，递给他，说："王总的想法不错……但，是否真能在公司内部实施呢?"他犹豫了下，试探性地问了句，"滕佳创投那边能答应

吗?"

"王八杰森"从彭剑手里接过糖,笑了:"这个针对customer service的AI解决方案一旦实现,能极大提高工作效率,还能save(节省)很多不必要的人工成本,甚至可以把这个项目直接deploy(扩展)到滕佳创投的其他企业。"他朝彭剑挑了挑眉毛,"我保证这个项目可以顺利进行,而且,由Penry你领头,Uncle吴那边不会有任何问题。"

这句话倒真让彭剑安了心,暗叹自己真是小看了这个看似游手好闲的富二代。他分析得对:码农现在做的人工智能完成度太低,看起来虽是什么功能都有,但任何一个部分都没有做好,跟市面上的同类型产品比起来没有任何竞争力,而去繁从简,集中精力专攻某一个细分领域,并优先在自己公司内进行部署,不但实用性更强,更接地气,也算是对商业化的一次尝试。更重要的是,这样一来,无论是由"王八杰森"还是自己牵头做,都师出有名,可以光明正大地动用全公司的资源去开发,不用再像以前那样藏着掖着偷偷摸摸地干了。

但他并没有急着答应,而是阴沉着脸思考了一会儿,对"王八杰森"说:"不……这个项目由你领头吧。"顿了顿,他好像在心里给自己打了打气,"你做产品经理,我们……"彭剑看向众码农,"我们跟着王总干。"

3

病房里,何阳父亲干瘦得像棵枯树,躺在床上奄奄一息,嘴里重复着何小婉母亲的名字,仿佛魔怔了一般。何阳擦了把眼泪,趴在床头,摸了摸他的脸。老头看见儿子,忽然从死神手中缓回来一点儿精神气。他慢慢地抬着手,虽然指着何阳,嘴里却问:"小……小婉呢?"

"她……她今天有事,来不了了。"

"能有什么事啊？"老头睁开两只浑浊的眼睛，望着高高的输液瓶，"小婉……小婉还是不肯原谅我吧！"

莫飞站在何阳身后，小声地给何小婉打电话："你人呢？不是已经到医院了，怎么还不进来？"

"我……我才不要进去呢。"何小婉在电话那头噘着嘴说。

"老头快不行了，就要看你最后一眼。"

"我不。"

何阳推了下莫飞，说："算了，别为难小婉了，她是不可能原谅我父亲的。"

"说什么呢？这人都快要不行了，怎么还记恨着陈芝麻烂谷子的破事？"说着，莫飞干脆穿上外套，走出了病房，"你等着，我这就去把她拽过来。"

他刚走出门没几步，就看见了蹲在地上画圈的何小婉，他用脚尖踢了下她："蹲在这儿干吗？快跟我进去，老头不行了。"

"我说了，我不去！我就不要原谅他，凭什么要我原谅他！"何小婉起身往后退着，带着倔强，骂声回荡在空荡的医院走廊里，"他就应该这样带着遗憾去死！"

"你说什么胡话呢？"说着，莫飞抬手朝何小婉的脸挥过去，"给我冷静冷静！"

何小婉被莫飞这一巴掌打蒙了，捂着脸死死地盯着莫飞："你打我？我哥哥都没打过我！"

莫飞没再跟她多废话，拽着她的胳膊，一把就将她推进病房："你们自己把话说清楚吧！"莫飞反靠在病房门口，朝里面的何小婉喊。

砸了一会儿门后，何小婉只得垂头丧气地转过身子。她看着病床上奄奄一息的老头，眼中又燃出一丝若有若无的怒火。何阳看着她的脸，有点儿为难地说了句："不然……去看看他吧。"

思前想后，她脚步沉重地向老头走去。病榻上的老头看何小婉走来，艰难地伸着一只手，向她的方向抖着。

　　何小婉看着那只仿佛一捏就碎的手，犹豫了下，还是没有去握。

　　"对……对不起，我……我对不起你们一家人。"老头说着，呜呜地哭了起来，他用另一只手指了指何阳，"我……我是个不称职的父亲，如果有下辈子，你们……你们别做我的孩子。"

　　这句道歉宛如击中了何小婉内心最柔软的地方。多少年来，她一直记恨着这个男人，恨他夺去了自己母亲的生命。而更让她难以接受的是，这个窝囊的男人却又给了她一个可以依靠的哥哥，正是这种矛盾的心理，让她夹在恨与爱的缝隙中情难自已。而眼前，这个人就要死了，这就好像抽掉了心中最后一根支撑自己恨他的刺。这个恨了十几年的人就要与世长辞了，他曾经强加给自己家庭的一切磨难，还能在哪里消化呢……她想着想着，不禁悲从中来，握着老头的手哭了起来。

　　当天晚上，莫飞躺在何小婉家客厅的沙发上发呆，月光透过阳台的窗户照了进来，扰得他难以入眠。他望着明晃晃的月光，回想起今天发生的事。

　　何小婉从病房中哭着出来没多久，老头就撒手人寰了，何阳听到消息后难过得呼天抢地，要死要活。半个小时后，护士来问，是拉到太平间还是直接火葬。莫飞才知道，原来医院有这种从病房拉死人直接到火葬场的业务。想到此刻老头的骨灰盒就放在阳台，离自己只有一门之隔，他觉得背后一凉，惊悚的氛围笼罩了整个屋子。

　　静谧无声的夜里，阳台上忽然有个影子动了下，莫飞吓得脱口而出："谁?"

　　"是我。"那团影子直起身来。莫飞揉了揉眼睛，是何阳趴在那里抽烟。

　　"怎么抽起烟来了?"莫飞披上外套，从沙发上跳下来。

　　"睡不着。"何阳吐了口烟圈，却又咳嗽了两声，显然还没熟练掌握抽烟的技巧。他背靠阳台，若有所思地看着莫飞，"你说，如果我不执意留在北京创业，而是按着他的意愿考个公务员，在家里照顾他，可能他也不会去得这么突然吧？"他眼里又闪烁出一丝沮丧，"我真是……太自私了。"

"不，每个人都有自己要走的路。"莫飞拍了拍他的肩膀，安慰道。

"这……这算什么路啊。"何阳沉默了一下，说出了憋在心里很久的话，"狗狗宝其实只是个打发时间的项目。我本科毕业后，没想好找什么工作，所以才决定考研；研究生毕业了，看到学校有这个扶持政策，才决定创业。可与其说我是在创业，不如说，我只是在逃避社会的选择……"

"你有没有想过，把你那个算法拆分出来？"莫飞忽然冒出这么一句话，打断了何阳的自责。

"拆出来？怎么说？"

"狗狗宝作为平台，变现的手段只有广告和电商，但以现在的产品情况来看，显然是没什么竞争力的。而唯一能做大现金流的方法，只能是O2O^①，以线上平台结合线下服务的方式，或许还有机会，但这条路对你来讲太长了。"莫飞把自己对狗狗宝的想法和盘托出，"所以我个人觉得，以你的技术能力，与其死磕这种依托于强营销的项目，不如把产品拆开，专攻你擅长的技术领域。"

"可是，我在技术上能有什么优势呢？"

莫飞没有回答，反问道："今年互联网的风口是什么？"

何阳摇摇头，没有答案。

"是大数据，人工智能和VR（虚拟现实）。"说着，莫飞却又扫兴地耸了耸肩，"不过这些门槛太高，我们显然是没什么可玩的。但你有没有想过，既然你

---

① O2O，Online To Offline，线上到线下，指将线下的商业机会与互联网结合，让互联网成为线下交易的平台。

的系统可以抓同城信息网的数据，那么，它可不可以抓取其他网站的数据?"

"你想抓哪个网站的数据?"何阳仍是没有理解。

"不不不，不仅仅局限于某一个网站。我的想法是，如果将你系统中的抓取算法独立成一个App，它可以帮用户在互联网上抓取和索引他感兴趣的内容，例如，我最近关注某只股票，只需要在App里输入股票名称或者编码，程序就自动推送相关公司的报告给我;或者，某个女孩喜欢哪个男明星，咱们就定时推送男明星的动态给她;又例如，当App监测到我到了一个新地方，就自动推送给我当地相关的旅游信息，等等。"

"你的意思是说转型做数据抓取?"何阳似懂非懂地说，"这其实跟狗狗宝现在做的是一回事。"

"还是有区别的。"莫飞强调，"虽然在程序逻辑上讲，这跟狗狗宝的信息推送没有区别，但一旦独立出来，这个功能的覆盖面更广，运营方向也会更集中。这是创业初期必须去做的减法工作。"

何阳并不完全理解莫飞所阐述的产品模式，他似乎已经下定了放弃创业的决心，他皱着眉头说:"或许如你所言，做减法是正确的路吧，但我已经不想再折腾了。这几年我不明不白地创业，影响了太多人……尤其是小婉，她跟着我在北京像浮萍一样漂泊，我……我实在是不想再耽误她的人生了。"

"我没问题的，哥哥。"

俩人扭过头，何小婉穿着一件宽大的睡衣站在他们后面。

"你怎么也醒着?"

"你们说话声音这么大，我被吵醒也不奇怪啊。"她冷冷地看了眼莫飞，想起了中午被他扇的一巴掌，觉得半边脸又烧得烫人，"你这家伙虽然讨厌，但想法却还不错。这个确实比狗狗宝的覆盖面要大，而且这个家里的一切糟心事都过去了，现在我们也要开始新的生活。"她给何阳打了打气，"做吧，哥，我觉得可以试一试。"

"不过——"何小婉拖长了尾音,她看向莫飞,"你会跟我们一起做这个项目的,对吧?"

莫飞本不想蹚这浑水,毕竟已经做好了留在家里卖建材的准备,但面对着眼前刚死了爹的兄妹俩的盛情邀约,却又有点儿磨不开面儿。

想了半天,他鬼使神差般地点了点头,说:"好。"

谁买了我一百份的正版软件？

1

之后，三人一起回京。为了保证新产品的开发进度，莫飞干脆就暂住在了何阳的宿舍里。因是在原有的功能上做减法，进展很顺利，一个星期不到，第一个试用版就新鲜出炉，看到功能比较直接，三人干脆就将它命名为"搜索助手"，满怀欣喜地发布到App Store后，反响却寥寥无几，没有一个好评，全是差评，甚至有人留言说："这个App简直就是个摆设，屁用不顶！"

"难道是我的方向错了？"莫飞挠挠头，没待他腾出心思琢磨，胡威忽然打来电话。他在电话那头，兴高采烈地约莫飞吃饭，并说要给他介绍位朋友。

饭局约在三里屯的一家中餐馆。这是自林姿走后，莫飞和胡威难得的一次聚餐。因为几天的熬夜加班，莫飞没睡好，匆匆洗漱完毕赶到包间，却只看到田大壮一人坐在桌前，正在翻一本《30天精通Photoshop》。

"怎么就你一个人？胡威呢？"

"威哥刚出去了，接……接个人。"田大壮头也不抬地说。

"接人？谁啊？"

"不知道，是个姑……姑娘，听说挺……挺漂亮的。"他这才抬起头，"怎么就……就你一个人？小婉呢？你们不是住一块儿了吗？"

莫飞听出了他话里的醋意，忙解释道："胡说什么呢，我是跟她哥哥何阳住学校宿舍了，她自己还是单独在外面租房子。"为了避免话题深入让两人尴尬，莫飞拿起那本《30天精通Photoshop》问，"你没事不在饭店掌勺送外卖，怎么学起这玩意儿了？也打算转行干互联网？"

"不，不是……我……我跟几个厨校的同学打……打……打……打算盘个小饭馆，我……我寻思着先学学，回头设……设计个门……门脸和菜……菜单。"

莫飞知道田大壮是厨校毕业，但这些年只见他在后厨切菜削土豆，要不就是跑腿送外卖，唯一露过的手艺就是某年聚会他下过一次饺子，还是速冻的。

"你这水平，行吗?"

"别……别看不起我，回……回头给你们露……露一手。"田大壮拍了拍胸脯。

这时，包厢的门开了，胡威探进脑袋，扫视了下屋子："哎，我说你终于来了，让我们等这么长时间。"

他走进包间，莫飞才注意到他穿着一身崭新的灰色西服，熨得服服帖帖，像个要娶亲的新郎官，而自己几日加班灰头土脸，相比之下，如同个叫花子。

穿得比胡威更闪亮的是他身后的女孩。她披着一件白色的长款羽绒服，身材和鼻梁都很高，一只玉手从袖子里伸出来，微笑着跟大家打了个招呼。落座后，她脱下外套，露出了里面穿着的深色丝绒毛衣，看起来价格不菲。

"这是Susan，我朋友，你们叫她苏珊就行。"胡威介绍道，"刚从国外回来的，在British News Corp工作。"

几个土鳖并不知道British News Corp是什么公司，但毕竟听起来很厉害，所以还是搓着手说幸会幸会。倒是田大壮心直口快地问了起来："威哥，你刚说的那个B……B什么来着，是什么公司啊?"

"怎么BNC新闻集团你们都不知道?"胡威给苏珊倒了杯水，"《新财日报》和《第一科技周刊》你们总知道吧，都是BNC旗下收购的国内公司。这位苏珊女士可是BNC大名鼎鼎的美女记者。"

被胡威这么一通赞扬，苏珊不好意思地微笑了起来。她一笑，粉色的眼影就在灯下闪起了灿灿的光。她眨了眨眼睛，环顾了下四周，略带含蓄地说："我也是刚刚回国，之前一直在英国工作，你们是我认识的第一批朋友，以后还请多多照顾。"

众土鳖又是集体起立端茶倒水，连声说不胜荣幸。

众人落座后，莫飞偷偷问胡威："哎，这妞不错啊，你怎么搞到手的？"

胡威瞟了一眼苏珊，小声地跟莫飞说："不是我搞人家，是人家追的我。"说着，他反手把包厢门一关，往洗手间走去，"你都不知道，这妞上周刚回的国，不知道从哪个猎头手上拿到了我的资料，径直堵在我公司门口了，非要跟我交朋友，让我去他们BNC中国区上班。"

"这好事啊，你脑子进水了，怎么还不去？"

"好什么啊。"胡威摆了摆手，走进洗手间，"你不知道，BNC虽然待遇高，但是管得特严，上下班打卡不说，还得签什么《职业道德操守条例》，连车马费都不让拿，更别提接私活儿写新闻稿了。你想想，我在商讯网虽然工资不高，但不忙啊，灰色收入也多。"他提提裤子，拉好裤门，又说，"这不，手头还有点儿余钱，二十多万，正打算找点儿小生意兼职做做呢。要是去了BNC，这后半辈子岂不是就搭进去了？"

莫飞没想到胡威工作没几年，还整天大手大脚地买各种新衣服，竟还存了这么多钱。

"这小子，平时没少揽私活儿啊。"他想。

"别说我了，你什么打算？"胡威边洗手，边问莫飞。

于是，莫飞便把跟何阳二次创业的事情跟胡威一五一十地讲了，并向他演示了搜索助手。胡威看后，连声说："不行不行，这个功能太基础，没市场的。你别折腾这个了，今年创业不好干，资本开始收紧了。"

"不说资本，只谈功能，你为什么不看好？"

胡威走回包厢内，坐下，喝了口水，问道："你有没有想过，你的闲置网为什么当初能成，要知道，后来BAT三家公司可都是做过仿品的。"

"因为我切入的时机早。"

"先发优势是一方面，更重要的是闲置网是重运营的电商项目，有流量积累门槛。BAT里除了阿里外，百度和腾讯都不擅长做这种电商平台，你看，后来他们虽然做过仿品，但也没推广起来。大公司虽然财大气粗，但涉及企业文化和产品基因，还是有些玩不转的项目。你有没有想过，你现在做的这个搜索助手有什么流量门槛吗？搜一个词，然后不定时推送相关的词汇给用户，这个技术BAT他们做不到吗？如果他们想做这个，随时抽调个团队一比一地抄一下，岂不是分分钟就用庞大的用户群粉碎式地碾压你们？"没待莫飞反应过来，胡威又拿起手机，"还有啊，你这个产品太慢了。你看，我搜一个词，这半分钟过去了，还没反应。"

"你再等等，这是后台在收集汇总数据，一会儿就好了。"莫飞解释。

过了一会儿，果然跳出了搜索结果页。

"太慢了！我能等，用户等不了啊。"胡威说。

一旁静静观察两人聊天的苏珊也凑过来。她拿过手机研究了一会儿，问莫飞："你这个App的速度能不能再快一点儿呢？"

"后台算法应该还有可优化的空间。"莫飞挠了挠头，"这两天太赶了，回去我再让何阳精简下算法流程。"

"不，我说的是界面。"苏珊拿起手机，用发光的指甲指着搜索结果页，"你看，现在程序是一下子把全部的搜索列表呈现出来，这个时间当然长了，那如果改进下界面，边搜索边呈现结果，哪怕就一两条，至少在用户看来，也知道它在工作，否则……否则我要是用户，肯定就会以为它卡住了。"

"怪不得那个用户说这个App是摆设，屁用不顶！"莫飞恍然大悟道。

"对呀。"苏珊笑了，"因为你们是开发者，所以你们清楚这个时间之后，系统一定会给出结果，但用户不知道。当用户第一次使用时，如果等上半分钟还看不到结果的话，自然就会放弃。你要知道，现在 App Store 里面的应用数量已经超过二百万了。用户的时间很宝贵的。"

胡威也见缝插针地说道："你看，这不是我一个人的偏见吧，大家都不看好你这个项目。我看啊，你还是乖乖地听我的话，去找个工作吧。不行我给你引荐下，到我们公司当个网管，一个月赚个万儿八千的，没问题。"

莫飞白了他一眼，心想："谁要去你们那个整天做假新闻的破公司当网管啊。"

2

中关村，天创科技的办公楼里，还是那间曾经坐满了码农的会议室，只不过，这次会议的主持人由彭剑换成了"王八杰森"。他一手握着棒棒糖，时不时调皮地用舌头舔一下，另一手拿着遥控器，用蹩脚的普通话演示着刚刚完成的AI MAKE客服应答系统。

当他播放完PPT的最后一页时，会议室内立即响起了雷鸣般的掌声。众码农兴高采烈地鼓着掌，热泪盈眶，好像刚刚攀登上了喜马拉雅山。

但这次会议的甲方——客服部的负责人袁姐，却并不为所动，只是目瞪口呆地抱着一沓文件，看着技术部的神经病们，如同在看动物园里的猩猩争着爬树摘香蕉，觉得这帮技术宅们的兴奋点真是莫名其妙。

袁姐是客服部的负责人，四十出头，未婚，不苟言笑，整天拉着一张苦瓜脸。她也是莫飞走后，全公司唯一一个没有被彭剑换掉的管理层员工，因为这个老女人向来不近人情，一直独来独往，甚至有点儿油盐不进，彭剑判断她对自己没有威胁。而偏偏也是这么一个软硬不吃的人，把客服部管理得井井有条，客户的投诉率常年维持在难得的5%左右。

"从你们演示的流程来看，这个系统似乎还行，但实际对工作能有多大帮助，我暂时还不清楚，毕竟，它只是台电脑，我不觉得它可以完全替代人的工作。"袁姐把手中的文件放到桌子上，看着投影仪。显然，她对这套系统并不完全买账。

"等到这个系统deploy之后，一定会save你们customer service至少80%的working time（工作时间）。""王八杰森"试图宽袁姐的心。

"我还是那句话，"袁姐扶了扶眼镜，"客服工作说白了就是人跟人打交道的事，拿机器来糊弄客户，我不赞成。与人沟通向来就是件麻烦事，而客服部是全公司最辛苦的重脑力活动——王总你要知道，有些客户真的是无理取闹，还乱发脾气——这里面很多状况都需要极强的随机应变能力，岂是一个机器可以取代的？如果弄巧成拙，再激怒了客户，不更是给我们客服部找麻烦吗？"

"王八杰森"找不到可以反驳袁姐的论点，只好继续往嘴上涂着蜜劝说："漂亮的袁姐，不要这么快地say no，你先try（尝试）一下嘛！"

袁姐思考了一阵，说："不然这样吧，你让技术部帮我们在客服一部里部署一下，我们先局部试用下，半个月后看看再说。"

"没问题。"彭剑站在一边，帮腔说，"不用半个月，就一星期，一定能让你看到效果。"

"行，那就这么说定了，但要是效果不好……"袁姐从那沓文件里抽出一份放在"王八杰森"的面前，提醒他说，"那到时候，还得麻烦您审批一下我的增员申请——毕竟，这份文件您从年前一直压到了现在，您知道，客服部的员工每人每天要工作十二个小时，已经严重超负荷了。"

"OK。""王八杰森"赔笑说。

会议散场后，彭剑翻了翻袁姐刚刚放下的文件，那是一份《增员预算申请书》，大意是客服部因工作量增加，需要公司审批十万元的增员预算，申请时间是去年12月初。

"你年前就已经知道客服部要增员了？"彭剑问。

"嗯哼，What's wrong?（怎么了？）"他往嘴里塞了片绿箭。

"那你一直压着没批，就是等着我们这个系统出来？"彭剑有点儿惊诧，"那时你才到公司一个月，难不成……难不成你就已经计划了这个人工智能的项目？"

"王八杰森"嚼着口香糖，没有说话，只是回应彭剑一个意味深长的笑。

五天后，彭剑在上班的路上收到了袁姐发给"王八杰森"、同时抄送给自己的邮件，邮件内容很长，详细地描述了她对这款系统的使用体验，但彭剑最后只记住了两句话：

总而言之，技术部新开发的这款客服应答系统还算好用，经验证，确实可以在某些方面提高工作效率，并降低人力成本，建议尽快应用。

并请一并撤回我的《增员预算申请书》，谢谢。

一周后，AI MAKE在全公司部署完成。天创科技客服部的排班时间由每人每天十二小时，缩减到每人每天工作六小时，其余时间交给人工智能应答。又过了一个月，客服部进行抽调统计，发现客户投诉率不升反降，竟然降到了3.5%。

这是彭剑工作多年之后，第一次觉得，原来，写代码是如此有成就感。

3

从三里屯回来后，莫飞跟何阳再次对产品进行了一次详细的探讨。几番分析之后，何阳发觉自己犯了个错误：在之前闷头开发的过程里，自己都是凭着想象在模拟用户的使用体验，忽略了很多细节，所谓的"需求"和"痛点"以及"用户体验"都过于想当然了。

何小婉走来,给他们递去两盒盖饭,嘱咐他们趁热吃。莫飞看到她,一把把她拽了过来:"来来来,何小婉同志,我宣布,我们正式任命你为我们搜索助手的'CEO'!"

"CEO? 那不是老板的意思吗? 哇,让我当你们俩的老板?"

莫飞贱兮兮地笑了下,说:"这个CEO可不是首席执行官,是英文Chief Experience Officer的简称,中文名嘛,叫首席体验官。"

"体验什么啊? 我不是一直在帮你们测试搜索助手吗?"

"不,之前我们犯了个错误,把你跟技术人员混为一谈了。正是因为你跟我们走得过近,每个开发流程你都了然于心,所以你才没办法以一个普通用户的角度去体验产品。这次,你不参与测试,我只把最终的成品给你用。"说着,他叹了口气,"唉,看来,一款真正好用的互联网产品,一定是要连傻子都会用才行。"

"骂谁是傻子呢?"何小婉捶了莫飞一拳。

当晚,莫飞和何阳就开始了大刀阔斧的改版,去掉了完全无用的元素,界面上只留下了搜索文本框和搜索按钮,输入关键字后,会即时地按加载顺序反馈结果。如果用户对关键词有兴趣,便可点击旁边的"关注"按钮,系统便会每隔一小时搜遍全网,反馈给用户最新动态。

经过几次迭代之后,搜索助手变得真正好用起来。在新版本发布后的第三周,终于爬上了App Store工具类新品的前一百名,也渐渐得到了一些用户的好评,甚至还有一些推荐小工具类的个人媒体自发写文章推荐。

用户数量的增多,意味着服务器成本的提升,何阳看着后台不断爬升的用户数,提醒莫飞:"按照现在的用户增速来看,我们的服务器很快就要顶不住了。"

"我们服务器的开销大概是多少?"

"现在用的是孵化器内部提供的云主机，之前让我们免费用一年，但下个月就到期了。按现在爬升的用户量，到时候还得升级主机配置，估计每个月的成本会在一万块钱左右。"

莫飞这才意识到，从去年失业到现在，自己已经大半年颗粒无收，钱包只出不进，再这样下去，马上就要弹尽粮绝了。他琢磨了下，还是从兜里掏出一张银行卡："我这里还有不到一万块钱，下午我取出来给你，你先把服务器的钱垫上，我们再撑两个月。"

"两个月之后呢？"何小婉又不合时宜地追问了起来。

"不然我们开始收费吧？"莫飞想了会儿，忽然提议。

"收费？"何阳的脑子又慢了半拍。

"对，我想过，像我们这种工具属性的App，不太适合做植入广告，那样很影响用户体验，而且以我们目前的量级，CPS①分成也拿不到多少钱，干脆我们就直接收费，把维护成本转嫁给用户。只要这个App对用户有价值，相信会有人埋单的。"

说着，莫飞拿起笔，算了起来："现在每天大概有一千次下载，如果收费后，按10%的转化率计算，那就是一百次下载，我们标价十九块九，每天卖一百个，就是一千九百九十块，App Store从中抽三分之一的成，我们大概还能有一千三的收入，这样每个月就是四万块钱的收入。我们可以拿这笔钱用于服务器的开销，估计还有结余，我们……"莫飞犹豫了下，"我们也能给自己发点儿工资，毕竟……毕竟这一年多都入不敷出了。"

何阳看了眼桌子上吃剩下的泡面盒子，点了点头："行，我赞成。"

可惜事与愿违，搜索助手自免费转收费之后，下载量由原来的每天一千骤降

---

① CPS，Cost Per Sales，根据实际销售额付费。

到零零星星的一两个，甚至有时一天都卖不出去一个，收益更是少得可怜。

孵化器里，何阳愁眉苦脸地看着后台数据，看着看着，忽然纳闷儿："奇怪，虽然咱们在 App Store 里每天只有一两个下载，但是后台显示每天还是有一百多个新设备激活。这些多出来的设备是从哪儿来的呢？"

莫飞也凑到屏幕跟前看了下："盗版吧？"

"盗版？"何阳一愣。

"小婉！"莫飞冲着远处喊了声，"你的手机是不是越狱了？拿过来我用一下。"

何小婉正坐在角落的一个工位里用手机看视频，她吓了一跳："干什么啊，想偷看我手机里的小秘密？"

"谁稀罕。"莫飞说着走过去，拿起了何小婉的手机，打开了上面的一款名叫"BB 助手"的第三方软件商店。刚打开，就赫然看见搜索助手的 App 图标躺在"热门下载"一列中。

"你看，咱们的搜索助手已经被盗版软件商店收录了，怪不得多出了那么多意料之外的流量。"

"这帮用户太抠门儿了，怎么都去下盗版了，连十九块钱都不想掏！"何小婉抱怨了一声。

"那你给手机越狱做什么？"

"玩游戏呀！"何小婉说得理直气壮，"越狱之后就能免费下游戏玩了呀。"

"那你还说人家？"莫飞狠狠地白了何小婉一眼，"你不也在用盗版嘛。"

正待俩人又要要贫斗嘴时，何阳又刷新了下后台数据，数据分享表刚加载完，他被吓了一跳："怎么忽然多了一百多个订单！"

"你是不是看错了？"莫飞不信。

"没错啊。你看，刚刚发来的小时报，在下午两点到三点这一时间段内，这个IP段里多了一百个设备，全部都是从App Store里下的订单。"

"会不会是有人按错了，一下子买了一百个？"何小婉好奇地说。

"不可能。"莫飞指着屏幕说，"App Store里的软件，同一个账户只能买一次。"说着他又瞪了何小婉一眼，"一看你就没买过正版软件！"

何小婉悠悠地朝莫飞吐了吐舌头。

"你说，什么人会一下子在一个时间段里买一百个同样的App呢？"何阳捏着下巴问。

"是啊，这太奇怪了。"莫飞也抱着肩膀思考着，想了一会儿，他挥挥手，"算了算了，这总归是一笔巨款啊！你先申请提现，走，我们出去嗨一顿庆祝下！"

在北京这么多年了，你进过国贸三期吗？

1

虽说在北京待这么多年了，但彭剑也是第一次进国贸三期。他坐在七十三层的观景区，小心翼翼地探着脑袋，往窗外瞅了瞅，觉得有点儿晕眩。

对面这个老者看起来有五六十岁，戴着商界精英标配的金丝眼镜，深刻的抬头纹里好像写着他饱经沧桑的前半生。他一手拿着iPad，另一只手摩挲着下巴上的胡楂儿。

"杨伯伯，您觉得我们这个project怎么样？""王八杰森"坐了一会儿，轻声地问。

"还行。"老者的语气里带点儿敷衍，好像并不是真的很有兴趣，"你父亲最近怎样？"

"他OK，跟着我的stepmother（继母）满世界happy，用中国人的话怎么讲来着？"他看看彭剑，"哦，夕阳无限好。"

"那就好。"老者放下iPad，"杰森，我还挺忙的，你就开门见山地跟伯伯说，你这个项目想要多少钱，我安排秘书投给你。"

"王八杰森"连忙晃着手解释："不是这样的，杨伯伯，我们是希望能把这个Customer Response System（客户应答系统）部署在你们公司。"

"想做什么？我们律所好像用不上这种东西。"老者不解地问。

"杨伯伯，Listen to me。（听我说。）""王八杰森"开始科普AI MAKE的价值，"您的law firm（律师事务所）每天有那么多的customer（客户）来咨询业务，我上次看到，customer service每天接电话很忙，如果deploy我们这套system，把 work 交由 AI 来接管，可以 save 很多成本。我在我们公司内部做过 test（测试），效果非常好。"说着，他又把袁姐发给自己的邮件拿给老者看。

老者扫了眼邮件，说："哦……我明白你的意思了。你并不是来找我要投资，而是想让我们律所使用你们这套系统？"

"Yes！杨伯伯，这是我的第一个 Entrepreneurship Project（创业项目），我……"

"我懂，你是希望拿我们律所做个标杆案例，这样也好跟其他客户做推广。"

见意图被揭穿，"王八杰森"不好意思地挠了挠头。

"这么跟你说吧，不太乐观。"老者摇了摇头，"像我们这种规模的企业，任何资源配置的变动，都得经过股东大会决议才能执行，并不是我一个人能说了算的。别说部署这么大一个客服系统，就是给公司多接两根电话线，都得经过层层审批，还得通过我们合作的安检公司给出详细的信息安全检测报告……"

"这个您放心，我们的程序通讯都是经过 AES①算法加密过的，密钥长度可达256位，安全系数非常高，并且……"听到别人说对自己的产品不放心，彭剑连忙插话，解释了起来。

老者冷冷地看了他一眼："你是谁？"

彭剑被这犀利的眼神盯得有点儿发怵："我……我是王总的技术合伙人。"

"我是问，你是个什么东西？这种场合有你说话的权利吗？"老者敲了敲桌子。

"我……"彭剑有点儿生气，但看了下"王八杰森"，就又把这股怨气憋进了肚里。

老者并没有理会彭剑，毕竟在他眼里，这个码农实在算不得什么人物。他给

---

① AES，Advanced Encryption Standard，高级加密标准。

"王八杰森"倒了杯茶，安慰他说："你父亲跟我也算是世交，要是真能卖他个面子我也就装了。但别怪伯伯看不起你，就不说这层层审批的手续，只说能跟我们合作的企业资质……你们怎么不也得是500强才行？"

"这帮孙子，真是狗眼看人低！"彭剑走进电梯间，怒气冲冲地说，说完又觉得这样说"王八杰森"的长辈不太合适，他试图找补几句，"王总你说，我们这系统这么好，他连试都不试一下，直接否掉，是不是很过分？"

"王八杰森"并没有接话，他看着密密麻麻的电梯按键，往嘴里塞了颗薄荷糖，试图让自己冷静一下，"杨伯伯说得没错，是我们的 starting point（出发点）太高了。"他走出电梯，望了望金碧辉煌又高不见顶的国贸三期大堂，冲着彭剑笑了起来，"So，Penry，我们只能去找些 low 一点儿的小公司。"

2

4月的北京，天渐渐转暖，小摊贩们也纷纷出门跟城管打起了游击战。在一家路边摊前，莫飞三人坐下，要了五瓶啤酒、二十根烤串、一盘烤韭菜，何小婉还一时图新鲜，点了个羊腰子。

莫飞看着盘子里的大腰子，不禁有点儿反胃，他把盘子往何小婉的方向推了推，说："快把你的腰子吃了。"

"不就是个腰子嘛，看把你嫌弃的。"说着，她就咬了一口，刚一口，就"哇"地吐了出来，"这么膻的东西，怎么会有人喜欢吃！"她抱怨了起来。

"你自己要点的，你怨谁？"

"你难得请吃一次饭，这不是要往贵了点嘛，宰你一顿容易嘛！"

何阳没有参与二人的嬉闹，盯着一根肉串，若有所思地想着事情。莫飞拿啤酒瓶在他面前晃了一下："想什么呢？"

何阳看着傍晚就要落下去的太阳，两眼无神地说："我一直在琢磨个问题，我到底……是不是适合创业的那种人。"

"这个嘛……"莫飞拿出起子，把啤酒瓶启开，酒沫子冒了出来，他赶忙用杯子去接，边接边说，"我给你讲啊，这创业的人分三种。第一种，是在一个行业干久了，找到了这个行业的痛点，利用他对这个行业的了解和自身积累的经验去解决这个痛点，这种人适合创业，也最容易成功。第二种人呢，也是在一个行业干久了，乏了，觉得自己该创业了，但是没想清楚方向，于是只好东一榔头西一棒槌地到处找方向尝试，这种人呢，是不适合创业的，也是不容易成功的那种类型。而第三种人呢，是像咱俩这样的，一毕业，因为各种机缘巧合，莫名其妙地走上了创业之路，也正是因为如此，才是最难说清楚的。"

"那像这种难以说清楚的第三种人，他们创业失败了怎么办呢？"何小婉似乎存心扫兴，哪壶不开提哪壶。

"姐姐，你哥哥可是清华硕士，技术又这么好，随随便便去哪家公司找个月薪两三万的工作，都没问题。"莫飞安慰道。

"那你呢？你又不是清华硕士，你失败了还能去做什么工作？"

这话倒是又给了莫飞一闷棍。是啊，自己眼瞅着奔三了，如果一两年后还是没折腾出什么名堂的话，怎么办？去找工作？等到那个时候，自己在任何一个行业里，都像个一瓶子不满半瓶子晃荡的愣头青，到时候又该何去何从呢？

正当他哀怨的时候，手机响了，他拿起一看，是一封未读邮件：

请问你是搜索助手的开发者吗？

"这个售后邮件怎么反馈到我这儿了？"莫飞拿着手机给何阳看，"我记得在App Store里登记的是你的邮箱啊？"

何阳回想了下，说："这个人可能是在软件帮助里面找到的联系方式，那上面写的是你的邮箱。"

"我的?"

"对，因为你在产品原型上写了你的邮箱，我在做的时候就直接拷贝进去了。"

莫飞回忆了一下，好像自己是有这个习惯，在做文档的时候会下意识地把自己的邮箱写进去。

但既然何阳也在，为了避免他误会自己独占功劳，他还是小心谨慎地措辞回复：

> 您好，我是搜索助手开发团队的一员，请问您有什么问题要反馈给我们吗?

很快那边发来回复：

> 我是一家广告公司负责人，在今天下午买了你们一百份的软件授权，使用过后，感觉不错，想和你们聊聊后续开发的事情。如你们也在北京，可约个时间面谈，我在境园E栋十二层。

"这竟然是下午那个买了咱们一百多份授权的人，说要跟咱们聊一聊。"

"聊什么呀?"因为腰子太臊，何小婉接连喝了数杯啤酒，说话有点儿激动，"哇！他不会要给咱们投钱吧?"

"哎哎哎，人家可是广告公司，你见过哪个做广告的转行干投资了?"

"那怎么不可能? 这年头，谁手里没有俩闲钱啊。"

莫飞摸了摸一贫如洗的裤兜，丧气地说："我就没。"然后他问何阳，"你什么意见，去不去？"

"去吧，也好久没出门了。"

"好，那我就跟他约时间了。"莫飞说着，打开手机日历，"今天是星期五，咱们明儿好好休息一天，跟他约后天下午吧？"

"后天是周日，人家上班吗？"何小婉又插嘴。

"你没看吗？"莫飞拿着手机，快把它贴到了何小婉的脸上，"人写了，广——告——公——司，你见过哪个广告公司休周六日的？那帮为了伺候甲方爸爸的惨兮兮设计师们，早晚加班到猝死。"

3

境园产业基地前身是某国企供销社的棉麻仓库，占地面积二十多万平方米，几年前经过改造，成了国内少有的文化创意产业聚集区。

这地方虽很有名，但交通不太方便，出了地铁站还得倒一趟公交车。周日下午三点，莫飞和何阳跟着导航找到了E栋十二层。

"这地儿还挺大的。"莫飞说。

果不其然，虽然周末，但前台仍有几个女孩在忙着整理文件，其中一个短发的女孩看到莫飞二人，忙问："请问，您找谁？有预约吗？"

莫飞刚要开口，才想起自己并没有对方详细的联系方式，他只得把手机上的往来邮件翻出来给她看。女孩看后，恍然大悟地说："哦，你们找钱总啊，他中午跟我交代了。不过他现在在开会，我先带你们进去休息一下。"

女孩把他们领进门口的一间玻璃墙会议室，倒了两杯水后就离开了。何阳透过玻璃，看到这家广告公司里果真一片热火朝天的嘈杂景象，不禁感叹："我本以为互联网行业已经够拼了，没想到这广告业也是如此玩命。"

"唉，这帮人，加班成性，早走一分钟都跟孙子一样没脸见人。"莫飞调侃说，"我以前那家公司啊，曾经要做一个营销活动，只区区十万块钱的预算，就有五家广告公司竞标，方案出得一个比一个迅速。我后来去了一家公司看了下，呵，办公室里赫然放着几张行军床，吃喝拉撒睡五位一体。你瞧瞧，这帮'广告狗'这么玩命地透支身体加班，赚的这点儿钱不知道够不够以后的棺材本儿。"说着，他用余光瞟了玻璃墙一眼，才发现玻璃上映出的自己也顶着两个硕大的黑眼圈。唉，看来自己也并没有比这帮"广告狗"好到哪儿去。

他尴尬地看了看时间："这人怎么还不来？"

正说着，有个高大的男人推门进来了。他穿着一套笔挺的褐色西服，胸前打了一条黑色条纹领带，一张国字脸刮得雪白，显得那对剑眉格外突出，他的眼睛炯炯有神，精神焕发，全然不像外面那群"广告狗"般落魄。

"抱歉抱歉，刚有个客户耽误了下。"他跟莫飞二人握了握手，坐下后，分别递上两张名片，"我叫钱坤，是这家睿想广告公司的老板。"

名片烫金压纹，莫飞掂量了下，分量着实不轻，想必这成本不会低。"赶明儿我是不是也得准备几盒名片了？"他心想。

"都挺忙的，毕竟时间就是金钱，我就单刀直入了啊。"钱坤说，"是这样，我们睿想广告虽然不是什么4A级别的大公司，但平时案子也不少，一年多少能赚点儿小钱。这两年为了发展业务，我们接手了几家跨国公司在中国的广告代理，尤其是今年年初，我们垄断了日本女装公司优品制衣在中国大陆的所有广告投放业务。他们在中国的竞争对手是与其定位一致的女装品牌，而这个日本公司对我们的要求也简单，竞品做什么类型的广告，我们就跟做什么类型的广告。所以啊，这就需要我们有极其敏锐的洞察力，时时刻刻地了解竞品的动向。于是，我就安排了十个做运营的员工每天在电脑前监测数据——哦，你们刚刚在前台应该也看到了，那几个小姑娘就在做这些工作。"他喝了口水，继续说，"但你们也清楚，这互联网啊，信息太多，人力根本就看不完。而对于这种长包项目来讲，我们的工作做得到位，甲方认为是理所应当；但如有一点儿纰漏，就会成为人家指责我们没有尽力的借口，到时候又得在尾款里面找说法扣钱。你看看，这就是刚刚他们给我传真过来的意见，批评我们办事不力，说投放数据又有疏漏。"

莫飞拿起那份文件，密密麻麻地写着某女装品牌又在哪些网站做了什么营销活动，或是某品牌又发布了什么新品，厚厚的好几百页。

"我去，出这么一份文件，不知道得累瞎多少双眼睛。"莫飞想，他意识到这是个大活儿，忙说："我明白了，钱总。您公司现在就是负责在网上搜集竞争对手动向，然后定期汇总给客户，供他们分析营销方向，之后，你们公司再有针对性地帮他们投放广告，我理解得对吗?"

"对对对，你理解得很对，就这个意思。"钱坤大喜，"我们啊，现在每天都是加班加点地在网上搜集数据，但还实在是忙不过来。于是，前两天我一个员工就给我推了你们的App，我一试，别说，还真行，数据还挺准确的，唯独有个问题，就是你们一次只能检索最多三个词的推送，而且，这推送的周期也太长了。"

"那是因为我们的服务器扛不住那么大的流量，带宽也小，所以才不得已做了限制。"何阳解释，"不过一般人用也够了。"

"是啊！所以啊，我没办法，才号召全公司的员工都去买你们的App，这不，一下子就买了一百多份。"钱坤摊了摊手，"虽说花点儿钱没关系，但后来我又细琢磨，这也不行啊，要把这一百多台手机的数据再汇总起来做报表，也得把人累够呛！时间就是金钱嘛，能省一点儿是一点儿，所以，我才尝试着跟你们联系，看看你们能不能就这事出一个解决方案，毕竟你们有这个搜索的技术。"

钱坤这席话忽然让莫飞茅塞顿开，他这才意识到，长久以来，自己一直把解决方案对准C端用户，却忽略了更有财力的B端用户[①]。

显然，给粉丝们推送无聊的明星动态，肯定不如给这种企业做定制的数据挖掘和信息汇总赚钱。个人用户虽然需求面广，但不一定会为这种可有可无的服务付费，而企业用户为了解决实际遇到的生意问题，则必定愿意埋单，而且看样子，这是笔费用不菲的大生意。

想到这里，他干脆地说："钱总，做这个系统没问题，只不过我们确实没有现成的解决方案，得回去讨论下，看看实施这个工程的难度。还有，如果做的话，您这边的预算是多少？"

这倒是又把钱坤问住了，他之前确实想过花点儿钱，但具体花多少，还真不好说。他想到，前阵子公司刚刚找了一家网络公司做了个网站，花了大概两万块钱，他琢磨着也就这个价吧，于是他伸出了两根手指头说："我们的预算在两万块钱左右。"

"两万？"莫飞觉得有点儿搞笑，"这点儿钱，连一台好点儿的服务器都买不了。"

"怎么买不了？我们前阵子刚做过类似的项目。"说着，钱坤打开了他们公司的网站，"你们看，这是一家网络公司给我们做的网站，除了页面的设计外，其他的服务器、域名、包括后台功能，全是他们做的，算下来就花了两万块钱。哦，对了，还含税。"

没办法，莫飞揉了揉太阳穴，只得跟钱坤科普起来："钱总，做个企业网站跟做个数据监测系统完全是两个体系的工作。您给我看的这个网站，就是一个基

---

① C，customer，指消费者；B，business，指企业。

本的CMS①，无非就是建站公司拿网上开源的代码给您改改，满足您发布公司新闻、展示企业形象的需要罢了。但您说的那个可以监测全网的数据抓取系统，做起来可远比这个要复杂得多。"说着，他从背包里拿出纸笔，画了起来，"首先，我们需要采购三台服务器，分别来测目标网站的变动——光这几台服务器，就得几万了——这些服务器会定期汇总和比较这些数据，并形成报表。然后我们公司还得安排程序员就此再开发一套定制的系统，这里面包含了消息汇总、元数据流分析、实时流处理、分布式日志存储和分布式搜索等模块……您想想，这是两万块钱做得了的活儿吗？"

钱坤看起来好像被莫飞这一套一套的名词给唬住了："这个……我之前确实没想到这里面这么多学问，我还以为花个几万块钱就能解决呢。"

为了更加形象地让钱坤明白这两者的差别，莫飞又补充说："举个不恰当的例子吧。您之前找人给您做网站，就相当于找人给您修了个厕所。但您现在要做的这个系统，就相当于找人给您盖万里长城了。这个难度和成本，您可想而知了。"接着，他又打开搜索助手，"钱总，您也试了我们这个App，效果您清楚，没有别家能做到我们这么快的抓取效率，"莫飞话锋一转，指了指闷头不语的何阳，给他现编了个官职，"这都是我们这位CTO一手开发的，他可是清华的硕士高才生，做过包括联想、华为在内的很多个大项目。您想想，有我们公司这么强大的开发团队做保障，这费用，能低吗？"

听完莫飞的话，钱坤拿着莫飞刚刚在纸上龙飞凤舞画完的流程图，琢磨了几分钟后，问："那你们公司做的话，大概得多少钱？"

---

① CMS，Content Management System，内容管理系统。利用现成的CMS系统可以在几分钟内就搭建一个网站出来，大大地降低了建站的难度，也正是这些系统的发展，出现了一批不懂技术的个人站长，也压缩了网站开发的成本。

莫飞向何阳使了个眼色，怂恿他开价，但何阳显然又没跟上他的节奏，冷场了一会儿，莫飞大手一挥："一百万。"

虽然钱坤也算见多识广，但这个数字显然超出了他的预期。他又看了会儿那张流程图，说："这样吧，我今天先不给你们答复，晚上我跟股东们商量一下，再回邮件给你们。不过，我相信，只要你们的技术真的足够好，这个价格我们可以谈一谈，只要管用就行，毕竟，时间就是金钱嘛！"

走出睿想广告的办公楼后，莫飞仰着脖子伸了个懒腰。初夏的太阳还不算太热，照在身上暖洋洋的，他推了推身边如闷油瓶一般的何阳："哎，哥们儿，怎么样，这个项目能拿下来吗？"

何阳的眼睛里慢慢地聚起来一点儿光，瞳孔也渐渐地放大了起来，他回过神来，兴奋地说："能做，而且很有挑战性！"

注册一家公司，需要花多少钱？

1

王杰森鼓起了勇气，走进了吴明的办公室。他本不想再麻烦这位舅舅，毕竟这是自己擅自做主在天创科技内孵化的创业项目，虽然之前自己跟彭剑打过保票，说吴明会支持，但不到万不得已，他还是不想去麻烦这位舅舅。

可没办法，自己在北京的人脉非官即富，要说到"low一点儿的小公司"，他还真不认识几个，毕竟在一个富二代的概念里，天创科技这样不到一百人的创业公司，已经是"low到不能再low"的小公司了。

吴明随手翻了翻王杰森的对AI MAKE的汇报方案后，就放到了一边，不带一丝情绪地表扬道："我明白了，你做得不错，把客服部管理得很好。"

"Uncle吴！你难道不excited（兴奋）吗？"他试图让吴明嗨起来，"这套AI可以save掉50%的客服人力工作！"

"不是说了嘛，你做得很好！"吴明表扬道，但他话锋一转，"不过，你是不是还没搞清楚，我让你到天创科技，到底是做什么的？"

"不就是运营这家公司吗？"王杰森摸了下后脑勺。

"运营？说得好听。这家破公司还值得运营个……"他停了下，把那个"屁"字咽了回去，吴明从办公桌前站起来，围着屋子开始踱步，"我让你过去，就是管着彭剑。你别看这人整天迷迷糊糊，其实心思很多，上次闲置网用户资料拖库，他表面上装作不知道，把责任推给莫飞，但其实我很清楚，他绝对脱不了干系！这人究竟在打什么算盘，我暂时还说不好，但……"他提醒王杰森，"UST进入中国已经迫在眉睫了，我跟美国那边谈过几次了，十拿九稳。你知道，这可是十几亿的单子。虽然对你们王家来说，这点儿钱可能算不上多大生意，但你要知道，舅舅我这产业……"他指着屋里的桌椅板凳，情绪有点儿激动，"这可都是我一砖一瓦辛辛苦苦垒起来的！"

王杰森并不太理解吴明为什么要"一砖一瓦地垒桌椅板凳"，但他试图让这位舅舅的情绪缓和下来，于是，他忙捶着吴明的背说："我晓得，您说，需要我怎么做就OK啦。"

吴明平复了一下心情，坐在了沙发上："你就盯着彭剑，别让他再出什么乱子。估计最快下个月，我就会安排审计进天创科技，到时候可能需要你配合着……做一些假账。"

"假账？"王杰森瞪大了眼睛。

"你可以虚构一些收入，或者把成本转嫁给其他几家小公司，分摊下费用。放心，到时候我会找人教你怎么做。"他拍了拍身边的沙发位置，示意王杰森坐过来，"总之啊，你不用在公司里另立什么项目，这不是你现在该操心的事情。"他搂着王杰森的肩膀，又小声安慰他说，"舅舅知道，你执意回国，就是想做出一番成就给你父亲看看。你放心，等这笔并购案完成后，你爱干什么项目就干什么项目，舅舅绝对倾尽所有资源帮衬你。"罢了，吴明又用力握紧王杰森的手，抬头看了看窗外，"也算是……告慰我姐姐的在天之灵吧。"

走出吴明的办公楼，王杰森的心情难以言喻。他理解这位舅舅的良苦用心，但又不想放弃AI MAKE这个靠谱的创业项目，可是，如果吴明不帮忙牵线的话，这项目还怎么推广到其他公司呢？

他坐在楼下的待客区里，百无聊赖地想着，边想边随手从旁边的阅读架上拿起本《第一科技周刊》翻了起来，翻着翻着，他看到一个熟悉的名字，忽然灵光一闪："对呀，可以找她！"

于是，他迅速拨通了一个号码。

"喂，我的宝贝哥哥，怎么想到给我打电话啦？你最近不是说特别忙吗，都没时间跟我吃饭。"

"Sorry，Honey，我问你哦，你对 Uncle 吴的公司知道多少？"

"Uncle 吴？"电话那头愣了下，"不是说了嘛，你得管他叫舅舅。"

王杰森分不清"叔叔"和"舅舅"的区别，毕竟在美国人的文化环境里没有这个习惯，"无所谓，反正就是他，你知道多少？"

"唔……"那边人想了起来，"他有好几家公司，我就知道一家做牛肉酱的，一家洗衣店，还知道一个连锁的小超市。你说的是哪一个？"

"我看看。"说着，王杰森一路小跑地走出办公楼大门，他抬头看了看，"就是他在尚都国际这个楼里开的投资公司。"

"尚都国际吗，你是说滕佳创投吧？"

"Yes，滕佳创投，你知道他都投资过哪些 companies（公司）吗？"

"有过一点点了解。"电话那头说，"他公司只投种子轮①或者天使轮②的小项目，大额融资的项目很少做。哦对，最大的不就是天创科技嘛，AB 轮好像都参与了，这不就是哥哥你所在的公司嘛。要说了解，你可比我了解得多。"

"我说的可不是这些……"王杰森咽了下口水，"这样，你能不能帮我弄一份 Uncle 吴投资过的 company list（公司清单）？"

"List？这个我没有唉。"

"我给你出个主意，你就假装要采访 Uncle 吴，说要在杂志上 report（报道）他这些年的投资业绩，让他秘书给你一份 list 不就 OK 啦。"

---

① 公司只有想法，却没有具体的产品或服务，创业者的项目只存在于脑海中，或只有产品原型，在此阶段获得的融资即叫种子轮，数额一般在 100 万以下。

② 公司有了初步可运行的实际产品，有了基本的商业模式，并积累了一些核心用户，数额一般在 100~500 万。

"哈哈，这个主意好，那我这两天联系一下。"那边说，"对了，哥哥，你要这个有什么用呢？那可都是些规模不怎么样的小公司。"

"我要跟那些小公司make friends（交朋友）。"王杰森说，"你要记得，list越详细越好。"

"行了行了，我明白，哥哥。"电话那头的人似乎有点儿着急了，"我在等一个朋友，先挂啦。"

她挂了电话，向远处的一个身影挥了挥手："阿威，我在这里！"

来人看见了她，一路小跑地过来："快走吧，莫飞他们在里面等急了。"

一周后的晚上，王杰森刚刚睡下，手机就收到一封邮件。他一看发件人，就略过正文，径直点开了附件，那是一份长长的Excel表格，里面清楚地列着滕佳创投这些年所投资过的科技公司名称和联系方式。

他把这封邮件转发给彭剑，说："Penry，准备准备，我们去做生意。"

2

嘈杂的孵化器里，莫飞等人看着电脑前的邮件，无奈地长吁短叹，屏幕上是睿想广告公司老总钱坤的回信：

经过我和股东们的商议，如果你们的系统足够好用，能解决我们的燃眉之急，后续维护也跟得上，我们能够接受你们一百万的报价。

我们的付款方式是二五三①，含税，开八个点的增值税专用发票，因为我们需要抵扣其他成本。如果你们可以接受，并承诺能在三个月内交付，那你们随时可以带着合同章来我们公司签协议。

如没问题，请即复邮件。时间就是金钱，急。

这本应该是个好消息，但众人都乐不起来，因为他们自年初创业至今，一直忙着开发产品，根本就没顾得上去注册公司。但这毕竟是一百万的单子，不能眼巴巴地看着煮熟的鸭子飞了。何小婉提议说："不然，就以你们两个人的身份签呗？"

"不行的，这种合同都是公司对公司的形式，况且人家还要咱们开发票。"莫飞否定了这个提议。

何小婉争辩道："我听说，个人可以到税务局代开发票啊。"

"个人只能在税务局代开增值税普通发票，他们要的是那种八个点的增值税专用发票，能抵扣他们的税款。"

何小婉仿佛一个小学生般，拿笔记了起来，边记边问："你怎么这么清楚？"

莫飞没好气地说："唉，我曾经开过一家倒霉的公司，后来……"他想了想，决定还是不说天创科技的故事了，毕竟说来话长，他省略了原委，直接说，"后来倒闭了。"

"哇，你竟然还有这么一段经历，怪不得你对创业那么熟悉！"何小婉兴奋地把笔一摔，"快快快，快告诉姐姐你的公司是怎么倒闭的，让我乐和乐和！"

---

① 互联网外包公司常用的付款方式，也有五二三，或七二一的方式。签订合同时甲方付乙方20%的定金；乙方开发完成后，供甲方上线测试，无误后甲方付款50%；乙方交付甲方源码，系统平稳上线运行一个月后，甲方支付30%尾款给乙方，项目结束。

莫飞又白了何小婉一眼："就知道你的关注点在这种事情上！"他把话题拉回正轨，"我们现在需要确定的是两件事，一是这个合同签不签，签的话怎么签，毕竟我们现在还没公司……"

"不然，找孵化器里的其他公司帮帮忙，用他们的资质签？"何阳指了指远处的几组坐满了人的工位，"我知道有好几家都注册了公司，让他们帮咱们签这个合同？"

"不太好吧。"莫飞犹豫，"如果用他们公司签，那钱款也得走他们的对公账户，到不了咱们手上，毕竟一百万可不是个小数。还有，如果后期系统出了什么纠纷，可能免不了要扯皮，徒增事端。"

"那我们就赶紧注册公司呗！"说完，何小婉又沮丧起来，"不过，我听说注册公司也得要好几百万呢，咱们可没这个钱。"

"那是以前，现在注册公司不用验资了，咱们找个代理，花个两三千块钱就能办下来。只不过，这个时间会比较长，大概得两三个月。"

"那么长啊，他们给咱们的开发周期也才三个月。"

"对，这就是我要说的第二件事。"莫飞望向何阳，"你觉得三个月内搞得定这套系统吗？"

"唔……"何阳思考了下，"算法上是没问题，只不过他这个是在PC端上操作，我对网页的前端不太熟悉，不过后端没问题，三个月应该可以。"

"前端没问题，我可以做一些。"莫飞下结论，"不然这样吧，我回邮件告诉钱坤说，因为聊得比较愉快，他之前也买过咱们一百套软件，所以咱们决定不用他们交定金，等系统开发完，他们试用后再补签协议，到时候一次性把款项直接打过来就行。我估计今天去办手续，三个月后咱们的营业执照怎么也能下来了。"

"他们能答应吗？"何小婉问。

"这有什么不能答应的。"莫飞提醒何小婉，"姐姐，你想想，如果现在签合同的话，他们就要给咱们支付二十万的定金；如果三个月后签的话，这笔钱就能推迟到他们看见系统后再交，这保障了他们的利益，还省了他们的事。这对他们来讲只有好处，没有坏处。"

"还真是，这样不但给咱们留出了注册公司的时间，还显得咱们很有诚意！"何小婉表扬莫飞，"你脑子真活！"

"哼哼。"莫飞得意地笑了笑，"对了，我们这个公司叫什么名字呢？"

"就叫'搜索助手科技有限公司'吧。"何阳说，"我看好多公司都是这样，他们的主打产品是什么，就叫什么名字。"

"行是行，就是感觉不够酷炫，太呆了。"何小婉说，"人家都是什么微软啊百度啊腾讯啊，听起来很大气，咱们叫'助手'，怎么听着就像是给人打工的？"她嘟着嘴说，"咱们这个系统啊，就像是一个新的大脑，帮人抓取和分析数据，得配上一个更厉害的名字。"

"新的大脑？"莫飞眼前一亮，"不然我们就叫'新脑科技'？"

"哎哎哎，'新脑科技'这个名字好！"何小婉拍着手说，"挺大气的，还酷炫，听起来就很有高科技的感觉！"

"你呢？什么意见？"莫飞又问向何阳。

忽然被点名，何阳又愣了下，忙赔笑说："啊，我没意见，公司叫什么都好，我没意见。"他沉思了下，又说，"我更在意的是这个系统的开发。我记得他们之前给咱们看的那沓文件，要汇总的数据有点儿多，我担心咱们现在的服务器扛不住，毕竟，咱们现在手头已经没有闲置的服务器了。"

"你是说，我们的服务器连测试期间的压力都顶不住了？"

"对，如果我们现在签合同，至少能拿到二十万的定金，不，哪怕十万就够了，用这些钱去提升服务器数量和配置绰绰有余。这样，就能够把精力都放在系统的搭建上，可以保证开发的平稳进行。而如果没有这笔钱，恐怕我大多的精力都要花在服务器优化上了——而且，具体能优化到什么程度，我也不能确定。"何阳看着自己电脑上的热带鱼屏保，那条胖鱼在屏幕上游来游去，找不到方向，"反正我们现在的这几台服务器，够呛。"

"十万块嘛……"莫飞托着下巴沉思道，他晃了晃何阳电脑的鼠标，热带鱼屏保消失了，屏幕又亮了起来，"嗨，别担心，不就十万块钱嘛，我去借！"

"借？你借得来吗？"何小婉又开始质疑莫飞的能力。

3

莫飞本想着跟西安老家的父母借钱，后来寻思了下，去年自己被清退出公司，就已经让二老操碎了心，这次再借钱，恐怕又得解释半天，思来想去，决定还是不动他们的养老金了。

可还能找谁去借这十万块钱呢？虽然说数目不算多，但毕竟北京的生活成本这么高，谁手头有这么多闲钱借自己呢？说到闲钱……莫飞忽然记起，上次在三里屯，胡威可是说过，他手头有二十多万的闲钱，打算做点儿小生意。或许，这个老朋友可以拉自己一把。

想着，他给胡威发了微信。

"借钱？"胡威琢磨了下，"也是，你这一年也没什么正经收入了。成，你要多少？"

"十万块。当然，你要是能多借我点儿，那更好。"

"要这么多钱干什么？买房啊？"

"买什么房，这点儿钱顶多能买个厕所。"莫飞无奈，就把自己跟睿想广告签协议的事情告诉了胡威，并承诺说，"你放心，等系统开发完之后，广告公司就打款给我。"说着，他又把双方来往邮件的截图发给胡威，"你看，人家都说没问题了，出不了岔子的。"

"万一他们最后不要了呢？你们没有签合同，对方没有给定金，最后你们竹篮打水一场空怎么办？要知道，生意场上出这种状况，很正常。"

"没关系的。"莫飞说，"你有没有想过，这个系统对于商业公司的意义？"

"能有什么意义？"胡威在屏幕那头握着手机，抖了下眉毛。

"我记得，去年我被彭剑算计清退出公司时，你说你为了跟其他媒体争头条，整天守在电脑前抢热点，所以，这套系统开发完后，对你们这种媒体公司也有价值，你们可以用它来跟踪其他新闻同行的最新报道。不仅如此，像别的公关公司、广告公司、市场营销，甚至网店代运营，都有可能是我这套系统的目标客户。等三个月后开发完了，就算睿想广告放鸽子了，我也有信心把这套系统卖给别的公司！"说着，莫飞又把自己画的产品架构图和市场前景分析的PPT发给了胡威，"你看看，我调查过，现在互联网上并没有我们这种商业模式的产品。因为何阳的那个抓取算法实在是太牛了，速度非常快，我认为，这个算法往后可以延伸出很多商业上的新玩法。"

说完后，莫飞盯着屏幕等待胡威的回答。五分钟后，还没动静，他心想："可能这家伙在研究自己刚发过去的文件吧。"又过了五分钟，胡威还是没有回话，莫飞开始慌了，"这家伙，是不是因不想借钱玩消失啊？"

他犹犹豫豫地又在键盘上敲了几个字："怎么？不方便？"

胡威很快就回话了："钱已经转过去了啊，没收到？"

莫飞这才意识到自己是用电脑登录的微信。他忙从裤兜里翻出手机，果然，手机上一条来自工商银行的未读短信：

您尾号3901卡5月3日16:03工商银行收入（跨行汇款）200,000.00元，余额203,639.57元。

144

"个十百千万……"莫飞数着零，"你竟然转了二十万给我？"他惊道。

"拿着慢慢花吧。"过了会儿，胡威又说，"哦，对了，记得回头打个欠条给我。"

用不用找个会计来帮创业者算下他的糊涂账？

1

东三环，建外SOHO的西区底商，"王八杰森"背着手，像个老干部一样，参观着这家婚庆公司；而彭剑则像条尾巴，跟在"王八杰森"的屁股后面。彭剑本不想做这条尾巴，但"王八杰森"非要自己随行，他只好边跟着边在心里抱怨："这家伙不会是个gay吧？还是他在国内就没什么朋友，所以才整天缠着我？早知道就不跟他走这么近了，现在倒好，彻底成他跟屁虫了。"

让彭剑跟着自己，确实是"王八杰森"的主意，上次吴明提醒说要看好彭剑，他后来琢磨了下，是有道理：AI MAKE是被自己无意撞见了，那没撞见的不知道还有什么鬼呢。可自己总不能成天跟他在公司大眼瞪小眼发呆吧？那怎么办呢？

他又一次灵光一闪：简单啊，既然要看好彭剑，不让他再搞小动作，那不管自己去哪儿都带上他，不就ok了！

在对着那份表格研究了一晚上后，"王八杰森"认为这家婚庆公司最好下手。这家公司的老总叫郝志超，上个月刚拿了滕佳创投一千万人民币的融资——这也是滕佳创投今年最大手笔的一轮投资。

"郝总，您这个office（办公室）看起来好棒。"

郝志超之前做过功课，知道吴明的这个大外甥不好对付，他忌惮跟滕佳创投的关系，只能小心翼翼地谨慎招待。他请"王八杰森"和彭剑坐下，搓着手说："不知小太爷……这次来有何指教？"

头一次被人称为"爷"，还是"太爷"，"王八杰森"备感受用："没事，听说郝总这里刚装修完，就来参观参观，这一看，哇，了不起，富丽堂皇，跟palace（宫殿）一样。"

"Palace？"郝志超的英文显然也不怎么样，他愣愣地看了下彭剑。

"就是说你这儿漂亮，像皇宫一样。"彭剑担任了翻译，做了"王八杰森"几个月的跟屁虫后，他意外地发现——自己的英文竟大有长进。

"不敢不敢，毕竟是门脸，装得漂亮点儿才能拿得出手嘛。"

"是是是，装得好一点儿，才好做生意嘛。""王八杰森"说着，也招呼郝志超坐下，"郝总，您这公司每天不少人吧？"

"托您的福，是不少。不过问的人多，真正签单的倒不多。"郝志超坐下，指着远处的一排工位，痛惜地说，"您看，那些都是我们公司的客服，整天忙忙忙，但就没签下几个单子！"

"王八杰森"不知道这跟他的"福"有什么关系，但就坡下驴地说："是的，所以我这次来，就想给郝总推荐个好东西。"他拿出手机给郝志超看，"郝总，您看，这是我们天创科技最新研发的Customer Response System。"

"亏……亏什么？"郝志超又没听懂。

"就是客服应答系统。"彭剑又翻译，"我们这个系统啊，是基于人工智能的原理，自动应答客户的语音留言，也能以文本的形式回复客户的问题。部署了我们这套系统后，可以节省至少50%的人力成本。"

"这么厉害哪！"郝志超一脸大喜，"那这可真是个好东西。"他又不忘拍马屁，"就听说王杰森先生有本事，这刚回国没多久，就开发出这么厉害的系统，真是少年英才！"

这马屁对"王八杰森"很受用，他欣慰地点了点头："所以嘛，我想把它deploy在郝总的公司，只要你一用，就能save很多成本。要知道，您可是我的第一个案例。"

郝志超忙不迭地应承道:"好好好,这是您小太爷看得起我。"顿了下,他才听出"王八杰森"话里的用意,他犹犹豫豫地说,"只是不知……这费用……得多少?"

"哎呀,很便宜的。""王八杰森"大手一挥,"授权费算你一年一百万。"

郝志超还没坐稳,差点儿从凳子上摔下来,明显被吓了一跳,他连忙说:"我这庙太小,手头没……没这么多钱啊。"

"没钱?怎么可能,我记得Uncle吴上个月才打了一千万的融资款……这么快就花完啦?""王八杰森"做出不可思议的表情。

"合同上虽签的是一千万……"郝志超的脸上略带着为难,"但实际上只到账了五百万啊。"

"五百万?一千万怎么变成五百万啦?"

"这……这您比我清楚啊。"郝志超睁着两只无辜的大眼睛,看着"王八杰森"。"王八杰森"不明白,又看了看彭剑,而彭剑想到曾经天创科技也遭遇过类似的事,一千万变成了五百万,彭剑就傻傻地点了点头。

"你点什么头?""王八杰森"问彭剑。

于是彭剑只好又傻傻地摇了摇头。

"好啦好啦,那就给郝总优惠点儿,half price(半价),五十万。"

"这……五十万……也不便宜啊。"

"What?五十万都嫌贵?"

郝志超终于意识到"王八杰森"这是在明抢,他赶紧哭穷:"不是,您看啊,小太爷。"他指了指里屋的办公区,"您瞅瞅,这么多人的工资,还有这房租、电脑、办公设备的折旧,这企业运营,哪天不得花钱啊?我这一共才收到五百万,真撑不了多久……再说您这系统……"他拍了拍大腿,"小的真用不上呀。"

"怎么用不上？刚刚你还说这东西厉害呢!""王八杰森"开始耍无赖。

"这不……刚刚您也没说要钱哪!"

"真没钱？"

"真……真没钱。"

"行!""王八杰森"说着跷起二郎腿，靠着椅背回过头，朝窗户外面望了望，"郝总，楼下那Audi A5 cabriolet是您的车？"

"Audi？哦哦，奥迪是吧？是，是。"见他不再谈那破系统的授权费，郝志超微微松了口气。

"那可是limited edition（限量款）啊，花多少钱买的？我也打算看一看去。"

"三……三十多万吧。"刚松了口气，郝志超就又出了一脑门冷汗，他才意识到"王八杰森"这是在挖坑，赶紧解释说，"这是当婚车给公司配置的。"

"哦，婚车？婚车不是有car rental company（租车公司）吗，怎么还得自己买啊？"

"这……这不是有备无患嘛。"

"好好好，有备无患，郝总说得有道理。""王八杰森"又学到一个成语，然后他悠悠地又问了一句，"How much？"

"五……五十多万吧。"这句英文郝志超知道，毕竟他也经常出国购物，会这必备的一句。

"刚不是说三十万吗？怎么这就变五十万啦？""王八杰森"抓住了重点。

"也……也可能是三十万，毕竟……时间比较久了。"郝志超狠狠地擦了把脑门的汗。

"才买了两个星期就记不清啦？""王八杰森"笑了，"没关系啦，把你记的账拿出来看看就知道了。"

"别别别，用不着，我回去找找发票就知道了。"

"哦，说到发票……""王八杰森"话锋又一转，"听说郝总最近在看房子？不知道买房给不给发票。"他看向彭剑，"对了，什么小区来着？"

彭剑赶紧接话："哦，国风美堂。"——这段词他来之前背过。

"对对对，国风美堂，听说那儿的房子可一点儿都不cheap（便宜）。没想到郝总你这么有钱。"

"也……也没多少钱，都是攒的私房钱。"郝志超的冷汗已经从脑门蔓延到了全身，他开始语无伦次，"具……体有多少，我自己也说不好。"

"看来，我们郝总也记不得自己有多少钱了，没关系！""王八杰森"冲着彭剑摆了摆手，"Penry，你让Uncle吴派个accountant（会计）来帮郝总算一算，要不，郝总都不知道还有没有钱花。"

"别别别。有有有。有钱花，有钱花，钱嘛……多得是。"郝志超认输了。

"那咱们这个系统……""王八杰森"意味深长地看了郝志超一眼。

郝志超快哭了，他又一次拍着腿说："不是……您能再便宜点儿给我吗？这……这手头实在是不太宽裕。"

"好啦好啦。二十万。""王八杰森"又给他打了个折扣。

"十……十万呗。"郝志超还想争取一下。

"就二十万。行了咱们就签agreement（协议）。不行的话，我们就帮郝总算算账，直到算出这二十万来。"

"别别别，用不着。算什么账啊，听您的，就二十万！"郝志超彻底缴械投降。

从建外SOHO出来，"王八杰森"满意地嚼着口香糖，吹了个大泡泡，他哼着英文小曲儿悠悠地向彭剑抛了个媚眼。彭剑被这媚眼弄得浑身不舒服，打了个哆嗦。

"这家伙，不会真的是个gay吧？"他心想，想完后，又打了个哆嗦。

2

三个月后，莫飞在电脑前同何阳一项一项地最后一次核对模块功能列表，他边点击着鼠标边连声赞叹："啧啧，老何，你真是个天才。只用了三个月的时间，就完成了这么厉害的系统，又高效又强大。有你这样的合伙人，我莫飞真是三生有幸。"

这一通美夸倒把何阳捧得不好意思了，他脸一红，说："这也得多亏了你那二十万块钱。只要服务器的配置上去了，搜索效率肯定也会相应提升。现在咱们的服务器，完成这种体量的抓取游刃有余，我才能安心地把精力都花在系统搭建上，不用再想着去优化算法了，毕竟那才更加耗神。"

"那你说，咱们的服务器如果配置再高点儿，节点数量再多点儿，速度会不会更快一些?"

"理论上是这样，但这种提升有个临界值，过了临界值后，效果就不明显了。假如，现在每多加一台服务器，可以减少0.01秒的巡查时间，那么十台或许能减少0.1秒，但一百台，可能只能减少0.5到0.8秒，再多，效果就更不明显了。"

"我明白了，你只要说这东西还有优化空间就行，这样咱们系统以后也才有不断迭代和升级的方向。"说着，他合上笔记本，"走，咱们现在就去找钱坤，让他看看我们这套系统，争取今天就把合同签了!"

走出孵化器后，莫飞随手拦了一辆出租车，何小婉欢悦地蹦了起来："哇哦，我们现在出门都可以打车了，不用挤地铁了!"

莫飞一笑："那可不，等我们这一百万的单子签下后，咱出门都打车!"

境园E栋十二层，钱坤和几个运营部的员工一起看何阳演示完系统后，如幼儿园小朋友一般，接过了鼠标，认认真真地学着操作。

"这个系统太强大了。"其中一个短发的女孩拍着手说,"这鼠标轻点几下,几乎就完成了我们一天的工作量!"

"是啊,而且这个报表也够丰富的,导出的数据看起来就比我们做的专业得多了!"另一个男同事说。

何阳指了屏幕上方的一个选项:"点这里,还可以对报表进行细分,能够导出月报、周报、日报,甚至小时报。时间越短,信息越精准,你们也能更有效地制定投放措施。"

"功能这么强大啊。"另一个女孩说道,"不过正因为功能强大,界面也就有点儿复杂了,我担心我们用不好。"

"这没事。"莫飞安慰她,"等回头,我们出个系统说明书给你们,把功能都给你们列一下,你们按照说明书操作就行。"

"那敢情好。"钱坤拍了下桌子,对其中一个员工叫道,"青青,你去把法务部的小张喊来。哦,对了,让他带着那份《软件授权协议书》,咱们现在就签合同,系统立即开始用,毕竟——"他又说出了他的那句名言,"时间就是金钱啊。"

众人散去后,屋子里就剩下莫飞三人和钱坤,以及刚坐下的睿想广告公司法务部负责人小张,他向莫飞递过来一份合同,说:"这是我们的《软件授权协议书》,莫总您看下价格,一百万,没问题我们就签吧。对了,您带着合同章吧?"

"带了带了。"说着,莫飞接过合同,一看页码,惊了。"我去,这合同竟然五十多页!"莫飞心想,"他们不知道从哪里搞来的软件授权书模板,竟然如此翔实!"

何小婉在他旁边激动地抖着腿,摇着莫飞的胳膊,小声地催他:"快签啊快签啊,哥哥,一百万马上就要到手了!"

"不急不急,我先仔细看一下合同。"莫飞推开了她的手说。

"还看什么啊，一百万啊，哥哥！我这辈子都没见过这么多钱！"何小婉捂着嘴催促道。

"嘘，你别着急。"莫飞翻过一页合同，把头埋在合同后面，"像这种授权协议，条款越多，陷阱越多，一定得仔仔细细地过一遍。咱们又不像人家那样，有专业的法务帮着审合同，可不得花点儿时间看一看嘛！"

来来回回看了几遍后，莫飞终于在合同的第十三页发现了端倪，他用铅笔在这行字下面画了条线，念道："本协议规定，甲方以人民币一百万元的价格一次性买断乙方产品的著作权、专利权，并拥有独家的转授权，可授权第三方代理或使用此计算机软件，乙方无权再授权第三方代理或使用此计算机软件。"他看了看小张，又望向钱坤，"钱总，我们签的是《软件授权协议书》，但您这一条，分明就是买断了我们的系统，这……恐怕不合适吧。"

"这有什么不合适的？"钱坤往椅背上一靠，跷着腿，手臂架在桌子上，转着一只镀金的派克钢笔，"我们买了这套系统，当然是希望它能够为我们所用，而你们要是出了这门，扭头又把这套软件卖给我们的竞争对手，吃了上家吃下家，那才是不合适吧？"

"您如果担心我们把系统卖给竞争对手，那没关系，我们可以在合同里约定附加条款，保证不会再转售给其他广告公司。要不，您也可以注明哪些公司不得跟我们合作。"莫飞咬了咬牙，向何阳使了个眼色，"但，以一百万的价格买断这款系统，我们肯定不会答应。"

"不答应？"钱坤有点儿不高兴了，"那你的意思是，多少钱才肯卖？"

"卖是没问题，但这套系统是部署在我们的服务器里的，你们公司只拥有客户端的使用权，源码和其他权利都还在我们的手上。"何阳冷着脸说。

对何阳这种理工男来讲，这冷冰冰的代码就如同他的孩子一样，是存有感情的，莫飞能理解他的心情，但是他又怕何阳激怒钱坤，忙补充说："不过钱总，您放心，我们接下来还会对这套系统进行优化和升级迭代，保证你们可以第一时间用上最新系统。"

"它新不新我其实并不关心，我只关心我的竞争对手会不会得到它！"

"不是说了嘛，我们可以跟你们保证不会授权给别家。你这个人怎么那么偏呢！"何小婉又嘟起了嘴。

"哎哎哎，妹妹，你冷静点儿。"莫飞拍了拍何小婉，"这样吧，钱总，您再考虑考虑，不然，回头由我们来出一份新的协议？总之，我们只卖给您非独家的使用权……"

"你就说，到底想要多少钱吧！"钱坤怒道，"我钱某纵横商场这么多年，还没几个人敢跟我说个'不'字。"

"不好意思，确实只能卖使用权。"莫飞站起来，冲钱坤为难地笑着，"其他的权利，抱歉，给多少钱都不能卖的。"说完，他拿起这份合同，带着二人起身离开，"钱总，我们还有事，这份合同我们回去也再看看，当然，希望您这边也能再考虑考虑，毕竟——时间就是金钱嘛。"

走出睿想广告的办公室后，何小婉气呼呼地踢了踢脚边的石子："这个钱坤太过分了，想花一百万买断咱们的软件，说是不想让其他人用，真是小心眼！"

"不，他不是不想给其他人用，而是'想给其他人用'。"

"什么意思，我怎么没明白？"何阳也被莫飞绕晕了。

莫飞停下，翻出这份合同，找到自己画线的那一段："这个钱坤，明着是说为了避免同行竞争，其实是为了拿到这套软件的代理权，好再卖给其他公司。你们看，合同里规定的是'转授权'，而不是'转售权'，如果是售卖的'售'字，则可以理解为一次性买断，而如果是'授权'的话，则可以理解为软件的拷贝复制和使用权利的分发，就相当于代理了——而且是独家代理了咱们的软件。这个钱坤，明显是想欺负咱们不懂行，在合同里面给咱们挖坑，买断咱们的软件，再

154

利用他的渠道赚钱。"

"啊,是这样啊!"何小婉恍然大悟,"这个人太坏了!那这份破合同你还留着它干吗,快扔了。"

"别急嘛,这个合同咱们拿回去细细研究,把不利于咱们的条款都删掉,再加加减减,我相信咱们早晚也用得着。"

"那系统怎么办,就白白让他们用着?咱们刚走得急,我忘记退出登录了。"何阳说。

"没事,先让他们用几天,三天后,你再从数据库里把他们的账户禁掉。"莫飞胸有成竹地笑了起来,"这种东西,他们一旦用了,可就放不下了。我相信,不出一周,钱坤还是得乖乖来找咱们谈条件。"

3

果不出所料,三天后,何阳前脚刚停掉了睿想广告的账户登录权限,莫飞后脚就接到了钱坤的来电,他在那头冷冷地说:"你们什么条件,来谈吧,就现在。"

莫飞向何阳挤了下眼睛,说:"好。"

众人又一次坐在了钱坤的办公室里,莫飞递过去一份早已准备好的合同:"钱总,您看下,这是我们拟的《授权协议书》。"

"这么厚?"钱坤说,"这我哪看得过来。"

莫飞心想:"上次你给我拟的合同,可比我给你的厚多了。"不过他忍住没骂,反而赔笑道:"都是常见的限定授权条款,您也买过金蝶的OA,这个跟那边差不多。不过……"他顿了下,起身把钱坤手里的合同翻到其中一页,说,"这次我们的付款方式变了,由一百万变成了每个月两万块钱,划算吧?"

"两万？每个月？搞什么名堂？"钱坤不解，他看着合同说，"哪有这么卖软件的，你这不是卖，是租！"

"您可以理解为租，但我们没管您要押金嘛。"莫飞又拿起一支笔，在一张白纸上写了起来，"您听我给您算算啊。您上次说，您这边做数据运营的人数为十个，对吧？我们按每人税前六千的工资算，再加上社保公积金等乱七八糟的费用，大概每人每月八千的成本，那么，十个人就是八万块钱了。而您一旦用了我们这套系统，基本上可以砍去一大半的人力。假设您就留两个员工，一个做抓取，一个做汇总，算下来，每个月才一万六的成本。这一来一去，我们就帮您省了六万四。啧啧，您看看，帮您省了这么多钱，才拿您两万的月服务费，划算吧？"

这其实也是莫飞早就计划好的，这几天，他研究了国内外同类型的软件授权模式，发现当下的商业软件授权早已由传统的卖单个昂贵的license（授权许可）转变为更为灵活可控的SaaS[1]模式，按照这种收费方式来操作，对于睿想广告来讲，意味着将昂贵的一次性支出的成本分散为多个月向新脑科技支付，而新脑科技也因此可以获得更长久的持续性收入。

一开始，何小婉还有点儿不同意，她说："这可是一百万的系统，怎么能两万块钱就给他了？"

莫飞跟她解释："你算算，一个月两万，一年可就二十四万了。如果我们把这套系统的授权卖给十家公司，那一年是多少钱？"

"二百四十万！"何小婉说。

---

[1] SaaS, Software as a Service, 软件即服务的简称, 使用者按所定购的服务多少和时间长短向开发商支付费用, 并通过互联网获得开发商提供的服务。使用者不用再购买软件, 而改向开发商租用基于Web的软件, 来管理企业经营活动, 且无须对软件进行维护, 服务提供商会全权管理和维护软件。

"对啊,但你想想,如果我们开价一百万,你觉得有多少公司买得起我们的软件?"

"唔,那确实是有点儿贵了,毕竟,也不是所有公司都跟钱坤一样财大气粗的。那公司,一整层楼的。"

"对嘛。"莫飞说,"不仅如此,我还打算以后在收费模式上玩出更多新花样。例如,我们以后还可以对API接口收使用费,或者会员费,甚至还可以做定向的高级收费报告。咱们把昂贵的一次性授权费拆开,变成多种可以自由组合的项目套餐——就跟手机卡的话费流量套餐一样,我相信,只要能够给客户带来经济效益,总会有人愿意为此埋单的。"

钱坤把这份厚厚的合同递给小张。小张翻来覆去地看了几遍,跟钱坤确认无误后,钱坤只好叹气说:"签没问题,但你们得向我承诺,这种类似的授权,不许再卖给其他的广告公司。"

莫飞也退了一步:"这您放心,既然我们是第一次合作,我也得拿出诚意。您可以在附加条款中列一下广告公司的全称,我保证不跟他们交易这套系统的授权。"

签完字后,钱坤收起合同,悠悠地问了句:"莫总,我想请问下,你们公司现在多少人?"

"问这个做什么?"

"我只是好奇。还有,贵公司最近有没有融资的计划?"

"谢谢。不过,我们不希望任何的外部资本介入我们公司的运营。"莫飞笑笑,然后指了指何阳和何小婉,"我们公司,就这仨人。"

签完合同后,何小婉虽然理解莫飞的经营思路,但想到一百万变成了每月两万,还是有点儿闷闷不乐,走在回家的路上,她指着合同后面钱坤附加的几家公司说:"你看看,他每个月才给咱们两万块钱,还想断了咱们的财路!"

莫飞抽过合同："没事，接下来咱们就去找这些公司谈谈。这个钱坤，他列的这种广告公司越多，越证明这些公司有可能买咱们的系统。"

　　"谈？怎么谈？这合同上都写了，不允许授权给这些公司。"

　　"你真笨！"莫飞说，"你想想，这些公司生意做得这么大，难道还没个子公司吗？他这写的可是公司全称，只要跟咱们签合同的不是这些公司的名称就行。"

程序员解决问题的思路是什么?

1

按照手里的这份清单,"王八杰森"把吴明投资过的小公司挨个敲诈了一遍,也总算是做出了一点儿微小的成绩。渐渐地,竟然真有人认可这套系统,主动找上门来索要 AI MAKE 的授权了。

虽说这是好事,但彭剑却高兴不起来。他和众码农已经在公司加了一个月的班了,本来,他向"王八杰森"和客户承诺,一周内就能解决问题,谁知,这东西远比自己想的麻烦得多,开发越做越棘手,需求越梳理越乱。

这家客户是做电商代运营的,是行业里排得上号的专业公司。按理说,这正是这套系统的目标客户,但问题出就出在这个客户实在是"太专业"了:他们代理了国内数百个品牌的数万个类目的产品,而每个产品下又有数百个 SKU[①],而且这些 SKU 在不同的电商平台中又并不一一对应。面对如此复杂又盘根错节的商品信息表,AI MAKE 刚开始还能勉强应付得来,但随着使用过程的深入,以及 AI MAKE 同客户数据库的深度结合,最后,这个基于 AI MAKE 开发的智能客户应答系统似乎有点儿心有无力,系统要么时不时地崩溃一次,要么把本不该出现的信息调用到另外一件商品下面,驴唇不对马嘴。有时候,它竟然还会鬼使神差地修改商品数据表,导致商品详情页出现混乱。时间长了,甚至还有买家利用这

---

① SKU,Stock Keeping Unit,库存进出计量的单位,也是商品销售属性集合,供买家在下单时点选,如规格、颜色分类、尺码等。例如,iPhone 6是一件商品,国行、港行、美版是这件商品的SKU,而每个SKU下面又会有16G、64G、128G,或者同时出现白色、黑色、玫瑰金等SKU。

套系统的漏洞，以极低的价格买了极高SKU属性的商品，给这家代运营的公司带来了极大的麻烦。

如何解决这个bug，使AI MAKE能够适配如此庞大的SKU库，技术部的小赵提出的解决方案是，做一个CMS，让客户公司的运营人员手动录入每个SKU——这是第一个被pass掉的方案，因为这方法太蠢，没有人会花时间傻兮兮地录入这些数据，真要录，可能也需要人不吃不喝地录个好几十年。

其他几个码农商议后，提出的方案是把客户的运营系统拆分出来，每个类目对应一套AI MAKE，这样，就相当于把客户庞大的商品表拆分成上万个单独的子系统，每个系统单独运行，最终再把数据汇总到后端，这样就避免了AI MAKE面对庞大数据表力不从心的境况。这个方案看似可行，但因涉及要对客户的系统进行大刀阔斧的改造，"王八杰森"和彭剑看了看少得可怜的授权费，感觉得不偿失，最终还是放弃。

后来又有一个办法，就是汇总各电商网站的API接口，通过这些接口可以获得每个商品的数据——虽说每个网站的接口类型和调用方法都不统一，但先分别写API接口，再在中间做一个中间层，汇总这些API接口传来的数据，最终再分发给AI MAKE调用。这套流程看起来虽然很科学，但是在实施过程中，依然出现了不小的问题。原因在于，AI MAKE起初并不是给这些电商网站设计的，只是后来逼上梁山，才不得已转型成了如今的这套系统。此刻，硬把这些乱七八糟的数据塞进来，要么是不兼容，要么是丢信息，要么就是性能低，真想达到理想效果，恐怕只能从底层开始，重构整个AI MAKE。

一想到这个工作量，众码农纷纷不寒而栗。

最后一个方案，也是最被大家看好的一个方案，就是由彭剑牵头，从技术部独立出来一支队伍，另起一个新项目，专门负责在网上跟踪这些SKU，做一个数据爬虫引擎，顺着站点的 URL①路径一层一层地爬下去，直到把所有 URL 路径所对应的 SKU 都爬完为止。大家为什么看好这个方案？因为它不涉及对客户项目的修改，也不用对 AI MAKE 进行多大的改造，对现有的项目影响都很小。

还有，从头再写这么一个程序，大家都觉得很有挑战性，所以纷纷报名要参加这个项目组。

但想归想，做归做，这么一个看似流程清晰明了的项目，搞到今天这个地步，已经彻底一团乱麻了。

问题出在哪里，彭剑也说不清楚。这些年来的开发生涯，让他养成了一个好习惯，就是动手前先理清思路。例如，做一个电商网站，一定是先做商品详情页，顺着商品详情页的购买按钮跳入购物车页面，再进入订单结算页，最后通过银行走支付手续。这种流程是很清晰的。

但做这个数据爬虫，他也想不清楚该从哪儿入手。就做那么一个程序，放到网上，一层一层地爬数据，得爬到哪年哪月？更何况数据是会变的，上一秒刚爬完下一秒就变了。更重要的是，被爬的网站就甘心你在它的服务器上爬数据吗？要知道，对这些大网站来说，流量是很宝贵的，人都访问不过来，更何况是一个爬虫程序的无效访问？一旦发现有机器在规律性地请求访问服务器，就会触发它们的防火墙规则，立即 ban 掉爬虫对网站的访问。

这一个月里，先是前前后后地试了上面的几种做法，又设计了几百种算法和推演，最后又从种种 demo 里敲定这最后一组方案，也有赶鸭子上架的平台测试，但最终效果没有一个理想的。渐渐地，彭剑也开始怀疑起了人生，抱怨道："这个爬虫，这个该死的爬虫，怎么就这么难做呢？"

---

① URL，Uniform Resource Locator，全球资源定位器，也就是一个位址，可单独识别网际网路上的电脑、目录或文件位置，URL 能让网络上的资源通过此方法被链接到。

"王八杰森"比他更苦恼，因为之前彭剑做保证时胸有成竹，大言不惭地说一周内绝对搞得定，于是，他向客户承诺了项目工期，并擅自签了《项目工期保证书》，这项目是按人天计费的①，每个人一天一万元，保证书中规定"每延期一天就赔偿客户十倍的人天"，就是说，彭剑等码农每拖延一天，自己就要为此支付十倍的人天赔偿金！

　　在最后一次的项目进展碰头会上，"王八杰森"终于按捺不住心里的怒气，他再无往日温和有礼的形象，指着彭剑的鼻子骂道："Shit! You're just a good for nothing bum！（你真是一个废物！）"

　　彭剑不明白这句话什么意思，毕竟以他目前的词汇量，还无法听懂这么完整的长句，但他深深地察觉到：这个"王八杰森"可能并不是个gay。

　　至少，他不是真的喜欢自己。

2

　　时光如梭，又是一个秋天，看着窗外开始瑟瑟掉落的叶子，联想起去年自己被清退出公司的场景，莫飞又是一阵惆怅。好就好在这一年间，自己并没有沉沦在过度消极的环境中，反而重整旗鼓，再次创业。人生总算是又燃起一点点希望。

　　新脑科技的数据抓取系统经过各家公司验证，确实很有前景。半年间，陆陆续续地又授权给了几家公司，公司账户也一点点充裕了起来。虽然业务平稳有序地在增长，但这种平稳却又隐约给自己带来一点儿不安，至于这种感觉是什么，

---

　　① 根据参与人数、开发周期、项目难度算出总报价，再由总报价除以人数和天数，得出每人每天的工作成本。例如，某软件项目，需要十个程序员工作三十天，而每个程序员的工资为一万元（每个月二十二个工资日，则每人日工资为四百五十五元），则日工作成本为10*455＝4550，再加上房租水电以及其他不可预知的成本，这个数字通常会更高。

莫飞也说不好，可能就是创业者经常会有的焦虑吧，就好像比尔·盖茨经常告诫员工的那句话：一家公司离破产永远只差十八个月。

这中间，也曾有过一些投资机构来接洽，但聊了几家，都没有下文。不过话又说回来，莫飞也并不太倾向于过早地让投资机构介入，一方面是天创科技被投资人控制的前车之鉴，另一方面，也是为了保护何阳。

说到何阳，莫飞感叹，他太像当年的彭剑了，一心扑在技术上，两耳不闻窗外事，仿佛只要有台可以联网的电脑，其他事情都可以充耳不闻。但是，谁又能保证将来的他不会因为钱而变质呢？钱真是个怪东西，大家都想要，但越多越扎手，能把人送往顶峰，也可以把人推入深渊。

莫飞担心重蹈他和彭剑的覆辙，到最后，生意没做成，还丢了朋友的交情。

"想什么呢?"何小婉伸手在莫飞的眼前晃了晃。

莫飞回过神来，他揉揉眼睛："没事，可能这两天没睡好。"

"得了吧，你还没睡好！看你的样子，最近都胖了！"

"有吗?"莫飞摸了摸肚子，好像是大了点儿，"没办法，这不，隔三岔五就得陪客户吃饭应酬，我也不想。"

"别得了便宜还卖乖。"何小婉一屁股坐在了何阳的椅子上，"我哥呢?"

"哦，他去客户现场了[①]。"

"你又把他外派出去了！"何小婉嘟囔了起来，"你怎么不去啊？整天让我哥跑腿，想累死他！"

"我这不是不做技术嘛。"莫飞解释道，为了证明他没偷懒，他打开桌面的一个文件夹，指着说，"你没看见吗？我也在做需求文档，我们俩这叫明确分工。"

---

① 当客户在使用软件的过程中产生bug，或者客户反馈了新需求，需要技术人员外派到客户公司现场办公一段时间。

"你明确个屁啊！上周你见客户时，不一样死皮赖脸地非要带着我哥去嘛！"

"那……那还是因为怕客户提出刁钻的技术需求我答不好嘛！不然我什么活儿都大包大揽接回来，你哥哥不被累死了。"

"总是你有理！"何小婉跺了跺脚，"总之我跟你说，我哥哥身体不好，他有干眼症，两眼的泪腺有问题，经常干涩，你别总是让他熬夜给客户改需求。"说完她又想到个事，"哎，不对啊，咱不是新招了两个实习生吗？让他们去呀，我哥哥不是说他们技术还行吗？"

"可以是可以，但改不了你哥的代码啊。何阳你还不知道，写起代码来是一个打一百个，逻辑一环套一环的。他们看了好几天，连一个功能模块都没看懂，更别说改了，改起来只能耽误事。"

"那要他们来还有什么用啊？"

"写点儿零散的需求还行，有总比没有强。"说着，莫飞又感叹，"唉，我估计啊，这世上没几个人能看懂你哥的代码。"

"照你这话说，我哥就得往死里给你打工了？"

"怎么是给我打工了？哦，这公司法人确实是写的我的名字，但财务可是你们管着的。对公账户的两个U盾①都握在你手上。我可是指望着你们给我发工资的。"

"这倒是，那你还不叫我老板！"

"老个屁。"

"你怎么说脏话！"何小婉抠了下手指头，又开始作妖，"那你说，咱们什么时候搬家啊？"

_____

① 为保证企业资金安全，企业的银行账户多采用双人复核机制，一个U盾为操作员使用，一个U盾为管理员使用。一笔业务费用先由操作员申请，再由管理员审核，只有在审核通过之后，由操作员申请的支付才会如实付出。而管理员U盾拥有可以冻结操作员或审核员的一切权限。

"搬家？搬什么家？"

"怎么不认账了？上次吃饭时不是你说的嘛，咱们赚了钱，就搬出孵化器，去一个好一点儿的办公楼里面嘛。"说着，她又抱怨了起来，"这里的网速太慢了，连个在线电影都看不了。"

"慢咋了，人家这孵化器是给你来办公的，又不是让你来看电影的。"

"所以我说咱换个好点儿的地方嘛。难道你还想跟这帮阿猫阿狗挤在一块儿？"

"哎哎哎，你别老拿手指着人家，怪不礼貌的，别回头给人看见了。"莫飞拍了一下何小婉的手，"对了，咱们对公账户里还有多少钱？"

"三十几万吧，我一会儿查查啊，反正我记得是够咱们去租个好点儿的办公室了。"

"不是这个，我是说，咱是不是得把胡威借给咱公司的二十万还了？"

"哦，是呀，你不说我都忘了，要是没威哥那二十万，咱们这生意也做不起来。"何小婉感激道，"最近怎么都没见你跟他联系？"

"他最近不是老跟那个苏什么的在一块儿嘛。听大壮说，俩人过得那叫一个蜜！"莫飞做出一脸艳羡的表情，后又严肃起来，"说真的，咱现在要是宽裕的话，就先把他的钱还了呗。人家虽然不提，但咱们也得上点儿心，毕竟大半年过去了，把钱还了，往后咱们也好打交道，你说呢？"

"还嘛，没说不还，你有他银行卡号没，我这就转给他。"

莫飞一拍脑门："还真没有。"

"那你说个屁！"何小婉向他竖了个中指，"不然这样吧，咱晚上做东，请他吃个饭呗，把我哥也叫上。"

"行行行，听你的。"莫飞说着，又嘀咕了句，"这丫头，一天天的，怎么就知道吃呢，胖死你。"

"我乐意！"何小婉狠狠地掐了莫飞的胳膊。

"疼疼疼！"莫飞赶紧抽出胳膊，"姐姐，你这下手也忒狠了。"说着，他拨了胡威的电话，铃响一声就通了，"喂，我说，哪儿发财呢最近？"

"刚回北京，前两天去天津了。"

"去天津？出差啊？"

"出什么差啊，陪苏珊转转，散散心。"

"这小两口儿腻歪的，跟一个人儿似的。"莫飞调侃了下，"我说，有时间没？请你们吃饭。"

"有时间有时间，就今晚吧，还是上次三里屯那家中餐馆见。"

"那地儿不是去过了吗，还去？"

"这不她喜欢嘛！"

"得得得，你现在，张嘴闭嘴全是她，魂儿都被勾走了。"莫飞看了看表，"那晚上七点见？"

"行。"

3

虽说已是深秋，但此处的天气依然舒爽。吴明看了看手机里的天气预报：多云转晴，气温23~27℃。

"这地方很不错，气候宜人，还没有雾霾，适合养老。"吴明心想。他今天来深圳，是为了参加中国高交会①。之所以参加这个活动，主要是想看看有没有合适的项目可以投一投。虽说自己做了这这些年的投资，但所投的公司，要么规模太

---

① 中国国际高新技术成果交易会，由中国商务部、科技部、工信部、国家发改委、农业部、国家知识产权局、中国科学院、中国工程院等部委和深圳市人民政府共同举办，每年在深圳举行，是中国目前规模最大、最具影响力的科技类展会，有"中国科技第一展"之称。

小,要么产品太弱,没几个能摆得上台面的,说出去也没几个人知道。他这次就是想看一些有关新能源、新材料、互联网、汽车等领域的真正有科技含量的项目。

可是,这些项目虽然格调高,但投资门槛也很高,以滕佳创投的资本实力,恐怕玩不转。不过,一旦下周 UST 的收购案谈下来,这十几亿的现金流再加上账面多年的积累,还不得让自己来个鲤鱼跳龙门?

他刚看了个无人机的项目,那几个小孩不错,能力也很强,最主要的是看起来很好忽悠。他本想着当场就跟他们把融资协议定了,谁知道半路杀出个程咬金,有个号称是 IDG 的投资经理给他们递了张名片,这帮小屁孩,立马就把自己晾到了一边。

被 IDG 截和,他虽心有不甘,但也只能无奈地叹了叹气,“等着吧,”他心想,“等老子拿到了 UST 的钱,早晚也要登上中国的人民币投资机构的前十,让你们把肠子都悔青。”

他正想着,电话响了,是北京办公室打来的。

“喂,怎么了?”会场非常吵,吵到那边人说的是什么,他完全听不清,“你等下啊,我出去说。”他拿着电话一路小跑,找了半天竟然没找到安全出口,他只好又绕着会场走了几圈,才看见一个洗手间,他匆匆地进去,站在小便池前象征性地解开裤子放放水,“刘秘书,你说,怎么了?”

“吴总,UST 的收购案估计要延期了!”

“不可能,我都跟那个代理人谈好了,那个光头美国佬叫什么来着,迈克尔……迈克尔·约翰逊还是迈克尔·托马斯来着……挺好说话的,拿钱也不当钱,还只要五个点的回扣。”

“那边换了代理人,现在负责中国区的是一个中国人,女的!就上星期的事。”

“换人了?”吴明一蒙,“上周就换人了,你怎么现在才跟我说?”

“这不……也是才知道嘛。”刘秘书的语气里透着点儿无辜,“刚刚才收到他们的人事任免通知函，这就立即给您打电话了。"

"快给我订今晚从首都机场去美国的航班！"他刚说完，才想起自己在深圳，"哦不！先定深圳到北京的，就现在。"

"什么？北京因雾霾导致了流量管制？那最早一班去北京的飞机什么时候起飞？——我没法直接从深圳到美国——废话！我护照还在北京呢。"说着，他的身子又抖了抖。

"我×！尿到鞋上了！"吴明终于爆了粗口。

4

莫飞上次来这家中餐馆，是在年初的时候。当时自己稀里糊涂地被何小婉蛊惑，跟何阳二次创业。那时面对一片未知的未来，以及刚刚创业失败的阴影，还有自己想都没想清楚的产品方向，也曾经打过退堂鼓，脑袋经常一片混乱，完全没料到新脑科技会有如今的势头。

何阳这两天明显缺觉，手托着头昏昏欲睡。何小婉拿筷子戳了莫飞一下："都是你，你看，我哥多辛苦！"

"是是是，辛苦辛苦，我明天就去帮你骂那个挨千刀的客户。"

"光骂顶什么用，让他们加钱！"

"加加加！"莫飞撇撇嘴，"这小丫头，现在怎么整天就知道钱钱钱的。"

"哟，聊得挺热乎啊。"胡威乐滋滋地推开门，旁边是一身珠光宝气的大美女苏珊。

"那个苏珊，肯定是个富二代。"何小婉凑到莫飞耳边小声说。

吃饭的时候，胡威一会儿给她夹菜，一会儿给她倒水，忙前忙后地像个刚入宫的小太监，就差用嘴喂饭了。

莫飞实在看不过去了："喂喂喂，注意点儿，这还有小孩子在呢。"他指了指何小婉。

何小婉拿了张纸正在擦手，把纸握成团朝莫飞砸了过去："说谁小孩呢你？"

"大壮呢？"胡威问，"你没叫他啊？"

"叫了，人不在。"莫飞忙解释，"去广州了，说是认识了一个什么做粤菜的师傅，拜师去学艺了。"

"怎么又做粤菜了？他那饭馆还没开起来啊？"

"别提了，他们就瞎折腾。刚开始，他那个合伙人说做日料，后来观摩了下，说成本高，于是又打算做韩餐，考察了一圈，又觉得韩餐卖不动。这不，这两天，不知道听谁忽悠了，又觉得粤菜有市场，就说去广州开开眼。"

"确实挺能折腾的。"胡威喝了口水，又问，"你们那儿最近怎样？"

于是，莫飞把如何从钱坤那儿做成第一笔单子，到之后顺藤摸瓜地跟其他公司合作的事讲给胡威，说着说着，他讲到重点："所以今天来啊，就是想把钱还你，借了大半年了，连本带利一起给你。"

"没事没事，不急。"胡威大方地说，"现在有多少家收费客户？月流水做到多少了？赚钱吗？"

"大概有小十家吧，每家收费一到两万，月流水大概能做到二十万，去除服务器和人力，微微是有点儿结余，反正不亏。"

苏珊听了一惊："你们的运营成本怎么这么高？"

"有一些状况外的事情没预料到。例如，很多公司对数据的抓取有自己固定的格式或要求，或者得让我们二次定制，又有些要跟自己内部的OA系统接轨。好说话的公司，愿意加钱做，碰到不好说话的，就得我们白搭人工进去。也怨我们不太了解这个行业，误打误撞地进来，就当交学费了。"说着，他给何阳倒了杯水，"只是辛苦老何了，这技术上的事我也帮不了多少忙，他前前后后的都得操心。"

"不行就花点儿钱招人啊，这么多客户，何阳一个人怎么盯得过来。"

"招了。只是以我们这儿的工资待遇，只能招一些刚毕业的小年轻，水平一般般，能干点儿小活儿，核心的模块还得何阳来。尤其是那段抓取算法，除了他，没人能维护得了。"

"这算法我听你提起过好几次，到底有什么神奇之处？"胡威被点燃了好奇心。

"是这样，何阳设计了三组服务器集群，一组用来爬站点地图，另一组用来监测地图变化，当发现地图有变化时，第三组服务器才去抓取有变化的内容。"这段话最近莫飞拜访客户时经常讲，因为总有人问，所以烂熟于心，张嘴就来，"这就好像要跟踪一个人，我们准备三组人马，一组用来盯着他的嘴巴，监视他说了什么；一组用来盯着他的耳朵，观察他听到了什么；一组用来跟着他的腿，跟踪他都去了哪里。这三组人马各司其职，又相互配合，才能做到全天候全方位地搜集目标网站的动态。"

莫飞的这个例子浅显易懂，胡威和苏珊一下就明白了："听起来，这个原理不复杂啊，难道别的公司就做不了吗？"

"这你们就小看我哥哥了。"何小婉又得意起来，"这就像微软公司的操作系统，原理大家也都清楚，但就是没几个公司做得出来。"说着，她怂恿何阳给胡威露一手，"喂，哥哥，你快让威哥看看咱的系统。"

一听到有人对系统感兴趣，何阳立即从包里拿出随身的笔记本电脑，打开一个文件夹："你看，这个文件夹下就是新脑科技的核心算法。这个，是负责网站地图的，这个是负责抓取的，这个是负责数据监测的，把三个ini①文件配置一下IP地址和端口号，再分别传到三组服务器集群里，它们就会定期汇总数据到数据

---

① ini，Initialization File 的缩写，即初始化文件，用来存放和修改软件配置、注册表信息等。

库里……"

"哎呀,你说这些谁听得懂啊。"何小婉止住了何阳,"直接给威哥演示一下呗。"

"哦,对对对。"何阳连上了手机热点,打开新脑的后台,"在这里,输入一个关键词,例如,输入奥美广告,再筛选一下检测范围,是全网,还是某个特定网域内的区间段,范围越小速度越快,数据也越精准,之后点一下搜索……你看,系统就会自动抓取这些网域内的有关奥美广告公司的最新动态,包括他们的商业新闻、企业动态、最新设计案例,甚至还有某些客户泄露在网上的招标书,等等。只要网上有的,花点儿时间,几乎都能download(下载)下来。"

"确实挺精妙的。"胡威赞扬道,"这东西,往后可挖掘的亮点还真不少。回头我也给你们写个新闻稿,好好报道报道你们!"

何小婉眼前一亮:"你是说,我们也能上新闻吗?太好了威哥,回头你没事就带着苏珊姐来我们公司玩,我哥哥还有好多神奇的好东西给你们看呢。"

"没出息。"莫飞又骂。

酒过三巡,莫飞又提醒胡威:"你银行账号记得发我啊,回去何小婉就转账给你。"

"真不急,你们不如先留着钱,多招几个技术人才,也好把何阳解放出来,看他困的!"说着,胡威指了指一直在打哈欠的何阳。

"就是就是。"何小婉看到有人心疼她哥哥,忙不迭地讲道,"我就说嘛,人威哥不差咱这点儿钱。咱先把钱留着,给公司做运营嘛。"

莫飞瞪了何小婉一眼,心想:"我还不知道你想干吗,你肯定是想拿着这些钱去换个气派的办公楼。"他犹豫了下说:"这样不太好吧,毕竟这可是二十万呢。"

"这有什么不好的,你们都是朋友,没必要这么客气。"苏珊说着,想了下,忽然提议,"不然,你们就当是胡威入股了?反正他本来也想拿这钱去投资做点儿小生意。"

"入股?"众人一愣，没明白苏珊的意思。何小婉最先反应过来，她拍着手连声叫好："成啊，威哥愿意来，是看得起我们呀！"

胡威看向苏珊，心领神会地笑笑："我还真有此意，就怕你们嫌我出的钱少。"

莫飞望向何阳，想听听他的意见，谁知他只是深深地打了个哈欠，做出一脸无所谓的表情。莫飞犹豫着说："入股倒不是不行，只是……"他下意识地拿起一张餐巾纸，又抽出一支笔，算了起来，"现在我们的股份是何阳50%、我40%、小婉10%，公司每个月流水大概在二十万左右，但毛利率不高，只有个三五万，具体估值……可能得到年底的时候才能算出来，所以，你这二十万能占多少股份我还真……"

他算着算着，忽然被何阳按住了笔。"别算了。"他说。

莫飞也这才意识到，在众人面前算这个确实有点儿不合时宜。

"咱俩一人稀释5%给胡威吧。就像小婉经常说的那样，没有胡威的二十万，咱这生意也做不起来，何况你们是多年的老朋友了，他愿意入股，是好事。"他提议道。

何小婉立即帮腔说："是啊是啊，明天我就带着莫飞去给威哥做股份变更手续！"

"我看，你是拿着钱去看房子吧。"莫飞又一次拆穿何小婉。

"来，我们干一杯！"何小婉举起杯子，号召起来，"庆祝我们新脑科技的四人制股东决议顺利完成！"

酒杯碰在一起，发出了清脆的声响，随之而来的是一阵欢声笑语，大家在喜庆祥和的气氛中畅想着这家小公司的未来。只是，谁也没有料到，这次在酒桌上如儿戏一般的裹挟了情感关系的股份变更，会在以后为这家公司——以及这群人，带来灭顶之灾。

你热爱美国吗?

1

想到人生第一次出国就是来美国,彭剑到现在还有点儿激动。

他本担心他的签证过不了,毕竟自己英语这么烂,也没什么漂亮的履历,不知"王八杰森"跟签证官说了些什么,鬼使神差地就给过了。这个"王八杰森",脾气真是阴晴不定,前脚刚骂完自己,后脚又死皮赖脸地非要自己跟着他去美国,说是帮自己"开眼界",真是让人捉摸不透。

彭剑很早就办了护照,但一直没用。办护照的原因是有次莫飞承诺说,年终系统上线时要去新马泰浪一圈,可惜这个合伙人最终食言:系统是上线了,但他是跟林姿一起去香港shopping(购物)了,而自己这个年,是在跟小赵一起加班写代码中度过的。

这几天,彭剑跟着"王八杰森"先去了纽约的华尔街,又到芝加哥看了天际线。现在,他坐在西雅图的地标性建筑Decatur Building①第十八层的星级酒店大堂里,有滋有味地喝着一杯免费的鲜榨果汁。

这次美国之行的确去了不少地方,可惜都只是匆匆而过,彭剑只是对着高楼大厦拍了几张别扭的自拍照。虽然"王八杰森"走到哪儿都带着他,但毕竟人家在美国土生土长,当然没旅游的意图,去的多是这样的酒店和写字楼。"王八杰森"这几天到处找人开会,还都要求彭剑参加,刚开始彭剑还挺兴奋,毕竟能跟这么多美国佬一起谈笑风生,显得倍儿有面子。但开过一两次之后,他就顿觉了

---

① Decatur Building,迪凯特大楼,中国的阿里巴巴曾在这里办公。

无生趣，因为人家说的他根本就听不懂。有时候美国佬发表完意见后还要再看一看他，等他答复，他就只能在一旁赔笑，跟个傻子似的。久而久之，美国佬也只当这个中国土鳖是个哑巴，不再理他。再后来，"王八杰森"再叫自己去，他就摆摆手："不去了不去了，说的什么我也不明白，只能干瞪眼。你就让我留在下面等你吧。"

"王八杰森"暗自想了想，反正这天高皇帝远，谅你也做不出什么出格的事，就让彭剑独自逍遥。

但彭剑哪里逍遥得起来，英语这么差，胆子又小，哪儿都不敢去。这不，三天了，除了偶尔下楼透透气外，就一直坐在这个大堂里发呆。酒店大堂一角有个X-BOX 360，刚开始他还不敢玩，怕要钱，后来观察了几次，发现有两个小孩总是拿着玩，时间长了他也壮着胆子，跟着小孩一起玩 *Just Dance*①，他玩着玩着玩嗨了，就边玩边冲着美国小孩做鬼脸。

"这美国小孩，长得还挺萌。"他想，"刚刚那美国女人是他们的妈妈吧？虽然黑了点儿，但也算漂亮。这美国妞，就是跟亚洲的不一样，不但身材好，穿得还火辣。"想到这儿，他又觉得如此崇洋媚外不太好，毕竟自己是个土生土长的中国人。没出国的时候，他最讨厌那种整天说"外国月亮比中国圆"的人，觉得他们都是装×，谁知，自己才来没几天，也变成了这种曾令自己不齿的假洋鬼子。

他责怪自己道："彭剑啊彭剑，你要时刻记得，你是个地地道道的中国人，生在五星红旗下，挂着少先队的队徽长大，大学的时候还拿过国家的补助金哪。"想到这里，他又羞愧不已，忙自己找补说，"其实咱们中国女人也漂亮啊，

---

① Just Dance，《舞力全开》，由游戏开发商 Ubisoft 推出的一款舞蹈游戏，采用了人体捕捉技术，将肢体动作传导到屏幕中，伴随着音乐跳舞，是 X-BOX 经典的体感游戏。

含蓄、大方，有着东方女人特有的韵味。只是自己这两天见多了洋妞，才油然而生了一种偏见。这样不好，嗯，实在是不好！"

跳了一会儿跳累了，他就又拿着杯子，厚着脸皮去要免费的鲜榨果汁。Waiter（服务员）问他这次要什么味儿的，他想了下，早上刚要过橘子味儿的，后来又要过一次香蕉味儿的，这次要草莓味儿的吧，草莓的英文怎么说来着，s……s什么b来着，他赶紧掏出手机词典，哦，"Strawberry！"他指着红色的那桶果汁说。

接过杯子，他叼着吸管边走边喝。走着走着，迎面冲过来一群人，他一看，是几个西装革履的美国佬，焦急地围着一个女人讨论些什么事。

女人看样子职位不低，长着一副东方面孔，黑色头发，脖颈透亮，穿着一身白西装，看起来是丝绸质地的，隐约有点儿透，深 V 低领，很性感。那西装腰部修身的剪裁，凸显东方人柔美的好身材，更亮眼的是腰上的一抹红腰带，配着黑白格纹的高腰短裤，露出一双线条优美的长腿。脚上踩着双黑色透亮的高跟鞋，走起路来大步流星，干练优雅，一看就是个职场女强人。

"真是标致，不知道这是中国人还是日本人。哦，也可能是韩国人。"他又酸了下，"啧啧，怎么这样的好女人都跑美国来了？要是在国内也能遇上，该多好！"

说着，他又笑自己异想天开，就算在国内有又能怎样，那也是给"王八杰森"这样的海归精英准备的，自己一个毫无情趣又天生穷酸的码农，怕是无福消受了。想到这儿，他又叹了口气，也不知自己何年何月才能出人头地。这个"王八杰森"虽有钱有势，但究竟能把天创科技带到一个什么位置，他说不好，也没准儿人一心血来潮就不陪自己玩了呢。这很有可能啊，毕竟，凭他的资源，没必要总在这么一家小公司里耗着。不过无论怎样，跟着他，总比跟着莫飞那个小气鬼强。说到莫飞，他最近在干什么？听说又创业了，公司在一个孵化器里。孵化器？在那办公的都是找不到工作的小屁孩，或是连办公室都租不起的创业流浪汉，窝在那儿能有什么出息？

对面两个小孩又冲自己"哇喔"叫，看来是喊他来玩游戏了。"算了，不想他了。"他放下吸管，伸了个懒腰，打算继续跳舞。

"唉，只是，不知道刚那个女人长什么样子。"想到这里他的脸红了一下，"刚刚好像……好像只顾着看她的胸了。"

于是他四下望了望，发觉那群人还在等电梯。他就冲小孩做了个"稍等"的手势，装作不经意地缓缓踱步，慢慢朝他们走去，想凑近看一下女人的模样。

女人正低头看一份文件，电梯来了，旁边的人把她请了进去，她走到电梯里面，转过身子，有个人不知对她说了个什么笑话，她莞尔一笑，抬起了头。

彭剑看见了她的脸，霎时吓了一跳。

"她是……"

2

王杰森坐在酒店顶层，低着头一言不发。他旁边有个观景台，里面吵吵嚷嚷，人满为患。他没心思看风景，甚至他从小就不明白，这些破景有什么可"观"的，一群dorks（土老帽儿）轰轰隆隆地坐上小十分钟的电梯，争先恐后地冲到观景台前，然后又胆战心惊一点点挪步到玻璃栈桥上，趴在上面大惊小怪地哇哇乱吼，边看边互相感叹说："Look！People are so small, like ants.（你们看看，人怎么这么小，就跟蚂蚁一样。）"

这倒没错，有些人生下来就是蚂蚁，毕竟这个社会是讲究出身和背景的，尤其是在美国这样一个由精英阶层统治的社会，更是如此：富人住在大house里抽着古巴雪茄，聊着商业理想，心情好了还能去竞选总统；而穷人就只能排着队领政府的food stamps①，饥一顿饱一顿地睡在大街上。在美国，"干得好不如生得好，"这是真理，投个好胎可以少奋斗多少年？都说比尔·盖茨厉害，可是没他那位赫赫有名的律师父亲和那位有钱的妈妈让他从小就接受好的教育，他能成为后来的the richest man in the world（世界首富）吗？生在垃圾堆里还能写代码吗？有些穷人整天异想天开，以为靠努力就能改变命运，可到死也只能成为一个middle class（中产阶级）。倒是有些人想得开，懂得take a short cut（抄近道，采取捷径），多参加几个party（聚会），结交一些权贵，利用裙带关系敛财致富。

想到这儿，他情不自禁地"哼"了声。他要等的这个人，来美国才几个月，就靠着姿色空降到UST担任了高管。这种女人，他平时看都不会多看两眼，他清楚她们要的无非是金钱和权势，只是不清楚，这女人的胃口到底有多大。自己虽是王氏集团的大公子，但这些年来跟父亲的关系也是越来越紧张，不到万不得已，实在不想再去求那个老头。要不是为了舅舅，他才没工夫搭着时间和脸面来会这种女人。

说起来，自己为了这个舅舅简直是跑断腿操碎心。这些天里，该求的人也都求了，该开的会也都开了，UST的几个大官也都聊过了，无非就是游说他们说中国的市场环境有多好，机遇有多大，这笔买卖有多值，劝他们不要放弃收购案。而且说起来，像UST这么大的公司，也根本不在乎这十几个亿的人民币，换算成美元不过两三个亿。这笔钱，别说UST了，在他的眼里都不算什么，用广州话怎么说来着？毛毛雨洒洒水啦。

---

① food stamps，食物券，由负责"营养补充援助计划(SNAP)"的美国农业部为低收入的个人和家庭提供的补贴，凭此券可在接受SNAP的商店使用和兑换食物。截至2015年，有大约七分之一的美国人不得不依靠食物券购买食物。

助理给他递了杯咖啡，他拿起来抿了口，眉头皱得更深了。这什么味道？跟白水一样。这个破酒店，送的咖啡果汁都一个味道，谁会喜欢喝这种东西？哦，Penry喜欢——他脑海里浮现出彭剑一杯一杯要果汁的画面——真是没什么出息，一个破算法，一个多月了都没搞定，Penry的脑子和味觉是不是集体失灵了？

他等得有点儿不耐烦了，问身旁的人："Mr. 安，请问你的这位女老板，到底什么时候才能来？"

安先生抬手看了看表——那是一只使用ST11机芯的老海鸥手表[①]："时间还没到，请您再等一会儿。"他梳着光亮的背头，高高的鼻梁透着桀骜不驯，魁梧得像一尊巨大的雕像。王杰森仔细地观察了下他，好奇究竟是怎样的女人，才能够把这个人管理得服服帖帖。

"您是half caste[②]？"王杰森问。

在英语里，"half caste"这个词多少带点儿贬义，王杰森说这话明显是想对安先生撒撒等人的气。可安先生并没有理会他的挑衅，只是笑笑："是的，我父亲是法国人。"

"法国？可不像，你这个鼻梁高得跟我们美国人一样。"

听到这话，安先生倒是用奇怪的眼光看了看王杰森，这人明显一副东方面孔，浑身上下哪一点都看不出美国模样，"想必您忘记您的根儿了吧？"安先生说。

被反将一军，王杰森有点儿难堪。类似的话他以前听过很多次，尤其是少年时期，他父亲店里的几个白人员工经常拿这句话挪揄他，可那时他并不觉得说自

---

① 1990年，由天津海鸥手表集团设计的经典款机芯手表，在波兹南国际钟表博览会上获得过金奖。

② half caste，混血儿，尤指欧亚混血儿，也有嘲讽人出身差的意思。

己是美国人有什么问题。他生在美国长在美国，跟白人一样受的是西方教育，也在牧师面前按着《圣经》宣过誓，大家除了肤色外，还能有什么区别？真说区别，也只是自己小时候在香港待过几年。那时候香港回归了吗？他不记得了。他对中国的印象和其他美国人没有区别，无非就是天安门、故宫、八达岭，他对那片土地的唯一认知，就是儿时父母经常指着对方的鼻子，说"个板马，板马日的[1]"，那是什么意思，他不懂。后来他成年之后到中国做生意，问过几个上海人，上海人说可能就跟"小赤佬"差不多吧。"小赤佬"？这又是什么意思？上海人摊摊手，自己也解释不了。倒是旁边一个四川人说了，这话可能就跟四川人说对方是"龟儿子"一样吧。"龟儿子"？这话他懂了，毕竟"乌龟的儿子"肯定不会是什么好东西。那看来，他们那时候是在吵架了？可是自己的爸爸妈妈为什么要吵架呢？

——时间过得太久，他记不得了。

但一想到自己的妈妈，他忽然有点儿难过。

他打算换个话题，就用英语问安先生："Which country do you like? France or America?（那你喜欢法国还是美国?）"

"Neither, I love China.（都不，我更喜欢中国。）"安先生也用英语回答他。

王杰森不理解，中国？中国有什么好的。车多人多，还有雾霾。更何况，他在中国断断续续地待了几年，就没听几个中国人说中国好的，都觉得别的国家比中国强，尤其跟美国比。可美国具体好在哪儿，他们也说不清。政治制度？经济发展？机会待遇？两个国家能有什么区别？无非都是一群人管着另外一群人，而那些挤破了头梦想拿到green card（绿卡）的中国失败者——哦，他们管失败者叫什么来着——"屌丝"，嗯，没错，技术部的小赵经常称呼自己是"穷屌丝"。

---

[1] 武汉土话，意思是责备别人做事不得体。

那么，一个中国屌丝，生在美国就不会是一个loser（失败者）了吗？

谁给了他们这种自信？

一想到这些，他又免不了要问安先生："Why？（为什么？）"

安先生的眼睛离开了他，望向了远方，用中文说："因为我的妈妈在中国。"言毕，安先生又看向电梯口的方向，没待王杰森回味过这句话，他又说，"时间到了。"

3

他话音刚落，电梯门缓缓打开，拥出来一群人，守在电梯门两边。白衣女人从电梯里踏步而出，鞋跟摩擦在地板上噔噔作响。她仍拿着那份文件在看，跟在她后面的几个人在喋喋不休地跟她说着什么。她径直走向王杰森，身后的人就立即帮她整理好椅子。她落座后，头都不抬一下地伸出一只手。安先生立刻心领神会地抽出支笔递给她，她接过，唰唰地在纸上签了个名，递给身后的人，吩咐他们散去。接着，她抬起了左手——那上面并没戴着什么名表或者首饰，只是缠着两根黑色的皮筋，她用右手挑出一只，双手束到脑后开始绑头发。

王杰森看着她，觉得匪夷所思，他用鼻子"哼"了一声，打算奚落一下对方，他说："真是想不到，大名鼎鼎的UST 中国区的负责人——Ms. Lorraine竟然是个……"他笑着，冲她眨了眨眼睛，说，" hillbilly woman（村姑）。"

这句 "hillbilly woman" 并未令她动怒，她也笑了笑："那么，比我更大名鼎鼎的王氏集团的公子哥，为了约我这个村姑，竟花了一周的时间，求遍了所有UST的高管，这……"她也冲王杰森眨了眨眼睛，"这是不是更令人意想不到呢？"

见对方以牙还牙，王杰森又继续找碴儿："是的，你们中国人讲'世事难料'，就好像Darius Fisher老板也不知道会遇到你这样一个女人。"

Darius Fisher是UST的董事之一，正是他力排众议，把Lorraine捧上了UST中国区负责人的位置。相传，他们一年前在北京到上海的飞机上认识，也不知道怎么了，坐头等舱的Darius Fisher就和坐经济舱的Lorraine聊了起来，更不晓得这女人给这老头灌了什么迷魂药，半年不到，Lorraine就移居美国，进入UST工作，并一路平步青云，直升到了如今的位置。这段经历和邓文迪与默多克的交往很相似，也正是如今Lorraine在UST备受众人争议的原因。

她仍旧不为所动，只是说："看来，王总做了不少功课嘛。"

"Background check（背景调查），很正常，难道你们UST的Senior Staff, Management Manual（《高级员工管理手册》）上面没有教吗？看来Ms. Lorraine还需要再学习啦。"

"王总今天来是想给我上一课？"

"上课是谈不上。但是，说到对中国市场的了解，我可不输给你。"说着，王杰森得意地跷起了一只腿。

"哦？那我倒要洗耳恭听了。"

王杰森拿出一份厚厚的文件，念道："截至2015年，中国当年的电子商务交易额已经超过了一百八十三万亿元，通过移动及手机支付的网购交易数额超过两万一百八十四亿元，中国快递业务收入两千七百六十亿元，网购用户达四十六亿人——这可是超过了中国三分之一的人口。"在商业谈判中，出其不意地展示一份详细权威的官方数据文件，往往可以获得打击对手的极佳效果。他把这份《2015年度中国电子商务市场数据监测报告》往Lorraine那边推了推："面对中国这么大的supermarket（超级市场），UST就此放弃了进入中国的ticket（入场券）……是不是太可惜了？"

可Lorraine翻都没翻那沓文件，她反问道："谁说UST要放弃进入中国了？

UST要放弃的，不过是中国区的收购案罢了。"

"都一样，如果没有那几家公司，UST还怎么在中国站稳脚跟？"

"站稳脚跟？就凭那几家公司？"Lorraine又笑了，"我知道王总今天约我来的目的是什么。不过我想问问您，既然这个盘子这么大，那么，您知道都是哪些公司瓜分了这个盘子吗？"说着，她也从包里拿出了一份数据，从上面找到一个饼状图，指给王杰森看，"仅阿里巴巴一家就占了57%的份额，这就已经是将近十万个亿了。京东占了23%，第三是唯品会，您看看它占多少？只有3.2%。而和UST同为美国公司的亚马逊，它在中国占了多少份额？"

她伸出一只手指头："10%？——No，只有1%。"

"亚马逊为了这1%费了多大的功夫，您算得清楚吗？"她又问王杰森，"您觉得，UST要杀进中国市场，去抢占那十八点三万亿元人民币的份额，仅凭收购那几家芝麻粒一样的小公司，可行性到底有多高？"

"看来你是不自信。什么是business（商业）？business就是'the Art of Negotiation（谈判的艺术）'。"王杰森开始给Lorraine上课，说着，又不忘贬低她的身份，"如果你只是想凭着on the bed（床上功夫）混地位，而不自信你谈判的能力，最好也不要当什么UST中国区的leader（领导者）。"

"谈判？有意思，王总竟然跟我提商业谈判？"说着，她朝安先生示意，安先生点了点头，变戏法一样地不知从哪儿取出份文件，放在桌上，"那么我想问问王总，您理解的所谓'商业谈判'，是像今天我们这样的针锋相对，还是像您对其他公司的恐吓威胁？"她指了指那份来自天创科技的《AI MAKE人工智能客服应答系统使用授权书》，"如果王总认为是后者，那么容我好奇地问一问，王总是否认为所谓的'创业'，就是利用父辈资源强买强卖？这公平吗？"

王杰森明显没料到她会有这手，他吓了一跳，结巴着说："这个……你从哪里弄来的？"

"Background check。" Lorraine 说，"相比调查我们这种不知名的 'hillbilly woman'，王氏集团的大公子 check 起来，岂不更轻而易举？So，我想请问王总，去除那些被您勒索的企业，您的这套所谓的人工智能系统，真的有人在用吗？"

"当然有！例如……"王杰森刚要解释，又想到彭剑折腾了这么久都没搞定的该死 bug，只好又把话憋了回去。

见王杰森没有说话，她又说道："大家清楚，之前 UST 的人都太高估自己在中国市场的竞争力了。这就好像那些在纳斯达克追购中国概念股的跟风者一样，仅凭着几份报告就异想天开地画饼充饥，未免也太可笑了。中国有句古话，'千里之堤，溃于蚁穴'，意思是说，别小看一个小小的蚂蚁洞，如果不及时铲除祸患，有朝一日，它也能够使千里的堤坝毁于一旦。所以，如果 UST 的每个员工都像之前那帮人一样随随便便地就签下几亿美金的合同，那么这家公司，迟早也会跌入深渊。不是吗，王总？"

Lorraine 这喋喋不休的一番演讲，让王杰森有点儿沉不住气了，他直奔主题："Whatever，你到底想要什么？Money or power？（钱，还是权利？）"

"呵呵。" Lorraine 笑笑，"王总的口气真是不小，您真以为，有一个富可敌国的爹，就可以买通全世界？"她继续说，"以前，也有人跟我说过类似的话。他说人生就如同打牌，只要你跟对了庄家，逢赌必赢。不过后来，我发现我错了，人生并不是打牌，人生是下棋——哦，围棋您知道吧？The game of go（围棋）。你执黑，我执白，而无论你是哪一方，都得小心谨慎地对待，因为这人走过的每一步，都跟这棋子一样，刚开始你看不清对方的棋路，觉得偌大的棋盘哪里都可以让你随便落子，可等到时至中盘，你才渐渐发现，原来过去的每一着棋，都对将来有着深远的影响。步步相连，环环相扣，你曾经走错的任何一步，都可能导致你全军覆没，所谓'一着不慎，满盘皆输'就是这个意思。所以，不知道王总您懂了没。钱，或许很重要。而更重要的是，你为了获得钱，都做出了怎样的选择，付出了怎样的代价。"

见这个女人软硬不吃，王杰森有点儿没有了耐性，他有点儿急了，拍案而起说："代价？那你有没有想过，此时 UST 宣布放弃中国的 case（收购案），会对一家全球 500 强的企业信誉造成多大的 negative effect（负面影响）！"

Lorraine 也硬碰硬地回敬道："诚信？您竟然跟我谈诚信？这笔买卖有多可笑，大家心里明白。我清楚之前的尽职调查①是怎么做的，这中间有着多少不可告人的黑幕，相信王总比我更清楚。而至于说到诚信，我想问问王总——您知道您舅舅吴明的投资公司做了多少不守诚信的鬼事情吗？远的不说，就拿您现在管理的这家天创科技，假如没有您舅舅从中作梗，这家创业公司能到您的手上吗？还是说——这就是你们王氏集团做生意的一贯作风？"

如果说前面几个来回，还只是二人对彼此底线的一点儿试探，那么刚刚 Lorraine 最后评价王氏集团的那句话，彻底触到了王杰森的软肋，他勃然大怒："Shut up! Who are you!（闭嘴！你到底是谁！）Investigator（调查者）说你只是个 orphan（孤儿）。"

"Orphan？真好笑，既然王总如此依赖 investigator，那为什么不把精力放在寻找您那失踪在卡克斯康伯盆地②、被美洲豹撕碎的母亲呢？"

"Shut up! You can't talk about my mom! You are bitch!（闭嘴！不许你谈论我的母亲！你这个婊子！）"王杰森彻底爆发了，因为，他不许任何人谈论他的母亲。

---

① 由中介机构在企业的配合下，对企业的历史数据和文档、管理人员的背景、市场风险、管理风险、技术风险和资金风险做全面深入的审核，多发生在企业公开发行股票上市和企业收购以及基金管理之前。

② 卡克斯康伯盆地，Cockscomb Basin Wildlife Sanctuary，坐落在伯利兹玛雅山脉东部的面积达十万英亩的热带森林，是世界上最大的美洲豹群保育区。

——而 Lorraine 也才终于明白，这才是他的底线。

安先生连忙冲过来拦住王杰森，以防他动粗。Lorraine 拍了拍安先生，示意没关系，她轻蔑地扬起了嘴角，说：“爆发了？看来我们确实是没得谈了。”

“你放心，UST 会继续进入中国。”她拿起了她的包，“不过，会转型做 cross-border electronic commerce（跨境电子商务）和 smart city（智慧城市），来之前还想说，可能有机会跟王氏集团——或你的 AI MAKE 合作，不过看今天这个样子，怕是也没有合作的必要了吧。我们只能是在竞争场上较量个你死我活了。”说完，她转身离去，安先生立即跟了上去，两人刚走两步，她又忽然想起什么，扭过头来对王杰森说，“还有，大家都是中国人，下次见面你可以叫我的中文名。”

“——我叫罗琳。”

4

罗琳走后，王杰森愤怒地呆坐在原地，他咬着牙，不知道该说或者骂点儿什么好。这时，吴明的电话打来了。一同而来的刘秘书握着电话，支支吾吾地问：“王总……吴……吴总又打来了，问您，怎……怎样了。”

王杰森没有答话。

“王……王总?”

“Not have a dog's chance[1]！”王杰森拍着沙发，终于从牙缝里狠狠地挤出一句俚语，冲着电梯间歇斯底里地喊着。

“No……什么?”显然，这位刘秘书的英语也不过关。

———————————

[1] 美国俚语，希望渺茫不如狗，形容一点儿机会也没有了。

"Shit！"王杰森摔碎了手中的杯子，"You really are a piece of shit！Tell him！（你简直就是一坨狗屎！告诉他！）"然后他用残存的一点儿理智，想起一句中文，他喊着，"没戏了！没戏了！没戏了！"

"哦，哦。"刘秘书一路小跑，走远后，轻轻对着电话那头说，"吴总，王总说没戏了，没戏了，没戏了——哦，对对对，是，是没戏了。他连说了三遍——没戏了，没戏了，没戏了！"

吴明握着手机，听见王杰森在电话那头发飙——没戏了，没戏了，没戏了。他也渐渐冷静了下来，他知道，这就真的是没戏了。或许，自己一开始就不该图省事，让这个易冲动的外甥去美国谈这笔买卖。可是，凭着自己"点头yes摇头no，来是come去是go"的蹩脚英语，是否能跟美国佬们谈笑风生，争取到一次见UST高管的机会，他更没把握。毕竟，这个外甥可是王氏集团的大公子，如果人家连他的面子都不卖，自己去了，又能讨到多少便宜？他绝望地叹了口气，在互联网的冲击下，自己的其他几家工厂和店面倒的倒、关的关，本指望着靠这笔收购案打一场漂亮的翻身仗，可谁又能料想到，这些年的苦心经营，最后竟落得竹篮打水一场空。

他想着想着，最后，也只能无可奈何地一笑。

再最后，他握着电话，沉沉地在沙发上睡了过去。

是要一千万？还是要两千万？

1

半个月后的某天，莫飞看着商讯网的首页目瞪口呆。那是一张被修得已经看不出原样的何小婉的职业照，下面附着一篇长长的文章——是一篇报道新脑科技的头条新闻。

这份报道其实没什么新意，还是胡威的老套路：先是胡吹乱捧地介绍了一通行业背景，夸大其词地引出一个行业痛点，之后横空而出一个"具有颠覆性"的解决方案，再加上已经美化渲染过的创始人团队背景资料，以及事先对好台词配合演戏的客户案例，为了体现解决方案的优越性，文章还插入了一段新脑系统数据采集后台的演示视频。那段视频莫飞一看就知道被后期处理过，系统采集数据的速度快到不可思议，甚至在他看来，都有点儿伪科学了。

通过这一系列的手段，胡威成功把"新脑"包装成了"跨时代的互联网信息处理方案"。

何小婉高兴得忘乎所以，毕竟这是她人生第一次上头条，而且点击率已经过万。但莫飞并不买账，他指着屏幕问："谁让胡威这么报道的？简直胡闹！"

看着暴跳如雷的莫飞，何小婉不解："凭什么不让报道？不就是没放你的照片嘛！我也是联合创始人，形象又好，放我的照片有什么关系，你就是小气！"

"胡说什么呢，这不是小气不小气的事，这是假的！假的你懂吗？"他指着那段视频，"你觉得我们系统有这么快吗？这都快飞上天了！"

"威哥说了，这叫'适度美化'。你又不是第一天创业了，怎么这点儿道理都不懂？"

"美化个屁！我认识他这么久了，他这么做的意图是什么，我还不清楚吗?！"

"什么意图？不就是为了帮咱们宣传嘛。"何小婉说。

"宣传？宣传的目的是什么？"莫飞打算给何小婉普及点儿基础知识，他问，"你说，商讯网是什么网站？"

"你瞎啊！"何小婉指着商讯网的logo，"人slogan上不是写了嘛，互联网资讯站啊。"

"那你说，什么人会上商讯网？"莫飞严肃地问，"是我们的客户吗？那些做广告的、做数据监测的、做电商代运营的，他们是商讯网的读者吗？"

"可能……会看吧。"何小婉不是很确定地说。

"会看个屁啊！你一做广告的，看这种垂直行业的新闻网站做什么？"莫飞反驳何小婉。

"那你说什么人看！"何小婉跺了跺脚。

"当然是互联网行业的人才看！"莫飞下结论。

"那就给他们看嘛，我们的系统这么厉害，眼红死他们！"何小婉吐了吐舌头。

"他们看倒无所谓，毕竟这又不是什么见不得人的事。"莫飞提醒何小婉，"可是你要知道，这篇新闻出来后，就一定会引起投资人的关注。"

"投资人？"何小婉睁大了眼睛，"哇！你说投资人会看到，那是好事啊，咱们终于可以不缺钱了！"

见她没有理解重点，莫飞只得继续提点她："小婉，你有想过吗？假如有投资人看了这篇文章后跑来联系，想投我们公司，那你说他是为什么？是为了帮助我们公司持续发展、帮我们实现创业理想吗？——都不是，说白了不还是为了钱？他们可能并不在乎咱们的产品到底是谁在使用，也不真正关心我们产品的最终形态，他们在乎的只有钱。假如拿了他们的钱，之后的运营方向就是赚钱赚钱再赚钱，想尽一切办法提高公司的估值。把他们手里的股份卖个好价钱，才是他们的目的。你想想，天下能有白吃的午餐吗？拿了人家的钱，能不给人玩着命地出力吗？"

听完莫飞这段话，何小婉撇撇嘴："你这人是不是有被迫害妄想症啊？怎么总把人家想得那么坏！"

事到如今，莫飞只能长叹一口气，把当初自己如何创业成功，又如何被投资人陷害失去公司的事和盘托出——不过为了怕何阳误会，他省去了自己跟彭剑的个人恩怨，只说吴明是怎样设计把天创科技夺走，卖给UST的全过程。

"太过分了，这投资人怎么能这样啊！"何小婉为莫飞抱不平。

恩怨过去这么久了，莫飞倒也不往心上去，只是继续解释："所以你明白了吧，咱们现在虽然缺钱，但新脑并不是一个过于依赖外部资本的项目，我们可以一点一滴地先把盘子做大，多积累点儿客户，也慢慢完善系统。"说着，他又看了看何阳，"老何，你这边我也想办法了，我已经联系了一些外包公司，把咱们的业务分散出去。我们只做授权和核心的算法维护，客户再有新功能的开发要求，我们就转包^①给其他公司做，也算帮他们介绍业务，我们从中抽一两个点就行。虽然这样我这边麻烦点儿，但可以解决你绝大部分的工作量，你把精力放在算法的维护上就行了。这样，虽然咱们发展得慢一点儿，但至少能保证项目的主导权在我们手上，而且也不用担心饿死。你们想，万一资本过多地介入到我们公司，那投资人免不了要给我们营收压力和KPI^②，等到那个时候，我估计大家都会更加忙碌。"

这番话有理有据，一看就经过了深思熟虑。何小婉想了想，也深以为然地点点头："唔，我明白你的意思了，一旦资本过多地介入我们公司，到最后，可能

---

① 某公司从客户手里接到项目后，把项目的一部分（或全部）转包给其他公司做，从中赚取差价。

② KPI, Key Performance Indicator, 关键绩效指标。将关键指标当作评估标准，把员工的绩效与关键指标做出比较的评估方法。

公司就不是咱们公司了。现在咱们虽然赚得不多，不过好在还是自由身。我也生怕再这样忙下去，我哥哥的身体就真的扛不住了。"何小婉说着，又望向了何阳。

何阳并没有吱声，只是摸着下巴，若有所思。何小婉推了下他："怎么了，哥哥，我们说的有什么问题吗？"

"没……没问题。"何阳支支吾吾地回答道。

"你很不正常！"何小婉看出他有心事，追问道，"到底怎么了？"

"我……我已经答应了一家融资公司。"

"什么？"莫飞等人吃了一惊。

原来，昨天中午，莫飞同何小婉前脚刚出去见客户，胡威后脚就带着几个投资公司的人进了孵化器。他们围在何阳身后，仔细地听了胡威对这套系统的介绍，有几个人还特别有兴趣地拿手机录了视频，说要回去拿给领导当重点项目提报。其中一个叫马有才的，说是同德基金的投资经理，当即就表示对这个系统很有兴趣，放言说要是经过几轮资本运作，估值一定不可限量。

"这才刚走完股东变更的手续，他就这么急着引入外部资本……"莫飞难以接受，忙问，"那你签什么协议了吗？"

何阳点点头："本来……我还有点儿犹豫的，但是胡威说这家资本很靠谱，说机不可失，时不再来，让我把握住，所以……"说着，他从脚边的小推柜里拿出一份文件，"所以我就签了。"

见何阳这个动作，莫飞心头一凉："我去，哥哥，你真签了啊？"

没待莫飞仔细揣摩这份文件，何小婉就一把抢了过去："喂喂喂，你担心什么呢？虽然你说资本险恶，但威哥总不会害我们的吧。他可是咱们几个人里对资本运作最熟悉的人了，况且他又有咱公司的股份，他就算不为咱们想，也得为自己想啊。"

"我担心的就是他过于为他自己着想了！"莫飞强调，"别闹，你快把文件给我看看！"

"给给给。"何小婉递给莫飞，又说，"对了，我哥哥不是法人，他签字能算数吗？"

"这不写着嘛，代理人签字！"莫飞拿过文件，扫了眼说，"何阳是公司的大股东，有权代理签字的。"

"啊！那咱们岂不是被卖了嘛。"何小婉沮丧地说，"我本以为融资是一件多隆重酷炫的事情呢，没想到就这么简单啊。一张纸就把咱们公司后半辈子的命定了。"她又话锋一转，"哎，你快看看，人家给咱们多少钱啊？"

莫飞翻着这份文件，边看边说："奇怪，这不是投资协议，只是一份《投资意向协议书》。"

"《投资意向协议书》？"其余两个人似乎并不理解这中间的区别。

"哎呀老何，你签协议时都没看吗？"莫飞说着，指着其中的一行条款：

本协议所附之条款清单，只作为进一步调查和谈判的基础，不为任何一方对所提及的投资交易做许诺。如果你方同意以上条件及所附条款清单的投资条件，请在下方空白处签字盖章，并持此协议至本公司换取正式投资合作协议书，时间最迟不超过本地时间 2016 年 11 月 30 日。

否则，上述协议将自行终止。

"真逗。"何小婉笑了，"这协议既然无效，那还让咱们签这干吗？"

"人这是先给咱们吃定心丸。"莫飞解释，"咱们把协议签了，人还得回去再琢磨琢磨呢。你当这钱那么好拿。"

何小婉看了下手机："30 日？那就是月底呗。今天已经 22 日了，那就是还有八天。"何小婉松了一口气，问莫飞，"只要咱们拖过这八天，这份协议就自动失

191

效了，我理解得对吧？"

"也……也不是。"何阳并没有等莫飞开口，先接话说，"我已经答应了他们，明天就去他们办公室详谈。"

莫飞知道，何阳性格向来内敛，对公司运营和项目发展没有大的规划，他更没有什么宏伟抱负。他签这份协议并不是为了钱，只不过因胡威催促，他一时骑虎难下，不得已才签了字。他不怪何阳，倒是胡威——融资这么大的事，也不告知自己一声。

他摸不透，这位老友到底是怎么想的。

2

望京，绿地中心的主楼——中国锦。这是栋新楼，去年才启用，楼高二百六十米，被誉为"望京第一高楼"。第一批入驻的，几乎都是世界500强的企业，同德基金能在这里办公，想必资本实力也差不到哪儿去。

此刻，坐在四十层的会客室里，莫飞仍在查着即将要拜会的这位投资界大咖的资料：

> 徐虎，新加坡人，获美国宾夕法尼亚大学沃顿商学院硕士学位，同德基金创始合伙人兼CEO，在私募股权投资领域拥有多年经验，投资范围覆盖多个行业的初创期至成熟期企业，在中国的短短三年间，投出过五家独角兽企业[①]。

---

① 独角兽企业，Unicorn，投资界对于十亿美元以上估值，并且创办时间相对较短的公司的称谓。

莫飞知道这简单的一句话里，包含着怎样的分量。能跟这样一位业界排名前十的投资人见面，是他创业几年来不曾有过的待遇。可是，现在的他却高兴不起来，毕竟这次会面太仓促，他根本就没有做好准备，他甚至还没规划清楚新脑的发展方向，连像样的BP都没有。他看看正在低头玩手机的何小婉，还有闷葫芦一样的何阳，心里免不了徒生一丝忧虑。

莫飞正想着，走进来一个人。这人贼眉鼠眼地扫了他们一眼后，又自顾自地离开了，走了两步，好像又想起来什么，便立刻扭头，冲着何阳笑着，又紧紧地握住了他的手，说："侬来啦，侬来啦！"没待何阳反应过来这小家雀一样的人是谁，他便又从小马甲的兜里掏出张名片，翘着兰花指塞给莫飞，"侬好呀，侬好呀，吾系'马油菜'。"

"马油菜？"莫飞愣了下，原来这就是传说中的马有才，之前忽悠何阳签《投资意向协议书》的那个人。他打量了下马有才，心说："这人怎么长得如此龌龊，瘦瘦小小的，佝偻着背，脑袋都快缩到脖子里了。"但出于礼貌，他还是与他握了握手。

马有才说："哎呀呀，幸会幸会，乃们（你们）就是'洗脑'科技的创业者吧，哟哟哟，真是气宇不凡呀。"

"是'新脑科技'。"何小婉站在马有才身后，悠悠地说。

马有才这才注意到后面还站着个人，他扭头看了看何小婉："哟哟哟，这侬的秘书吧？小姑娘长得挺标致的嘛。"说着，伸手往何小婉的脸上摸去，"这小姑娘的脸蛋子老嗲（好看）的呀，侬叫撒（什么）名字啊？"

何小婉仰着脖子，解释说："谁谁谁，谁秘书啊！"她指了指莫飞，"我可是他老板！"

"哟哟哟，脾气不小嘛。"马有才又冲着莫飞说，"侬就莫飞吧？胡威跟吾讲

193

过，侬老来赛了（你老厉害了）。"说完，他四下望了望，"胡威嘞？"

"他还没来。"莫飞说。

"这样呀。"见胡威不在，马有才便不跟几人废话，"那好啦好啦，吾先走了，工作老忙额，回头见哦。"说完，他摆着手扭着屁股走了。

他的身影刚从众人的视野里消失，胡威就一路小跑地进来。他转身向前台小姑娘道了声谢，又看向众人，问："你们什么时候来的啊？"

"来好一会儿了。"莫飞答道，接着又问他，"你最近怎么了？电话电话不接，微信微信不回，忙什么呢？"

"这不，接了个活儿，在人家公司驻场写点儿东西。人管得严，不让带电话，怕录音。"

莫飞知道胡威所谓的"接了个活儿"是接的什么"活儿"，无非又是些见不得人的私下交易，一手拿着赃钱，一手昧着良心写文，讲点儿违心话。莫飞不关心这个，干脆直奔主题："你跟同德基金是怎么回事？怎么就搭上线了？"

"嗨，也是机缘巧合。那天跟几个同行在燕莎吃饭，正巧他们坐邻桌，我一哥们儿跟他一哥们儿认识，就聊上了。他一听是我写的那新闻稿，特有兴趣，便带着几个人，非要来咱公司转转。我心想，他肯定也就瞎看看，不一定靠谱，鬼知道这上海佬如此有兴趣，当时就要签。"说着，他又看了看表，"我说，具体等多久了？"

"半个小时吧，刚秘书说徐虎正在里面处理份儿文件。"

"没事，那就再等等。"胡威怕众人着急，就说，"毕竟这可不是咱想见就能见的角色。"

众人点点头，没再吱声，沉默了会儿，莫飞又开口，他淡淡地问："你……最近是不是缺钱了？"

"没有啊，你这话什么意思？"胡威纳闷儿。

"我就问句话啊，可你保证，别往心里去。"

"你说。"

"你……为什么这么急着让新脑融资？"莫飞开始支支吾吾起来，"这工商……刚变更完，你就开始大肆宣传，图什么？"

"不是说了嘛，这就是个巧合。"

"是吗？"莫飞不信。

胡威没接话，又沉默了一会儿，忽然说："我打算向苏珊求婚了。"

这话说得莫飞猝不及防，他又确认似的问了下："想……想清楚了吗，这么早？"

"早什么早啊，咱都奔三的人了，找个差不多合适的人该结就结了吧。"胡威满不在乎地说。

"她怎么说？"

"谁？"

"苏珊。"

"哦，还没说。要不，怎么说是求婚呢。"

"所以……"

"所以什么？"

"算了，没什么。"莫飞想了想，把后面的话咽了下去。他终于清楚胡威为什么着急要给新脑融资了。胡威现在握着这家公司10%的股份，又不能折现，当然，他也不可能折现。他一定希望迅速把这家公司的估值提升上去，好让这股份升值。莫飞虽然不清楚苏珊的背景，但看她平时的仪态和穿着，显然不是一般老百姓家的女孩。她什么出身，自己不知道，但他对胡威可是了如指掌。这人虽是北京土著，但父母亲只是普通职工，家里也没什么积蓄，顶多有套不知什么时候会拆的老房子。那房子地段倒是很好，位于东三环，在央视大楼的附近，但栽就栽在那地段实在是"太好了",导致这么多年过去了,愣是没人敢拆。

虽然胡威不说,但莫飞知道,以胡威此刻的身份和积蓄,想娶苏珊,确是有点儿高不可攀。

他还在琢磨着,墙上的电铃忽然响了。远处跑来一个小姑娘,对他们说:"徐总忙完了,你们快进去吧。徐总时间有限,可别耽误了。"

众人站起来,迅速地收拾了下衣服,何小婉对着墙上的电铃,"扑哧"笑了:"这人,怎么跟老鸨接客一样,还按钟点算单子?"

胡威忙提醒何小婉:"严肃点儿,别笑啊,这可是个大佬,咱们可不要惹人家不高兴。"

把他们领进徐虎的办公室后,秘书便关上门出去了。众人观察了下这间屋子,跟外面的简约风格截然不同,一派新中式的装修风格:朱红色的墙纸,明清风格的家具,墙上挂着看不懂的字画,桌上还点着檀香。徐虎正坐在太师椅上,认真地看一份文件,他身旁的柜子上,陈列着各色瓷器,看样子价值不菲。

"坐。"他头也不抬,一字千金地说。

屋里有两张沙发,一张靠在门后,一张靠在茶桌前,众人不知该把屁股挪向哪一张,就犹犹豫豫地呆站在那里。

徐虎仍没有看他们,还在揣摩那份文件。过了十分钟左右,何小婉站不住了,她蹑手蹑脚地走到了茶桌前的沙发边,坐了上去。众土鳖见有人敢第一个吃螃蟹,便也纷纷学着坐了过去。

刚落座,何小婉就从茶桌下掏出几只茶杯,自觉地给大家倒了起来。莫飞刚要阻止,却见徐虎放下了那份文件,朝他们走了过来。众人才注意到,这个徐虎人高马大,看起来非常壮,虽然穿着宽松的中式西装,但胳膊仍旧粗得像树干一样。

何小婉赶紧给徐虎敬上杯茶,徐虎接过,满意地朝她笑了笑,但他没喝,而是端起茶壶，把水一起倒在了茶盘上，他说："喝茶啊，第一壶的水不能喝，这叫洗茶。它不但能洗去茶叶上的污渍，更有利于茶叶的舒展和茶汁的浸出，使饮者能更快地感受到茶叶芳香。但是……"他又接了壶水，说："但是，投资就不一样了。投资讲究的就是一个'先'字，只有先抢到了优质的项目，并以极低的价格认购了它，才能在商场上占领先机。'天下武功，唯快不破'，说的也是这个道理。所以，买股票，什么时候买最好？当然是在发行价时买最好。"

"果真是投资界的大佬，一张嘴就是钱钱钱。"莫飞在心里嘀咕。

倒是胡威接话了，他奉承道："对对对，就例如半年前刚出来的UFU共享单车，大家都没想明白这东西有什么意义，但是徐总您一出手就给了九百万的Pre-A①，这不，仅半年不到，UFU就已经融三轮资了，传闻估值已高达十亿美元。啧啧，这魄力，也不是一般人能有的啊。"

这马屁并未使徐虎满意，毕竟像他这种人物，类似的话每天都要听到不少，他继续说："投资虽然讲究快，但并不一定是冲动。很多人把快理解为头脑热，这我不认同。我对投资项目的判断，都是基于以往的经验推断出来的。就比如你们这个系统吧。"说着，他从茶桌下取出一个遥控器，打开了电视，上面放着马有才之前录好的新脑后台的操作视频，"你们在商讯网上的报道我也看了，那个视频明显造假，太快了，不科学。倒是马经理给的这个视频更可信，不过……"

第二壶茶烧开了，何小婉忙要去拿，徐虎朝她笑着摆了摆手。他端起茶壶，给众人倒起了茶："我啊，做投资这么多年，对项目看得很清楚，什么项目是假繁荣，什么项目是真热闹，我很清楚。有些创业者啊，以为凭着小聪明，做点儿小动作，靠漂亮的PPT就能哄住投资人——未免也太小瞧我们看人的能力了。"

---

① Pre-A，介于天使轮与A轮之间的融资，通常发生于投资人看好项目，但项目的商业模式只是有了基本轮廓时。

意识到徐虎这是在批评自己弄虚作假，众人都没敢吭声，像个犯错的小孩，闷头拿着茶杯，动都不敢动一下。

徐虎抿了口茶，又说："不过我认为，如果你们加大投入，优化算法，达到网上演示的那个抓取速度……"他关掉了电视，放下了杯子，拍拍手说，"没问题。"

"没问题?"何小婉大喜，"徐叔叔，您是说，您看好我们?"

这声"徐叔叔"又令众人备感紧张，刚刚悬着的心又"咯噔"地跳了下，莫飞偷偷地踢了何小婉一下——人家无非是给你倒了杯茶，你就攀高枝，乱认亲戚，别又把人得罪了。

谁知徐虎却笑了，他摸了摸下巴上的胡子，哈哈笑着说："对，小妹妹，我看好。"

见他没生气，何小婉便心直口快地说："那您打算给我们投多少钱呀?"

众土鳖的心又提到了嗓子眼，生怕徐虎觉得这小姑娘口没遮拦智商低。可他仍旧只是笑笑，端起一杯茶，闻了闻，说："据我曾经投过的项目来看，你们现在这个程度值一个亿。"

"一个亿?"何小婉兴奋地两眼冒光，"您是说，您要给我们一个亿?"

3

"徐总，您说的是估值吧。"莫飞问，他当然不相信徐虎能给他们一个亿。

"对，当然是估值。所以，我计划出资一千万，交换你们10%的股份。"说着，他又看向何小婉，"小姑娘，你看怎么样?"

这一千万显然也不是个小数，但何小婉还真说不好——这一千万是贵了，还是贱了。她扭头看看莫飞，希望他发表点儿意见。莫飞也拿捏不准，便只好看看旁边的何阳——算了，这家伙也发表不出什么意见。于是，众人便又把目光对准了最懂行的胡威。

胡威想了下，不负众望地说："徐总，您这一千万的开价确实很合适，完全符合我们目前的发展状况，但是……"胡威开始胡诌，"但是您现在看到的只是新脑科技已经上线的一部分功能，我们目前正在研发的另一部分模块，您还没看到。接下来，我们的发展重心是要慢慢移到跟人工智能项目的对接上。您想想，AI处理信息靠什么？当然是靠大数据。有了充足的数据积累，AI才能做计算。而这些大数据怎么来，这又得靠抓取。而现在我们的抓取效率您也看到了，已经很快了，但您也说了，再优化一下，达到视频里那个速度没问题，而真到那个时候……"胡威给徐虎画大饼，"徐总，您想想，那时候，AI想要什么数据都得通过新脑来抓，只有新脑给了数据，AI才能反馈信息，我们就变成了一切人工智能项目的源头。那个量级，您想想，得有多少？"

见徐虎没动心，胡威又继续编："不瞒您说，我们现在已经在设计新脑跟其他设备的对接接口了，不出多久，一切的智能硬件、机器人，甚至物联网①，都会跟新脑融合。等到那时……您觉得，新脑还会是现在这样一个量级的小盘子吗？"

这些话显然是捕风捉影。什么AI大数据、机器人、物联网，都是压根儿没有的事，但众人知道，胡威讲这些，目的就是为了渲染项目的估值，把新脑的"行业发展瓶颈"打破，使它有更广阔的想象空间。并且，胡威来之前也做过调查，这个徐虎去年所投的大多项目，就是人工智能和机器人以及物联网，所以他

---

① 物联网，即"物物相连的互联网"，是新一代信息技术的重要组成部分，它使孤立的物品（例如冰箱、汽车、电视机、家具等智能硬件）统统接入网络世界，让它们之间可以相互交流、传递数据，并且人们可以很方便地通过软件控制它们。物联网的目的在于为人类打造更便捷、更智能的生活。

现在说这些话，无非就是看人下菜，为了对徐虎的胃口罢了。

虽然明知胡威是在满嘴跑火车，但徐虎并未当面驳斥，只是问："那你觉得，给你们多少钱合适？"

众人又没敢吭声，连胡威也不说话了。过了会儿，何小婉坐不住了："威哥，你说呀，到底要多少钱？"

"两千万。"胡威把数额翻了一番。但显然，他并没什么底气，说这话时，都没敢抬头看徐虎。

"两千万？"徐虎托着下巴，琢磨了起来，"贵了。"静了会儿，他又看向何阳，对他说，"我在马经理拍的视频中见过你，你在写代码，是吧？"

何阳呆呆地点了点头，不知道他葫芦里卖的什么药。

"新脑的系统是你一个人设计的？"

"也不全是……"何阳指了指莫飞，"他做的产品，我做的开发。"

"那就只有你们两个人在干活儿咯？"徐虎指了指其余二人，"那他们呢？做什么？"

何小婉赶紧伸出一只手说："我……我是做运营、测试、财务、报税、人事，还得帮他们收快递、订盒饭！是他们的后勤保障！我才是这公司最忙的人！"说着，她又指了指胡威，"威哥，他是我们的……我们的，唔，那个词儿叫什么来着？"

"哦，对了。"何小婉终于想到了一个词儿，说，"他是我们的男公关！"

"男公关"这个词儿又让众人汗颜。莫飞捂着脑门，大气都不敢出一声。

"哈哈哈！"徐虎又笑了，"看来你们公司总共就这四个人啊！这都敢管我要两千万？"

"不是！我们……"何小婉忙解释，"我们还有两个实习生！"

这话说得众人更加没了底气，他们只好低着头，脑袋都快埋进了裤裆里。

徐虎听完后，又想了一会儿，他说："行，就这样吧。"

说完，他站了起来，拿起部座机，开始跟人打电话，他小声地说着什么，过了会儿，又扭头看向众土鳖，朝他们挥了挥手，示意他们离开。

"就这样吧？"众人面面相觑，均吃不准这话什么意思，"这样"是"怎样"？行还是不行？但见徐虎在忙，不便多打扰，只好闷闷地走了出去。

刚把门关上，莫飞就向胡威抱怨："喂，你这两千万，是不是有点儿狮子大开口啊？"

"我看他那样子，觉得能加，所以……"胡威长吁一声，"怪我一时没兜住。"

"是啊。好可惜。"何小婉也叹了口气，"一千万也不少了，够咱们花一阵子了。"

众人无声，只好收拾东西打算离去。刚走到前台，何小婉正要去按电梯，却跑过来一个人，挥着手对他们说："哎哎哎，干吗呢你们？过来签协议啊！"

"协议？什么协议？"众人不解。

来人更是纳闷儿，他指着手里几沓厚厚的合同："你们不是刚从徐总办公室出来吗？徐总给我打电话，让我跟你们过融资流程啊。"

众人先是一愣，后才慢慢反应过来。他们拉长了脸，用夸张的表情互相对望。

尤其是何小婉，她已经睁大了眼睛，好像看见两千万人民币纷纷长出翅膀，朝自己飞了过来。

如何在创业失败的前提下还能赚到钱？

1

"喏，这是合同。"来人把他们领进一间玻璃墙会议室里，指着他刚放下的文件说，"一式五份，你们四个股东都得签字，全签了才算数，你们自己留一份，其他的我拿走。对了，你们还得把三证①的扫描件给我留一下。"见众土鳖还没回过神来，他便又说，"没事，你们慢慢看，这么厚的合同，且得看一阵子。我先走了，你们签完后放前台就行。"他向众人道别，"我那还有十几份文件要出，先工作去了。"说着，又一路小跑地回去办公了。

"啧啧啧，看这忙的。"何小婉看着他的背影说，"我以为只有我们创业的整天忙忙忙，没想到，这投资的一天事也这么多。"

"那可不，这年头，只要跟互联网沾边的工作，都讲究一个'快'字。"胡威说着，拿起一份合同，他刚要仔细去读，马有才却又不知从哪个地缝中钻了出来。他一见胡威，就兴奋地勾住了他的胳膊，把他拽出门，低声地说："侬是萨辰光来额？吾寻侬好久咯。（你是什么时候来的？我找你好久了。）"

"刚来，刚来。"胡威连蒙带唬地说。

"侬从徐总办公室谈完了伐？伊给多少钞票？（你们从徐总办公室谈完了吗？他给你们多少钱？）"

胡威见状，猜到了马有才的来意，这孙子是来要好处费的——在投资公司，投资经理找来了项目，这笔单子会算在他们的业绩里，从中拿提成。但也有些不

---

① 三证，指营业执照、税务登记证、组织机构代码证。

规矩的人，吃了上家吃下家，还会再找创业者索要回扣。胡威不想横生事端，便只好哄他说："没多少，两千万而已，跟我们的预期还是差一点儿。"

"喏，两千万？两千万不少了呀!"马有才猥琐地想了想，又说，"侬签合同了伐?"

"还没呢。这不，刚拿到合同，还没仔细看投资条款呢。"

"投资条款？哪里有什么投资条款哇，侬看看清爽（你仔细看看），那个可不是什么融资合同，只是份《排他协议书》罢了。"

"《排他协议书》?"胡威蒙了。

"是的呀，侬真当这两千万那么好拿？别瞧徐总看起来豪爽，其实相当花头透①的。侬把《排他协议书》一签，那侬这三个月就不能接触别家了，就被绑死了哇，然后，阿拉的分析师，再去侬那里做评估，打个分。如果结论是不值得投资，或投资回报低，还是不会给侬投钱的呀。"

"原来是这样。"胡威才意识到，这投资圈里的门道，果真多了去了。

"那您说，这协议书，我们是签，还是不签?"胡威寻求马有才的意见。

"那得侬自己看着办的呀，吾可说不好了。不过啊……"他又压低了点儿声音，踮着脚尖，对着胡威的耳朵小声说，"吾这里啊，跟几个朋友私募了个基金，侬考虑考虑伐，也按徐总的条件给侬，两千万，十个点的股权，而且阿拉这个到账快。侬要觉得行，晚上就找个地方签协议。"

胡威恍然大悟，这家伙，明着是同德基金的投资经理，暗地里却又自己另支一摊生意，专门从老板手里撬活儿。

"这孙子，够鸡贼的啊。"胡威在心里笑笑，发觉马有才刚那一套是在吓他，《排他协议书》虽然要有三个月约束期，但凭他的判断，自认有把握从徐虎的手

---

① 上海话，形容心眼多。

里拿下这两千万。而至于马有才所谓的私募基金，也无非就是他跟几个人攒了个投资公司罢了，这种公司，是个人都可以注册，没什么门槛。

但同德基金可是业界有名的正规军，规模监管和运作模式也很规范。更何况，他看重的不光是同德的钱，更是其雄厚的业界资源，只要拿了他们的钱，就相当于敲开了跟其他大公司合作的门。有徐虎的人脉和资源，不愁接下来新脑的业务开展不起来。

而马有才，胡威在心里冷冷地笑笑，他算个什么玩意儿?!

但胡威没把这份不屑表现在脸上，只是哄马有才高兴："谢谢马经理提点，我一会儿跟我的小伙伴们商量商量。"

"好哇好哇。"马有才满意地拍了拍手。

这时，徐虎办公室的门开了，马有才一听动静，连声再见都没说，就又迅速地跑掉了。

"这孙子，有贼心没贼胆，看这孬的。"胡威又在心里骂了句。

2

徐虎推着行李箱从办公室里快步走出，看样子是要出差。

何小婉看见了，感叹说："啧啧啧，这徐叔叔，这么大的老板，还自己推行李，真是难得。"

胡威回来，看着毫无进展的众人问："怎么还不签协议?"

"莫飞说了，这是排他协议，不是融资协议，说要等你来了再跟你商量商量。"何小婉回答道。

"还商量什么啊，这事没问题，签吧!"说完，胡威率先拿起笔，哗哗地在纸上写下了名字。

莫飞瞅了瞅胡威,又瞅了瞅这份合同,依然举棋不定。他扭头四下观望了下,发觉徐虎已经走到了前台,在等电梯。于是,莫飞放下笔,又迅速地向徐虎跑去。

"抱歉徐总,我还得再请教您一件事情。"他说。

徐虎看了看表:"你还有什么问题吗?"

"您为什么投资我们公司?毕竟……毕竟我们只有四个人。"

徐虎笑笑:"你们只用四个人,就做出了这么厉害的系统,还把它炒得如此火热,你说说,这么好的团队,我能不投吗?"

"那……万一我们创业失败了呢?"

"不可能。"徐虎斩钉截铁地说,"我看好你们,不然今天也不会这么爽快。"

"我是说如果。"见没得到自己满意的答案,莫飞又补充说,"毕竟,像我们这种SaaS类的公司,有些商业模式还是得经过很久的时间才能得到验证。"

见创业者对自己的创业项目没信心,徐虎笑了。他放下行李箱,从前台取出一支马克笔,径直地在会议室的玻璃大门上写了起来。

他写了一个数字"1",对莫飞说:"你看,这个'1'是你们。"然后,他又在"1"后面写了个"0","这个'0'是我们今天给你们投的第一笔钱,加起来,这就是'10'。"他又在"10"后面画了个"0","之后,我们会再投一轮,你看,两轮过后,你们就从'1',变成了'100'。"

莫飞点点头,徐虎又说:"那这'100'之后呢?"他又画了一个"0","你们接下来一定还会融资,但这第三个'0',就不是我们投的了。"他敲了敲玻璃,"你也说了,SaaS的商业模式需要经过市场验证,所以,我们用前面的两个'0'把这个市场搭起来,再让其他投资人出钱来验证这个商业模式。"他边说着,边又在后面用笔加了许多个"0","从第三轮开始,我们就会带进来几个其他的公司陪跑。那你看看,这几轮融资之后,是多少钱?"

个十百千万……莫飞数着，没待他数明白，徐虎就又把后面的"0"都画去，只留下了"100"："所以你看，我们投资的风险就只在前面的这两笔小钱，而之后的投资额度，肯定要远超于前两笔，是不是？"他把笔收起来，又说，"还有，对于别的投资公司来讲，投资的方法是同时布局一百个盘子，哪怕其他的九十九个都赔了，只要还能剩下这一个赚钱的，赚的钱就能挽回这九十九个盘子的损失。而我不同，我徐虎的投资，只有赚钱，没有赔钱。"

"不……不可能啊，只要投资，就一定有赔有赚的。"莫飞不相信。

"你看，"他指着这"100"说，"当我们把你们投到'100'后，一定会有人接盘，而那个时候，我们就可以全身而退，把股份卖了。而假如……我是说假如，假如真没有人在这后面加'0'，也就是没人接盘，那我们会怎样？我问你，一家经营不善的公司最后还能剩下些什么东西？无非就是硬件和软件。那些桌椅板凳和办公设备能值几个钱？但你别忘了，公司经营这么多年，从中所产生的专利、软件知识产权、客户资源，甚至系统的源代码，这些不起眼的东西反而更值钱。但这些无形资产具体值多少钱，就要看它在谁的手上了。在创业者手上，只是一堆废纸，卖不动。但要是在我手上，以我徐虎的资源，把这些东西再折算成几个亿卖给别家公司，岂不易如反掌？不过，你也别担心，哪怕到时候公司真卖了，你作为创始人，拿到的收益肯定也不会比我少。"他说完后，意味深长地看了看莫飞，"所以，现在你还担心创业失败吗？"

电梯来了，徐虎推着行李箱进入电梯，走之前他冲前台摆摆手："找个人，把这个玻璃门擦了。"便没有再理会莫飞。

莫飞握着笔，看着徐虎离去的背影，心里更加忐忑不安。思来想去，他又走回屋子，对众人说："这个协议，我们绝对不能签。"

3

"红桃Q！"彭剑扔出一张牌，百无聊赖地打了个哈欠。他已经跟刘秘书连打了三天牌了。俩人整天无聊地守在房间里，等"王八杰森"出来。这个"王八杰森"到底怎么了，电话也不接，微信也不回——他不清楚谁招惹了"王八杰森"，反正自那天之后，这位小少爷就一直把自己关在房间里，各种摔东西。其间，酒店的服务生听到了动静，擅自用门卡进房间，结果又被臭骂一顿，轰了出来。

"听那动静，估计要赔不少钱吧？"他琢磨。

彭剑在美国举目无亲，也不舍得花钱，就靠着当"王八杰森"的尾巴活。现在，这根尾巴没有了可依附的屁股，便只得再找一个朋友。找来找去，他找到了刘秘书。可惜刘秘书的英语也很差，两人只好惺惺相惜地窝在酒店里打扑克牌。

可是，两个人又不能斗地主，别的太高级的玩法他也玩不转，就只能变着花样地打扎金花和拖拉机。刘秘书是河南人，拖拉机的规则跟自己平时玩的不一样。自己写代码还行，打牌不灵光，大半天才习惯了河南人的玩法。

他啃了口干瘪的面包，又开始怀念祖国的美食。他喝了口矿泉水，问："刘秘书，您说，咱还要在这地儿待多久啊？"

刘秘书吹了吹脸上用彭剑口水粘住的字条："鬼知道这个王总什么时候想通。他现在这个样子，谁都不搭理，咱也走不了啊。"

"关键是，我这签证就快到期了，您看看。"彭剑拿出他的签证，"人家只给了我一个月的时间，这眼看就剩一周了。"

"怎么就给了一个月啊？我们这都是至少半年。"

"这不，因为我第一次出国嘛。"彭剑猜说，"可能美国人怕我待久了不习惯吧。"

"这有啥不习惯的，你看这儿，有吃有喝，还有玩。"他指了指桌上的扑克牌，"不用上班，还领着工资。无非就是不能出门嘛。"

"唉。"彭剑看看窗外，日落带起一抹晚霞，"这儿就跟在监狱一样，太闷了。"

"不然，咱俩晚上出去转转？我听说啊……"刘秘书把脸凑过来，"我听说咱这儿附近有个脱衣服酒吧，可带劲了。"

"您听谁说的，王总？"彭剑瞪大了眼睛。

"拉倒吧，人一富二代，哪能跟我聊这个。我那天在酒店门口听几个中国人说的，说这出租车里啊，都有个'绅士俱乐部'的广告牌，上面印着大屁股洋妞。你上车，只要指指那个图片，司机就把你带去那儿了。"

彭剑有贼心没贼胆，又问："咱能去吗？语言又听不懂，别被人打出来了。"

"怕什么，咱去消费，又不是不给钱。"

"那不得花钱吗？"彭剑摸了摸空空的裤兜。

"没事，钱我出。"刘秘书倒是很大方，"反正回去后，我多少能报一点儿。"

"这……"彭剑还在犹豫，"这合适吗，万一王总晚上找您怎么办？"

"三更半夜的他找我干什么，让我给他洗屁股？"刘秘书不耐烦地说，"这个大公子，也真是难伺候，跟个娘儿们似的，发个脾气还发没完了。"

"到底因为什么事，他发这么大火？"彭剑终于找到了时机，把话问了出来。

"具体我也不知道，反正就是跟女人吵架了。唉，这有钱人的喜怒哀乐啊，咱一跑腿的可说不好。"刘秘书又提醒彭剑，"你也别打听了，回头万一传出去，我这又得丢工作了。"

彭剑还想八卦下，见刘秘书这么说，便也不再追问了。"就是跟女朋友吵架了呗？"他想，"这样看来，这个'王八杰森'……估计还真不是个gay。"

"成，那就这样。"刘秘书把牌一扔，看了看表，"我回房间收拾收拾，咱一会儿酒店门口见。"

"别，别扔啊，我这局牌挺不错的。"彭剑抱怨。

下了出租车，两人站在美国灯火辉煌的红灯区里。看着门口闪花人眼的霓虹灯和袒胸露乳的色情海报，彭剑呆住了。刘秘书拉了彭剑一把："走啊，愣着干吗？"

彭剑又怕了，忙说："刘秘书，不然您进去吧，我就在门口等着，这……这应该有免费的WiFi吧？"

"找什么WiFi啊，让你来这儿是上网的吗？"刘秘书骂了句，"瞧你那点儿出息。走走走，既然来了，就进去玩玩。"

"别别别，真……真就不进去了。你看，我……"他灵机一动，拿出手机，"你看，我微信上还有别的事要处理。"

刘秘书看了下，无非某几个群里有些乱七八糟的未读消息："哎呀，没人找你，况且什么事不能回去再办？走走走，这都来了！"说着，刘秘书又把彭剑往门里推。

彭剑正要再编个理由推托，这时，手机响起来了。他拿起一看，是技术部小赵发的语音，他点开听。

　　我说彭总啊，您到底啥时候回来？公司这里一团糟，早上投资人那边派人来了，说要撤资，现在已经开始裁员了。这不，就一上午的工夫，人都走得差不多了。我刚从人事那儿领了《经济性裁员通知书》。我听说，人事把通知书发给我们之后，就连他们也得走。彭总您说，咱这公司到底发生了什么事啊？咱是不干了吗？是彻底倒闭了吗？喂，我说，您到底知不知道这事啊？

小赵的车轱辘话把彭剑绕晕了。他又放了一遍，听完后，傻了。

"到底进不进去啊，是不是纯爷们儿啊你!"刘秘书真生气了。

彭剑没答话，当着刘秘书的面，又把这段语音播放了一遍。

街上太吵，到处放着激情澎湃的音乐，几个黑人不知道在叽里呱啦地吵什么，马路不晓得怎么堵住了，出租车司机放肆地按着喇叭骂着fuck。"太吵了，听不清。"刘秘书说，"这谁啊？着急忙慌的，发生啥事了?"

"我……我公司好像倒闭了。"

"啊?"刘秘书不可置信，"你公司？什么公司?"

"天创科技。"

你是不是也把改变世界、三十岁前退休，
作为你的人生理想？

1

上次在这家中餐厅时，胡威还只是自己的一个好朋友。谁知，稀里糊涂一顿饭后，这位朋友就变成了自己公司的股东。现在想来，也都是钱惹的祸，如果没那二十万，也就不会有接下来这些乱七八糟的事。现在，眼瞅着这位股东当初投资的二十万就要变成两千万了，却因为自己的关系，把这煮熟的鸭子活活地给放飞了。

此刻，两人各自怀着对彼此的怨气，闷闷地坐在饭桌两旁，一言不发地瞪着对方。

苏珊姗姗来迟，坐下后，才察觉气氛不对。她望着四下无声的众人，悄悄地问何小婉："这是……怎么了？"

何小婉做了个"嘘"的手势："吵架了。"

虽然她的声音很小，小到甚至只能看见口型听不到声音，但是苏珊还是听明白了。她会心地点点头："那咱们先点菜吧。"说着，她拿起了菜单。

"不想吃！"胡威噘起了嘴，像个不懂事的小孩。

"喂喂喂，你有事说事，跟苏珊置什么气啊？"莫飞也开口了。

"我们家的事，要你管吗?!"

"怎么就你们家的事了，苏珊不也是我们的朋友吗？"

见二人为自己吵架，苏珊有点儿哭笑不得："怎么感觉你们俩吵起来，更像小两口儿呢？"

211

被这一通嘲弄，两人只好又扭过了头，不看对方。

"好啦好啦，小婉你告诉我，到底因为什么事？"苏珊问。

"还不是融资的事嘛。莫飞就是不让我们签那份融资协议，问他理由，他也不说。"

见何小婉也向着胡威说话，莫飞又哼了一声，抱怨说："你就认识钱！"

"钱怎么了？你不喜欢钱？不喜欢钱你别创业啊！"何小婉不高兴了。

"创业就一定得拿别人的钱啊？"

"废话！"胡威拍了下桌子，"你吃饭、睡觉、打豆豆，哪一样不得花钱？更何况，你知道这次机会有多难得吗？一旦同徐虎合作，就相当于我们跟其他大企业处在了同一条起跑线上了。这可是千载难逢的好机会啊！"

"就是啊！"何小婉帮腔道，"况且，徐叔叔他人也挺好的，这么大的老板，没架子，又豪爽。哎，莫飞，你是不是傻？"

莫飞没好气地伸出一只手，打算抽何小婉。

"你干吗，你还想打人？"何小婉用手拍了拍自己的一张大脸，"哟哟哟，你打我一下试试！"

见惹不起她，莫飞只好把手缩了回去。

苏珊这才听明白了缘由，她忙帮着劝架："你们因为融资的事情起了争执，是吧？"她看向莫飞，说，"莫总，你这么做一定有你的考虑，能不能说出来让大家帮你分析分析，毕竟……毕竟你们是一起创业的，遇到事情得有商有量，大家才能更好地走下去，是不是？"

见终于有人当和事佬，不爱吭声的何阳也点了点头。

这群人中有唱红脸的，有唱白脸的，莫飞骑虎难下，只得悠悠地回答道："徐虎他……他不适合做我们的投资人。"

"他不适合？"胡威被气笑了，"以他的财力和资源，他要是不适合，你说，

212

全中国还有谁适合？非让我把股神巴菲特给你请来吗？"

"我……我不是说不配，只是……他太看重钱了。"莫飞解释道，"徐虎说了，他不但要给我们A轮，之后的B轮也会跟投……"

"人徐叔叔连B轮都应承下来了？这不是好事嘛！"何小婉兴奋地插话道。

"可是我问他，那如果我们创业失败了呢？徐虎说，他的投资，只有成功，没有失败，他不做赔本的买卖。万一我们真的创业失败，他就把我们手头的软件专利、系统源代码，还有软件著作权等一起打包卖个好价钱，一样赚钱。这种纯财务投资讲究的就是资本回报率。所以，他不可能做赔钱的买卖。"

"难道你担心，他卖了钱不给你分？"何小婉说。

"你怎么就知道钱？"莫飞白了何小婉一眼，"你有想过吗？一旦他这么做，受伤害最深的人是谁？"

"能是谁？"何小婉想不出，反正不是她自己。

"是你哥哥。"莫飞指了指闷头不语的何阳。

"我哥哥？"何小婉不明白，她看了看何阳，何阳挠着头，显然也没明白。

莫飞问："你想想，当初广告公司的钱坤说要买我们的系统，我们为什么没卖？只是因为钱少吗？"

"当然不是，这系统可是我哥哥的宝贝！"

"那不就得了。如果到时候徐虎把这些卖了，就算我们分到了钱，可又能做什么呢？一旦我们创业失败，这套系统不但要被人买走，也会禁止我们再次使用，更别谈继续开发了。我问你，何阳会放弃这套系统，任由它在别人手上自生自灭吗？"莫飞终于说出了他的心里话，"我知道，有些人创业就是为了钱，他们只把自己的项目当作工具，只要能变成钱，随时就可以把它卖掉。但对于何阳来讲，这套系统倾注了他太多精力。这就好像一个作家在写一本书，刚开始写上个三五百字，可能还觉得没什么，但写上三五万字之后，就会对它有一种依赖，而等到写上三五十万字之后，这书就不仅仅只是一本书了，这里面就凝结了他的心血和感情。"

说到这里，莫飞问："小婉，你能了解这种感情吗？"

何小婉晃了晃脑袋，显然不了解，但她看了看自己的哥哥，又恍然大悟地点了点头。

"以我们公司现在的实力，跟徐虎签合同，肯定会在条款上吃亏，占不到什么便宜。"莫飞又说，"而且，这套系统除了何阳以外，咱们谁接触过源代码？无论是以前的狗狗宝还是如今的新脑，几乎都是何阳一个人在闷头开发，我们……"

他顿了顿，总结说："我们不能因为钱，就绑架了他的梦想。"

何阳听见这话，没吭声，只是闷着头，用力握了握手中的茶杯。

胡威这才明白莫飞的用意，是为了避免重蹈彭剑的覆辙。他不知该如何反驳这些话，只好说："行吧。我懂你的意思了，你说得有道理。可是莫飞，你也要知道，创业并不只是为了梦想，它一定也为了钱。如果只是图个小富即安，以你们的能力，随随便便去个公司上班，也能赚到不少钱，又何必去创业呢？"他又看向何阳，继续说，"而且，无论什么时候，充足的现金流都是企业发展必不可少的助推器。你想想，现在人力这么贵，好点儿的程序员工资都得两三万了，我们手头必须有充足的钱，才能找到更多优秀的技术人才。这样，不但能使公司有更好的发展，也可以帮何阳分担绝大部分的工作压力，这也是我们不得不面对的现实。"可能觉得这些还不能说服莫飞，胡威又问，"难道，你忘记了你曾经的人生理想了吗？"

"人生理想？"何小婉愣了，她笑嘻嘻地拍拍莫飞，"喂，你都一把年纪了，还有什么理想？"

莫飞知道胡威说的是什么。二十三岁那年，他刚拿到人生的第一笔融资，当时胡威作为商讯网的实习记者采访他，聊到公司发展和人生理想时，意气风发的莫飞说了句豪言壮语："我的人生理想就是通过一款产品改变世界，并在三十岁前退休。"

时隔几年，莫飞再回想那句话，只觉得，离那个理想越来越远了。

"我没说不找融资。"莫飞强调，"但我认为，我们在选择投资人这块应该更加慎重一点儿。我们需要的不光是投资人的钱，或者资源，更是他对我们所做的项目的认可，并且不会干涉我们的想法，更重要的是……无论什么时候，他都不会出卖我们的公司。"

"好了好了，我听明白了。"苏珊出来打圆场，"莫总，你要的不仅是个投资人，而且他还得是个合伙人。他不但要给你们提供钱，还得在业务上给予你们帮助，最好又不会影响你们的发展方向，更不能对你们指手画脚。而在关键的时刻，这个人还能和你们同进同退，对吗？"

虽然这话听着有点儿让人不舒服，但毕竟总结得没错，莫飞只好点了点头。

"天方夜谭！"胡威又批评道，"你知道找这样的投资人多难吗？给了钱，还不图回报，跟咱们同进同退，你说，这样的傻子到哪儿去找？"

众人又不吱声——是啊，谁这么傻呢？

"不然……"何小婉提议说，"我们找找自己的朋友。现在不是流行众筹嘛，咱们众筹点儿钱来，反正都是朋友，靠着情谊，应该也能更理解我们的想法。"

"坚决不行！"莫飞和胡威异口同声地拒绝道。

"你先说。"莫飞开始谦让胡威。

"你先说吧。"胡威又让了回去。

莫飞只好说："小婉，你要知道，生意就是生意，一定不能掺杂过多的朋友交情，否则赚钱了还好，一旦赔钱，不但生意赔了，连朋友都没得做了。"

"嗯。"胡威表示赞同，"还有，这样其实也很难筹集到很多钱，无非就是些零零碎碎的毛票，而且，我们又不是什么公益项目，一个商业公司做这种众筹，说出去也显得太不专业了。"

"那我没招儿了。"何小婉说，"反正，我觉得拿徐叔叔的钱没什么问题。"

一想到那差点儿就到手的两千万，众人确实心有不舍，但又不好再提，只得呆坐在椅子上，彼此无话。

过了会儿，何阳举起了手，他说："别纠结了，莫飞，我们再回去……把那份协议签了吧。"

莫飞没有理他，倒是何小婉接茬儿道："哥，你真想清楚了吗？"

"嗯。"何阳点点头，"我知道大家是为我好，但没这个必要，既然说好的一起创业，那这个风险，我也得跟你们一起扛。大不了就是创业失败，到时候他要卖……"何阳顿了下，好像是在给自己打气，"到时候他要卖就让他卖吧，我能接受。"

见何阳这么说，众人更加为难起来。像这种夹杂着利益和交情的谈判，你往前进一步，那我也会往前进一步，针尖对麦芒，定会吵得不可开交。但万一，有人先退了一步，其余的人，反而就没了办法。大家面面相觑，谁也不敢先说那个"好"字。

"行了！"何小婉拍了拍桌子，做出了最后的决定，"这事就这么算了，谁都不许再提融资的事情了！"

她看向何阳，说："哥哥，我知道你的想法，你不用这么为难。威哥——"她又望向了胡威，"这件事就到此为止吧。我哥这人闷葫芦，他嘴上虽然那么说，但我清楚他会很难过。再说了，毕竟我哥是咱们公司的大股东，又是新脑的主要开发者，咱们就多照顾点儿他，你说好不好？"

见何小婉话里带着软硬兼施的味道，胡威就没再发表意见，点了点头。

莫飞倒跟何小婉开起了玩笑，他问："怎么，这下你不着急搬出孵化器了？"

知道莫飞是在讽刺自己，她嘴硬说："少得意，别忘了你答应我的事。快去找外包公司来帮我哥哥干活儿！等咱公司再存上点儿钱，我第一个搬！"

为了照顾胡威的情绪，何小婉又安慰起他来，说："威哥，这次真不好意思了，我们知道你也是为了公司好，但我们这个情况确实比较特殊，真希望你能理解。"

"没事没事。"胡威倒不好意思起来，"这事也怪我，之前没跟你们商量。确实就像苏珊说的那样，咱们一起创业就得有商有量。只有大家都退一步，公司才能再进一步。"

"对对对。"何小婉奉承地说，"威哥真不愧是写文章的，就是这个意思，只有大家都退一步，公司才能再进一步。"然后她又摸了摸饥肠辘辘的肚子，说，"这下咱可以点菜了吧？都坐这儿一个小时了，我都快饿扁了。"

"点点点！"莫飞边说边叫来服务员，"麻烦拿一下菜单。"

2

菜上齐后，没待大家拿起筷子，一直眉头紧锁的苏珊却说话了，她问："那如果真有莫飞说的那种人呢？"

"哪种人？"众人显然已经离开了刚才的频道。

"我认识一个人，也是做技术的，跟我关系也不错，应该不会对你们指手画脚。而且做的项目跟你们也有点儿关联。"她望向莫飞，"——这样的钱，你们要不要？"

"问题是，他干吗要做呢？"莫飞又看向胡威，"如果跟你关系比较一般的朋友，那也算了，我们不希望你太为难。"

"不会为难的，他跟我关系非常非常好。"苏珊卖了个关子。

胡威则紧张地问道："谁啊?"

苏珊调皮地看了一眼他，说："我哥哥。"

"你哥哥?"何小婉忙问，"哇，你也有哥哥啊?"说完，她才意识到这话说得不妥当，又赶紧解释，"怎么都没听你提起过?"

"他挺忙的，整天满世界飞，经常不见他人，而且……他跟我父亲的关系不是特别好，所以我也很少提起。不过他也在创业，弄了家做人工智能的科技公司，估计技术也不会太差吧。"

"满世界飞?"何小婉抓住了重点，"那他应该挺有钱的吧?"她又想了想，说，"唔，不过我们要的钱也不少，不知道他肯不肯给。"

"多少?"苏珊问。

何小婉看了看莫飞，又望了望胡威，想起了那只飞走的熟鸭子，说："两千万。"

"两千万美金? 唔，那确实不是一笔小数目。"

"不不不。"何小婉忙说，"是人民币啦，怎么可能是美金。"

"两千万人民币?"苏珊笑笑，"那没问题，对他来讲，九牛一毛。"

"这样吧。"苏珊放下了筷子，说，"你们也别先急着拒绝，我这两天找个时间，跟他约一下，你们当面聊一聊，或许，有点儿别的收获也说不定呢。"

众人又一次面面相觑，呆呆地点了点头。莫飞望向胡威，发现胡威也在看自己，他知道胡威在想什么，因为他也在琢磨这个问题。

——这个苏珊，到底什么背景?

3

从接到小赵微信的那天晚上起，彭剑就专心致志地去敲"王八杰森"的房门。他边敲边哭，边哭边敲，如同末日来临，可那扇门——那扇该死的破门，就偏偏铁石心肠地一次都未曾开过。直到第六天，就在他签证到期的前一日，他又打算去敲，手刚放在门铃上还没去按，那扇破门——自己开了。

屋里的人穿着油腻腻的睡衣，顶着鸡窝一样的乱发，一脸的络腮胡遮住了五官，差点儿认不出原型。

"What's wrong?"他问。

"王……王总，天……天创科技倒闭了。"彭剑的声音里带着幽怨的哭腔，"是……是真的倒闭了啊！吴明那王八蛋现在都不接我电话了！"

——显然，彭剑已急到忘记"王八杰森"和吴明的这层亲戚关系了。

"哦，知道啦。""王八杰森"面无表情，他又转过身，打算回屋。

"别……别走啊王总，咱这公司是死是活，您倒是发表下意见啊。"

"意见？""王八杰森"停住了脚步，他扭过身子来，望着彭剑，"好吧，告诉刘秘书，明天，We will go back。（我们回公司。）"

人去楼空的公司里，一片狼藉。地上散落着各色文件，被剪断的电线有心无力地张牙舞爪，就连墙角的绿植都被洗劫一空。彭剑摸了下桌子，才几天时间，就已落上了灰。看见这光景，他心痛不已，又一次地抱头痛哭起来。

"王总，想想办法啊。你……你那么有钱，认识的人又多，再给咱公司融点儿钱吧，咱不能眼看着它倒闭啊！"

他哭着哭着，差点儿给"王八杰森"跪下。

王杰森并未动容，他找了把椅子，坐了上去。他把腿跷到办公桌上，看着手机，忽然问："Penry，数据抓取的new calculation（新算法）怎样了？"

"解决了！解决了！解决了！"彭剑忙把重要的话说了三遍，"您听我讲，我在美国时想到了解决办法。您看，我们再换一下思路，把原来的一组服务器拆成多组服务器集群，把它们明确分工，单独抓取，一组用来抓取类目，抓到类目后，再分给另一组服务器集群做存储，而在两组数据中间，我们再设一组服务器，用来监测变动，一旦发觉数据有更改，再通知第一组服务器去抓……"

"Stop，Penry。""王八杰森"打断了彭剑，"I don't care about the principle, I want a result。（我不关心原理，我只关心成果。）Tell me，多久能好？"

"就好了，就好了！我在美国的时候就安排小赵他们去做了，昨晚他跟我说搞定了。"彭剑手忙脚乱地找到手机，"哎，怎么不回我微信？这家伙，可能还没睡醒。您等着，我给他打电话，打电话。"他从通讯录里找到一个号，拨了出去，"怎么关机了？这祖宗，火烧眉毛了关什么机啊。这是要气死我了。王总，麻烦您再等等，他还有个号，我想想，尾号是8569还是9568……唔，您等我挨个试一下。"

就在彭剑上句不接下句地出着洋相的时候，正好走进来一个女孩，她"啪"的一声把包放到桌子上，扬起一层灰。她挥了挥手，咳嗽了两下，说："哥哥，这是出什么状况了？"

"王八杰森"看向来人，问道："Honey，你怎么来啦？"

"我来找你商量点儿事情。"女孩回答，她四下望了望破败不堪的办公室，"可你们公司怎么变成这样了？"

"Uncle吴撤资了。""王八杰森"无所谓地说着，又看向彭剑，问，"Penry，你电话打好了吗？"

"打好了，打好了。王总您再等一等。"彭剑又拨了另一个号，这次号码终于对了。他刚拨通，办公室的一角就响起了电话声，小赵忙从一张桌子下的行军床上爬了起来，因为起得太匆忙，他直接摔到了地上。他又从地上爬了起来，混乱中找到手机："喂喂喂？彭总您回来啦？哎哟，您可回来了。您让我做的东西我都做好了，您什么时候来公司看啊？"

彭剑握着电话，跟众人一起看着睡眼惺忪的小赵。他拍了拍桌子，又扬起一阵灰尘，小赵扭头过来，才看到众人。

"你怎么睡公司了？"彭剑问。

小赵忙挂了电话，顶着硕大的黑眼圈，抱着笔记本电脑向他们跑来："王总，彭总，你们可回来了。"他打开一个文件夹，说，"彭总，这就是按照您的设想，用几组服务器集群，分别抓取，再做对比，效果不错，您快看看。"

"不是，我是说，你怎么睡这儿了？"彭剑说着，又看了看地上被剪断的网线，问，"这儿还有网吗？"

"我看了，咱电表上还有几个字。公司的专线也没断，我就从我家取了个路由器接上了。这不……"小赵指了指其他几个看起来稍微干净点儿的工位，说，"这两天搞这个算法，太忙了，我就没回去，一会儿小李小王他们也来。"

看到公司已经此般光景，这群码农还对自己不离不弃，彭剑的鼻子一酸，心头升起阵阵感动。他刚打算哭，"王八杰森"敲了敲电脑说："So, show me your work.（把你的工作成果展示给我看。）"

小赵愣了下，他看向彭剑。彭剑指着电脑说："快快快，快演示给王总看看。"

他点着头说"好好好"，边说边打开浏览器，输入内测地址："彭总，您说的那个方法确实可行，您看，抓SKU效果不错。"说着，他点击了一下检索按钮，电脑"嘀"的一声弹出一个报错的对话框。

看着这个报错，小赵丈二和尚摸不着头脑："咦，好奇怪，这是什么意思？昨晚还没这个东西。"

"这好像是提示说，系统找不到某个函数。"彭剑翻译。

小赵赶忙又打开代码编辑器，说："可能是我昨晚迷迷糊糊地错改了东西。彭总您稍等啊，我再过一遍代码。"

十分钟后，小赵又抱着电脑跑过来，兴奋地说："这次好了，这次好了，我把流程跑通了，您快看看。"

他又点开浏览器，按下检索按钮，只听"啪"的一声，浏览器又崩溃了。

众人一脸黑线。彭剑拿过电脑，一行一行地看着代码，说："这次好像是因为内存溢出导致浏览器崩溃，小赵，你再检查一下你的JS①代码，尤其是看下你的循环引用和闭包。"

"好好好。"小赵又屁颠屁颠地抱着电脑回去闷头研究，半个小时后，他又抱着电脑跑来，"彭总！这次我用我后半生的幸福来保证，它绝对好了！"

彭剑斜眼看了他一眼，心想："算了吧，就你这德行……后半辈子能幸福才怪了。"

小赵再次点了检测按钮，谢天谢地，终于通了。众人都呆呆地盯着屏幕。只见系统开始慢悠悠地在网上抓起了SKU信息，十分钟后，才搜集到了五六十条信息。彭剑随手点开一个链接——竟然还是错的。

"这个……"小赵脸红了，"好奇怪啊！我测试的时候明明是好的。"

"废话！你测试的时候，一定用的也是测试数据！"彭剑一针见血地指出了问题。

"是是是，彭总，您等着，再给我们几天时间，我连着线上数据库，再有针对性地优化下！"小赵忙解释起来。

"几天？一天，还是两天？"彭剑让小赵给出最终的截止日。

"唔……这个……这个我也说不好。"小赵为难起来。

"王八杰森"听着二人的对话，终于对这个公司彻底失望了。他用审判的语气说道："So，看来last solution（最后的解决方案）也不行了。Penry，I tell

---

① JS，即JavaScript，一种客户端脚本语言。

you！（我告诉你！）如果数据采集的 trouble（问题）得不到解决，那么，我给你再多钱也没有意义，因为，这是 AI MAKE 的 bottleneck（瓶颈），你们需要找到 solution（解决方案），而不只是让我砸钱！砸钱！砸钱！Giving you more money doesn't solve the problem! Do you know?（给你再多的钱，也解决不了这个问题！你明白吗？）"

说完，"王八杰森"最后扫了一眼这个失败的公司，打算离开。

"不不不，王总，您听我说，这个逻辑应该是没问题的，但是代码……确实跟代码有关。小赵他们这个代码写得不行，您再给我点儿时间，我亲自带着他们写。不不不，我自己从里到外地把它重构一遍，肯定可以的……我这个方法一定能行的……您放心，问题绝对能解决。您千万不要放弃我们，不要放弃天创科技。我求求您了，弟兄们现在全指着您了……"彭剑语无伦次地说着，抱着"王八杰森"的裤腿，最后，竟然真的跪下了。

旁边的女孩看不下去了，她把彭剑扶起来："行了行了，你别哭了。"然后她拦住了"王八杰森"，"哥哥，到底发生什么事情了？你们的这个系统遇到什么状况了？"

看到来人跟王总的关系不浅，小赵便也哭着把公司遇到的状况，一五一十地跟她讲了起来。

她听完后，忙跟"王八杰森"说："哥哥，巧了，我今天来就是帮你解决这问题的。"

"哦？"

"我男朋友创业做了个软件，或许，可以帮你们补足 AI MAKE 在数据采集这块遇到的短板。"

"你男朋友？怎么没听你讲过？""王八杰森"好奇起来。

"因为你整天忙嘛。这不，刚听刘秘书说你回来，我就找过来了。"说着，她点开了手机，找到商讯网报道新脑科技的新闻，"你看，这就是他们的创业项目，网上报道也很火的。"

"王八杰森，"看着报道里何小婉大大的脸蛋，纳闷儿说："这你男朋友？"

"不不不，"她解释，"这是他们另外一个合伙人。这里没我男朋友的照片，回头我再介绍你们认识。"说着，她挽起"王八杰森"的胳膊，走到小赵的电脑前，"来，哥哥，我把他这个系统演示给你看下。"

她打开浏览器，输入一个能在外网访问的测试地址，然后随便敲了几个关键词，一点按钮，一分钟不到，成千上万条数据全都汇总到了屏幕上。

"你们看，是不是这么一个东西？"

"厉害啊！"小赵拍着手说，"太厉害了，这……这谁做的，他们公司多少人啊？"

"公司嘛，四个人，不过做技术的，就一个。"

"那你的意思是……这套系统是一个人开发出来的？"彭剑不信，"会有这么厉害的人？"

"怎么没有？那可是个计算机天才。"她称赞道，接着又问，"哥哥，你说，这个东西能跟你们的AI MAKE对接上吗？"

"王八杰森"看下彭剑："Penry，你说呢？"

彭剑意识到这是天创科技的最后一根救命稻草，忙说："能能能。这个东西看起来非常快，只是它抓的是全网的数据，咱们要抓的只是几个特定网站的SKU，在功能上稍有区别，但是逻辑是贯通的。只要在他这个基础上稍加修改，应该可以立刻上马。"

"Are you sure？（你确定？）"

"嗯嗯，Sure！（当然！）"彭剑忙保证。

"不过……"小赵盯着苏珊修长白皙的脖颈，咽了咽口水，问，"美女姐姐，你男朋友好说话吗？他这个系统，能开放给我们用吗？"

女孩笑笑说："没问题。我今天就是为这事来的。"她又朝"王八杰森"凑了凑，小声地说，"哥哥，他们现在在开发中遇到了点儿经济问题，正需要人帮忙，既然你们可以合作，那我就约一下时间？"

"王八杰森"又看了眼彭剑，决定死马当作活马医，他点了点头，好赖再试一次。

"行，那就先这样了。"女孩拿起包，"哥哥，明天你在家吧，我带他们去找你呀？"

"好，Penry 你也来，我们一起吃个饭。""王八杰森"说着，又不知从哪儿取出颗糖，嚼了起来。众人看他这举动，深知他的心情终于好了起来。

小赵呆呆地望着女孩高挑优雅的背影，不假思索地说："王总……她……她叫什么呀？"

"她？你说我妹妹？""王八杰森"边嚼着糖，边含糊不清地说道，"她叫Su-san。"

有钱人的家应该是什么样子的?

1

昌平, 郊区, G4501公路①, 路北两公里处。

胡威一早就到了, 他住东边, 离得远。昨晚收到苏珊给的这个地址, 他立即查了下, 路程很远。他看了下路线, 要是坐地铁的话, 出了终点站还得再坐上半小时的公交车, 再步行一公里, 太远了, 幸好早上打了个车, 否则, 还真不好找。

他下了出租车, 果真, 这地方跟自己想的一样荒凉。他本想让司机再往前开点儿, 结果司机摆摆手说:"不去了不去了, 这都什么荒郊野岭的, 再往北就到十三陵了, 你就在这儿下吧, 反正你给的定位就是这儿。"无奈, 他只好下车, 顺着羊肠小道又走了走, 刚走没几步, 忽然别有一番天地: 一栋硕大的欧式别墅映入眼帘。

他本想顺着围墙往东走一圈, 用脚测量它到底有多大, 可走了十几分钟, 愣是没走到头。他只好放弃这个想法, 沿原路返回, 希望能找到门。果真, 往回又走了十几分钟, 才发现, 原来门就在路的西侧。

门口两个门卫打着哈欠, 显然没睡醒。他本打算上去跟他们核对下地址, 但后来想想, 这么个鸟不拉屎的地方, 难道还会有别人住在这里?

他清楚, 别看这地方偏, 这么大的院子, 他不吃不喝, 干上几辈子也买

---

① 北京绕城高速G4501, 又名"北京六环路", 始建于1998年12月, 全线分七期建设, 2000年11月第一期开通, 是北京市建设周期最长的高速路。

226

不起。

他以前去过苏珊在东三环的家，不大，六十平方米的一室一厅，精装修，她说是公司安排的员工宿舍。宿舍？他当时没觉得有什么，但现在想想，可不像。毕竟，有几个公司能在国贸三期的旁边租这么一层楼给员工当宿舍呢？

他没敢进去，也没跟门卫打招呼，就一直蹲在路边抽烟。等到九点的时候，莫飞他们才来。莫飞从出租车上下来，看着一地的烟头，问："怎么到得这么早啊？"

他没回答，拿出手机，刚要给苏珊打电话让她来接，这时，别墅里出来一个老太太，门卫客客气气地跟她打招呼。老太太忽然看见了他们，就朝他们招招手，他们忙走过去。老太太问："你们就是苏珊的朋友吧？她跟我说了，今天有人要来，我出来散步，顺便跟门卫说一声。正好，你们来了，就跟我进去吧。"

众人进了门后，何小婉打量着老太太，问："阿姨，您是苏珊的妈妈吗？"

"小姑娘，你看我这年龄像妈妈吗？"老太太笑笑，"我只是他们的老妈子罢了。"说着，她指指这个院子，"这儿已经好多年没人住了，只有我一个人在这儿看着。几年前他们的爸爸还会来，后来他搬到美国后这儿就彻底闲置了。而这两个孩子也是最近才常来住。"

确定这是苏珊的家，何小婉不免好奇地问："他们的爸爸是做什么的啊？"

"他爸爸做什么的，我不能告诉你们，但他做的东西，你一定用过。"老太太卖了个关子，没有回答。

众人穿过一片竹林，迎面又是几栋高矮不同的小楼，老太太指了指一栋侧楼，说："这里是用来招待客人的，你们先进去吧，去三楼坐会儿，我马上叫她。"

"啧啧，你看看，人家单独有一栋楼待客。太夸张了，小说都不敢这么写。"何小婉羡慕地说。

"谁说小说不敢写，那是你见识短。那些写小说的，都是一帮月薪两三千的土包子，在家意淫身家几千亿的土豪怎么过日子，一写到有钱人，就是门口停着法拉利，球场停着直升机，游泳池里停着潜水艇，整个儿一海陆空巡回展。但你看看这家人，院子虽然大，但连个车都没停。"

"人肯定有地下停车场。"何小婉说。

"你怎么不说他跟蝙蝠侠一样，地下还停着火炮战车呢？瞧你这嫌贫爱富的样子，没出息！"莫飞嫌弃地说。

"去去去，你就是没钱。"

众人走进侧楼，一楼是个大堂，摆着一套家庭影院，中间立着一套茶具，墙脚放着一些健身器材。再往上走，二楼是个书房，不过门锁着。何小婉推了下，没推开。莫飞拉了她一把："人不是说了嘛，让咱们上三楼！"

众人又上到三楼，发现是个金碧辉煌的大餐厅。何小婉走到窗前，看着外面的高山流水，宛如走进了皇家园林："哎，莫飞，你说，布置这么一个景致得花多少钱？"

莫飞也探出脑袋瞅了瞅，说："假的。"

"假的也很贵的好不好。"何小婉噘着嘴强调，"这个苏珊究竟什么家底，这么有钱，真是深藏不露。"

莫飞拉了拉何小婉的衣袖，又指指胡威，示意她小点儿声。

没多久，楼下传来脚步声，有人走了上来。来人边走边跟众人道歉："Sorry，刚开了个video conference（视频会议），耽误了一下。"

众人忙说没事没事。

他又问众人："我这个地方是不是不太好找。"然后他随手从旁边的立柜中取出一个托盘，里面放着各色糖果，他抓起一个塞进嘴里，含着糖说，"Sorry，你们先坐一会儿，吃点儿东西，马上就开饭了。"

"没事没事，我们早上吃过了。"众人忙推托。

没多久，苏珊也走了上来。虽然天气很冷，但她依然穿着一件红色的中长裙，裙摆上有着镂空的蕾丝花边，肩上围着一条真丝披肩，显得妩媚动人。

胡威看了看她，又看了看自己的鞋，虽是新鞋，但早上走得匆忙，还是不小心踩了一脚的泥。

苏珊挽住了那个男人，微笑着介绍道："这是我哥哥，Jason Wang，中文名叫王杰森，你们喊他杰森就好了。"

"苏珊姐姐，你哥哥姓王，你怎么姓苏啊？"何小婉问。

"谁说我姓苏了。"苏珊回答，"我当然也姓王，我叫王苏珊，而'Susan'这个词的英文意思是'能陪伴你一辈子的人'。"

说着，她又看向胡威。

而胡威想起鞋上的泥，尴尬地往莫飞身后站了站。

莫飞用胳膊肘顶了胡威一下："瞧瞧，你这功课做得不够啊，连女朋友姓什么都不知道。"

胡威没有理莫飞，仍在想怎么把这该死的泥给蹭掉。

苏珊指着莫飞，介绍道："这位是莫总，新脑科技的CEO，有过多次创业经历。"

"哇，老司机啊！"王杰森热情地握了握手，"莫总，我对中国的entrepreneur-ship environment（创业环境）还不是很了解，以后要多多向你请教。"

莫飞看这人倒是没有一般土豪的傲气，而且还很谦虚，虽没听懂他说什么，但看来也是给自己留足了面子，便对这位土豪平添了很多好感："客气客气，一起学习，一起进步。"

苏珊又指了指莫飞身后的人："哥哥，这就是我常跟你提起的我的男朋友，胡威，商讯网的记者。"

没待王杰森说话，胡威就跟见家长一样，一路小跑地鞠着躬冲上去跟他问好，脑袋都快低到地板上了。

苏珊又指了指何阳，说："这个就是新脑的开发者，就我说的一个人完成整个系统的计算机天才。"

何阳正坐在餐桌前，把玩一个玻璃酒杯，没听到苏珊的话。倒是王杰森很激动，他忙冲过去抓住何阳的手："哇，你这么厉害！"

被这突如其来的热情吓了一跳，何阳忙站起来也鞠着躬回应道："过奖过奖。"

王杰森不懂"过奖"是个什么奖，他指着何阳，感叹道："Penry要是有你这么厉害就好啦。"

"Penry是谁？"众人问。

"是我的CTO啦。"说着，王杰森又看了看表，"看来他又迟到了。我都跟他说了，让他打车过来，估计他又是坐的公交车。他啊，不管赚多少钱都是那么stingy（吝啬）。真是拿他没办法。"

见苏珊把自己漏掉了，何小婉不高兴地伸着手说："苏珊姐姐，还有我呢，我呢！"

苏珊忙又笑着拉起何小婉，说："这是小婉，何阳的妹妹。新脑科技的……"她看向小婉，不知道应该如何介绍她的工作。

何小婉跳着脚说："HR（人事）啦，我是新脑的HR！"

莫飞刚喝了一口水，听到这话，差点儿喷出来，他取笑何小婉说："姐姐，你就一收快递的，H什么R啊！"

"要你管，整天就你事多！"何小婉瞪了莫飞一眼，又扭头问，"唉，王总，您那公司叫什么名字啊？"

王杰森想了下天创科技一片狼藉的萧条模样，只好摆摆手说："小公司，不值得一提。说起来，倒是可以给你们show（展示）一下我们的系统。"

　　说着，他拿过来一台笔记本电脑放到桌子上，打开了郝志超公司的婚庆网站——自从天创科技倒闭之后，客户们纷纷停止了跟他们的合作，倒是这个郝志超，因为心疼钱，又发现这玩意儿还真管点儿用，就一直合作着。王杰森点开了在线咨询，用蹩脚的中文输入法跟客服聊了起来，众人愣着看了半天，都没觉得有什么神奇之处。聊了几分钟后，王杰森意味深长地发问："你们发现这个不是人了吗？"

　　众人听着这话，面面相觑，都觉得是在骂人，没敢吱声。

　　苏珊忙跟他们解释："我哥哥的意思是说，你们看，这个聊天的过程，一来一往很顺畅，以为对面坐着的客服也是人，对吧？其实并不是人，那是人工智能。这就是我哥哥他们做的人工智能客服应答系统，这些都由 AI 在接管，并不是真人。"

　　"哇！"何小婉又大惊小怪，"你是说，这对面并没有坐着人，而是一台台电脑？"

　　"什么一台台电脑，就是一台服务器，分成了多条线路，分别托管着各家网站。你也是做科技公司的，说这么 low 的话，就不怕让人笑话？"莫飞又低声对何小婉说，"你没用过 Siri 吗？做得比这个好多了，这有什么可牛的。"

　　何小婉白了莫飞一眼："你就是嫉妒人家有钱，事业还比你成功。"

　　"事业成功？那他找咱们做什么？"莫飞撇撇嘴，"你别以为真是苏珊帮咱们融资，你见过哪个投资人为了给人投钱，还死乞白赖地请人吃饭？"

　　"哎，我说你这人，怎么总是不识好人心呢，活该你穷一辈子！"何小婉愤愤不平道。

　　"说谁穷呢，是不是找打！"莫飞朝她挥了挥拳头。

　　见他们在旁若无人地小声斗嘴，王杰森好奇地问："你们在聊什么好东西？"

　　"没事没事，他有毛病。"何小婉没好气地骂了莫飞一句，然后又笑着说，

"杰森哥哥，我们是在说您这个系统厉害。"

"谁是你杰森哥哥，你怎么一见有钱人就乱认亲戚。"莫飞又朝何小婉做了个鄙视的手势。

王杰森没听见莫飞的话，他不好意思地笑笑："还好。不过……"他话锋一转，"我们，也遇到了点儿问题。"

"问题？怎么了？"胡威忙说，他正迫不及待地想为这个大舅子出点儿力，讨好一下。

"坐坐坐，坐下聊。"王杰森招呼众人就座，"反正都是自己人，我就直说。我们这个系统，应付这种小网站还OK，但是在跟大网站对接的时候，往往就力不从心。现在有个case（案子），是要把AI MAKE跟一家B2C做对接，SKU那么多，我们需要都采集进去，别看很简单的功能，谁知道做起来……哇，很费神。Penry搞了几个月，都没做出来，很头痛。所以，昨天Susan给我show了下你们的系统，amazing（很神奇）！怎么会有这么厉害的algorithm（算法）！"

"王总，您又过奖了。"莫飞说着，指了指何阳，"但这个东西都是他一个人开发的，确实是很厉害。"

"所以，我想问一问，你们觉得，你们的系统能不能link（对接）到AI MAKE里，帮我们complete（完成）一下数据。"

"没问题！"胡威立刻拍着胸脯说。

莫飞偷偷踢了胡威一脚，小声说："你知道什么啊你就没问题，这活儿又不是你干的。"

胡威用委屈的眼神看看他，也小声答道："大哥，这可是苏珊的哥哥，你今天要是敢说个'不'字，我掐死你！"

"好好好。"莫飞说，"那得问何阳，我又不是做技术的。"于是莫飞又看向何阳，"喂，怎么着，有难度吗？"

何阳仔细看了下 AI MAKE，说："问题应该不大。上次胡威在徐虎那里，说过新脑对外界打通数据的想法，我回去琢磨了下，确实有必要，所以，我已经在设计新脑对外输出数据的接口了，正好可以拿这个项目来练练手，不过……"

"不过什么？"胡威忙问。

"不过，我不清楚他们那边的系统是怎么设计的，程序如何接收数据，又是以什么格式存储调用，具体能对接到什么程度，可能得跟他们的开发聊一聊……"

听到这儿，胡威忙大声抢话道："王总，您那 CTO 大概什么时候来？我们得跟他聊一聊。但总体问题不大，无非就是把我们分析好的数据传递过去。我们只是不太确定工作周期，得具体看一看。"

"好的好的。"王杰森高兴地说，"Penry 说他已经在路上了，请你们再等等。但这个不着急，我们说正事。"他看向众人，"昨天，Susan 跟我说，你们在资金方面有困难？"

今天的氛围比较愉快，众人不好意思再开口提钱，既然王杰森引出了话茬儿，众人便也不再藏着掖着，只好把公司最近遇到的困难说了出来。

王杰森听后摊摊手说："反正都是朋友，我本来是想给你们一些 development cost（开发费用），请你们 support（支持）一下。但如果你们确实有融资的想法，我真可以给你们。只是不知道，你们有没有条件要开？"

"哥哥，我之前跟莫总聊过。"苏珊接话说，"他就希望能有个愿意给他们投钱，但又不会把他们卖掉的投资人。"

"卖？为什么要卖？"王杰森不明白，"Investment（投资）的 secret（秘诀）是什么？用中国人的话来讲，就是放长线钓大鱼。我是做 technology（科技）的，我懂技术有多值钱。我不是那种纯财务投资人，只看钱。我的梦想就是有天能够做一家像 Microsoft 那样的软件帝国。而这种公司里，最需要的是什么呢？当然是技术和人才。我相信，有技术和人才，就能带来科技的change（变革），而科技的change，定会产生利润。"

"那，万一失败了呢？"何小婉帮莫飞问出了他最关心的问题。

"失败？失败也是我自己的投资策略和眼光有问题，这跟你们没关系。你们放心，如果失败，也不会对你们产生任何impression（影响）。我只投钱，公司永远是你们的。"

这段话彻底说到莫飞心坎上了，他暗自总结了下苏珊哥哥的特点：有钱，性格直爽，也从事技术行业，还不土，并且，这中间还夹着层苏珊的关系。他琢磨了下，应该问题不大，只是，不知这投资条款里会不会出些什么岔子。

"你们需要多少钱，我听Susan说，是两千万人民币，是吗？"

"嗯。"胡威点点头，"交换……交换10%的股份。"

见胡威说得有点儿为难，王杰森笑着说："不用那么客气，占多少股我也无所谓的，反正只是两千万人民币而已。"

说着，他从兜里拿出一张银行卡，拍在桌子上："这些钱，给你们，密码是Susan的生日。Contract（合同）你们出就好，我全都无所谓，只要里面有说，你们会帮我们solve（解决）问题，并在技术上给我们提供support（支持），其他我都没关系。你们的公司永远是你们的，你们的方向也永远你们定，无论你们做什么，我都顶你们！"

见他如此豪爽，话又讲得如此透彻，何小婉便捅了莫飞一下，小声说："喂，你觉得这钱咱拿还是不拿，感觉这次，好像找不到拒绝他的理由。"

莫飞也点点头说："是啊。"

见众人无声，王杰森又看了看表："这个Penry，好晚哪，肯定是堵车了。"他打算讲个笑话，活跃下气氛，他说，"你们别介意啊，这个Penry向来很frugal（节俭）。前几天，我带他去美国，他一听人家的果汁是免费的，哇，他就一杯接

234

一杯地要,结果最后喝到拉肚子,还非说是果汁质量有问题。我说,不是人家的果汁有问题,是你自己的脑袋有问题,哈哈哈。"

"这个Penry,倒是有着技术人员的质朴劲儿。"莫飞感叹了一声,"想来,真合作的话,应该也不会有问题。"

"是啊。"何小婉也说,"何况这王杰森还是苏珊的哥哥。不然……"她看看莫飞,又看看胡威,最后又看了看何阳,"不然,咱就把这钱拿了吧?"

莫飞也随着她的眼神,把目光落到了桌面上那张金灿灿的银行卡上。从侧面看去,它薄薄的,但一想到里面装着两千万人民币,他们就又觉得……

好像这张卡的后面,还有着沉甸甸的故事。

2

彭剑本想着下了公交后,再打个车,因为他计算过距离,从这儿到那儿,刚好起步价。可惜,他算好了经过,却没猜中开始——这荒郊野岭的,哪来的出租车。没办法,他只能步行。彭剑直犯嘀咕,"王八杰森"为什么要住这么远,地铁地铁不通,公交公交不到,下了班怎么回家?早知道,就直接从家门口打车了,回头想办法做进账里报销。他又想到,公司已经倒闭了,会计都被裁了,自己总不能直接拿着发票找"王八杰森"要钱吧?唉,这兵败如山倒的,鬼知道怎么一夜间就关门大吉了。

彭剑又想到昨天的事:"我都给'王八杰森'跪下了,想来我从小跪天跪地跪爹跪娘,跪一个外人,这还是第一次。可没办法,除了求他外,还能找谁帮忙呢?可跪有什么用呢?那个铁石心肠的家伙,根本不为所动。最后多亏了他那个漂亮的妹妹,要是没有她演示的那套系统,公司恐怕真就黄了。她怎么说那个人的,计算机天才?哼,他以为他是谁,马克·扎克伯格吗?够嚣张的。但他那个系统还真厉害，到底咋做的，怎么能那么快，这不科学。

"不知今天他们来了几个人，要是人多了还好，还能聊点儿别的，要就他一个，那就麻烦了。万一这位'计算机天才'跟我聊些我答不上的事，岂不是很尴尬？早知道，就把小赵他们一起叫来了，还能壮壮胆。唉，也不对，万一小赵答不出来，那丢人的还是我。更难堪的是，万一他当着小赵的面把我问住了，那我这CTO的脸往哪儿搁？早知昨晚就把那本《数据结构与算法分析》①多背几页了。唉，其实背那个有什么用，临阵抱佛脚罢了。不然我就跟他聊聊别的，例如美国见闻啥的，希望他们只是帮写代码的土包子，没见过什么世面，这样就可以跟他们吹吹牛了，不然，别的谈资我真是一点儿也没有。

"对了，家里最近怎么样？不知道彭涛的胳膊有没有好一点儿，跟他说的那几只股票，现在涨得如何了。那个傻弟弟，非要来北京混，混什么混哪，他连宁波都没混明白，还想来北京？就在家里好好地炒炒股、赚点儿小钱伺候好爹娘，回头攒点儿钱买个房，到时候再讨个媳妇，我这辈子也就安心了。"

他感叹着，一抬头，到了。两个门卫穿着制服笔直地站在那儿。"你说说，没事穿什么制服啊，吓我一跳。"他拍了拍自己的胸口，虽然没做过什么违法乱纪的事，但不知道咋了，这些年一见警察就心惊胆战，这也是莫飞走了之后才开始的症状。为什么呢，自己无非就是用U盘盗了点儿莫飞电脑的数据，又把他轰出了公司嘛。他要报警早报了，这都过去多久了，至于怕成这样吗？

彭剑正打算跟门卫打个招呼，结果门卫看见他，倒先敬了个礼，这又让他惊了一下。"彭总，您来啦。"

---

① Data Structures and Algorithm Analysis in C，原书曾被评为20世纪顶尖的三十部计算机著作之一，已被世界五百余所大学用作教材。作者Mark Allen Weiss在数据结构和算法分析方面卓有建树。

"他们怎么知道我?哦,之前来过一次。就来过一次,他们就记住了?真厉害,这有钱人家的保安就是专业,回头得好好表扬表扬他们。哎,这位老太太是?糟了,忘记叫什么了,瞧我这记性,连人家保安都不如,要不,就跟她说'你好'吧,反正上次也见过。"彭剑寻思着。

"来了啊,快进去吧,都等着你呢。"她指了指右边的一栋楼,"三层,你们之前在那儿吃过饭。"

彭剑缓步走到二层拐角,"进去后说点儿什么好呢?先道歉吧,毕竟自己迟到了。"他想着,然后走上了楼梯,一进门,他头也不抬地就背起了词:"你们好你们好,抱歉我刚刚堵在路上了,那个笨蛋司机……"

没待他把话说完,对面有个人就拍了下桌子。那人语气里闪着怒火,他隔着老远都能感觉火星子溅过来了——"彭剑!你TMD怎么来了?"

一个记者，长年累月坚持写假新闻，会有什么后果？

1

捡起一颗石子，莫飞悠悠地甩了出去。他不知道人家都是怎么弄的，轻轻一扔，石头就飞得远远的，还能在水面弹跳好几次。

他唏嘘完，又趴在栏杆上，看着浑浊的河水发起了呆。

太阳快落山了，今天过得可真快啊！他感叹，中午都发生了什么事？他回想了起来——刚开始，大家还跟那个叫王杰森的土豪打得一片火热，虽然他讲的那几个笑话真是一点儿也不好笑。直到后来，那个叫Penry的CTO来了——想到这里，莫飞又狠狠地攥紧了拳头，怎么会是彭剑呢？那个自己曾经最好的朋友，一起创业的合伙人，最后又夺走了公司的王八蛋。他跑得可真快，一下楼就没影儿了。看来他对这个王杰森的家很熟悉，那他们是怎么混到一起的？他说彭剑是他公司的CTO，那是彭剑跳槽了？不可能，他拿着那么多股份呢，那……那就是说，这个王杰森是天创科技的CEO了？他霸占了自己一手创办的公司？为什么？凭什么？唉……算了，事到如今，还计较这些干什么呢？都过去那么久了，真无所谓的，早该放下了。

忽然，有人在他后脑勺上拍了一巴掌："喂，傻子，又琢磨什么呢？"

莫飞扭过头来："你怎么在这儿？"

"凭什么你能来，我就不能来啊！"何小婉双手撑在栏杆上，看着红灿灿的夕阳。

"不是，我问的是，你怎么找到这儿了？"

她头也不回地晃了晃手里的苹果手机："使用'寻找我的朋友'这个功能啊。"

"寻找我的朋友"是苹果手机自带的一项功能，两个人只要互相关注了，就可以看到对方的位置，莫飞想了下，又长叹一声："这个科技啊，真是让人一点儿隐私都没有。"

"得了吧，你还谈隐私呢？"何小婉蹲在地上，捡起一颗石子，"嗖"地一下就扔了出去，"啪啪啪"，溅出三个小水漂，"认识这么久了，我们都不知道……你还经历过这种事情。"

"看来……胡威都告诉你了。"莫飞望着何小婉扔出的那颗石子，觉得心里好像有个东西也被她扔了出去。

——是什么呢？

"对啊！"何小婉说，"那个人一听到你骂他，不立刻就跑了嘛。他一跑，你也跟了出去，我们都蒙了，尤其那个王杰森，直接吓傻了，一个劲儿地问'what's wrong'。之后，胡威也跑了出去，边跑边说怕你们打架。这好端端的，打什么架啊？我们都没明白过来。苏珊穿得少，胡威就没让她出去。不过他在下面转了几圈，没看见你们，就又气喘吁吁地回来了……"

"然后，他就把来龙去脉告诉你们了？"

何小婉没有回答，却责怪起莫飞："你也是，只告诉我们你被投资人陷害，怎么不说还有这个技术合伙人的事呢？"

"这不是……"莫飞解释说，"怕何阳误会嘛。"

"我哥哥？他误会什么？"

莫飞踢了下脚边的石子："小婉，你知道几个人合伙创业最担心的是什么吗？"

"不知道。"她晃了晃脑袋。

"是猜忌。"莫飞背靠在栏杆上，看着阴沉沉的天空，说，"我当初跟彭剑一起创业的时候，刚开始特别顺，好像做什么都能成。而那时的他，跟你哥哥现在简直一模一样，醉心技术，少言寡语，时间长了，我就习惯擅自替他做决策，也因为这样，他才慢慢生出了很多猜忌，直到那天他对我下手时，我才明白，别看他平时什么都不说，其实对我很有意见。"

"我知道你的意思了。"何小婉似懂非懂地说，"所以，之前徐虎的那次融资你一直强调说，要为我哥哥考虑，就是因为你害怕我们最终也会走上……你跟彭剑翻脸的那条路，对吗？"

"嗯。"莫飞点了点头。

"不会的。"何小婉也背靠在栏杆上，看着他说，"莫飞，你错了，创业者在一起最重要的是沟通。你跟彭剑之所以会走到那一步，就是因为缺少沟通。你还记得胡威说的那句话吗？大家在一起创业，就一定要有商有量，只有每个人都退一步，公司才能进一步。而至于我哥哥这边……"她笑笑，宽慰道，"你就更不用担心啦，他不可能跟你翻脸的，你知道为什么吗？"

"为什么？"莫飞不解。

何小婉笑笑："因为你有我啊！"

"因为你有我"——如果中间没有"你"字，就可以理解为这个公司的集体有她，但现在，她说的是"因为你有我"，这个你，特指谁呢？指的是自己吗？莫飞愣了："我……"

"行啦行啦。"何小婉打断他，"别你啊我啊的，告诉你，人跟人的相处本来就是件麻烦事，因为有些事情，无论你怎么说怎么做，它都是会错的，而你又不可能完全预知每件事情的对错。所以啊，不用去计较对错，也没必要再去讨论谁伤害了谁，反正嘛，过去了就过去了，明天又是新的一天！"她拍拍莫飞的肩膀，"总之，你只要记住，当你为别人着想的时候，别人也一定会为你考虑的。"说完，她又调皮地凑到莫飞耳边，笑嘻嘻地问，"所以啊，你到底打他了没？"

"打谁？"

"Penry 啊！"何小婉说，"哎，是叫这个名字吧？"

"你说彭剑是吧，我一下楼他就跑了，根本就没见着人影儿。"莫飞摊摊手。

"咦，啧啧。"何小婉赞叹，"那多可惜，你不得好好收拾收拾他。我可以帮你一起打他！"

"算了算了。"莫飞也拍了拍何小婉的肩膀，"真打他，我也未必下得去手。就像你说的，过去就过去了，而且也是我对不起他在先，没必要计较了。我早上确实是没克制住，鬼迷了心窍，脱口而出就骂了他一句。现在想想，他跑了也好，大家都不尴尬，也不会做傻事。"

莫飞才知道，刚刚那个被何小婉扔出去的东西是什么。

——是自己对彭剑仅存的一点儿怨恨。

"得，那咱走吧。"说着，何小婉就开始往回走了。

"回哪儿？"莫飞追上去问。

"回公司啊。"何小婉纳闷儿，"不然回哪儿？还回人苏珊家？太远了！"

"那……那两千万，怎么办？"想到因为自己一时冲动，又黄掉了两千万的生意，他觉得有点儿难堪。

"哎呀，不要了不要了！"何小婉挥挥手说，"烫手的山芋不要了。"

"真稀罕，你竟说不要了。"莫飞瞬间释怀，"那你换高档写字楼的理想怎么办？"

"多大点儿事啊。"何小婉满不在乎地说，"经过今天，姐姐我算是彻底明白了。你看，那么多人都争着抢着要给咱们公司投钱，这说明什么？说明咱公司有前途啊。这么棒的公司，窝在孵化器里又怎么了！咱这叫什么？这叫'大隐隐于市'！你说，咱要真想找投资人，那还不一抓一大把？不急啊哥们儿，咱慢慢来！"说着，她搂住了莫飞的肩膀，"你说，什么最重要？"

没待莫飞说话，她却深情地看着他的眼睛说："只要咱们几个在一起，才最重要。"莫飞刚要感动，何小婉却晃了晃手机说，"你看，苏姗姐又给我打电话了，估计还是问你呢。"

"你怎么有她电话？"

"女人间的小秘密。"何小婉调皮地做了个鬼脸，然后她接了起来，"喂，苏姗姐，嗯，我在莫飞这儿呢，正打算回公司呢。嗯嗯，没事，你放心吧，也给你哥哥说下，今天真不好意思。嗯嗯，你说，什么？不可能吧？什么时候的事？哦哦，好好好，我这就跟他说下，我们马上回去。你放心，不可能有事的，你放心，我们这就回去，咱们商量商量。好，就这样，一会儿见，挂了啊，拜拜。"她收起电话，忙对莫飞说，"喂喂喂，白痴，没时间感叹人生了，咱们快回公司！"

"出什么事了？"莫飞问，"火急火燎的。"

"威哥……威哥他被警察抓了！"

"你说什么？！"

2

待二人赶回孵化器时，天已经黑得透彻了。偌大的办公空间里稀稀落落地只有几个小创业团队还在工作，何阳和苏姗正盯着电脑屏幕研究着什么。莫飞一路小跑到最后一排工位前，问："到底什么情况？"

苏姗看见他，便指了指屏幕——她两只眼睛红红的，显然哭过。莫飞凑上去，见是篇新闻报道：

快讯，某胡姓记者因涉嫌伙同他人编造并传播证券、期货交易虚假信息，于今日被依法行政拘留。

据悉，胡某曾发表若干篇有关A股上市公司盛世互娱利润虚增、利益输送、畸形营销，及涉嫌造假等一系列批评性报道，对盛世互娱造成了恶劣影响……至于其行为是否构成损害商业信誉罪，则要由相关人员进一步调查举证后才能确定。但律师表示，一旦确定胡某"利用互联网捏造并散布虚假事实，损害他人的商业信誉，给他人造成重大损失"的罪名成立……其行为则触犯了《刑法》第二百二十一条《损害商业信誉、商品声誉罪》的相关规定，将面临两年以下有期徒刑。

对于因胡某报道而造成的损失，盛世互娱也可向其及其供职单位提起民事赔偿……但据胡某供职的网站《商讯网》相关负责人表示，胡某的报道属于正常职务行为，其网站核查过其对盛世互娱所发的所有报道，并未发现其有违背职业道德和法律的行为。

"这绝对不可能！"莫飞冲动地敲了敲屏幕，"胡威不可能做这种事情！这是污蔑！"

"你轻点儿，那是我哥的显示器！"何小婉对着莫飞的屁股踹了一脚。

意识到自己失态，莫飞稍微平复了下心情，他强调说："胡威可是商讯网的资深记者了，什么东西能报，什么东西不能报，他心里肯定有杆秤，尤其是这种A股上市公司，没有确凿证据，他不可能随意发稿的。他清楚一旦出了岔子会是什么后果。"

"而且有损新闻道德。"苏珊说。

"新闻道德？"这四个字倒让莫飞无言以对，他关心的只是胡威的个人安危，却从来没有考虑过这个层面——大部分的新闻从业者有职业道德吗？他不知道。他只见过有些记者凭着小道消息捕风捉影地写新闻，为了赶热点抓眼球，把文章写得比《故事会》还精彩，但从来不去分辨真假，更休提调查取证。说新闻从业者的职业道德——这倒真的把他问住了。

"苏珊姐，威哥平时写稿子是夸张了点儿，有些内容确实吹得有点儿过，但这个也没关系吧。毕竟现在是自媒体时代，竞争这么激烈嘛……"

"行了行了，小婉，你别添乱了。"莫飞冲何小婉使了个眼色，又看了看苏珊，他说，"你放心，胡威是有记者证的专业记者，不可能干这种有损职业道德的事情，更不会触犯法律。他一个成年人，孰轻孰重，能掂量明白，你就放心好了。"

虽然嘴上这么说，但看着眼前的这份报道，莫飞心里也七上八下的。作为多年的老朋友，他清楚胡威这些年利用记者的身份都做了什么。收钱帮人美化企业信息、公关一下负面新闻、昧着良心说点儿假话发点儿假新闻——这些倒也不是没有，但是抹黑一家A股上市公司，他有这个胆量吗？除非，他收了这家公司竞争对手的钱，而且这笔钱的数额巨大，大到让他铤而走险。但他要这些钱做什么？跟苏珊结婚？人都进监狱了还结什么婚。莫飞意识到，现在的重点是——无论如何都不能让苏珊起疑心。

想到这里，他立刻决定："我明天就申请一下探视，向他问个清楚。"

"能探视吗？"何小婉问，"不是说只有律师才能见吗？"

"探视是可以的。"苏珊说，"我咨询过律师了，律师说胡威现在只是行政拘留，家属可以凭借身份证明去探视。如果是刑事拘留，家人就不可以探望，只能律师到场了。"

"好，去看看也好，明天一早就去。咱们一块儿，把事情问清楚。"何小婉说着，又安慰起苏珊，"苏珊姐姐，你就别担心了，有咱们这帮好朋友做后盾，威哥出不了事情的！"

莫飞也打算编点儿词宽一下苏珊的心时，裤兜里的电话响了起来。他拿起一看，是个陌生来电。

"喂，您好，哪位？"他问。

"莫总长远伐见，侬最近好伐？（好久不见，你最近好吗？）我是马有才呀！"

"马有才？"莫飞脑海里浮现出那个猥琐的小身影，想必是来追问同德基金投资一事。不过，他此刻实在没有心力再去应付这么一个主儿，心不在焉地敷衍着："哦哦，马经理，好久不见。您是想问上次签协议的事情吗？抱歉啊抱歉，我们暂时就先不考虑了，最近手头还比较忙，咱回头再说啊。谢谢，我挂了啊。"

"喏喏喏，侬伐要急着放电话呀，难道……"他在电话那头贼兮兮地说，"侬不想救侬的好朋友了？"

"好朋友？你说胡威？"莫飞愣了下，他望了望众人，意识到这个马有才一定知道些隐情，于是便警惕地往门口走了几步，远到确保苏珊听不见自己的声音后，他问马有才，"马经理，您……看来是清楚些什么？"

"嘿嘿，吾问问侬，难道侬真不晓得侬的这位朋友……都做了些什么吗？"

莫飞听出他是在嘲讽胡威写假新闻的事情，但自己又不便明说，只好低声下气地配合着："马经理，我真不晓得他怎么了，您要是知道，麻烦您告诉我一声。如果您有什么办法能救他，您就开口，要是我能做，我一定按您的要求来，只求您帮帮忙，救救他。"

"侬倒是个明白人嘛。"马有才很满意莫飞的表现，"那吾就做回好人，告诉侬吧。侬的这位朋友啊，去年年底，收了别家公司的十万块，承诺要发篇文章，揭发另一家公司，结果，他前脚收了人家的钞票，后脚又收了另一家公司的十万块。这个小赤佬啊，不厚道，吃了上家吃下家，结果什么都没有做。今朝（今天）这个事情啊，只是伊拉（他们）给的小小的教训。但侬别瞧今朝只是行政拘留，再过上几天，伊拉把更多证据放出来，检察院就可以对胡威提起公诉了哇。"

这段话杀了莫飞一个措手不及。他从没料到胡威胆子竟然这么大，如此肆意胡来，简直是把新闻报道当儿戏。莫飞从马有才的话里听出两个重点：一是去年年底，二是二十万。难怪这小子年初说有二十万的闲钱要做投资，原来是从这儿搞来的。这钱竟来得如此轻易，怪不得他眼睛眨都不眨一下，统统借给自己。

见莫飞没有吱声，马有才又笑嘻嘻地说："侬是不是吓一跳了哇！哈哈哈，不过，侬表（不要）害怕，吾今朝给侬打电话来，就是要讲这个事情的啊。吾上次跟胡威说，吾和吾朋友要投资你们公司，一样给侬两千万钞票，侬考虑得怎么样了？侬要是现在应承吾，吾就去帮侬商讨商讨，放他一条生路……也不是不可以的嘛。"

莫飞并没有搞明白马有才的小算盘，只是问："您是说同德基金的那份融资协议？"

"提同德基金做什么？那又不是吾的公司嘛。"马有才好像并不喜欢自己的这位东家，"吾都讲了嘛，是吾自己的公司嘛。介个钱是从吾的腰包里出给侬的啊。"

"好好好，不管谁的钱。"莫飞说，"马经理，您……您真有办法救他？"

"都讲了嘛，不是不可以的嘛，但那要看侬的诚意了。"

"好好好。"莫飞看看表，"那我们约个时间，面谈一下吧。"

"面谈？"马有才好像有点儿为难，"吾今朝在上海呢。不过没事，吾可以安排人去找侬啊。时间嘛，稍后吾会联系侬的。那就先这样，侬等吾的电话啊。"

挂了电话，莫飞站在那儿出神，何小婉走过来问："怎么了？"

莫飞晃晃脑子说："没事没事，一个朋友打电话关心一下胡威。没事，你们放心，没什么大事，他不会有事的。"他边稀里糊涂地说着话，边在心里狠狠地咒骂胡威混账乱来。

莫飞随便找了把椅子坐下，看着众人，又琢磨起来。刚刚马有才的话虽然让他很不爽，但听着这事似乎还有转机，无非就是要把公司卖给他。但这个上海佬到底靠不靠谱，说的话到底可信度有多少，他也拿捏不准。可现在还能有什么出路呢？他有点儿迷茫，今天发生的事情太多了。

"算了算了，"他想，"先不管那么多了，明天问一下胡威，不就全清楚了吗？"

总之，无论怎样，这件事都不能让苏珊知道。

3

天不亮，莫飞就从家出发了，蹲在拘留所门口一直等到上班时间，第一个冲进去填了登记表。拘留所跟他想的不太一样，不像电影里演的那样都用厚厚的铁栏杆拦着，反而挺宽敞。警察把他领到一间小房子里等着，过了一会儿，胡威打着哈欠走了进来，显然还没睡醒。

"你怎么来了？"胡威问，他又看了看莫飞身后，"苏珊呢？"

"都什么时候了，还苏珊呢。"莫飞说，"要是她看见你这个样子，还不得跟你分手啊！"

"我这样子？"胡威低头看了看，衣服鞋子都是自己的，也没戴手铐，无非就是脸脏了点儿，外加上一晚上没换衣服罢了，他满不在乎地说，"这不挺好的嘛。他们顶多关我两天就会把我放了。这行政拘留又不是蹲监狱，哪有你想的那么严重。"

看到他这个样子，莫飞有点儿生气了："你还没意识到事情的严重性吗？你这违反了职业道德！"

"职业道德？大清早的，你是来搞笑的吗？"胡威不知道莫飞生的什么气，"大家都是成年人了，搞这一套干什么？所有人不都这么干吗？你说职业道德，我问你，创业者拿着天花乱坠的PPT给投资人画大饼，道德不道德？投资人拿了创业者的BP转身给了另一家投过钱的公司，这道德不道德？把一千万的融资虚报成两千万，道德不道德？把一百万的用户注水成一千万的用户，道德不道德？你们自己干净吗？就说我不道德？整个媒体行业不都这么干吗？怎么没听你们跟我讲过职业道德啊？"说着，他也激动地拍了下桌子，强调说，"更何况，我什么都没干！盛世互娱利润虚增是铁打的事实！那些都是李朗给我的内部文件，我全都仔细看过，不会有错！在这件事情上，老子问心无愧！"

见胡威如此激动，莫飞只好先哄一哄他："行了行了，你消消气。这话又不是我说的，是苏珊说的。你又不是不知道，她这人，比较单纯。"然后他又问，"对了，你刚刚说的李朗是谁？"

胡威长吁一口气，又坐回椅子上："你还记得半个月前，咱们去望京见同德基金的那个早上吗？"

"嗯，你来晚了。"莫飞有印象。

"在那之前的几天，我都跟李朗在一块。他是盛世互娱的新闻发言人，手里有很多他们公司的内部资料，而且可信度都很高。我正是因为看了他给的资料，才确信这公司的财务有问题。"胡威把头低下来，用一只手撑着，边撑边揉着太阳穴，"你我都是创业者，咱们清楚，一家公司想要IPO①，那它前三年的利润一定是要稳步增长的，而盛世互娱的账面上根本就没有这么多钱，所以他们只好在IPO文件中造假，虚增收入，还用承兑汇票支付款项，把现金流做正，使得资产看起来很健康。但这种数据造假就跟人撒谎一样，需要无数个谎言去填补之前的谎言，否则，他们的保荐机构无法向上面交代，后续的融资也会受到影响。"说着，他又看向莫飞，"你知道吗，这种造假的成本很高，不但要交极高的税，还要上上下下给封口费，配合造假的公司也要从中抽好处费，而盛世互娱就是因为

---

① IPO ，Initial Public Offerings，首次公开募股，是指一家企业或公司第一次将它的股份向公众出售，可以简单理解为公司的第一次上市行为。

关系没打点好，才惹怒李朗——在上市前，老总承诺给李朗五个点的股份，让他联系资源配合造假。结果，公司上市后老总食了言，一个子儿都没有兑现。于是，李朗一怒之下就联系了我，把这些信息公布于众。"

"所以，才有了你之后的那几篇报道？"莫飞问。

"是啊，你相信我。"胡威点了点头，"那些资料都是有着真凭实据的信息，所以我问心无愧。"

"问心无愧？"莫飞重复了下这四个字，"你确定你——问心无愧？"

"你什么意思？"

"胡威，事到如今你还在撒谎。"莫飞的语气里带着难以掩饰的失望，"盛世互娱……根本就没有这个叫李朗的人。"

"说什么浑话呢？"胡威又一次提高了声调，"怎么没有！我都跟他待一星期了！"

"你没看新闻吗？"莫飞问，然后他观察了下胡威，"哦，你的东西都被没收了，怪不得。"说着，他拿出手机，找到一篇新闻，拿给胡威看：

盛世互娱回应造假门——清者自清、沉默是金

近日，有媒体刊登了有关本公司财务造假等问题的不实报道，本公司现声明如下：

1. 该报道中所提及的本公司销售造假、财务造假的说法全不属实，毫无根据，且有误导性。

2. 公司的销售数据真实，会计核算严格按照中国会计准则、国际财务报告准则进行，并经会计师事务所对年度财务报告进行审计，不存在任何问题。

3. 公司严格依法合规经营，不存在财务造假行为。

4. 经公安机关调查确认，本公司并无名为"李朗"的新闻发言人。

5. 本公司保留一切对上述恶意抹黑和商业构陷的追诉权利。

公司欢迎媒体及社会各界的监督，并将一如既往秉承对社会和投资者负责的态度，确保公司健康、规范运行。

特此声明

盛世互娱股份有限公司

"看到了吗？他们说了，他们公司根本就没有这个人。"莫飞拿着手机说。

"那是假的！假的懂吗！你个白痴！"胡威勃然大怒，又一次拍案而起，"我说了，我没有做任何有损职业道德的事情！我报道的都是有理有据的真实新闻！"

"是吗？"看到胡威的此番举动，莫飞彻底失望了，他一字一句地问，"那你怎么向我解释——你借给我的那二十万？"

听到这话，胡威一下就变了脸色，他睁大了眼睛，愣愣地问："你说什么？"

"我问你那二十万是怎么来的！"莫飞也用力地砸了下桌子，"你告诉我那是你攒的！攒的！我问你，是攒的吗？你吃了上家吃下家，到头来，哪一家的稿子都没发！要不是今天东窗事发，我都不清楚你到底做了多少丧良心的买卖！"

"谁告诉你的？！"说着，胡威推了莫飞一把，"别听他们胡说，那稿子我写了！是他们自己不要！"

"你果真拿了脏钱？"莫飞也不甘示弱地朝他挥了一耳光，"你对得起苏珊吗？"

"用不着你操心！"胡威一脚把莫飞踹翻，"要不是老子给你那二十万，你创什么业！现在嫌老子手脚不干净了，有种你当时别要啊！我告诉你，我就拿过那一回，这次我是清清白白的！你爱信不信！"

莫飞从地上爬起来刚要还手，门口几个警察冲进来："都吵吵什么呢？"其中一个架起了胡威，另一个挥挥手，"带回去带回去"，边说边看向莫飞，"你俩打什么架呢？我跟你说啊，这人关两天就放出来了。有什么架，等他出去了你们打个够，完事我给你俩一起抓进来。出去出去，大清早的，别在这儿惹麻烦。"说着，就把莫飞往外面轰。

走出拘留所，莫飞扭头看了看森严紧闭的门，狠狠地骂了句："再关他个十天半个月，让他好好想清楚！"

如何趁火打劫地去敲诈一支创业团队？

1

莫飞余怒未消地回到公司。走到门口，他看看表，十二点了。奇怪，一早上什么都没吃，竟然一点儿都不饿，看来自己是被胡威给气饱了。但人是铁饭是钢，该吃还是得吃。莫飞决定叫何阳、小婉一起吃顿饭，顺便商量下接下来应该怎么办。

他走进孵化器里，看到何小婉正背对着自己玩手机："在干吗呢？我回来了。"

"你可回来了！"何小婉问，"大清早的你死哪儿去了，给你打了一早上电话，怎么都没接？担心死我了。"

莫飞从兜里拿出手机看了下，才想起，早上在行政拘留所时被警察要求把电话调成了振动。

"我去看胡威了。怎么？"

"不是说一起去的吗？你怎么偷偷去了？"何小婉有点儿不高兴，她指指何阳，"我哥一大早醒来就发现你不见了，我们以为你也被抓起来了呢。"

"抓我？"莫飞有点儿哭笑不得，"抓我干什么，我又没写假新闻。"然后他问，"苏珊呢，她没来？"

"苏珊姐本来是要去看胡威的，结果她早上忽然接到电话说公司有事，出差去了。"

听到苏珊没去看胡威，莫飞把悬着的心放下了："那就好。我去看过了，胡威没事。"

"好什么啊！"何小婉指指身后，"那群黑社会等你一早上了，看起来好像很不好惹的样子。"

"黑社会？"莫飞顺着何小婉的手望过去，远处的一个玻璃会议室里，坐着一个胖子，正在把玩两个核桃，边搓边阴森森地对着莫飞笑。胖子身后站着两个黑衣大汉，像是保镖。他拍了拍身旁的一把空椅子，示意莫飞过去。

莫飞走进会议室，朝他伸出一只手："您是？"

胖子并没握莫飞的手，只是"哼"了一声："莫总，你可算来了，架子不小啊！让我等这么久。"

莫飞连忙道歉："真不好意思，早上有点儿事情，您是？"

"有事？有什么事？我猜猜，是去拘留所看胡威了吧？"

莫飞警惕起来："你是谁？你怎么知道？"

"我？我你都不认识？"胖子愣愣，他沉着脑袋想了一会儿，才恍然大悟道，"哦，对，我们虽然打过几次交道，但你还没见过我。"他把手里的核桃拍在桌子上，朝莫飞伸出一只胖手，"我叫张克亮。"

"张克亮？"莫飞搜索了一下回忆，"不认识。"

"不认识？好吧。"胖子悻悻然，"你可能不知道我的名字，但……"他不怀好意地笑笑，"我是一聊SDK的CEO，龙金资本的投资人。怎么样？是不是觉得很耳熟？"

一聊SDK？龙金资本？虽然这两个词已经很久没有跟自己产生过交集了，但现在想起来，往事仍历历在目。当初要不是自己鬼迷心窍，跟龙金资本演戏抬价，又打算把一聊SDK嵌入闲置网，就不会因此得罪了吴明，最终被赶出公司。此刻，他看着张克亮，只觉得熟悉，并不清楚他就是一切阴谋的始作俑者。

"不知张总今天来，所为何事？毕竟……"他摊摊手，指了指乱糟糟的孵化器，"我现在可没什么东西需要嵌入您的SDK了。"

"何事？"倒是张克亮纳起了闷儿，"马有才不是跟你说好了吗？我今天来，就是收购你公司的。"

"收购我们公司？"何小婉听见这话，立马冲了进来，"莫飞，这人是谁啊？谁跟你说我们要卖公司了？"

莫飞把何小婉往外推推："姐姐，你冷静点儿，让我先搞清楚状况，回头再跟你解释。"他又看向张克亮，"您跟马经理什么关系？"

"什么关系？他马有才可是我龙金资本的合伙人，你说我俩什么关系？"

"他不是同德基金的人吗？"

"同德基金？那只是他的一份工作罢了。这年头，哪个人私下没点儿小算盘？"他朝身后的两个黑衣保镖使了个眼色，其中一个心领神会地从包里掏出两份文件，他拿着文件，说："行了莫飞，我们谈正事，聊聊你的那位在拘留所里的小兄弟吧。"

"你能救胡威？"

"那当然了。"张克亮掷地有声地说，"因为我知道李朗在哪儿。"

"李朗？"莫飞一惊，"真有这个人？"

张克亮打开那份文件，细细地看着，边看边说："有没有这个人不重要。我想让他有，他就有。"他卖了个关子，"这么跟你说吧，盛世互娱的财务确实有一点点小问题，但这次东窗事发，只不过是因为他们得罪了不应该得罪的人。那位大佬点名要给盛世互娱一些颜色看看，所以才安排了这个人去散播消息，而你的小兄弟无非就是一杆枪罢了。一开始，没人关心这杆枪的死活，只不过，后来马有才找到我说，这杆枪还有别的用处……"张克亮的眼神冷冰冰的，让莫飞不寒而栗，"莫飞，你要知道，大佬的想法是可以变的，而对于盛世互娱来讲，这次的警告也不过是点到为止。至于接下来的剧情怎么发展，则要看大佬的心情了。而我……"他指了指自己，"给你做个比喻吧，我，张克亮，就是大佬的晴雨表，我让他高兴，他就能放人，我让他不高兴……李朗这个人就永远不会出现。"

这段话犹如一块巨石，重重地压在了莫飞的心头。

这个张克亮说话阴阳怪气，又闪烁其词，他的话听起来半真半假。这当中可信度有多少？这位大佬是否真的存在？他是不是还知道更多隐情？对于这些，莫飞不置可否。但有一件事可以确定，盛世互娱的财务确实有问题，那么胡威的这次报道的确属实了？可到底有没有李朗这个人，这似乎成了能不能救胡威的关键。彭剑跟王杰森的事情还没定论，就又冒出个张克亮，真是麻烦，这一切的源头都是胡威的那篇报道，要是他当初不添油加醋地把新脑胡吹乱捧一顿，也就不会引起这么多意外——他不知道什么叫祸从口出吗？不管怎样，当务之急是救人。想到这儿，莫飞干脆也坐了下来，问："说吧，张总，您什么条件？"

这下何小婉彻底不高兴了，她又一次冲进来指着他的鼻子："莫飞，我警告你啊，你不能卖我们公司，这事可不是你一个人就能拍板的！别以为你是法人就能乱替我们做决定，这事我跟我哥哥说了算！"

"行了！"莫飞也提高了声调，"你烦不烦啊！出去！"

何小婉被突如其来的怒吼吓哭了，她流着眼泪抽噎着说："你敢凶我？莫飞，你活腻歪了吧你？"

莫飞见状刚要道歉，何阳却跑了进来，他搂着何小婉的肩膀："走吧走吧，小婉，我们吃饭去，莫飞能处理好这些事，咱们就别在这儿添乱了。"然后他看看莫飞，"我们先出去，你们好好谈吧。"刚走两步，他又冲莫飞笑笑，"我相信你。"

何小婉走后，莫飞强压着一肚子火，又问张克亮："行了张总，现在没人打扰了，您说吧，什么条件？"

"好，莫飞，你是痛快人，我也就不跟你磨叽了。"张克亮把一直拿在手里的那份文案按在桌上，说，"马有才之前跟我说给你们两千万，在我看来，贵了。

按你们现在这个规模……"他指了指孵化器里莫飞他们的那一排工位，"就你们这过家家一样的环境，别说两千万了，一千万都贵。而且，现在是你求我办事，所以，我要杀杀价。"他伸出一只胖手，把指头张开，"五百万，交换10%的股份。"

"五百万？太少了。"莫飞摇摇头，"这点儿钱根本就是杯水车薪，顶不了几天。"

"嫌少？你要知道，现在不是你跟我谈条件，能不能救你兄弟，无非就是我张克亮一句话的事。如果你不愿意，那我再给你个选择……"他把五根手指收起了两根，"三百万，买你们的核心算法，就是网上视频里演示的那个后台。"说着，他把两份合同递到莫飞的手上，"其实吧，你们公司值钱的也就这一部分，其他的资产对我来说也无所谓。投资你们，权当给四个小屁孩买尿布和奶粉了。往后你们能有什么发展？我可不看好。"

莫飞翻着这两份合同，并没理会张克亮的嘲弄。他边翻边在心里盘算，是要五百万，还是三百万？这笔钱要是放在一个月前，那也都不算个小数。但这一个月，他们已经见过了明显比这高得多的价格，他清楚公司现在的估值。这个张克亮根本就是在趁火打劫。况且一想到何小婉那暴脾气——他又皱了皱眉头，如果自己擅自做主，别说五百万了，五个亿都未必能使她满意，想到这里，莫飞脑子又是一团糨糊。

"这样吧，"他说，"张总，您也看到了，这公司不是我一个人的，那边还有一个脾气火暴的祖宗，具体是要您的三百万还是五百万，我也得跟他们谈谈，争取一下。如果这公司我可以一个人说了算……"他挥了挥手里的两份文件，"您这协议，我立马就签。"

"玩拖延战？"张克亮笑笑，"无所谓，你想拖多久就拖多久。但我告诉你，你每拖一天，你的朋友就多在拘留所里待一天。如果你一直不给我答复，我向你保证，下个月这个时候，我让他进看守所！我张克亮，决不食言。"

这话看似"无所谓"，但显然是在警告说他耐心有限，莫飞便问："那您看，几天合适？"

张克亮从兜里掏出张名片，拍在桌上："我只给你三天时间，后天下午前，你必须给我个答复，否则……"他提高了声调，"否则，后果自负！"

张克亮走后，莫飞坐在会议室左右为难——这胖子的话到底能不能信？五百万交换10%的股份？太低了，而且很明显能看出来，张克亮并不是真的对新脑感兴趣。他关心的只有核心算法。那就三百万卖给他？不行，绝不能为了胡威而出卖这家公司，这对何阳和小婉不公平。且不说价格过低，哪怕自己真的硬着头皮签了，到时候这胖子变卦了又该怎么办？仅凭他一面之词就信他能放人？这不科学。但是他言之凿凿地说出了李朗，还把事情讲得绘声绘色的，看起来又不像有假。

这个人——他真有如此手眼通天的能力吗？

2

莫飞用手拍了拍自己的脑门，又看了看手里的两份合同，长叹了一声。他决定先去给何小婉道歉，刚刚真是太冲动了，怎么就吼起她来了呢？看她哭得梨花带雨的……还挺让人心疼的。

他从椅子上站起来，打算找他们，谁知前脚刚踏出玻璃门，后脚何小婉就拿着手机一路小跑地过来："莫飞莫飞，快接电话！"

看她这样子，想必又不会是什么好事。莫飞拿过电话，放在耳边，有气无力地说："喂，您好。"

"哟，这莫总最近挺忙啊，竟然让我等这么久，你不知道——时间就是金钱

吗?"

"时间就是金钱"这句名言又让莫飞一蒙,钱坤?他打电话来做什么?糟了,肯定是来问软件授权的事。自己虽然跟他签了《禁止授权协议》,但也利用了协议后面的公司名一家一家地找上门去又把软件卖了个遍,那些公司可全是他的竞争对手啊。这是兴师问罪来了?真是屋漏偏逢连夜雨,倒霉事一桩接一桩。刚打发完一个张克亮,怎么又来了个钱坤!

"怎么不说话?"钱坤追问,"在忙是吧?行行行,那咱不浪费时间了。下午三点,来我公司,跟你说点儿事。就这样,我挂了啊。"

没待他反应过来,手机那边就传来一阵忙音。

"怎么了,钱坤找你干吗?是不是咱们背着他卖软件的事被他发现了?糟了,那可怎么办?他不会让我们赔钱吧?你说,他万一告咱们可怎么办?你是法人啊,搞不好真的会被抓进去的。你看你看,我就说我今天早上眼皮一直跳,肯定没好事。"何小婉着急忙慌地自言自语,她又想到莫飞刚刚得罪过自己,"不对,你刚刚凶我了!"她又嘟起了嘴,"莫飞你活该,你就应该被抓进去,把牢底坐穿!哼!"

莫飞看见何小婉一会儿哭一会儿笑的,自己也同样是哭笑不得。算了,既来之则安之,不管前面是刀山火海,看来都要硬着头皮闯一闯了。

下午三点,境园,E栋十二层。

莫飞三人坐在钱坤的办公室内,心里紧张得七上八下,如同在等待末日审判。

"喂,莫飞,你说,一会儿钱坤会怎么骂你?"何小婉又找碴儿。

"骂我?"莫飞跺了跺脚,"凭什么光骂我?那授权费可都是进了公司的户头,又不是塞我一个人的腰包里了,为什么骂我?"

"骂死你活该！谁让你今天凶我来着。"

"不是给你道过歉了吗？小丫头片子还能不能讲点儿理了？"

"哟，你们这小两口儿，在门外老远就能听见你们拌嘴。"钱坤声如洪钟地走进来。他后面跟着一个高个子男人，穿一身白色西装，举止优雅，进来时冲莫飞他们笑了笑。

"谁跟他是小两口儿啊！"何小婉解释着，又偷偷指了指高个子男人，小声对莫飞说，"你看他，是不是混血？你看那鼻梁，那么高，真帅。"

"没出息！"莫飞嫌弃地说一句。

"莫总最近怎么样啊？"钱坤坐在了莫飞对面，问。

"还行还行，凑合着过。"莫飞开始跟他打哈哈。

"好，那我们就直入主题。"钱坤也不想跟他废话，干脆地说，"我问你，你们的那套系统，你卖了吗？"

莫飞没想到钱坤竟把话说得如此直接，他又在心里琢磨起来。这该怎么说？直接告诉他卖了，还卖了不只一家，合同上列的那几家禁止授权的公司，自己挨着顺序卖了个遍，那不是找死吗？可还能怎么说？思来想去，他也只好硬着头皮认了，反正走一步看一步吧。

"卖……卖了。"他说。

"卖了？"钱坤张大了嘴巴，"你卖给谁了？"

"卖……卖……"卖给谁了呢，先说哪家公司好呢？先说大公司好呢？还是先说小公司好呢？先说广告公司好呢？还是先说电商公司好呢？不然，挑一个规模最小的说吧。

没待莫飞编个妥当的瞎话，钱坤又狠狠地拍了拍大腿，对旁边的人说："安先生，你看看，可惜了，紧赶慢赶，咱还是没拦住，还是让这小子把系统的源代码给卖了！"

"源代码?"莫飞抓到了重点,难道他说的不是软件授权的事?

想到这儿,他鼓起勇气试探性地问了句:"钱总……您问的是系统的源代码吗?"

"是啊,不然你以为是什么?"

"嗨,原来是这事。"莫飞松了口气,"我刚误会您的意思了。这个系统啊,我们当然没卖呢,是吧?"他给何小婉使了个眼色,何小婉赶忙帮腔说:"是啊是啊,怎么可能卖嘛,那可是我们的宝贝!"

"就是。"莫飞附和道,"早上有个胖子出价三百万我都没卖。"

钱坤丈二和尚摸不着头脑:"真没卖?"

"真没卖。肯定没卖!"莫飞说得斩钉截铁。

"好好好,没卖就好。"钱坤指了指旁边的人,"这位是安先生,美国UST公司的人。"说着,他拍了拍旁边的沙发,"安先生您坐啊。"

安先生挥了挥手:"不用了,谢谢,我站着就行。"他看向莫飞,说,"莫总您好,久仰大名。"

久仰大名?莫飞才不信,他这小兵小蟹的有啥大名可久仰的,倒是这个UST,它可是美国的电商巨头,而且——莫飞想起来了,不正是他们当初说要收购天创科技的嘛,也是因为这起收购案,吴明才对自己下的死手。

真是奇了怪了,莫飞想:"怎么一夜之间,天创科技、一聊SDK、龙金资本,甚至UST这些曾经跟自己有过瓜葛的公司,全都冒出来了?"

"是这样啊,莫飞,"钱坤说,"之前因为涉及一些保密条款,所以我就没跟你提起过。我们公司主要的大客户,就是UST,而你们的这套系统,主要也是UST在用。这套系统上马之后,他们的反馈非常好。所以,这次叫你们来,也是想聊聊看你们需不需要UST的投资,因为接下来,UST要进入中国,会开展一些项目,需要你们这样的人才。"

"投资？"莫飞问，"UST之前不是打算收购几家中国公司，借此进入中国的电商业吗？"

"之前确实有这个计划。"安先生说，"但那个并购案存在很多问题，也正是因为分析了你们新脑采集出来的数据后，我们才彻底放弃了中国区的收购案。"

"原来是这样。"莫飞听懂了，他问，"那就是说，UST现在是想以另一种姿态进入中国了？"

"对，UST现在正计划跟中国的福通地产合作，做一个智慧城市的项目，这个项目需要新脑。所以，今天来就是想具体聊一聊合作的机制。"

"合作可以，但给我们投资就算了。"莫飞说。

"为什么？"

"因为我们不要美国人的钱！"何小婉争着说。

"美国人？"安先生笑笑，"我是货真价实的中国人。"

说着，他看向莫飞，忽然问了句："难道，你不想报天创科技的一箭之仇吗？"

莫飞冷冷地看了安先生一眼："你什么意思？"

"实话跟你讲，王杰森曾在一个多月前见过UST中国区的总负责人，也就是我的老板Lorraine女士，想游说她收购天创科技，结果被Lorraine拒绝了。于是，王杰森回到中国后，吴明就撤了天创科技的资，所以，你亲手创立的那家公司……就因此倒闭了。莫飞，难道你不恨他吗？"没待莫飞答话，安先生又看向何小婉，说，"我不在乎你信不信我是中国人，但有一点你得清楚，如今是个全球经济一体化的商业社会。拿你手里的那台iPhone来讲，它虽是美国人设计的，但却是在中国生产，而且是由日本制造的摄像头、韩国提供的芯片模组。正是因为有了全世界各个国家的分工和协作，才能诞生这么一款伟大的产品。所以，你与其抱着狭隘的民族主义心态不跟外国人合作，倒不如大大方方地拿着美国人的钱，来发展我们中国人自己的事业，而至于这项事业……"安先生又看向何阳，问，"一个程序员的梦想是什么？只是写个 App 赚点儿小钱过日子吗？又或者经营一家科技公司，用资本的手段把它打造上市？还是——改变世界？当然，这年头猫猫狗狗都说要改变世界，但今天，UST 提供的可是一个真真切切的好机会。我就明说吧，这次 UST 跟福通地产合作的项目，就是要建造一座空前绝后的智慧城市。这座新城市从底层的架构开始，就要基于物联网、云计算①和 LBS，目的是打造一座低碳环保，并带有智能控制系统的新型城市。在这座城市里，所有的公共设施都会联网，信息家电也会互相直连，并且通过云计算和大数据来提升能源效率，借此应对气候变化。高效、舒适又环保的生活，是人类社会发展的必然方向。而你，作为一个天才级的程序员，难道对这种级别的项目，真的一点儿都不动心吗？"

见安先生对三个人发动攻势，个个击破，莫飞只好摊摊手说："看来您对我们真的是很了解，想必下了不少功夫吧？"

安先生又笑笑："既然决定要投资你们，当然就要对你们做足够详尽的背景调查了，这不奇怪。"

看来他是不打无准备的仗啊！莫飞瞅了瞅何阳，发现他虽然没有吭声，但却不自觉地抖着腿，一副跃跃欲试的样子，看来真的已经动心了。

先是徐虎、马有才，后是王杰森，再是张克亮，怎么这帮做投资的也都扎堆投项目？徐虎的钱肯定是不能要，风险太大；张克亮这事还得好好跟何阳小婉商量一下；王杰森的钱肯定也不能要，毕竟还有一层彭剑的关系呢。想到这里，莫飞忽然问："安先生，那您知道王杰森……到底什么背景吗？"

---

① 云计算，即用户使用电脑、手机等设备通过网络接入数据中心，向服务器提交计算需求，由数据中心处理完后，反馈结果给用户的过程。

"王杰森?这故事讲起来就长了。"安先生开始回忆,"上个世纪七八十年代,王杰森的父亲王光祖还只是武汉一个国营造纸厂的员工,后来,他跟他的青梅竹马结了婚,而这位青梅竹马——哦,也就是王杰森的妈妈,她可是当时北京大学物理系的高才生。婚后没几年,两人就因为一次机遇去了美国,在那里,他们开始了第一次创业,做了家卫生巾加工厂。"

"卫生巾?"何小婉忍俊不禁,"原来王杰森他家是卖卫生巾的。怪不得上次我问那老阿姨,她不告诉我,反而还说我一定用过。可不嘛,卫生巾我当然用过了,什么牌子啊?"

安先生没有理她,继续说:"后来,他们又延伸了产业链,做高档医疗用品。要知道在美国,这可是暴利行业,靠这个他们赚了不少钱。大家心里都清楚,这些都是王光祖太太的功劳。这个北大的女高才生不但知晓生产流程,还很了解市场需求。也是因为她,王光祖才能在美国扎根立足。但后来,她因一次旅行事故去世,就在大家都以为……失去了女人的王光祖就要一蹶不振时,他却大手一挥把所有资产都投到房地产行业去了。尤其是2000年初,在美国扩张性货币政策的作用下,房地产信贷机构不断放松住房贷款条件,他抓住那个时机,成功地使资产翻了几十番。到现在,王家已经成了一个囊括了地产、货运、医疗、酒店、电力、科技等行业的资产逾千亿的企业帝国。"

"怪不得王杰森那么有钱。"何小婉感叹,"听这意思,都快赶上李嘉诚了。"

"所以……"安先生又看下莫飞,"你知道Lorraine为什么坚持要投资你们了吗?这,也是Lorraine对王杰森所下的战书。"

这段话反而让莫飞心里没底:"战书?我们恐怕做不好。毕竟你们那么大的生意,我们这个小公司,估计出不了多大的力。"莫飞说,"而且,一旦我们接受UST的投资,你们岂不是对我们也会有相应的限制?"

"UST不会插手你们公司的运营。"安先生强调,"你们只需要答应配合做福通地产的项目就行了。其他的项目仍旧按你们的路线去发展，我们绝对不会插手，这可以规定在融资合同里。"

"听着不错啊！"何小婉终于动心了，"那你们打算投资多少钱？"

"五百万，交换10%的股份。"

"这么少啊。"她的语气里带着点儿遗憾，"还以为你们美国大公司出手会阔绰点儿呢，原来才五百万啊。"

"五百万美元还嫌少啊？"钱坤吃了一惊。

"美元？"何小婉重复了下。

"对啊，UST是美国公司，给的钱当然也是美元了。"

"五百万美元……"何小婉掰着指头算了起来，"莫飞，现在的汇率是多少？六点几来着……"

"不用算了，小婉。"这次是何阳在说话，"大概就是三千四百多万人民币。"

"三千四百万？！"何小婉的眼中，又一次闪烁起了暴富的光芒。

3

深夜三点，孵化器的最后一排还亮着灯。莫飞打着哈欠跟二人讲完了胡威的故事，讲到最后，他强调："张克亮给的期限很短，他要求咱们后天下午之前给他答复。"

"那你说，威哥这次到底有没有写假新闻？"何小婉问。

"那已经不重要了。"莫飞说，"这件事情发展到现在，已经不是我们可控的了。哪怕新闻是真的，按照胡威的习惯，肯定也会添油加醋大肆渲染一番。现在我们难以确定的是张克亮的这层关系。他说的故事到底是真是假，那个大佬到底存不存在，而李朗这个人又到底在哪儿，这些都关系着胡威的安危。万一，张克亮只是诈我们，那我们又能怎么办?"

"可他的开价太低了，简直就是趁火打劫嘛。"何小婉说，"咱们公司虽然规模小，但新脑已经被大家认可了，这么多公司都在抢着投资。而且UST开的条件真的很诱人，钱多，又能跟福通地产合作，多难得啊，那可是中国第一的地产公司。"说着，她开始痴心妄想，"搞不好人家一高兴，还能送咱们套房子呢! 我可听说福通地产的小公子特大方。"

莫飞又笑何小婉异想天开，但不光是她，其实自己也偏向于跟UST合作。虽然自己之前讲过要放下对彭剑的仇恨，但不得不承认，安先生的那番言论确实对自己有了些影响——王杰森作为一个富二代，只把天创科技当谈判的筹码，发觉没有利用价值时便顺手抛弃，莫飞作为天创科技曾经的创始人，多少心有不甘。

报一箭之仇……虽然嘴上说着无所谓，但在他内心的某个角落里，似乎确有一个复仇的念头在隐隐作祟。

而且，三人中最偏向同UST合作的肯定是何阳。莫飞太清楚何阳的性格了。他虽寡言少语，平时不发表意见，但莫飞能感觉出何阳对计算机编程的那种天然的热情。可惜最近新脑接的项目都只是些应付甲方的弱智需求，完全没有挑战性，他知道何阳早就做烦了。而这个智慧城市的确是个千载难逢的好机会。改变世界? 或许在平时这只是句妄语，但如果能跟福通地产合作，或许，何阳真的有机会在更大的舞台上大展身手。

莫飞心想，不能因为胡威而绑架了何阳的梦想。胡威之所以有今天，完全是他咎由自取，怨不得任何人，不能因此就把公司卖给张克亮，这不公平，也不合理。何况张克亮的话半真半假，可信度本就不高，万一他是在诈自己怎么办? 或许这件事本就没那么严重，真如胡威所说的那样，"关两天就放出来了"。如果真是这样，那还是接受UST的融资吧，毕竟那是三千四百万。这么多钱，再加上福通地产的好项目，无论从哪个角度看，新脑都是只赚不赔。

"听我的。我们就把核心算法卖给张克亮吧，三百万就三百万。"

莫飞愣了，说这话的人是何阳。

"说什么呢，哥哥？这可是你的心血，不能就这么便宜了他。"何小婉忙阻拦道。

何阳摇摇头："无所谓，程序没了可以再写，但绝对不能眼睁睁地看着胡威遇险。"他说，"胡威的做法虽然不妥，但至少，他当初给咱们的那二十万是真的。他也是咱们公司的股东，又是大家的朋友，我们不能袖手旁观。而如果张克亮说的都是真的……那就意味着胡威极有可能面临蹲监狱的风险。"

"不然我们报警吧？"何小婉说。

"报警？怎么报？就说张克亮知道李朗在哪儿，让警察把他抓起来？无凭无据的。"莫飞说着，却也拦住了何阳，"不过，我还是倾向拿 UST 的融资。如果把新脑卖给张克亮，这对你不公平，不能因为胡威自己做的浑蛋事就牺牲了你。"

"不是牺牲我。"何阳解释，"如果要拿张克亮的五百万给公司融资，那我肯定不干。但他既然愿意花钱买系统，那咱们就给他。无非就是一堆源代码罢了，没了它我们还可以拿这三百万做点儿别的。"他又看向莫飞，"这项目本来就是你的主意，咱们也算是误打误撞，三百万卖了，不可惜。"

"那这样，"何小婉提议，"咱们把系统卖给张克亮，然后再偷偷地跟 UST 合作，能行吗？"

"绝对不可以，张克亮一旦出资买了系统，肯定要跟咱们签交割单。这事纸包不住火，UST 稍微一调查就能搞清楚。"莫飞否定了何小婉的提议，"哪怕真瞒天过海了，早晚也要东窗事发。说出去就是商业诈骗，一样要蹲监狱的，我们绝不能干这么傻的事。"

"好吧。"何小婉说，"那就算了嘛，就把系统卖给他，反正留着青山在，不怕没柴烧嘛。至少我们也赚了三百万，是不是哥哥？"

何阳看着她，浅浅地点了点头。

"只是……"她说着，又用深情的眼神看向莫飞，"如果我们下次再创业，你……你肯定还会跟我们一起的，对吧？"

看着她充满期待的眼神，莫飞只好点了点头，他说："那当然了，无论发生什么，无论做什么方向，下一次创业，我们都还在一起。"

加入我们公司吧？

1

众人在忐忑不安中度过了一天。他们什么都没做，只是在电脑前发呆，毕竟心上压着这么一块石头，谁都没心思干活儿。虽然已经打定了主意，但就这样把系统拱手让人，心里多少还是有些不舍。直到第三天的下午，眼看就要到约定好的时间了，莫飞一手拿着张克亮的名片，一手握着手机，还是拨不出去那个号码。

"喂，莫飞，你是不是男人啊，张克亮的名片都快被你揉烂了。要打就赶紧打。"何小婉站在他身边催促着，"你这样子，太折磨人了！"

莫飞又瞅了眼名片，确实已被自己的手汗浸湿了大半，字迹都有些模糊，不过好在这个该死的号码自己都快背下来了。他在手机上敲了一遍又一遍，敲了又删，删了又敲，桌子一角放着那份三百万的合同，莫飞扫了一下，心头又是一阵纠结。

"您好，张克亮吗？我是莫飞，你来吧，合同我都签好了，快拿着文件放人吧。"

就这一句话，说出去后，或许就能救那个没出息的朋友。他又握紧了手机，无非就是按下拨号键罢了，怎么这么难呢！大拇指干巴巴地放在屏幕上，就是少了点儿按下去的勇气。

按吧，按吧，按下去就解放了，打通之后，新脑就会被卖掉了，胡威就能回来了，大家三百万到手，还可以高高兴兴地过日子，快快乐乐地再创业。

按吧，按吧，按下去就不用如此受折磨了。

按下去一切烦恼就都烟消云散了。

按下去吧，莫飞。

按吧。

2

"你们在干什么呢？"

就在莫飞握着手机即将要走火入魔时，众人的耳畔忽然传来了苏珊的声音。

何小婉一扭头，兴奋得要跳起来："苏珊姐，你回来啦。"她刚兴奋完，就又想起了胡威写过的虚假新闻，于是，她便又警惕地问，"你是不是……已经去拘留所看过威哥了？"

"是啊。"苏珊眨巴了一下大眼睛，说，"而且我还把他领回来了。"

"领回来了？"众人一愣。

苏珊朝门口望了望："胡威，你在干吗呢？还不进来？"

她话音刚落，就见胡威缓缓地走进来，边走边低着头整理衣服。

"什么情况？威哥你真的回来了？"何小婉看见胡威，忙冲了过去，给了他一个熊抱，"快告诉我，怎么回事？"她拽着胡威的胳膊，向莫飞走去，"莫飞，你看，威哥回来了，咱不用卖公司了！"

"卖公司？"苏珊发问，"卖什么公司？"

莫飞忙收起桌上的文件："没事没事，胡威你回来了就好。回来就好。"

"我没事啊，就是身上有点儿脏。你看看，都几天没换衣服没洗澡了。"胡威抖了抖外套，"我啊，本来想先回家洗个澡的，但是苏珊怕你们担心，就先来找你们了。"

胡威虽然像是在答莫飞的话，但眼睛，却并没有看向他。

"威哥，这到底怎么回事啊？"何小婉问，"接下来你还用去派出所吗？"

"去什么派出所啊，我被无罪释放了！"胡威拿过来把椅子，让苏珊坐下，他给苏珊捏起了肩膀，边捏边喊，"我都说了，就是个误会。你们看，这才一星期不到，我就被放出来了，这事彻底结束了。"

莫飞坐在一旁，没有开口，只是傻傻地听着他说，难道，他这次真的没有写假新闻？是自己冤枉他了吗？

见众人似乎仍不放心，胡威便问："哎，我说，你们都没看新闻吗？李朗被抓住了啊。"他又低头冲苏珊笑笑，"你看这帮笨蛋，怎么信息比我还闭塞？"

苏珊也笑了，她提醒众人说："这么大的新闻，你们随便上网看看不就知道了？"

莫飞这才反应过来，他迅速打开浏览器，随意点开一个新闻门户网站，果真，硕大的头条专版：

近日，有关A股上市企业盛世互娱的多篇负面新闻引爆舆论场。在接到盛世互娱以"有人涉嫌造谣诽谤其名誉"的报案后，警方立即立案调查。经核查，该文章内容失实，属虚假信息，警方已对文章作者胡某依法处以行政拘留五日。

据悉，在公安机关的审理中，胡某交代，其所刊登的内部资料均为一名为"李朗"的男子所提供。胡某称，李朗为盛世互娱的"新闻发言人"，而据调查，盛世互娱公司中并无此人。

就在检察机关考虑以"涉嫌损害商业信誉罪"对胡某进行起诉时，事情忽然出现了转机。昨夜，接群众举报，侦查人员在市郊的一栋别墅内抓捕了犯罪嫌疑人"李朗"。据悉，其是盛世互娱的内部资料保管员，因长期跟领导关系不合而怀恨在心，伪造内部文件十余份，并化名为"李朗"联系胡某进行报道。胡某未对资料进行审查核实,属报道失实,并非恶意构陷,不满足"涉嫌损害商业信誉罪"的构成要件(根据《刑法》第二百二十一条,"损害公司商业信誉"的构成要件,在主观上首先是"蓄意的、恶意的";客观上,则必须是无中生有地捏造并散布虚假信息),已于××日中午被无罪释放。

而盛世互娱表示,将保留追究胡某对其公司所造成的恶劣影响的权利。

目前,化名为"李朗"的李姓男子已被押至市看守所,等待他的将是法律的严惩。

"看到了吧?"胡威说,"我是被李朗骗了,这充其量是报道失实。不过……"他又看了眼苏珊,像个孩子一样羞愧地摸了摸后脑勺,"我也知道错了,以后再面对此类所谓的'内部资料'时,我一定会小心慎重的。"

"行了,不提这个了。你们商讯网不是还打算给你发最佳记者奖嘛。"苏珊宽慰他,又说,"你也别急着回家换衣服了,我都没说什么,你就别嫌弃自己了。"

"就是!要嫌弃也是苏珊姐第一个嫌弃你!"何小婉做了个鬼脸。

"走吧。"她从椅子上站起来,"几天没怎么好好吃饭了,咱们出去庆祝庆祝。"她又看向仍在发呆的莫飞,"别愣着了,收拾收拾东西走吧。你想吃什么,今天姐姐我请客!"说着,她挥了挥钱包。

"都行,都行。"莫飞随便地答道,他又看了眼胡威,说,"他回来了,我吃什么都开心。"

3

虽然嘴上说着开心，但他却一点儿也开心不起来，这绝对是他有史以来吃过的最煎熬的一顿饭了。因为整个吃饭过程，胡威根本就没用正眼看过自己。

为避免尴尬，何小婉用筷子戳了戳莫飞，小声地提醒他："你快给威哥道个歉吧，不然这场面太难堪了。反正……这也都是马有才那个小人从中作梗，诬陷威哥。但总归你也是错信了小人的话，理应给威哥说声对不起的。"

莫飞想想有道理，于是他端起酒杯："来，胡威，咱们喝一个，庆祝你这次平安归来。"说着，他脸红了起来，"我……我也是听信了小人的谗言。"莫飞又看了下苏珊，觉得还是多一事不如少一事的好，于是他没再解释下去，只是先干为敬，客客气气地认错，"总之，我给你道歉。之前如果有什么我误解你的地方，还希望你能多包容我一下。"

胡威依然没有看莫飞，只是悠悠地拿起杯子，放在嘴边小小地抿了一口，看样子并不领情。

饭后，众人在饭店的门口散步，苏珊忽然拉住何小婉说："小婉，那边新开了个商场，你要不要跟我去逛逛？"

"好呀好呀。"何小婉没心没肺地拍着手，说着，她又看向莫飞和何阳，"不过他们……这帮直男好像都不是逛商场的人。"

"让那俩木头疙瘩聊一聊吧。"苏珊指了指莫飞和胡威，然后冲何阳挥挥手，"何阳你也来，给我们两个女士拎包。"

何阳听见，傻傻地应了一声，跟了上去。

莫飞看着他们一路小跑的背影，尴尬地望了望胡威，见他仍是不搭理自己，顿时觉得更加难堪。

两个木头疙瘩闷闷无声地走了几十分钟后，莫飞忽然又拉住他，说了句"对不起"。

另一块木头疙瘩并没有理会他，依然自顾自地走着。

见状，莫飞心里油然而生一股勇气，他索性挡在胡威面前，提高了分贝："行了胡威，我错了，我庄重严肃地给你道歉！我不该听信马有才的话，不该相信网上的那些传言，更不该误会我的朋友！你就说吧，要怎样你才肯原谅我？"

胡威面无表情地看着他，看着看着，忽然问了句："莫飞，你知道我为什么喜欢苏珊吗？"

说着，他一屁股坐在了马路边，捡起了脚前的一片叶子，开始观察它的脉络。

"苏珊曾经跟我说，她的梦想是去做一名战地记者。"胡威点了根烟，继续看着叶子，"我当时心想，做那个有什么好，多危险啊，难道是因为钱多？后来我琢磨，不对，苏珊她不缺钱。于是我只好问她为什么。她没回答我，反而给我讲了个故事。她说，她的偶像是一个叫詹姆斯·福莱的美国记者，他常年工作在世界各地的战场上。有一天，他在利比亚采访时被部队掳走，关押在一所阴冷潮湿的监狱里，一个半月后，他被释放，但同行的另一名记者却被杀害。后来，有人问他为什么要去做这么危险的工作，他说，'工作在新闻第一线很重要，因为，要是没有这些照片、影片和亲身体验，我们很难告诉全世界，当地的情况是如何糟糕，而记者的职责，就是为了还原这些真实的信息。'在他说完这句话之后，他又奔赴阿富汗和伊拉克去采访。也是在那里，他被伊拉克极端组织绑架，并被处死。莫飞，你知道吗，苏珊的家教非常好，她是从温室里出来的，跟我们不一样。我们可以为了钱出卖朋友，可以为了利益背叛良心，可以为了多吸引眼球而说尽假话……我们在她面前，是脏的。所以，我喜欢的就是她的干净和纯粹。认识她之后，我发誓我不能再做一个肮脏的记者，我也常常责问自己为什么要拿那二十万。于是，那二十万我一直存着，根本就没动过，直到你说你公司资金周转不开，我才把那钱给了你。除此之外，我真的没有再做过任何脏活儿。而这次盛世互娱的财务状况，确实是我一时大意。我过于急迫地想要向苏珊证明我……证明我胡威不是个只会写小道新闻、捧创业者臭脚的烂记者，我希望向她证明，我也是个有责任感的好记者。"说着，他狠狠地抽了一口烟，吐出了一连串的烟圈，"看来，我这次又没做好啊。不光是她，连你……我这个最好的朋友，都不相信我了。"

这让莫飞哑口无言，想到自己曾在拘留所里对他说的那些话，他更是难堪到无地自容。

"对……对不起。"莫飞好像变成了台只会道歉的复读机，"不，与其说是我错怪了你，不如说……我向来对你有偏见。一直以来，我都觉得你是个为了点击率不择手段写文章的三流记者。其实现在想想，那些都是我的主观偏见在作祟。"说着，这台复读机又复读了一次，"真的……我真的挺对不起你的。"

胡威依然只是抽烟，没有表示原谅或者不原谅，待烟燃尽，他把烟头远远弹出。

"我可能要失业了。"

"失业？怎么会？苏珊不是说商讯网还要给你颁最佳记者奖吗？"

"拉倒吧，什么最佳不最佳的，那只是面子上的说法罢了。其实，商讯网才是最不希望我被无罪释放的一方。如果我不被释放，那么它就可以把我塑造成一个为了新闻真理而被捕入狱的悲情人物，也能为公司赢取更多的赞誉。但现在，我却只因报道失实而被行政拘留警告，这说明什么，说明商讯网确实刊登了不实的新闻报道，给公司造成了恶劣的影响，管理层当然会迁怒于我。所以，无论他们给我发什么奖，我都清楚，接下来，公司肯定不会再重用我了。"一阵风刮来，他放下了那片叶子，任它在风中飘走，他觉得自己此刻就好像那片没有方向的叶子，他继续说，"更何况，不只商讯网，可能我的记者生涯也就到此为止了。你想想，还有哪家媒体，会招一个因为报道不实而进过局子的记者？"

至此，莫飞才彻底明白了胡威一直担忧的事情是什么——如果他因为此事而断送了职业生涯，那么往后，他跟苏珊的未来，也会变得希望渺茫了。

他正想着，忽然看到有几个年轻人正彼此搭着肩膀，摇摇晃晃地从他们面前走过。估计是旁边大学的学生喝多了吧，他们边笑着说些什么，边哼着歌。莫飞侧耳听去，像是一首老歌——《真心英雄》。

莫飞听着听着，竟也跟着哼唱了起来。他跟胡威也这样唱过。那是在大一新生的入学晚会上，几个系混在一起抽签表演节目，计算机系的莫飞和新闻系的胡威被分在了一组。当时主持人让他们随便表演个节目，莫飞说，那我就唱首歌吧，说着他拿起话筒，想了半天，却又不知该唱什么好。这时，胡威抢过话筒，帮他解了围，唱起了《真心英雄》。看他唱着，莫飞也受到了感染，跟着唱了起来：

> 把握生命里的每一分钟
> 全力以赴我们心中的梦
> 不经历风雨怎么见彩虹
> 没有人能随随便便成功
> 把握生命里每一次感动
> 和心爱的朋友热情相拥
> 让真心的话和开心的泪
> 在你我的心里流动

莫飞扭过头，看见胡威也在哼唱这首歌，两个人相视而笑，之前发生过的一切不愉快统统翻了篇。

"喂，我说，不然你来新脑吧？"

"去新脑？算了吧，我能做什么，帮你们写软件说明书？"

"你听我说，美国的UST就要给我们融资了，五百万美元，差不多就是三千四百万人民币。咱们拿了这笔钱，就能把公司做大。你说，这么大的公司，怎么不得需要一个像样的公关经理？你说说，还有比你更合适的人吗？"

"你这是在可怜我。"

"不。"他严肃地说，"我这是在邀请你。"

胡威没有发表意见，仍是看着远方。那几个年轻人的背影伴着歌声消失在夜色里，几台出租车停在路边等活儿，又刮起一阵不知什么方向的风，他找了找刚刚被自己放飞的那片叶子，没寻见它的踪影。他只好闭着眼睛感受风的凉意，希望能从那股凉意里得到一个答案，他想着想着，忽然回答道："好。"

说着，他的嘴角浮现出了一抹浅浅的笑意。

那丝笑意一闪而过，但还是没能逃过莫飞的眼睛，莫飞回味着那抹笑，又愣愣地出神。

他在想，那抹笑的背后，是不是还藏着些什么秘密？

4

同一时间，张克亮坐在办公室里，翻着一份《计算机软件及源代码转让协议》，边看边乐了起来，这容不得他不乐，换作任何人可能都得乐出声来。

因为，这份合同中的"收购协议价"写着的数字是"0"。

他知道这意味着什么，这意味着自己一毛钱没花，就得到了另一家公司几年来的全部心血，正待他琢磨怎么庆祝一下的时候，"砰砰砰"，有人敲开了他办公室的门。

马有才探着猥琐的脑袋望了望张克亮,然后一蹦三尺高地向他跑来,他本就细眯眯的眼睛,这下美得彻底成了条弯弯的缝儿:"好事体,好事体啊,张总。"

"怎么说?"

"技术部的那几个小朋友讲了,源代码没问题的。虽然逻辑是乱了点儿,但大体还是老清晰的,可以用的。"

"那就好。"他满意地放下了合同,"那个'李朗'怎么样了?"

"李朗?"

"就那个盛世互娱的资料保管员,他在局子里有说什么吗?"

"还呒(没)有听到啥动静,但估计伊说不出个什么花头头来,毕竟阿拉都是用的外面的人做的,没有自己人出面,侬放心。"说着,马有才也坐在了沙发上,抖起了一条腿,"吾听说,警察来的时候,埃个(那个)保管员都吓傻了,走的时候一个劲儿地问,'是谁告诉你们的,是谁告诉你们的'——这个家伙,到现在还不晓得是怎么一回事嘞。从天而降这么一个港督(白痴),真是天助我们哪!"

"可不嘛。"张克亮说,"本来只是想摸一摸盛世互娱的底儿,谁知,稀里糊涂地就让我们逮住这么一个人,要是没他……"张克亮又拿起了这份"0"元的合同,"恐怕这笔生意,咱们还真做不成了。"放下合同,他又问,"出第一版测试需要多久?"

"伐要多久。(用不了多久。)"马有才答道,"吾问过了,技术部的小朋友说,一个月就好了!瞧那个样子,好像很开心做这个,今夜就要加班搞开发。"

"一个月吗?"张克亮沉思了起来,"那就等等,反正几年时间都等了,不在乎多等这一个月。"

"侬放心,吾找人评估过了,按照阿拉此刻的财务状况,再加上这套系统,今年上市，那是板上钉钉的事情，不会再出乱子了。"

"是吗？"张克亮笑笑。

他望了望窗外车水马龙的夜景，又琢磨了起来。

虽然出现了一点儿小小的意外，但如今看来，事情都还在他的掌控之中。

可是，还有一件事情他想不明白。

这个人……他怎么会这么大方？

5

这是彭剑第二次抽烟。

上次抽烟的场景还历历在目。那次，为了配合吴明演戏把莫飞赶出公司，他从吴明的手上接过了人生的第一根烟。本来，吴明想让他喝口二锅头，毕竟酒壮尿人胆，但了解到他向来不胜酒力，一杯就醉。"算了，抽烟吧，"吴明说，"至少不会醉了误事。"他看着手中燃烧的烟，如同自己的仇恨在渐渐蔓延。这玩意儿怎么抽来着？他想起吴明告诉自己的技巧，长吸一口，将烟气送入口腔，再把它运到肺里，最后吐出来。"放心抽吧，"他对自己说，"烟可是个好东西，一根抽完，烦恼忧愁就都忘掉了。"

忘掉？他摇了摇头，忘掉了还怎么找他们算账！如果不是为了算账，那自己又何必要借着这根烟壮胆呢？说来还真是见鬼了，怎么每次吸烟壮胆，都是要去跟CEO吵架呢？这帮当CEO的都是一个德行，对技术人员召之即来挥之即去。创业初期，拿着项目原型连哄带骗地把自己请来加班熬夜写代码，产品上线后，再笑脸相迎地忽悠自己加班熬夜修bug。可是，等公司开始盈利了，却又想尽一切办法把自己踢开。

想到这里，他又气得怒火中烧。

他猛吸一口，呛得直流眼泪。他抹了把鼻涕，用通红的眼睛望了望场馆的大门。他丢掉了手中的烟头，把它踩灭，然后猛地站起来，两手插兜走了进去。

——"王八杰森"，今天，老子新账旧账跟你一起算。

昌平区南口镇西约一点五公里，郊区的实弹射击馆。要不是彭剑曾经跟着王杰森来过一次，他肯定不可能在荒郊野岭中找到这么一地儿。别看它偏，消费可不低，他上网查过，玩一局可能要烧掉他小半个月的工资，不过幸好这个"王八杰森"是VIP中的VIP，身份尊贵得不得了。彭剑亮了下自己的名片，说是王总的同事，以前来过。服务员一看，立马弯腰笑着说"有印象有印象"，把他请了进来。

经过狭长的走廊，他被领到了一片巨大的室外靶场。"王八杰森"正全副武装地举着一把手枪，犹豫该瞄哪一只靶标。

没待彭剑开口，他先问了："Penry，好久不见，你怎么来这里了？"

想起了刚刚那支烟给自己带来的勇气，彭剑忽然拽住了"王八杰森"的衣领，骂道："你浑蛋，谁让你把 AI MAKE 卖给张克亮的！"

"王八杰森"并没有动怒，只是佯装震惊："你怎么知道的？"

"前阵子小赵告诉过我，说你让他领你去机房拷源代码，当时我就在纳闷儿，公司都倒闭那么久了，你还要这个做什么。直到上周，我在网上看张克亮推出的一聊智能客服系统的beta版后，才知道，你竟然把 AI MAKE 卖给他了！"

"你冷静一下，Penry，你怎么肯定那就是 AI MAKE 啦。"

"废话！"彭剑朝他的脸上吐了口唾沫，"我一看网页上的源码就清楚了！那可是我一行一行敲出来的，每一个变量我都能倒背如流！你这个浑蛋，你今天必须给我个说法，否则我弄……"

他"弄死你"三个字还没说完，"王八杰森"就举起了枪："Penry，是谁给你的胆子，让你敢对着我的脸吐口水？"

冰冷的枪口顶住了他的额头，恐惧顺着金属的枪身传递到了彭剑的脑子里——他敢开枪吗？彭剑不确定，毕竟这种场景他只在电影中看到过。《无间道》中经典的天台对决，梁朝伟拿着枪对着刘德华。

刘德华说："给我个机会，我以前没得选择，现在我想做一个好人。"

梁朝伟说："好，跟法官说，看他让不让你做好人。"

刘德华说："那就是要我死。"

之后，"砰"的一声，他开枪了。

彭剑摸了摸脑门，惊出一身冷汗，还活着。

"哈哈哈，Penry，No bullets in this gun, you are a coward!（这枪没有子弹，你这个胆小鬼！）"他晃了晃手里的枪。

见这家伙仍在愚弄自己，彭剑的怒气又一次涌上心头，他刚要发作，却见"王八杰森"从裤兜里取出一只新弹匣。他冲彭剑笑笑，边笑边把弹匣换上。

"Penry，这次有子弹了哦。"他说着，又把枪口对准了彭剑。

又是"砰"的一声，子弹顺着彭剑的头皮擦过，射中他身后的靶心。

"九环。"电子播音器报出了成绩。

"哎呀呀，好可惜，差一点点。""王八杰森"有点儿遗憾。

而彭剑只觉得裆部一阵温热。

这份恐惧让彭剑生出了更多的愤怒，他抖了抖湿淋淋的裤子，丧失理智地掐住了"王八杰森"的脖子："竟然吓唬我！你这个浑蛋！你知不知道张克亮是个怎样的人？你知不知道他会拿着 AI MAKE 做什么？他会先用它填充了一聊的数据后再把它开源，到时候，全世界的公司都能免费地从网上下载到我们的源码，我们所有的心血都会付诸东流！白白让张克亮占了便宜，这对我们来讲是毁灭性的打击。你懂吗？我们连最后翻身的机会都没有了！"

"砰砰砰"，又是三枪——这次是朝天开的。

"Are you calm, Penry?（你冷静了吗?）""王八杰森"吹了吹枪管的热烟，"你怎么如此了解张克亮?"

"那是因为我……"彭剑刚要脱口而出，又想起了自己曾跟张克亮做过的交易，只好三缄其口，支支吾吾地没再吭声。

见他没有回答，"王八杰森"朝身后挥了挥手，两个服务员忙跑过来，一个帮他收起了枪，另一个给他抬了把椅子。"王八杰森"坐在了椅子上："Penry，我最近在学习中国古代的故事，矛和盾。Do you know the story?（你知道这个故事吧?）有个人讲他的矛很厉害，什么都能捅破，有个人说他的盾厉害，什么都能挡住。So，如果让你选，你是要矛，还是要盾?"见彭剑仍没有回答，"王八杰森"自问自答地说，"我要矛。"

"Penry，Do you know? AI MAKE是盾，在我们手上，只能用于defense（防守），它能帮我们defend天创科技的生意，但无法把这个盘子做大；而它，到了张克亮那里，配合他们上亿的用户，才能变成矛。So，我们必须扔掉这个盾，才能换来一根可以进攻的矛。只有这样，才能帮我们开疆拓土。"

"而且……""王八杰森"攥紧了拳头，低声地说了句，"我不能输掉跟Lorraine的这一局battle（决斗）。"

彭剑没有听到"王八杰森"最后补充的那句话，他只是苦笑着说："看来王总最近的中文学得不错啊，连'开疆拓土'这个成语都会用了。只是，你又凭什么相信，你用AI MAKE换来的筹码，就真靠得住?"

"你都知道?""王八杰森"倒是很意外，"看来，我真是look down upon（小看）你啦。"

"那当然。"彭剑得意了起来，仿佛自己已经扳回了一分，"我还知道很多你不知道的事情。"

"王八杰森"并不想跟他打哑谜，他从椅子上站起来，又拿起了枪，"Penry，你如果还想 redeem（翻身），那就要跟我合作。因为……"他举起了枪，望向远处，"我 grasp（掌握）了他的秘密，so，我就知道他会帮我。"

"砰"的又一声，他放空了一枪，纠正道："Sorry，Penry，不是帮我，而是——帮我们。"

他把枪放在了彭剑的手上，从背后环住了彭剑的腰，一只手托着彭剑的胳膊，另一只手抓着彭剑的手，聚精会神地教他怎么瞄准、开枪。

"难道，你就不想 kill（打败）莫飞吗？"

他勾了下彭剑的手，按动了扳机，又是"砰"的一声。

十环。

6

一个月后，一聊 SDK 正式推出了"一聊智能客服机器人系统"，并把它免费开放给所有的互联网企业使用：只要在他们的网站上注册了账号，就能收到一段 JS 代码，把这段代码粘贴到自己网站上，就可以轻松使用这套基于人工智能的客服应答系统。配合着一聊 SDK 亿万级的用户数据，这套系统迅速打通了互联网 80% 的网站，以摧枯拉朽的势头彻底击破了其他同类型产品的市场。

三个月后，一聊 SDK 在主板上市，发行价高达三十五元，首日即涨停到五十块四①。

上市当天，一聊 SDK 的 CEO 张克亮宣布，一聊 SDK 以及一聊的智能客服机器人系统全部开源，任何人都可以在网上轻而易举地下载到这套系统的源代码。

---

① 按照两市规则，2014 年 1 月起新股发行开闸后，新股首日股价最高涨幅为发行价的 44%，即最高价不超过发行价的 144%。

而这也代表着，彭剑和技术部众码农的心血功亏一篑，AI MAKE彻底失败，几年的工作成果只是给他人做了件上市的嫁衣。

同时，另一家新兴科技公司也吸引了部分媒体的眼球。虽然这家公司的团队背景并非多豪华，但一家从孵化器里走出的公司，能获得美国UST投资的约三千四百万人民币的A轮融资，这背后的故事，也着实让很多媒体大肆挖掘渲染了一番。

彭剑趴在电脑前看着屏幕上的那两张照片，一张是张克亮在出席上市敲钟仪式，一张是某媒体在介绍这家名为"新脑"的科技公司的创始人团队。

他盯着莫飞的脸，气得彻底砸碎了新买的显示器。

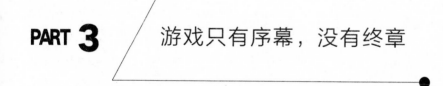

PART **3** 游戏只有序幕，没有终章

盗取一家公司最关键的核心机密，分几步？

1

电梯缓缓升了上去，"叮"的一声，到了。她走出电梯门，出去时又对着电梯玻璃照了下，早上的妆化得很成功，她很满意，看来今天又会是美好的一天。她踏门而出，高跟鞋在地板上摩擦出职场女性应有的脚步声，前台小姑娘一见她，忙跟她问好："何总好。"

她也笑笑："早上好。"

何小婉满意的不光是自己的妆，还有这间办公室——三百平方米的大开间，虽然并不是占了整层楼，但却刚好对着电梯的门，让自己有种"包了一栋楼"的错觉。不过想到这儿她又有点儿不高兴了，要不是莫飞百般阻拦，她就直接把这一整层租下了。

又有人跟她打招呼了："何总好！"她边笑着回应，边推开了门，走进了总经理室。坐下后，她环顾了下这间屋子，觉得它大归大，但总是缺了点儿什么，空荡荡的。她研究了下，应该是墙。对，就是这个墙，太白了，显得死气沉沉。她打开购物网站，随便浏览起来，刚翻了没几页，就被右下角的广告吸引住了，对啊，可以挂个大电视！

有了主意，她就打开门，冲外面喊道："莫飞，莫飞！快滚过来！"

"来了来了。"莫飞贱兮兮地一路小跑进来，"怎么了娘娘，这大清早的，您有什么吩咐？"

"喂，我问你，"何小婉指了指她的办公室，"你觉不觉得我屋子里还缺少点儿什么东西？"

莫飞看了看，沙发茶几办公桌，书架投影打印机，墙角还放着最新款的空气净化器，没发觉什么问题："不少什么呀，您这可都是最豪华的配置了，我们这帮坐外面的土包子可都没您这待遇。"

"你看看。"何小婉引导他看向那面白墙，"这儿是不是空了点儿？"

"哦。"莫飞恍然大悟，"您的意思是……在这上面挂一个您的高清写真照？"

"挂你妹啊。"何小婉朝莫飞的屁股踢了一脚，"快快快，给我弄台电视机挂上。"

"电视机？要电视机干吗，想看电视回家看去。"

"什么态度啊你？我说，你们几个是不是对我有意见啊？这么大的办公室，就把我一个人关进来。你们可倒好，全坐外面的格子间了。那格子间有什么好的，一个萝卜一个坑，跟猪圈似的，多憋屈啊。你看这里面多宽敞，不然你们也搬进来呗，要不我一个人太无聊了，只能整天看电视剧了。"

"我们乐意。"莫飞说，"你想想，咱们这么大个公司，总得有人管吧。我坐外面，左边是胡威，右边是何阳，这俩一个做营销，一个做开发，再加上我一个产品经理，这是什么？铁三角啊。"他把何小婉按在椅子上，太监似的给她捶背，"没事啊，太后，我们仨负责赚钱养家，您啊，负责貌美如花就行了。"

虽然嘴上这么说，但莫飞心里可不这么想。这个何小婉，整天吃饱了没事就作，动不动就瞎折腾，搞得大家不得安生。最近公司上下为了福通地产的项目，已经忙得焦头烂额了，自己实在没工夫再应付这么一个主儿，只能编点儿好听的话哄哄她了。

"貌美如花吗？"何小婉美滋滋地扬起了头，"莫飞，你这嘴巴是越来越甜了。这马屁我受了。"

"那这电视机……"

"哎呀，不要了不要了。"何小婉摆摆手，"你干活儿去吧。"

"小的遵旨。"莫飞一步当作两步地退出总经理室，刚走两步，又想起手中的文件，便又推门进来了，"对了，这个文件得你盖个章。"

"什么东西啊？"何小婉接过来，"《办公设备租赁协议清单》？这是干吗的？咱们不是买过电脑了吗，怎么还得租啊？"

"刚搬进来时是采购了一批电脑。"莫飞解释，"但你看，咱公司的人可越来越多了，每天都有新员工进来，这电脑时增时减，总去买新电脑，那成本太高了。最近有公司做办公设备租赁的业务，咱交点儿租金，租他们的电脑用，这有新人来了，咱们就多租一台，万一人走了，或者电脑用不上了，咱就把电脑还回去，设备的维护还不用咱们操心，既经济又省事，多好。"

"好什么啊。"何小婉又嫌弃起了他，"你说说，咱们三千四百万都到手了，你怎么还这么抠门儿！"

"总要精打细算的嘛，虽然 UST 给钱很痛快，可他对咱们的要求也很严苛。福通地产的合作发布会一个月后就要开了，这会上，咱可是要跟媒体演示咱们的系统，还得跟福通地产做进度汇报。这可是个大事，咱得把钱都花在人才招聘上，多给程序员们发点儿工资，加班的时候也多给点儿饭补。你说说，人家来咱公司上班图什么，不就图能多赚点儿钱嘛。咱多给他们发点儿钱，他们干起活儿来也有动力，这才叫把钱花在刀刃上。"

"行行行，总是你有理。"何小婉从保险柜里取出合同章，刚要盖下去，又想起了自己的笔记本，"对了。"她拍了拍它，"莫飞，你看看，我这机器是不是也得换了。这可是我自己的电脑，用好几年了，现在都开始掉漆了，还特别烫，你摸摸。"

莫飞摸了下，是有点儿烫："嗯，这个散热不行，估计是风扇老化了。"

"是吧是吧，快，也给我换一台。"何小婉说着，就又拿起了设备清单开始研究，"这个押金两万块钱的是什么电脑，这么贵！"

莫飞凑上去看了下："哦，这是工作站，渲染视频用的。"

"视频？"何小婉眼睛一亮，"快快快，就给我换台这个。"

"这是渲染视频用的工作站，不是看视频用的。"莫飞试图让她理解这二者的区别，"我跟你说啊，这个渲染视频就是……"

"我不管，我就要这个。"何小婉恢复了一贯不讲理的本色，"我何小婉做人的态度就是不求最好，只求最贵！"

"得得得。"莫飞认输，"你要喜欢，就把它勾上，正好咱公司还缺几台测试服务器，回头等你这工作站装好了，就让何阳把编译环境也搭在你这上面。你平时用它上上网看看视频，别关机就行，知道了吧？"

"知道了知道了，就你会过。"何小婉边说边盖下了章，然后把合同递给莫飞，"快滚吧快滚吧，这没你事了。"

"什么人啊，端起碗吃肉，放下碗骂娘。没良心！"莫飞嘟囔着回到了格子间，他一屁股坐在椅子上，拿着合同，又看了看何阳，"喂，老何，你觉得咱们还需要多少人？"

何阳沉思了下，说："咱们现在的人均工位是一米二，我算过了，除掉公摊和会议室及总经理室，剩下的区域大概满打满算能坐二百人，不过，那样可能就有点儿挤了，我觉得还需要十几个开发，其他部门可能也得增员。毕竟现在事情越来越多了。"

"你尽量把事情分出去，给下面的人做。"莫飞提醒何阳，"你就把精力放在核心算法上面就行了，别太辛苦。"

"嗯，我这两天打算把算法再优化下，毕竟智慧城市那个项目太大，算法过于集中可能会增加服务器负荷。我的初步想法是把算法拆分成两部分，一部分放在我电脑上，一部分放……"

见他又开始科普枯燥的程序架构原理，莫飞忙止住了他："没事没事，小婉刚要了台工作站，回头你把服务器环境布置到她那儿就行了。"说着，他又把手中的租赁清单拿给何阳，"喂，你看看，要不要也换台电脑？"

"我就不用了吧。"何阳说，"我还是习惯用笔记本，平时带着也方便。"

"没事没事，这上面也有笔记本。你那台苹果电脑太旧了，还不是视网膜屏幕的，又厚又笨。来，你看看，这有今年新款的 MacBook Pro，你选一个，工欲善其事，必先利其器嘛。"

何阳拿着看了看："怎么感觉都差不多呢，不然你帮我选吧？"

"行。"莫飞拿笔勾了下，"那就选这个最高配的吧。"

收起合同，他又看了看旁边空着的椅子："胡威呢，还没来？"

"嗯，早上就没见人。"

"奇了怪了，他以前可没来过这么晚。本还想也让他看看呢。"莫飞又自言自语，"算了，他就写写文章，估计也用不着换电脑。"

何阳没接话，站起来，收拾起东西："我一会儿要跟技术部开个会，看怎么拆算法合适。"

"行啊。"莫飞说，"对了，新招的那几个人你觉得怎样？"

"能用，挺好的。"

"那就行，每个人一个月两三万呢。这么高的工资，要是再不能干个活儿，咱们不就成冤大头了吗？"

想到这么昂贵的人力成本，以及每个月高昂的房租开支，莫飞的心头就又没出息地疼了起来。

"都是钱啊！"他感叹。

2

胡威上了地铁13号线后才发现自己坐错了，公司是在望京方向，但他要去的是西二旗，真是惯性使然，出了5号线后就直奔望京方向换乘了，全然忘记跟那人约好的地点。想来，今儿早上也够倒霉的，先是出门后发觉忘带了公交卡，取了公交卡后又把手机落家里了。最近这记性真是差到家了，这人是不是只要一到三十岁脑子就不好使了？真要命。不光这记性，他的手也不得劲儿，一路上都在抖——他暗自寻思着，这不会是帕金森综合征吧？

出了地铁，胡威终于走到了上地七街。以前，莫飞在这儿办公的时候他也常来，那时没觉得有这么远啊，怎么今天这一路脚沉得就跟灌了铅一样？

穿过一片繁华的办公区，看见了一幢熟悉的高楼，他走进去，上了三楼，楼梯口正对着一个背景墙，上面写着：天创科技。

他四下观察了一番，没发现有摄像头或者窃听器一类的装置，于是，他试着推了下门，果真没锁。他摸了下前台的柜子，窗明几净，没有一点儿灰，想来是有人在每天打扫。他又往里走了走，办公区空荡荡的。这地儿看样子得有五百平方米吧，比莫飞在时要大得多了。这么大面积的楼，这么好的地段，一个月房租不得十几万？花钱养这么一个空落落的地儿，也就他这不差钱的主儿才能干得出来。

他走到CEO办公室前，敲了敲门。

没人回应，他又敲了敲，忽然，感觉里面有人从猫眼上探头看了一下。

门开了。

他看见了他，他也看见了他，二人有点儿尴尬。

虽然曾见过几次，但没怎么对过话，顶多就是互相打个招呼罢了。而现在，他们面面相觑地看着对方，连一个虚情假意的招呼都打不出来了。

一个是莫飞曾经的朋友，现在的创业合伙人；一个是莫飞曾经的创业合伙人，现在的死对头。这种尴尬又混乱的身份，让他们都不知说点儿什么好。

"进……进来吧。"僵持了一会儿，彭剑先开了口。

"好，谢谢。"胡威点点头，他走进去，坐在了沙发上。对面是"王八杰森"，倚靠在办公桌边，在专心致志地剥几颗荔枝，他拿出一颗递给胡威，胡威忙起身去接，王杰森笑笑："怎么来这么晚？"

"对不起，早上有点儿事情耽误了。"他忙道歉。

"有事？什么事？"彭剑警觉了起来，"是新脑的事情，还是天创科技的事？"

"不不不，你们放心。"他又解释，"没有人知道我来这里。我发誓，一会儿你们安排我做的事情，只有咱们三个知道。"

"安排你做的事？""王八杰森"笑笑，"你知道我们叫你来是什么事？"

"猜得到。"胡威把荔枝塞进嘴里，连核一起咽了下去，"毕竟，除了这件事外……"他苦笑道，"我对你们难道还有别的用处？"

"看来你是明白人。"彭剑看向"王八杰森"，"不过，我还真不知能不能信任你。"

见他不信任自己，胡威只好说："不管能不能信任我，你们现在能依赖的也只有我了，不是吗？"

"依赖你？"彭剑终于没忍住自己对他多年以来的不屑，"你就一写假新闻的小报记者，有什么可依赖的？"

"我写的新闻再假，也比你做人要真。"胡威也回嘴道。

"行啦行啦，Stop！""王八杰森"说，"告诉我，胡威，你确定，你知道algorithm在哪里？"

"当然了。"他点点头，"何阳曾经给我演示过。"

"他演示的是什么？后台还是源代码？"彭剑追问。

"当然是源代码文件和程序结构了。"胡威纳闷儿，"后台有什么好演示的？你们肯定也见过了。"

"不可能。"彭剑断言，"他为什么会向你一个门外汉演示核心算法的源码？"

"这有什么不可能的。你自己也是写代码的，你应该清楚，你们这帮程序员，见人就想显摆技术，拉过来就给看源代码，张嘴就是程序设计逻辑和系统运行原理，也不管对方到底关不关心，瞧不瞧得懂。那次，我们几个人吃饭——哦，在那之前，莫飞曾经找我借了二十万，为了给新脑买服务器，在还钱当天，他向我解释新脑的神奇之处，我不信，他就让何阳演示给我看。那个木头瓜子，一听到有人对系统有兴趣，立刻就打开源代码要给我解释。我听了半天，没听懂，但那些文件的结构我可记下了，毕竟我是专业记者，天生就有过目不忘的本事。"

"你确定能找到那些代码？""王八杰森"有点儿犹豫，"万一他modify（修改）了文件结构呢？"

"那应该不会。"彭剑说，"程序代码可能会变，但如此复杂的系统，大结构改起来太麻烦了，会涉及很多地方，应该不会改。"

"So，Penry，如果胡威把algorithm给到你，你能使它跑起来吗？""王八杰森"说出了最关心的问题。

"这可说不好。"彭剑解释，"不同的编程语言，编译环境也不一样，这得研究下看看。但我觉得问题不大，虽然……虽然我可能写不出那么精妙的程序，但把它部署在服务器上，肯定没什么问题。随便从世面上找个运维工程师，研究一阵子，应该都可以。"

"No。"他提醒彭剑，"这事情只能我们三个人知道，Tell me, can you do it?（告诉我，你能做到吗？）"

"可以。"彭剑只好打保票。

显然"王八杰森"并不太敢相信彭剑的承诺，他叹口气，对胡威说："你继续讲。"

"没什么好讲的了。"胡威摊摊手，"我见过核心算法，我保证把它偷给你们，你们验证无误后……"

"你放心。""王八杰森"打断他，"algorithm 验证后，我就把你要的东西给你。"

"什么东西？"彭剑好奇。

"Penry，你不需要知道你不应该知道的事情。""王八杰森"责怪他，"Talk about your plan。（说你的计划吧。）"

自己吃了瘪，彭剑虽很不爽，但也只能忍着，他看向胡威："接下来，我说的这些方法会麻烦，但也很关键，你要记好。"

"好。"胡威说着，职业性地拿出纸笔，打算记下来。

"不。"彭剑拿走了胡威的纸笔，"你不能记，而且，你还要把你兜里的东西全掏出来。这些事情，只能记在你的脑子里。"

胡威只好站起来，把兜里的手机、钱包、公交卡一股脑儿地掏了出来。

"没有录音。"胡威指着手机说，语毕，他又无奈地笑笑，"用搜身吗？"

"王八杰森"不耐烦地挥挥手："别废话了，Penry，开始吧。"

3

"第一步，也是最关键的一步。"彭剑说，"你要先断掉你们公司的外网，一定要记得，只是断外网，不能整个把内网和外网都停掉。"

"外网是什么？"他问。

"连这么基础的概念都不知道？"彭剑无奈，"外网就是你们公司跟互联网的连接。而内网，就是你们公司内部的局域网连接。"

"不就是互联网和局域网嘛，你这么讲，我就明白了。"他说，"为什么要断外网，不如干脆把整个网络链接都给它切断？"

"当然不可以。你如果把整个网络都关掉，那你就进不去新脑的测试后台了。"彭剑问，"你在公司登过吧？就是你们内部的后台，给技术人员开发用的那个测试网站。"

"就是何阳说的内部测试站点吧？"他回忆了下，"登过，经常登录，因为我要对着网站的功能模块写软件说明书。"

"就是那个。之所以这么做，就是要判断核心算法的源程序是在外网还是在内网里。"彭剑解释，"如果程序部署在外网，那么当你切掉外网后，那测试后台的抓取功能肯定也就没法正常运行了。"

"我明白了。"他说，"我断掉了外网，也就是断掉了跟互联网的连接，如果我还能正常使用新脑，就说明抓取的算法在公司内部的电脑里。"

"对。"彭剑说，"一般的项目开发都会把测试服务器放在公司，利于调试，所以这一步不光是为了做排除，还是为了切断你们公司防火墙跟外网的连接，因为，接下来我会给你电脑里装一个软件，我怕这个软件会被外网的防火墙拦截。"

"什么软件？"他问。

"稍后我会告诉你。"彭剑说，"继续讲这台测试服务器。通常情况下，公司的内部服务器都是锁在机柜里的，所以，最简单的方法就是撬开机柜，把它偷出来。"

"偷出来？！"他怒道，"那不可能，机柜上面有摄像头！"

"对，不可能真让你偷。"彭剑笑笑，"如果连我们都能猜出来算法在机柜里，莫飞能不知道吗？况且，就算有摄像头，也只能亡羊补牢地抓住偷算法的贼，却不能保证它万无一失，绝不泄露，毕竟……等靠着摄像头抓到了贼，他可能早就已经把算法文件拷贝到其他地方了。"

"那你的意思是？"

"根据我对莫飞的了解，他极有可能把核心算法隐藏到公司的任何一台电脑中，也就是说，你公司的任何一台电脑，都有可能是新脑的算法服务器。"

"任何一台？"他惊了，"那我怎么找？公司现在大概有五十多台电脑，我一台一台翻，得找到哪年去？"

"不用担心。"彭剑打开他的电脑，点开一个软件，"这就是我要给你装的软件，它是我专门为你开发的一个抓包工具①，你把这个工具在你电脑里运行后，再点击新脑系统的抓取按钮。当按下按钮时，抓包工具就会检测你的电脑对算法服务器的请求，并显示出那台服务器的IP地址，而如果算法服务器开着，那你的检测请求就会通过。"

"我懂你的意思了。"他看着屏幕说，"我如果把算法服务器关了，那你这个抓包工具就抓不到数据了，对吧？而如果它抓不到数据，就说明我刚刚关的那台电脑，就是内网的算法服务器。"

"基本上是这个意思……"

"没这个必要啊。"他忙说道，"你想，我如果关掉了算法服务器，那新脑的后台肯定就没法正常运行了，所以我只用看网站能不能正常运行就成了，没必要

---

① 任何一台电脑只要连接了互联网，电脑都会在上网过程中同服务器进行数据传输的操作，而抓包工具可以在传输的过程中对传输的数据进行截获、重发、编辑、转存等操作。例如，某台电脑客户端登录QQ，当点击登录按钮时，客户端就会同QQ的服务器进行连接，传输数据包到服务器中。当服务器验证了此数据包所携带的用户名密码正确后，便会返回一个"确认登录"的数据包到客户端中，客户端接收了此数据包，才能完成登录，而抓包工具，便可以在此过程中抓取到双方交换的数据包。

用你这个软件。"

"不。"彭剑说，"你还是要考虑到机柜的存在。假如机柜内锁着的那台确实也是算法服务器，那么当你关掉了机柜外面的服务器，网站很有可能依然跑得通——因为系统会自动去寻找下一个节点的备份服务器。"

"要我呢？你刚还说机柜里不可能有算法服务器！"

"你冷静点儿，我也只是猜测，毕竟谁也说不准到底有没有。"说着，彭剑又敲了敲屏幕，"听我说，你要把握好关电脑的时机，那台电脑必须是在这个软件监控流量的同时被关闭，这样，你才能截取到被中断的流量包。你看，这个抓包工具有好几个进度条，每个进度条上都写着一个主机地址，当你发现一个进度条断掉，而另外一个进度条反而动了的时候，就说明程序本来连接的那台服务器被断掉了，而新脑自动去寻找下一个节点的算法服务器了。"

"太复杂了！"他感叹，"怎么这么麻烦？"

"没你想的那么复杂。"彭剑说，"你听我讲，你根本就不需要管机柜里的那台服务器，我这个工具就是用来帮你定位算法服务器的。你在每次抓包的时候，只要看到进度条开始动，你就关一台电脑，把它彻底关掉后，你就盯着上面的这根进度条，这是你的电脑在跟新脑的算法服务器进行连接，如果它通了，就说明不是这台电脑，而如果它不通，则说明你的电脑跟算法服务器连接失败，而为什么失败了，就是因为你刚刚把它关掉了，所以，被关掉的那台电脑，它就是新脑的算法服务器。"

"哦……我这次是彻底搞明白了。"他说，"要是机柜里的是备份服务器，我如果不用这个工具，只是看网站能不能运行，那么无论我关多少台电脑，网站一样可能还会运行，因为，有可能会存在多个算法服务器。而你这个工具，就是告诉我数据到底是经过哪台服务器而传输的，对吧？"

"对。你终于明白了，所以，我开发的这个软件对你来说至关重要。"彭剑得意，"如果你找到了服务器，那接下来，你就要凭你的记忆去找到算法的源文件。"说着，彭剑从兜里掏出一个东西，递给他，"你找到后，把算法的代码文件拷进这个U盘里，回头带给我就行了。"

"这是个U盘？"他问，"这么小，跟个鼠标接收器一样。为什么非得用你的，用我的不好吗？还保险。"

"不，流程越多，bug越多。况且，你别小看了这个小东西。"彭剑说，"这U盘里带一个键盘记录器。你拷贝后别急着拔，把它偷偷插在上面，再运行一天。因为，我们不光要拿到核心算法的源代码，还要知道它是怎么运行的，以及它的部署环境和启动流程。有了这些信息，才可以帮我们更好地解读这些源代码。"说着，彭剑提醒他看，"你仔细观察，这个U盘后面有个小开关。"

他看去，在侧面确实有个不易察觉的微型开关。

"这个开关，你扳到上面是U盘模式，扳到下面是键盘记录器状态。而在键盘记录器的状态下，电脑里是不会显示可移动磁盘标志的。你偷偷地把它插在主机后面，并启动键盘记录模式，谅谁也不会发现。明白了吗？就是先扳到上面，把核心算法拷进去，别拔掉，再扳到下面，让这个U盘挂着运行一天，记录下那台电脑的键盘动作。回头你再随便找个机会把它拔下来给我，只有你做到了这几点，才能算是成功。"最后，彭剑又不忘记叮嘱他，"我今天跟你说的方法，经过了我缜密的思考，并进行了详细的模拟推演，尽可能做到了万无一失。你一定要仔细记好，严格按照我的方法来，咱们争取做到一次成功。"

"你这人……"胡威笑笑，"应该去当间谍，写代码可惜了。"说着，他又开始端详起手中的这个小东西，"你确定这玩意儿，管用吗？"

"我当然确定。"彭剑也笑了起来，"因为，我曾经就用它——扳倒了莫飞。"

10.0.5.1和10.0.5.93，哪一台是服务器？

1

几天后，物流公司的人搬着一箱箱电脑主机，从货梯里鱼贯而出，把它们堆在了新脑的办公室里。何小婉一看见这些机器，就兴奋地拽着莫飞："快快快，快告诉我，哪台是我的新电脑？"

莫飞围着箱子看了看，指着其中最大的那台："应该是这个，看起来够沉的。"他拿着手里的配置单念道，"两个英特尔E5v4的至强处理器，共计44核88线程，512GB DDR4的内存，2TB的SSD，外加112TB双通道的超级盘，双塔式主机，呵……光电源就1700瓦，重量达三十五公斤……①押金四十九万……"看到这么高的押金，他又心疼起了钱，"姐姐，这哪是台电脑，分明就是给你组装了架变形金刚啊。"

"瞧你那点儿出息，快快快，快去给我把新电脑换上。"

"可你要这机器干什么用呢？就看视频？这是在用大炮打蚊子！"

"那我不管，租的时候你怎么不说啊！"

"当时……"莫飞想想，是啊，那天忙什么去了，怎么把这个漏了，他无奈，只能编着话好言相劝，"姐姐，还是把它退了吧，回头我弄台苹果笔记本给你，又轻又薄，比这个好。"

"你少来。"何小婉不愿意了，"人把机器都扛来了，你跟我掰扯这些还有什

---

① UltraLAB GX480P/GX610P 图灵计算工作站，专门用于4K影视后期剪辑、特效合成、渲染、调色以及海量数据的深度学习应用。

么意义？"

"就是。"物流公司的人把货运单掏了出来，"这东西可算给您送到了，太沉了。"他擦了把汗，"运费到付，你俩谁把字签一下？"

没待莫飞开口，何小婉就三下五除二地签字付账："走吧走吧，辛苦你们啦。记得下次把发票给我们带过来呀。"

看着搬运工离去的背影，莫飞只得咬咬牙跺跺脚，如个苦力一样地把这大箱子扛进了总经理室，心不甘情不愿地装了起来。这时，胡威正好走进公司，他看着乱糟糟的屋子，大声问："这什么情况啊？咱们要搬家？"

"搬什么家啊！"莫飞的声音从总经理室传出来，"这都是刚从租赁公司运来的新电脑。"

胡威好奇地走了进来，正好看见何小婉的那台"变形金刚"，他惊道："这机器怎么这么大？"

"这种啊，叫大双塔机箱，工作站专用，还能改水冷散热。"莫飞边装着机器边解释，"你要不要也来一台？"

"不了不了。"胡威忙拒绝，"这东西看起来太沉了，简直是个'巨无霸'。"他又举起了手中的电脑包，"我还是用笔记本就好，小巧便携，功能也够用。"

观察了一会儿，他又问："这玩意儿挺贵的吧？"

莫飞想了下那个令人肉疼的数字，自我安慰道："没事，回头让何阳给这机器里部署个服务器运行环境。反正这'巨无霸'放着也是放着，不如让它发挥发挥余热。"

"我就知道你没那么好心！"何小婉说着，又要去踹莫飞的屁股。

莫飞忙捂着屁股躲开："姐姐，您用这电脑无非就是看个电影、报个税什么的。你说说，你这叫什么，你这就叫暴殄天物。"说着，他又指了指何小婉的脖子，"看看您这大金链子，丑死了，怎么活得越来越像暴发户了？"

"我乐意!"何小婉说着又要去踢他。

围观了一会儿二人的打情骂俏,胡威叹了口气,回到工位上,开始思考昨天彭剑交代给自己的事。

2

断网线,断网线,网线在哪儿来着,胡威暗自打算着。公司用的是企业专线,那就应该接在机柜里,毕竟那里面放着路由器和交换机。不行,坚决不能去碰机柜,这是底线,机柜里有太多他搞不清楚的电子设备,稍有不慎就会造成设备损坏,更重要的是,那上面还有摄像头二十四小时监控着。

说到摄像头……他抬头望向天花板,公司里有四个摄像头,一个在机柜,一个在会议室,一个在总经理室,另一个在开放办公区,就自己脑袋后面。网线什么的倒好说,实在不行找把剪刀从外面剪了,但这摄像头怎么搞得定?总不能拆了它吧?不可能。除非从根儿上给它断电,否则,只要一靠近,就会被它拍到。

胡威决定先想办法搞定网线。他看了看旁边的何阳,装作若无其事的样子问:"老何,你知道咱们公司的专线一年多少钱吗?"

"一个月两千吧,带五个固定IP,怎么了?"

"两千?一个月?"他做出惊讶的表情,"这么贵啊!多少兆的?"

"这我倒记不得了。不过路由器有测速功能,你等我点开测一测就知道了。"说着,何阳打开电脑,"路由器地址是……哦……用户名密码……"他自说自话地敲着键盘,"测出来了,你看,20M。"

"好好好,谢谢了,一个月两千,20M。我回头给朋友说下,他们公司最近打算换宽带。"胡威敷衍地答着,悄悄在心里背下了账户密码。

这时,莫飞从何小婉的办公室里出来,他朝他们挥挥手:"老何,开会了,开会了。"

"好，这就去。"何阳站了起来，"你去吗？"他问胡威。

"你们开产品碰头会，我就不去了。"他指指自己的屏幕，"我这儿还有好几十页的软件说明书要写呢。"

何阳看了眼胡威屏幕上密密麻麻的枯燥文字："唉，让你这么一个大记者写这种东西……"他同情地拍拍胡威的肩膀，"行吧，回头我把会议纪要用邮件汇总给你。"

胡威点点头，继续思考。

路由器密码有了，接下来，还得找到电闸在哪儿。他琢磨着，虽然彭剑那家伙没说，但假如自己真把全公司的电脑关过一遍，那第二天员工上班后，肯定就会发现自己的电脑被人动过手脚了。所以，最后一定要再拉次电闸，把所有电源都切断，造成全公司设备断电，统一非正常关机的假象。

不过……他又为难了起来，这间办公室是小婉和莫飞找的，自己也没见过户型图，平时也没太注意观察，这电闸在哪儿，还真不是很好找。于是，他假装找东西，围着公司转悠了起来。他走着走着，忽然，脚下不小心踩到了个什么东西。他低头看去，竟是包喝剩下的袋装酸奶。他用脚轻轻压了压，满满当当的，谁把酸奶扔在这儿的？这要是洒在地毯上，肯定很难清理干净。

他刚准备弯腰去捡，却看到了桌下的固定插座。对了，地线。记得物理老师讲过，水是导体，插座进水后就会将火线与地线连成通路，进而造成短路。他站起来，四下望了望。莫飞他们正在给码农开会，何小婉的办公室门关得很严，几个运营部的小孩围在一起讨论方案，看来没人注意到自己。

他把那包酸奶往里踢了踢，然后一脚踩下去，白色的奶液从袋口喷涌而出，溅到了插座里。

噼啪一下，灯，灭了。

"怎么回事?"有个女孩拍了拍显示器,"怎么关机了?"

"你的呢?"她问问旁人,"也关机了!是不是停电了?"

"是啊,怎么回事?我方案刚写了一半,还没保存呢!"另一个男孩也嘟囔了起来。

胡威趁乱回到自己工位上,他打开笔记本电脑,怎么还亮着?是笔记本在用电池待机。他把电池抠下来,电脑"嗡"的一声就关机了。他藏起电池,也装模作样地叫了起来:"怎么回事,忽然就关机了!"

"胡总,您的电脑是不是也断电了?"一个小职员听见了,忙跑过来问。

"是啊,这刚写了一半的说明书,还没保存哪!"他指着漆黑的屏幕,一副心痛的模样。他又盯着会议室,等莫飞出来拉电闸,谁知,那里面依然灯火通明,莫飞正在因为什么事而和几个程序员吵得不可开交,丝毫没有受到外面的影响。

奇怪,为什么他们的办公室还有电?

有个员工四下看了看,正打算去敲会议室的门。这时,何小婉从总经理室探出脑袋:"怎么了,这么吵?你们在干吗?"

"何总,公司断电了。"一个女孩说。

"没有啊。"何小婉看看自己的办公室,"我这边好好的啊。"想了下,她又说,"哦,可能是办公区的电闸落了。"

另一个忙说:"何总,我还有个方案需要出,还挺着急,不然您找莫总来修一下?"

"找他干吗,他又不是水电工。"何小婉说着叉起了腰,"况且,这东西我都能修。"

说完,她走到前台,摘下一副装饰画,露出一台配电箱。她打开盖子,又露出数个密密麻麻的电闸。她指着其中一个落下的说:"你们看,确实是跳闸了。"

她把电闸往上推,结果又落了下来:"真奇怪,明明以前是可以推上去的。"

"何总，您说这电闸是不是坏了？"前台的女孩问。

"有可能。"何小婉说，"不然，我把其他的电闸推下来，再推上去看看。"

说着，她就伸手要去推，胡威忙拦住她："别冲动，小婉，你清楚这些哪个是哪个吗你就推，万一把其他办公室的电也停了可怎么办？"

"这有什么不清楚的，威哥，你这就又看不起我了。"何小婉指着配电箱说，"你看，左边第一个是我办公室的，第二个是会议室的，这个是办公区的，这个是机柜的，这个是监控的。嘿嘿，这房子的装修可是我一个人前前后后盯完的，里里外外我都清楚着呢。"说着，她摸了摸下巴，"唔，那就关监控的吧，反正这个对其他人没影响。"

她把倒数第三个闸拉了下来，胡威抬头看看，果真，摄像头的工作指示灯灭了。

她又推上去，亮了。

"奇怪，这闸是没问题的。"她说，"看来就是办公区短路了，这我就修不好了，看来得给物业打电话了。"她又一拍脑门，"糟了糟了，物业电话是多少？"她钻进办公室找了起来，没两分钟，她又从里面跑了出来，她拽起胡威的胳膊，"威哥，你快帮我看着莫飞啊，别让他出来。不然他一会儿看见外面这么乱，肯定又得骂我后勤工作没做好了。"

"好好好，没事，你慢慢找吧，外面的人我来帮你看着。"

他边说，边默默地记下了电闸的位置。

3

天已经黑得透彻了，胡威打了个哈欠，又抱怨了起来："这该死的破软件说明书，都快把我写吐了，早知道真让自己干这个，就不答应他一起创业了。做个记者多好啊，可以写有意思的文章，还有外快赚。让我做这个，真是千里马拉犁耙，大材小用。"

他看了看表，到时间了，终于可以去打卡了，好歹这糟心的日子就快结束了。

这个莫飞，自从那天跟程序员们吵完架后，就跟何阳一起带着码农在公司加班，一干就到半夜一两点。有几次，甚至就睡在了公司。他们不走，自己便也不好动手。只能陪他们一起干耗着。刚开始他还等一等他们，看他们几点走。后来，他索性也不等了，只保证自己每天在晚上九点半左右打卡下班。

今天下午，莫飞跟何阳开完最后一次的项目进度会议后，终于满意地验收了工作，发了最后一版测试，并提早让众人下班，他也早早地回去休息了。

几个运营部的人看老板都走了，便也收拾东西离去。胡威看看表，才六点不到，他没想到这帮人竟撤得这么早。看着众人一个个地离开公司，他却依然勤勤恳恳地对着电脑装模作样，一直熬到了晚上九点半。

他收拾起电脑，关上了公司所有的灯，背起包离开了公司。

走时，他特意在摄像头下稍作了停留，以便让它记录下自己离开的身影。他到门外，打了下班卡，却又低着身子从门缝里闪了回来。他把大门虚掩着，弓着腰从前台的一侧钻到桌下面的缝隙里，蜗牛一样地蜷缩成团——他之前观察过，这里是公共办公区的摄像头死角，窝在这个位置，哪个摄像头都拍不到他。

他就着月光在前台下面沉沉地睡去。半夜，他被手机振醒，爬起来看了看表，深夜三点了。他没有开灯，只是在夜色中启动手机秒表程序，开始计时。

在漆黑的办公室里，他迅速拿掉了墙上的装饰画，打开配电箱，扳下了倒数第三个电闸，他看了下头顶，监控的指示灯灭了。他打开手电筒，迅速地踩在桌子上，用一个黑色的粗麻袋套住了摄像头。

之后，他又跑回来，把电闸推回去。

他看了看表：四十五秒。

他之前做过调查，摄像头之所以能在夜间工作，完全是因为外面的一圈红外传感器，他本想买一个红外干扰仪，破坏摄像头的工作。但研究了几天，发现这玩意儿的频率、载波、功率等术语完全不是自己这种文科生能搞明白的。

后来，他索性想了一个最简单的办法：把它套住。

这个法子虽然土，但是奏效，毕竟莫飞买的这款摄像头是最便宜的型号——没办法，这家伙向来小气——这种摄像头的红外传感器灵敏度很低，夜视能力弱，自己再把它彻底遮住，虽说摄像头仍在工作，但在监视器里看起来，定是漆黑一片。

行了，他用手在裤子上蹭了蹭灰，接下来去解决网线吧。他打开了自己的笔记本电脑，凭着记忆，输入了何阳的路由器账户密码，登录到路由器后台，他并没急着断网，而是先找到了路由器的日志选项，点下了"清除路由器日志"的按钮，并设置了"不再记录路由器操作日志"的选项。

之后，他才放心地断掉了路由器的外网拨号连接。

幸好自己提前买过一台一模一样的机器在家做过测试，才发现这企业级路由器竟能够记录操作，任何人对路由器的一举一动都会被完整地记录到操作日志里。而如果没有清除掉日志，莫飞只要一查，就会发现有人在半夜三点断掉了公司的外网连接，那就太可疑了。

他输入一个网址，电脑提示网络连接错误，看来，确实是把外网断掉了。

接下来，就是进入新脑测试后台。测试地址是多少来着？他看看收藏夹，哦，http://newbrain.dev。

进来了，抓一下测试数据看看——他点了采集按钮，果真，还能使用这个后台。

他看了眼彭剑给自己的抓包工具，上面显示这次操作浏览器共请求了两个IP

地址：

　　10.0.5.1

　　10.0.5.93

　　两个IP？为什么会同时有两个IP？难道真的存在多台服务器的可能？不对，彭剑之前说的多台服务器指的是备份节点，是当一台服务器断掉后，才会出现另一台服务器，也就是说，抓包软件里同一时间只会显示一个IP地址——那为什么现在会同时出现两个IP？

　　没想到，自己还没正式开始测试，事情就已经如此棘手。他胡思乱想了半天，手心都急出了汗，最后无奈，只得拨通了彭剑的电话。

　　电话响一声就通了，显然，彭剑也没睡。

　　"干什么，这大半夜的？"他怒道。

　　"我这不是正在测这些破电脑嘛。"胡威小声说，"我问你，你这软件不对啊，我打开了第一台电脑，就出现了两个IP地址，是同时。"

　　"同时？"彭剑愣了，"哪两个？"

　　"一个是10.0.5.1，一个是10.0.5.93。"

　　彭剑在电话那头思考一会儿，说："有可能一台是网站服务器，一台是算法服务器。你观察下，这两个IP地址肯定是先后连接的，如果我没猜错的话，应该是先连的10.0.5.1这一台——那应该是测试网站的服务器，当你进入测试网站后，你又点击了抓取按钮，对吧？当你点了抓取按钮，10.0.5.1这台服务器就又去连接10.0.5.93，通过它采集数据——所以，新脑的抓取算法应该就在尾号为93的这台电脑上。"

　　"这么简单？"胡威欣喜，"那我直接找到93这台电脑不就得了。"

"原理是这样，可你怎么找？有的系统命令确实是可以测出来，但大部分的电脑可能都有密码锁定，你不一定进得去。听我的，别想走什么捷径了，就用关电源这种原始的法子，尽量别动那些电脑，鬼知道他们在里面都装着什么软件，别一不小心在里面留下了操作痕迹。"

没待胡威说话，他又说："行了，就这样吧，没事别给我打电话了，小心你公司有录音设备。"说完，就挂了电话。

录音设备？胡威看了看身后，公司里万籁俱寂，一片漆黑，只有几台显示器的指示灯悠悠地亮着——应该不可能，莫飞不会鸡贼到这种程度。

算了，继续测试吧。

他坐到第一排的工位前，晃了晃鼠标，显示器亮了，屏幕上是系统锁定界面，果真有密码。他打开了自己电脑上的抓包程序，开始检测流量。同时，他又长按了那台电脑的电源键，把它强制关了机。

进度条依然在动，抓包程序还在连那两台IP尾号为1和93的服务器。

看来不是这个。好吧，再换一台。

他又坐到了下一台电脑前，也是没关机——"这帮人，下了班怎么都不关机？就不知道为公司省点儿电吗？"他抱怨了句，又测了起来。

依然不是。

无奈，他只好继续再换，连续关了几台之后，他走到运营部的工位前，晃了晃鼠标，没亮。他看了看电源按钮，灭的。看来运营部的这帮小姑娘倒是很规矩，知道下班后关电脑为公司省电。

他正要去按电源按钮开机，手刚放在电源按钮上，他就又止住了。

——电脑如果关机了，就说明算法服务器不在它上面。只测开着的电脑就行了。

想着，胡威又晃了晃下一台电脑的鼠标，竟然也开着，依然有密码。这帮人没事设置什么密码啊，密码会是什么？胡威试了几次，都不对。

接二连三地试了几十台电脑后，他懊恼地发现，新脑还可以运行。

见鬼了，他有点儿不耐烦，那两台该死的服务器到底会在哪儿？

有可能在机柜，10.0.5.1这个序号的IP应该就是机柜里的服务器。可是，有什么办法，能让他神不知鬼不觉地进到机柜里去偷东西呢？

他边想着，边走到下一台电脑跟前，这是莫飞的电脑。确实没关，密码会是什么，莫飞的生日吧？

890801，他敲着，果真进来了。他边长按电源按钮，边抓包。

竟然还能通！

算法不在莫飞电脑里。排除了最可疑的人之后，还剩下……

他看向旁边何阳的笔记本，敲了敲键盘，屏幕亮了，也没关。可是，苹果笔记本怎么强制关机？按哪个？自己虽然曾经用过，但都是合上盖子就走，还真不知道怎么关。

怎么办？问谁呢？他想着想着，慌乱之中竟拿起手机，又给彭剑打了电话。

"你疯了吗？怎么还打？"

"这不是没办法了嘛！"胡威说，"我已经试到最后几台电脑了。但现在有个事得问你，苹果笔记本怎么强制关机？"

"你白痴啊，不会上网查吗？"

"没网啊！"胡威解释，"我不是把公司的外网给断掉了吗？"

"用手机流量上网不就行了？"彭剑彻底被胡威的智商所折服。

"哦，对啊！"胡威恍然大悟，"我怎么把这个给忘了？那我挂了。"

"算了算了。"彭剑说，"你看到苹果笔记本右上角的按钮了吗？有个圆形图标，长按它就行。一直按着，等屏幕黑了就行。"

"好。"胡威说着，伸手就要去关。

"你一定记得，关完测试后还要再把它打开。"彭剑提醒。

"为什么？"胡威不解。

"废话，那是笔记本，里面有电池的！"

胡威又一次顿悟：是啊，就跟自己的笔记本一样，它们是有电池的，关机测试完后，应再把它打开，否则第二天何阳上班后发现电池里还有余电，但笔记本却关机了，那就太蹊跷了。应该让它自己把电耗完，这样才正常。

胡威感叹，幸好给彭剑打电话了，不然，自己还真就露出马脚了。

这天晚上胡威的智商完全就不在线上。不过说到马脚……他看向手机，赶紧删除了跟彭剑的所有通话记录。不不不，存都不能存，万一回头莫飞看到他手机上有彭剑的联系方式，难免他不会起疑心。想着，胡威干脆又删除了彭剑的通讯方式。

几分钟后，他沮丧地打开了何阳的笔记本，让它空耗起了电。

——也不是它。

自己已经把办公区的所有电脑都测完了，依然找不到10.0.5.1和10.0.5.93这两台服务器，它们还会在哪儿呢？他四下望了望……

总经理室？

对，何小婉的总经理室还有台电脑——他忽然想到，前阵子莫飞在给她装那台"巨无霸"的时候还说过，计划让何阳在上面部署一份服务器环境。

他走近总经理办公室，转了下把手，锁着，进不去。

撬锁？——不行，撬锁肯定会露馅儿，何况他也没这技术。

他看着机柜又焦躁了起来。

他开始想办法。虽说机柜绝对不能进，可是……何小婉办公室……应该能进去吧？其实想想也简单，回头随便找个由头跟何小婉聊聊天，趁机看看她的电脑就行了。

他脑海里又浮现出何小婉没心没肺的样子——搞定她，问题不大。

想着，他看了下表，快四点了。

今天就到这儿吧。他想，虽说没有拿到算法，但也不能说是一无所获，毕竟他测出了两个IP地址，而这两个地址，分别对应着机柜和何小婉的电脑。

他边整理着思路，边走到门口，刚打算出门，忽然停住了脚步。

差点儿就把这最关键的一步忘记了！

他看向电闸，这里有一排电闸，其中一个大闸，几个小闸。他回忆着，大闸肯定是总闸，一拉就全部关掉了。何小婉说过这些小闸，一个是公共办公区，一个是会议室，一个是总经理室，最后一个……对了，最后一个就是机柜。

现在，还能运行的两台电脑，一台是10.0.5.1，一台是10.0.5.93，彭剑说从连接的先后顺序看起，尾号为1的那台是测试站的服务器，而93才是真正的算法服务器。那么，如果他把机柜的电闸拉下，这样就关闭了机柜里的那台电脑，然后再看看哪个IP地址还在工作，不就能确定算法服务器的位置了吗？

他拉了下机柜的电闸，再打开新脑的后台，却发现——整个网站都打不开了。

——什么情况，为什么打不开了？

假如，机柜里面锁着的是算法服务器，那么即使算法服务器被关掉，网站的其他功能应该也不受影响，还能打开才对。而反之则不然，如果机柜里的是网站服务器，当它挂掉了，那么整个网站就都没法打开了。虽然算法服务器还在运行，但因为自己打不开网站，所以也就连不上算法服务器了。即是说，机柜里的那台服务器，确实是IP为10.0.5.1的电脑，它是网站的测试环境服务器。每次打开测试网站的时候，会先进入机柜的服务器，而当用户在测试网站点击抓取数据按钮的时候，又从10.0.5.1跳入到了10.0.5.93这台电脑。那么，10.0.5.93这台电脑……他望了望上锁的总经理室，里面的那台"巨无霸"，就装着能够决定新脑科技生死的抓取算法。

想不到，众里寻他千百度，蓦然回首，那人却在灯火阑珊处啊。

胡威感叹着，边拉下了总闸，顿时，整个办公室都陷入死寂。

他撤走了摄像头前的黑麻袋，合起了配电箱，把那幅装饰画挂了上去。

他出了门，却没有关它，依然虚掩着。

他回头看看，屋里的一切恢复如初，如同今夜没有人来过一般。

你知道昨晚跳闸了吗?

1

胡威到家的时候天已经快亮了,他只睡了两个小时,又匆匆地出门,守在公司楼下一角。

"早啊,莫飞。"胡威拍了下莫飞。

莫飞扭过头:"哎,胡威,这么巧?"莫飞看看四周,"你从哪儿冒出来的?"

"我刚刚在那边吃饭。"他指了指远处的早点摊。

"我怎么没注意到那儿还有个卖早点的,早知道就在这里吃了。"莫飞纳闷儿,似乎这个卖早点的是和胡威一起凭空冒出来的。

两个人默默无声地走进了电梯间:"你今天怎么来这么早?"莫飞问。

"早上起猛了。"他耸耸肩,又打了个哈欠,"不过最近确实睡不安稳。"

"唉。"莫飞想说点儿什么,却欲言又止,只得安慰道,"辛苦你了。等这一版软件说明书写完就能歇一歇了。这个跟福通地产的活儿比较关键,我知道你写得很辛苦,也很枯燥。但毕竟这是公司的项目……"

"没事。"胡威止住他的话,他看着电梯的按键,意味深长地说,"反正……就快结束了。"

胡威先打开了门。

二人进入公司后,胡威看了下,还没有人来。他本不想到这么早的,但没办法,自己昨晚走的时候并没有关公司的大门。没关门的原因不是他忘了,而是他担心这个走物业电路的电子门锁也有开关门记录。

如果回头莫飞查起记录,发现公司的大门在凌晨四点才关掉,这就太诡异了。所以,他要第一个来,而且要当着莫飞的面把公司的门打开才行。

更重要的是,昨晚自己屄得稀里糊涂,现在想来,他甚至都记不清到底做了什么。那偷偷摸摸发生的一切,好像是场梦,而在这场梦里,他极有可能忙中出错,留下什么疏漏。

千万别被他发现什么——他看着莫飞的背影,暗自地想。

莫飞没注意到身后的这双眼睛,他晃了晃鼠标:"奇怪,电脑怎么关机了?"

"是不是跳闸了?"胡威忙说,他拿着自己的笔记本给莫飞看,"你瞅瞅,我的也没电了。"

此时,又陆陆续续走进来几个员工。他们坐下后,一如往常地开机工作:"奇怪,电脑怎么开不开了?"

"你们的电脑也没电?"莫飞扭过身子问。

他们点点头。

"我去看看啊。"莫飞说着便走到前台,他打开配电箱,"还真是,总闸都落了。谁用了什么高功率的电器导致跳闸了吧?"他把电闸推了起来,朝胡威喊去,"老胡,你看看,现在有电吗?"

"有了有了。"他配合。

"看来,昨天晚上跳闸了。可能是谁下班在公司热饭了吧。"他边嘟囔着边走了回来,"我记得前两天有人说咱们公司的微波炉漏电来着。"

他坐下后,再次按了电源,开了。

"你最近都没睡好吧?"他边盯着系统启动画面,边问胡威。

胡威闭目养神,眼都没睁地说:"还行。"

"再坚持坚持。"莫飞又祥林嫂附身,试图继续宽慰他,"这个月就是咱们跟福通地产的发布会了,熬完了我们就能放松放松了。"

胡威只是笑笑,并没有把这话当真。他知道,虽然莫飞嘴上这么说,但哪怕发布会真结束了，自己的枯燥无味的工作依然好不到哪儿去，毕竟这套说辞已经讲了快俩月了。系统改了一版又一版，说明书也跟着变了一版又一版。时至今日，自己从最开始的抵触，到中间的恶心，再到现在"吐着吐着吐习惯"了，这噩梦一样的生活，他无数次地想过要放弃——算了，他又在心里自我安慰了一次：就快熬到头了。

胡威坐在电脑前，打着哈欠，一一核对着软件说明书的内容，终于熬到了下午。就在他仍琢磨找个什么借口去总经理室时，何小婉忽然打开了门，她朝胡威挥挥手："威哥，来我办公室一下呗。"

胡威边说好，边轻轻从包里翻出了彭剑给他的U盘。

他握着那个U盘，走进了总经理室。

他下意识地抬头看了看天花板上的监控，发现它一如既往地悠悠闪着绿色的指示灯光。

"这个是福通地产给咱们发的宣传通稿，还挺长的。"何小婉指着屏幕说，"我想再润色一下，发咱们网站上做个预热，我早上改了些，但感觉还有点儿问题，你帮我看看呗。"

"我瞅瞅。"胡威说着，站到了何小婉身后，一字一句地看了起来。

看了一会儿，他忽然竖起了耳朵："小婉，你这办公室里有什么东西在嗡嗡响？"说着，他顺着声音低头找去，"好像是机箱？"他摸了下，立刻又把手缩了回来，"这么烫？"

"别提了。"何小婉说，"都是莫飞那个浑蛋，非说我电脑里有什么重要的程序在运行，不让我关。这不，长时间不关机，就又吵又烫。现在我坐在这办公室里，都觉得自己像个烧锅炉的！"她又叹了口气，"也都怪我，贪什么便宜，非要用这'巨无霸'，真是聪明反被聪明误。没想到莫飞还有这一手。"说着，她更来气，便踢了一脚"巨无霸"，骂道，"这哪是什么电脑啊，分明就是台发电机！"

胡威被她逗笑了:"你啊,别抱怨了。一会儿我找莫飞申请台新的笔记本,回头偷偷拿给你用,然后再找人把这'巨无霸'给抬到外面去,你不就清静了。"

"行啊行啊!"何小婉乐了,"但你别告诉他是给我用的啊,不然他肯定又要骂我了。"

"你放心。威哥什么时候坑过你。"胡威说着,又问,"莫飞呢?我这就找他去。"

"跟我哥出去了,说是见福通地产的人,一会儿咱们改完的这个通稿我也得发给他看。"

"好吧。"胡威说着,又字斟句酌地看了起来,"小婉你看,这儿有几个错别字,语句也不通顺,但总的没太大问题,不过……我还得再仔细看看。"

见他一时半会儿弄不完,何小婉只好把椅子让给他:"这样吧威哥,你坐我这儿改,我去楼下咖啡馆透透气。"她伸了个懒腰,"这破东西,一整天嗡嗡响个不停,振得我脑仁儿疼!威哥,你改完了帮我存桌面上吧,一会儿我带喝的给你。"

"去吧去吧。"胡威头都不抬地朝何小婉挥挥手。

何小婉并没有关门,胡威看见她走进公共办公区,跟几个人聊了会儿天后,又和另一个女孩一起出去了。确认她不在公司后,胡威对着屏幕,假惺惺地改起了文章。改了一会儿,他装模作样地躺在椅子上揉起了眼睛。他边揉边用余光观察起了脚边的布置:主机在左脚旁边,电源线从主机屁股后面伸出来,插在一个长长的接线板上,接线板的外侧有个开关,现在亮着,如果把它按下,电源就会断掉。

他想着,扫了眼监控,又把目光收回到屏幕上,他往里拉了拉椅子,看似在调整坐姿,却偷偷地把脚伸了过去,踩下了接线板的开关。

"嗡"的一声,他眼前的屏幕一黑,"巨无霸"瞬间安静。

——关机了。

2

他没有动，依然坐在屏幕前，装作什么都没发生的样子，静静地等着外面的反应。

果不其然，一分钟后，外面有个码农忽然开始高声抱怨："喂喂喂，怎么跑不通了？"

另一个也纳闷儿："对啊，网站好的，但是抓不到数据了，显示服务器连接失败！"

"我这边也是！"另一个狠狠拍了下键盘，"刚测了一半的数据，怎么就断了？"

"算法服务器挂了吗？何总呢？"有人喊了起来。

"何总出去了。"

"那怎么办？这下午还得干活儿呢！谁去把算法服务器修一下？"

"你知道算法服务器在哪儿吗？修个屁啊？"其中一个抱怨。

眼看众码农动静越来越大，甚至有人准备给小婉打电话了，他立即又偷偷用脚按下了开关，又用左腿膝盖敲了下主机上的电源按钮，半分钟后，屏幕闪过无数个英文对话框后，开机了。

过了会儿，有个码农刷新了下页面："哎，好了！"

"还真是。"另一个说，"又能抓数据了。"

"连上了？"有人还不确定。

"连上了，连上了。"那人忙说，"确实是好了，看来服务器刚刚是抽风了。"

胡威坐在总经理室内，耍猴一样地看着众码农。他又扬了扬嘴角——看来，新脑的算法服务器就是自己眼前的这台"巨无霸"了——它就是10.0.5.93。

接下来，就是找核心算法了。他边想边翻了起来，他点开无数个文件夹，却发现都只是何小婉下载的电影视频。算法会在哪里呢？刚刚开机时闪过了几个英文的对话框，胡威什么都没做，系统就自动运行了，说明算法是自动启动的，这种东西一般都是在 C 盘吧？上次何阳给胡威演示的文件夹结构是……htdocs 目录下，那些文件虽然看起来很复杂，但如果找到这个目录，他应该能认得出。他搜了搜，果真在 C 盘。

可是，怎么拷呢？他又看看头顶的监控，就这样蹲下面去插 U 盘，那不是找死吗？

想着，他看到何小婉桌上的那沓厚厚的文件。这些是什么？怎么刚没注意到，要不是这破监控，他真想好好翻翻那些是什么，有没有什么机密。记者的老毛病又犯了。他苦笑，现在可不是好奇的时候。他把显示器往后推了推，做出调整角度的样子，用另一只胳膊扳着显示器的支架，扳着扳着，他一个不小心，推倒了那沓文件。

于是，他赶忙起身去捡文件。他蹲在地上，一张一张地拿起来，他用文件挡住了另一只手，而那只被挡住的手，悄悄地伸向了主机箱，把彭剑给的 U 盘插了上去。

三分钟后，数据拷完了。他看看门外，何小婉还没有回来。

他把改好的文章保存到电脑桌面，然后起身打算离开。走的时候，忽然发现地上还落着几份文件，他只好又蹲下去捡，趁着捡文件的当口，又在那个 U 盘上扳了一下。他走回来，把桌上的那些凌乱的文件又整理了下，边整理，边看向电脑，可移动磁盘的标志不见了，看来已经切换成键盘记录器了。

他想，幸好有彭剑给的小小的两用 U 盘，如果让他自己想办法，这如此一插一拔，风险实在太大了。

真是流程越多，bug 越多。

这话真没错。

他刚走出总经理室，何小婉就提着一杯咖啡向他走来："给你的，威哥。"

胡威接过咖啡："文章写好了，就在桌面上存着，你去看看吧。"

"不看啦不看啦。"何小婉转过身子，"威哥办事，我放心！"说着，她坐到桌前，"我这就发给莫飞。"

三天后，胡威拿出一款新的笔记本，走进了总经理办公室："小婉，来，这是给你的笔记本电脑，又轻又薄，散热还好。这可比那个'巨无霸'强多了。"

何小婉接过后，看了一眼就满心欢喜："真的好薄啊！威哥你对我真好！"

"你啊，就是嘴甜。"胡威做出宠溺的表情，"来，我给你充上电试试。"说着，他蹲下去，拿着电源线，插在了何小婉脚下的接线板上，并趁机拔掉了主机屁股后面的键盘记录器。

就这样，所有的数据都到手了。

不费吹灰之力。

3

中关村，上地七街，天创科技办公室。

"拿到了？"彭剑问。

胡威并没有急着答复，他看了下表："王杰森呢？"

"王总有个会，今天不来。"彭剑解释道，"你把你拿到的东西给我就行了。"

胡威显然并不相信他："我要的东西，你带来了吗？"

彭剑拍了拍身后的包："放心，在这里。"

胡威犹豫了下，见也没有别的办法，只好把手中的U盘递给了他。

彭剑接过后，并不急着验证数据，只是从办公桌里取出来一台全新的笔记本电脑，他拆开包装后，通电开机，确认这电脑里没有任何自己的隐私数据，才把U盘插了上去。

"够谨慎的啊。"胡威嘴角露出一丝嘲讽的冷笑，"怎么，担心我在U盘里做手脚？给你植入个病毒木马什么的？"

彭剑也笑笑："小心驶得万年船。"

半小时后，胡威等得有点儿不耐烦了："你看完了吗？那个电脑里面就这些东西？"

"全看完肯定不可能，这得花点儿时间消化。"他敲着鼠标说，"不过，基本上就这些了，我得看看怎么部署一下，好在咱们的服务器里跑起来。"

"咱们？我可没说要当你们的人。"

"不愿意？呵呵，你既然已踏上了这条路，就没办法回头了。"

"少废话了。"他冷冷说道，"把东西给我吧。我拿到后，咱们两清。"

听到胡威的催促，彭剑只好抬起笔记本电脑，把下面压着的文件袋抽了出来。胡威接过后扫了眼："怎么就一份？说好的可是两份。"

"别急。"彭剑意味深长地看向胡威，"你的工作还没完呢。"

"怎么，想变卦？"胡威攥紧了拳头，"不是已经把东西给你了吗？耍我呢？"

"淡定点儿。"彭剑安抚道，"你给的这些代码还需要点儿时间验证。毕竟，我可说不好你是不是随便拷了点儿加密的文档给我。"他又指了指插在自己电脑上的U盘，"我虽然编译这些源码需要点儿时间，但我能根据这些推断出大体的服务器环境和数据库结构。依据这些，我会写一个针对新脑的后门程序。三天后，你再来，把这个U盘拿回去，将我写好的后门程序放回到新脑的服务器里，跟那些算法文件混在一起，以便我通过后门程序遥控新脑。而且……这样，你还能再收集更多的键盘操作记录，这些记录，对我们分析新脑的代码，也至关重要。"

"后门？"胡威忽然明白了彭剑的意图，"你不光是要拿到新脑的算法，还打算直接毁掉他们?"

"没区别的。"彭剑摇了摇头,"当你把这算法给我时,新脑就已经要玩完了,我只是在加速这个过程罢了。"他指着电脑,又说,"何阳的程序我需要花点儿时间研究,但是新脑跟福通地产的发布会马上就要开始了,我要在那天的发布会上,通过这个后门程序亲手破坏新脑的后台,毁掉他们的演示。"

"太过分了!"胡威怒道,"你这就是在耍我,这么做,我的风险太大了!"

"你骂我也没用。"彭剑强调,"这些都是王总的意思。你知道,王总跟UST的人向来不对付,他发誓,必须要在这场发布会中扳回一局。而你……"他看向胡威,"你现在,没得选。"

"你放心,胡威。"他又说,"当你下次把U盘送来的时候,定会得到你想要的一切。"

4

三天后,胡威又一次从彭剑手中拿到了这个该死的U盘。他揣着它,犹如带着一颗定时炸弹,扔也不得留也不得,只能一路骂骂咧咧地回到了新脑的办公室。刚坐下,却听见何小婉和莫飞在总经理室吵架。

"莫飞你浑蛋!为什么要把这些乱七八糟的东西放到我办公室!"

"哎呀,别生气嘛,这不工位不够了嘛。"

"就算没地方了,那也不能把这些都放我办公室吧?"

"怎么了你们?"他刚要劝架,却看见何小婉办公室里堆着乱七八糟的纸箱、桌椅和电脑配件,"这些东西放这儿干吗?"

"威哥你看,是不是很过分!莫飞要把这些破烂儿放到我办公室,我这儿又不是杂物间!"

"胡威你别老向着她啊。"莫飞指着那堆破烂儿说，"这些东西实在是没地儿放了，扔还不能扔。咱公司就她这儿宽敞。"

"现在嫌屋子小了，早干吗去了！我当初就说租它一整层，是谁小气抠门儿，死挡活拦不让的！你现在把我这儿搞得跟垃圾场一样，回头客户看见了，不笑话咱们吗？"

"算了吧，你在这儿办公几个月了。除了你的那些小姐妹外，有过一个客户来见你吗？"

"小姐妹怎么了，看不起我的那些朋友啊？"她用胳膊捅了下莫飞，"哟，还是你看上了哪个不好意思说？怎么，有贼心没贼胆啊？"

莫飞赶忙解释："怎么又胡搅蛮缠起来了？别以为你威哥在，我就不敢打你了啊！"

"胡搅蛮缠怎么了？有种你动我一个试试。"何小婉开始耍横。

"我说……"莫飞挽起衣袖，真准备动手。

"行了行了，你们俩。"胡威试图做和事佬，"莫飞，你这样确实不合适，再怎么说小婉这儿也是咱公司的脸面，这么乱糟糟的，确实不像样。"他又各打三十大板，"小婉你也别闹了。莫飞哪是你说的那种人。外面那么多员工听着呢，影响多不好。"他提出解决方案，"这样吧，我去找装修公司来，给屋子打个隔断，把这块儿单独隔出来，再开个小门，做成个储藏室。一来东西也有地儿放了，二来看着也美观，可以吧？"知道莫飞心疼钱，他又解释，"这也花不了多少钱，用三合板打隔断，顶多一千块不到，而且两三天就能弄好。"

"还是威哥考虑周到！"何小婉挽着胡威的胳膊，笑了起来，"对了威哥，你来看看，你上次送我的电脑要序列号激活，你帮我看看有什么办法呗。"

见胡威的话说得滴水不漏，莫飞也只好答应，他又提醒："胡威，可别乱给小婉电脑里装盗版软件啊，UST那边的律师会查的。"他指着那台"巨无霸"，

"那机器里面应该有些软件的安装包和序列号，都是咱们买过授权的，你找找吧。"说着，他又看了眼这乱糟糟的屋子，"那我就走了啊，这烂摊子就交给你们了，我出去几天。"

"干吗去？"胡威问。

"跟福通地产的人进行最后一次的系统演示，我跟何阳可能要在他们公司待上一两天。"他又看向何小婉，"小婉，你可记得30日的发布会啊。今天都25日了，还剩下不到一周的时间。你收收心，该准备的赶紧去准备。"

"知道知道了，快走吧。"何小婉敷衍着，"哎，对了！莫飞，别忘了你答应我的事情啊。"

"啥事？"

"我要在发布会上唱歌！"

"拉倒吧，就你那破锣嗓子，唱什么歌啊，跟鬼哭狼嚎一样。"

何小婉又要发作，胡威忙拉着她，冲莫飞摆手道："成了成了，公司交给我们，你尽管放心，去忙你的事情吧。"

莫飞走后，胡威脱下了外套，开始收拾一屋的杂物。何小婉见状，忙帮手道："威哥，威哥，我来吧。"

他忙推开何小婉："你一个小姑娘就别干这活儿了，去歇着吧，反正我的说明书也写完了，最近都没我什么事了。我安排人把这隔断给你打完，一会儿再给你看看电脑。"说着，他又问何小婉，"对了，发布会的酒店你要不要再去看一眼？那个可比打隔断重要。"

被他一提醒，何小婉恍然大悟："对啊对啊，我得去盯下这个事，这就剩一星期了，要是发布会当天出什么岔子，莫飞不得当场吃了我！"她说风就是雨，拿起包转身就要走，"威哥，那我走了啊，我再去酒店看一眼，下午跟会展公司的人再碰碰方案，这儿就交给你了啊。"

"去吧去吧，这儿有我，出不了什么岔子。"胡威边搬着箱子，边翻出手机给装修公司打电话。他垒起了几个箱子，挡在主机箱前，偷偷地又一次把U盘插了上去。

下午，装修公司的人来了，他打开何小婉的电脑，在网上给他们查着施工方案，同时把U盘里彭剑做好的后门程序拷到了新脑的服务器中。

之后，他又趁着工人量房的时机，按下了U盘上的开关，切换成了键盘记录器模式。

三天后，工人把隔断安装完毕，还在中间开了一个小门。何小婉来回地开关着门，满意地说："又好又快，威哥你真棒!"

胡威笑笑，趁着工人收拾建筑垃圾，他又拔掉了U盘。

他看着新打的隔断，拍了拍手，说："好了，这次算是彻底完工了。"

游戏结束，是谁把CTO送进了监狱？

1

30日，新脑科技和福通地产战略合作的新闻发布会。

虽然一夜未眠，但莫飞并不困，他反而很兴奋，甚至还有点儿嗨。他站在演讲台上，望着下面一层一层的环形座椅，感觉浑身上下的每个细胞都在蠢蠢欲动。再过上一个小时，那里就会坐满知名的新闻媒体的记者，他们会把录音笔和摄像机对准演讲台上的自己。他闭上眼睛想象那幅画面，觉得既熟悉又陌生。他又记起了那次把自己拉下神坛的发布会，那个场景简直跟今天一模一样。

没想到时光荏苒，几度轮回，如今自己又要站在这里。

不过上次，他因为别人的陷害，失去了表演的机会，并且还丢掉了一手创办的公司。想到这里，他又隐隐地有点儿不安。

今天，我会重蹈覆辙吗？

会展公司的舞美人员仍在忙碌地测试着镁光灯的亮度和角度，有盏灯忽然射在了莫飞的脸上，照得他睁不开眼睛，他忙用手挡了下。

恍惚之间，他从指缝里看到一个熟悉的身影，那身影很像他早年的一个朋友。

那个人，会是他吗？

发布会的后台，一间不起眼的会议室里，彭剑也早早地坐在了这里。此刻，他正在摆弄一台配置落伍的台式机，桌角放着一只小小的U盘。

他本来不想来的，毕竟胡威已经把后门程序部署到了新脑的服务环境中，自己就算隔着十万八千里，也一样可以远程破坏这场活动。

但谁知今天早上，"王八杰森"忽然打电话要求他亲自到场。他想想也有道理，毕竟自己苦心经营了这一切，设下了如此周密的一个局，如不亲眼看着莫飞再次栽在自己手里，那往后回想起来，多少会有些遗憾。

想着，他又一次地把玩起了这个 U 盘。没想到，如此一个技术含量不高的小东西，竟然能成为自己两次扳倒莫飞的撒手锏。

他本想直接用自己的笔记本电脑，不过可惜，这个会场后台的无线网实在太慢，手机热点又不够稳定，而他手里的这台超极本①又没有网线接口。无奈，他找了几间会议室，才在这里找到了个没人用的台式机。这电脑实在是不争气，性能低劣，配置过时，有时候压根儿就启动不了。他刚刚徒手把它拆开，里里外外地把线都重插了一次，还顺带清理了下风扇的灰。他合上机箱盖，又一次按下了电源按钮，半分钟过后，这台老爷机终于不负众望地启动了。

他拍了拍手上的灰，看了看这间空荡荡的屋子，忽然觉得一切似曾相识。

上次也是这样，莫飞在外面意气风发地准备演讲，自己却在背后处心积虑地谋划着迷局，并要亲眼看着他跳下去。

想象到莫飞再次出糗的模样，他乐了——既然游戏已经进行至此，那么决定胜负的最终一曲，理应由自己亲自奏响。

伴随着慷慨激昂的背景音乐，主持人上台了。他握着话筒刚跟众人打了个招呼，刺耳的电磁声就嗡嗡地从音箱里传了出来，振得彭剑坐立不安。

彭剑忙捂住了耳朵，又看了看表，该莫飞上台了，他紧张地在裤子上抹了抹手上的汗。

---

① Ultrabook，极致轻薄的笔记本产品，即超轻薄笔记本，中文翻译为超"极"本。优点是非常轻薄，便于携带，续航时间长；缺点是因为极致轻薄，所以内部的散热空间很小，所以无法使用高性能的 CPU 与显卡，并且扩展性低。

这一切，就要开始了。

"喂，喂。"那个笨蛋主持人又清了清喉咙，看来，是刚刚那个话筒有问题，换一个就正常了。于是，他高声地喊了起来："我宣布，今天的发布会，现在开始！"

他话音刚落，彭剑就打开了新脑的后台，进入了他早已设好的后门程序，他轻轻地按下了鼠标。

顿时，灯，灭了。

彭剑纳闷儿，奇了怪了，为什么会断电？自己设置的这个后门程序应该只会让服务器短暂宕机才对。可为什么按下它后，自己房间的灯却灭了？

他焦躁地拍了拍眼前的这个大屁股显示器，又踹了主机一脚，这个关键时刻，停什么电啊！

他刚骂完，灯又亮了。

他低着头揉揉眼睛——短暂的黑暗后倏然一亮，让人有点儿不习惯。

他前面好像站着个人？那是谁？什么时候来的？来这里干什么？他怎么知道这房间有人？他又是如何进来的？他站在这里又想做什么？

他又揉揉眼睛，瞳孔终于渐渐聚焦，来人的身影也慢慢清晰了起来。

他定睛看去，那人竟是……

莫飞?!

2

"你不是……应该在外面演讲吗？"彭剑大惊，慌里慌张地从桌上抓起U盘，往兜里塞。

"行了，别藏着了。"莫飞冲他摆摆手，"今天我不是主角，现在是何总在表演。"

"何总？"彭剑脑子里浮现出何阳一脸痴呆的模样，"那个闷油瓶能说出个什么花样来？"

"是何小婉。你听，正没皮没脸地唱歌呢。"

彭剑侧着耳朵听去，果真，外面传来鬼哭狼嚎似的歌声。

"太难听了，这唱的都是什么？"

"确实很难听，不过……"莫飞挑了下眉毛，"你还没告诉我，你为什么会在发布会后台呢。"

"怎么了，不欢迎？"彭剑起身，"那我这就走。"

"别着急啊。"莫飞边说边坐了下来，"既然来了，聊聊吧。"

"聊什么？"彭剑紧张起来。

莫飞把身子凑到彭剑面前："聊你跟胡威的小秘密。"

"你怀疑胡威？"

"不，"莫飞说，"我一开始怀疑的是张克亮。那天，他告诉我说只要我交出算法，他就能保胡威出狱。我本来并不相信他的话，毕竟，就算他再手眼通天，也不可能干涉司法判决。可偏偏，胡威真的就被无罪释放了。为什么？因为李朗被抓了。于是，我就找了家地产公司打听李朗被抓的那间别墅的信息，才发现那栋别墅的房主就是张克亮。所以，一定是张克亮拿到了他要的东西，才把李朗交出去了。那么，他拿到了什么呢？三个月后，一聊SDK在主板上市，上市那天，张克亮也把他那套客服系统开源了，而正是因为它开源，我和何阳才在源代码里找出了端倪。"

"端倪？"彭剑内心一动，"不可能，你没接触过 AI MAKE，我之前在天创科技时写的那些代码都被重构了。"

"正是因为你们进行了重构，才出现了纰漏。"莫飞提醒道，"我在那批代码里面找到了些奇怪的注释，例如一个奇怪的名字——赵光光。"

"小……小赵？"彭剑愣了。

"没错，是天创科技技术部的小赵，也是你的左膀右臂。不过，也存在重名的可能性。后来，我又看到了几个熟悉的名字，我对着天创科技的内部通讯录挨个看了看，才发现，竟然都是我认识的人。你们以前写代码不爱加注释，我想，分工加注释的习惯，一定也是王杰森要求的吧？"莫飞的头扬了下，又想起来一点，"对了，还有个疏漏。你们竟然用拼音来写变量名，'say'写的是'shuo'，连'test'都写成了'ceshi'，这种命名方式，一看就知道是你们的人干的。太low了，哈哈哈。"笑话完彭剑，他下结论，"所以，如果是张克亮拿了你们人工智能的代码，以这个作为交易而放了胡威，那么，你们救胡威是为了什么呢？自然能推断出是冲着算法来的。毕竟，凭胡威的资质和他已经到手的股份，他随随便便地去找个工作就行，没必要非得待在公司写无聊的软件说明书。"

彭剑被他说得脸色一阵惨白，他闭着眼睛靠在椅背上想了想，只好又悠悠地抬起了头："你是从什么时候开始怀疑胡威的？"

"那天早上，他跟我一起到的公司。刚坐下，我发现我的电脑关机了，胡威就说，可能是昨晚跳闸了。"

莫飞皱了下眉头："这很不正常。为什么他只看到一台电脑关机，就能推断出公司跳闸了？也可能只是我电脑过热死机罢了。直到确认其他员工的电脑也关了机，我才敢肯定，真的是跳闸了。当然，这还不足以让人起疑心。毕竟他做得很干净。我查了视频监控和网络日志，都没发现问题。但有一件事你们都不知道——胡威偷算法的那天晚上，何阳安排了技术部的两个新员工，让他们各自写个小程序，开着电脑通宵跑数据。同一批数据，看谁的跑得快。你说，是不是一个挺无聊的比赛？结果数据跑了一半，中断了——第二天他们回溯了数据日志才发现，一个人电脑里的数据中断时间要比另一个人的晚五分钟——这是不是很奇怪？因为，如果是跳闸断电的话，那两台机器的中断时间应该是一样的。"

"还有更巧的呢。"莫飞继续讲道，"那天晚上，何阳心血来潮，也在他的机器上写了个程序跑那段数据，想第二天跟他们显摆一下。谁知，他的电脑却是最后一个中断的。他用的是最新款的MacBook Pro，按理说就算跳闸了，用电池再跑上五六个小时不成问题，结果却在深夜三点半时断掉了数据，而在十分钟后，又奇迹般地恢复了，一直到第二天早上八点，才因为电池耗尽而再次关机。你说，这是为什么？"

"肯定是有人动了这台电脑，后来又把它打开了，否则，哪个系统自动重启，能重启个十分钟的？也是从那时候起，我就断定有人在捣鬼。而我们这个小公司，最重要的东西是什么呢？"他自问自答道，"当然就是我们赖以为生的数据抓取算法了，而那段源代码部署在何小婉的电脑里。于是，我又去看了监控，我发现胡威确实去过几次总经理室。有一次，他推倒了一摞文件。当时我就想，如果我是他，我会不会去看那些文件？毕竟人总会有好奇心，而且他又是个记者——可他并没有看，只是迅速地把它们整理了起来。也因此，我判断他心里有鬼。我便又仔细观察了那台主机，发现它上面多了一个接收器。何小婉的工作站用的都是有线键盘，涉及不到无线接收器，那么，这个接收器是做什么的呢？我只好找了个硬件工程师把它拆了，才发现那是个U盘，但可惜里面的数据被加密了，所以内容我就无从知晓，为了不打草惊蛇，我只好又把它插回去了。"

莫飞指了指彭剑的裤兜："看你今天的样子，想必胡威是得逞了，他把何小婉电脑里的那部分算法偷走并拷给了你，但可惜，你拿到只是其中一部分。何阳后来对算法进行过拆分，把配置文件单独拆出来了，而算法的配置文件在我的电脑里。没有那些文件，算法也运行不起来。"

"不可能。"彭剑断言，"胡威说关了你的电脑之后，那段算法还能跑得通，如果配置文件分散在了你的电脑中，那应该跑不通才对。"

"是啊，你有想过为什么吗？"

"为什么？"

"因为缓存。"莫飞说，"为了提高运算效率，我们在浏览器里做了本地缓存。又为了保证数据的更新频率，所以设置缓存时间为一分钟。在这一分钟内，查询同样数据，程序是不会再请求服务器的，而直接通过JS读取本地数据。这也就解释了胡威为什么关了我的电脑后，数据还能跑通的原因，其实——他那时候跑的已经是电脑里的数据了。"

"所以，他才判断算法不在我的电脑里。"说着，莫飞又无所谓地摊摊手，"不过给你也就给了。因为这是万无一失的办法，胡威要么从我电脑里偷走配置文件，要么从何小婉电脑里偷走算法程序，除非有人能想到这二者需要合一才可以使用，否则，偷走哪一方都不能独立运行。"

"好吧，算你厉害。"彭剑做了个无奈的表情，却又事不关己地说，"那你打算把胡威怎么办？他可是你最好的朋友。"

"最好的朋友？"莫飞看着彭剑的脸，苦苦笑道，"你也曾经是我最好的朋友，可你还不是一样背叛并陷害了我吗？"

莫飞的这话却让彭剑觉得好笑，他抖了抖嘴角，冷冷地"哼"了一声，无动于衷。

见他没有接话，莫飞只好收起了笑容："彭剑，你不要以为这事你没有出面就可以不了了之，我警告你，我手上，可是有能让你进监狱的证据。"

"证据？"彭剑下意识地把身子往后收了收，他用力捏了捏裤兜里的U盘，狠狠怒视莫飞，"你对我做了什么？"

"别紧张。"莫飞安慰他，"彭剑，你不知道吧，我两个月前给你父亲打过电话，本来是想给他老人家寄点儿钱的。结果，你父亲告诉我说他不缺钱，说你让他跟着你弟弟一起炒股票，赚了不少钱。我当时就好奇你怎么会懂股票，后来，我问了你父亲那几只股票的名称，才知道——原来那些都是王杰森的家族公司的股票。"

莫飞从兜里拿出一个小东西，放在桌上："苏珊曾经讲过，王杰森跟他家里的关系不好，但他不缺钱，所以，他应该不屑于跟你合谋干这种事，最有可能的就是，你偷看了他的文件，利用内幕消息炒股。那你是用什么手段做到的呢？于是，我联想到我是如何被你清退出天创科技的。那天，你对我电脑里的文件如数家珍，我才终于明白了——经常出现在服务器后面的那个U盘，或许就是解开谜题的钥匙。"

"你掉包了它?!"彭剑不可置信。

"是，我推断那东西不光是个U盘，应该还是个键盘记录器。于是，我找硬件工程师照着它做了个一模一样的U盘，并把里面你加密过的数据原封不动地拷了过去。你猜猜，我花了多少钱？二百块钱的成本！逗不逗？没想到它的技术含量竟然这么低！后来，胡威拿着这个U盘把新脑的算法给了你，还记录了何小婉的QQ号密码，我就想问问你——她的QQ好不好玩？

"你为了拷贝我的键盘记录数据，于是，就把那个U盘插在了你的电脑上，而当你这么做的时候，却又把你的个人隐私泄露给了我。

"好了，最后一步就是如何再让我拿到那个U盘，从而得到你的键盘记录。我本来是想找个人去你办公室偷的，结果，你过分贪婪，计划对我赶尽杀绝，拿到算法之后还不罢休，竟妄想在新脑系统里植入后门。所以，当我再次看见那个U盘出现时，我就知道，你输定了。"

彭剑没有再说话，他咬着嘴唇，低着头，额间沁出些许冷汗，眼神有点儿绝望。

"你猜猜，我通过那个键盘记录器，得到了什么？"莫飞咧着嘴说，"彭剑，你很聪明，换了台新电脑，所以并没有被记录下什么隐私，但百密一疏的是……

你用那台电脑登录了你的电子邮箱。于是，我就得到了你的邮箱密码，通过那个密码，我查到了你跟你弟弟往来的电子邮件。你在邮件里附加了从王杰森电脑里偷来的有关王氏集团内部并购案的相关文件，并指使你弟弟提前抛售或追购那些公司的股票。"

"后来，我又想，你家里人哪来那么多炒股的本钱呢？于是，我便试着登了下你的网银，一试，果真和你邮箱密码一样。你猜，我又发现了什么？我打出了你的银行对账单……"他从兜里掏出一张银行对账单，放在桌子上，"彭剑，我就想问问你，王杰森……他知道你挪用了这么多公款吗？"

彭剑顿时火起，他一把撕碎了那张对账单："你别想拿这个吓我！他不在乎！"

"好吧，就算你跟王杰森关系好，他不在乎你挪用这些钱，但……"莫飞压低了声音，"自从胡威那件事之后，我仔细学习了有关经济犯罪的相关法律，我知道了一个罪名，叫"泄露内幕信息罪①"，所以，就算王杰森无所谓你偷的这些文件，但是，国家的公检法机关可不会放过你，毕竟——你可是依据这些内部文件偷摸地赚了不少钱。"

"你把那些东西给了警察?!"他不可思议地瞪大了眼睛。

"你说呢？"莫飞冲他俏皮地眨了眨眼睛。

"你浑蛋!"彭剑终于失去了最后的理智，他一把掀翻了身前的桌子，朝着莫飞的胸口就是狠狠一脚，"你这样会害我一家老小全部进监狱的!"

---

① 《刑法》第一百八十条：内幕交易、泄露内幕信息罪是指证券、期货交易内幕信息的知情人员或者非法获取证券、期货交易内幕信息的人员，在涉及证券的发行，证券、期货交易或者其他对证券、期货交易价格有重大影响的信息尚未公开前，买入或者卖出证券，或者从事与该内幕信息有关的期货交易，或者泄露该信息，或者明示、暗示他人从事上述交易活动，情节严重的行为。

　　莫飞没有躲闪，被他远远地踹倒在地。他不打算还手，索性靠在墙边，怔怔地看着彭剑歇斯底里地做最后的挣扎。

　　彭剑多年来对CEO积压的仇恨，终于如火山一样喷发了。他用青筋暴起的胳膊提起莫飞的衣领，两眼猩红地看着他："这都是王杰森指使我做的！我只是当了你们的炮灰！"

　　"我知道。"莫飞没有看他，眼神却又一次黯淡了，显然，他并不享受这种胜利的喜悦，顿了顿，他抬起头，看向彭剑，"抱歉了彭剑，你的戏份儿到此为止了。"他迟疑了下，从胸腔里长长地叹出一口气，"你放心，王杰森跟我必有一战！"

3

　　彭剑在发布会没结束时就离开了，他把那只U盘留在了后台。莫飞没有阻拦，只是呆呆地看着他离去的背影，出神地回忆起曾和他一起奋斗的时光。那些片段如今想来记忆犹新，只是几年过去，物是人非。

　　为什么两个曾经为了共同目标走到一起的年轻人，竟会沦落到反目成仇的地步？而那些曾经为了梦想而拼搏的时光，如今变成为了名利而扇向二人的耳光。

　　往事历历在目，但莫飞真说不清，到底是从哪天开始，他们的关系出现了裂痕。

　　第二天下午，警察在彭剑的家里抓捕了他。他并没有反抗，反而穿着一件崭新的熨烫得笔挺的西装，打着他不习惯的领带，如同等待审判的来临。

　　警察并没有在他家搜出什么有价值的资料，看来他都已清得干干净净。

　　临走时，一个实习警察在彭剑的床头柜里找到部黑白屏手机，从里面翻出一条他还没来得及删的短信，显示的发送时间是半小时前：

这三个人太狠了，他们每个人都要弄死我，我哪一个都斗不过。

我就要进去了，可是你要记得，千万不要为我报仇。

警察顺着号码打过去，系统提示此号码已被注销。

4

商场的一条步行街中，奏着欢天喜地的音乐。莫飞听着热闹的歌曲，却皱起了眉头："怎么咱们饭店开业要放《知心爱人》？这是哪个白痴挑的歌？"

田大壮傻傻地笑着："都是何小婉选的音乐，她说她妈妈最喜欢这首歌。"

莫飞又没好气地瞪了田大壮一眼。这家饭店是公司投资的，何小婉既是股东，又是一手操办人，自己还真不好再说些什么。

上个月，田大壮终于从广东学艺归来，他破天荒地向众人露了几手，竟然获得满堂喝彩，尤其是喜欢吃中餐的苏珊，当即就建议田大壮开饭店。

听到苏珊的提议，何小婉听风就是雨的本性又显露无遗，立马就决定用新脑公司的备用金投资给田大壮开店。几个人一拍即合，由苏珊负责选址，田大壮负责招工，何小婉负责投资，轰轰烈烈地就把饭店攒了起来。

这倒又让莫飞很紧张，毕竟这一百多万的投资怎么都得经过大老板的批准。于是，他忐忑地给安先生发了邮件，询问是否可行，结果，五分钟后，安先生直接把电话打了过来。

"你说是谁要开饭店？"

"田大壮，我的一个朋友。您可能不认识，因为他的戏份儿不多。"

"就是那个总在饭店里帮厨、打零工的朋友？"

"对……哎，你们以前认识？"

"哦，不认识，只是知道有这么一个人。地方选好了吗？"

"选好了吧，听何小婉说就在回龙观的一条步行街里，地段还行，价格也不贵。"

"好，钱没问题。你们定好开业的日子告诉我，到时候我也送个花篮。"

挂了电话，莫飞一头雾水。

这个安先生……认识田大壮吗？

因为新脑跟福通地产合作的关系，这家不起眼的广东菜馆开业，竟然也引来了不少新闻媒体的报道，熙熙攘攘地把这条街围得水泄不通。显然，明天又会变成一个头条。不过，这次的新闻通稿并不是由胡威来撰写。

胡威站在他们身后，看着田大壮傻傻的背影。他没想到，这个戏份儿最少的人，却成了跟莫飞一起笑到了最后的人。

那天在目睹了发布会的正常举行之后，他就知道，彭剑失败了。可出乎他意料的是，他并没有等来莫飞的责问，那家伙再没提过彭剑和算法的事情，依然每天跟自己插科打诨地有说有笑，一如往常，好像什么都没发生过。

而莫飞越如往常那样自然，他就越觉得不自然。

他想起在王朔小说里看到的那段话：

> 就像童话中两个贪心人挖地下的财宝，结果挖出一个人的骸骨，虽然迅速埋上了，甚至在上面种了树，栽了花，但两个人心里都清楚地知道底下埋的是什么。看见树，看见花，想的却是地下的那具骸骨。

他知道，如今自己和莫飞的关系，就如同明面上的树和花，看似祥和宁静，但在他们彼此的心里，依然无法忘却"那具阴暗丑陋的骸骨"。

今天很热闹，来了不少达官显贵，就连平时日理万机的徐虎也派人送来了花篮。莫飞忙前忙后地跟每一个有头有脸的人打着招呼。徐虎的人走后，钱坤来了，他用依然浑厚的声音向莫飞祝贺："莫总，你这生意做得够效率的啊，产业扩张得真快，果真——时间就是金钱啊。"

莫飞并没有心思跟他打哈哈，他还在想彭剑的事。他已得知彭剑被抓起来的消息，但他并不知道这是谁干的，自己那天只是吓吓他而已，没有真的报警。

那么，到底是谁把他送进监狱的呢？

5

首都国际机场T3航站楼，王杰森坐在VIP候机区，边嚼着巧克力，边戴着耳机听一段录音。他就知道彭剑不会轻易得手，所以，便提前安排人在后台偷装了窃听器。那段录音他听了很多遍，每听一次都有新的收获。尤其是，当他听到彭剑偷了自己电脑的数据时，他才意识到，那封信是怎么一回事。

那天早上，他的电脑收到一封邮件，发件人未知，但里面的内容他却很熟悉。那是彭剑在和另一个人讨论自己的聊天记录。彭剑在邮件中说了自己很多坏话，并附上了王家并购其他公司的内部决议书——他这才知道，原来彭剑一直偷偷地在监控自己的电脑，并把这些信息出卖给了他人。

他本打算报警，但后来想了下，毕竟Penry跟着自己时也算是忠心耿耿，那些股票买了卖了加起来也没多少钱。他也搞不明白是谁发的这封邮件，担心自己落入圈套，思来想去，最终还是决定放他一马。

"乘坐飞往纽约的CA981次航班的旅客请注意，您乘坐的航班马上就要起飞了，请您速到22号登机口准备登机……Attention please! The flight to New York……"

机场广播响起来了。他从真皮沙发上站起，推着旅行箱，打算登机。刚走没两步，他又从耳机里听到了莫飞最后说的那句话："抱歉了彭剑，你的戏份儿到此为止了。"之后，莫飞又用斩钉截铁的语气强调，"你放心，王杰森跟我必有一战。"

"跟我一战？"他笑笑。

"哼，真有种。行啊，战场是在美国还是在中国？是人工智能还是电子商务？是你跟我之间的战斗，还是UST和王氏集团的对抗？又或者，把福通地产也搅进来？Whatever（不管什么），不管是在哪里，不管你是谁，不管用何种手段，我王杰森，都会用这双手亲自撕碎你们。

"等着吧，Lorraine。

"等着吧，莫飞。

"你们别高兴得太早，因为——

"这只是序幕，不是终章。"

6

飞机从天上飞过，画出一道长长的尾迹云。胡威抬头看了看那架飞机，又想起了那个人临走时给自己的两份文件：一份是加盖了盛世互娱公章的免责声明，另一份是美国BNC新闻集团的入职邀请函。

有了这两份文件，自己就能再次光明正大地当一个记者了。他看向身旁的苏珊，她也正在冲着自己微笑。他刚要用充满爱意的眼神去回应，手机却响了起来。

他拿起手机，竟是一条发件人未知的短信，那上面简单地写了几个字：

他走了。

胡威看后，只回了一个字：

好。

过了一会儿，那边又说：

该我们见见了。

胡威想想，又只回了一个字：

好。

过了一会儿，见那边不再回复，他便把这些短信全部删除。按下删除键的时候，他又想起，自己曾经也是这样偷偷摸摸地删过彭剑的电话。

他现在应该已经在监狱里蹲着了吧？

那个笨蛋，想利用一个U盘来控制自己，结果，却被自己控制，拿到了他电脑里的数据。哼，一个只会写代码的蠢货，竟痴心妄想地跟自己玩游戏。

他不知道吗？在这场名为"零和游戏"的博弈战中，任何一方获得了收益，必定意味着另一方产生了损失。无论胜利的天平倾向哪一方，游戏收益和损失相加总和永远为"零"，这游戏就是一个此消彼长、我生你亡的过程，这也就意味着，游戏的双方永远不存在真正合作的可能。

7

莫飞没有注意到身后的那双眼睛，他的注意力全停留在刚开过来的那辆豪车上面。车停稳后，安先生从车里下来，他一如既往地高大笔直，像个从不慌张的绅士。莫飞忙跑去跟他问好，刚伸出手要握，安先生却摆了摆手，转身打开了另一扇车门，他边开门边提醒莫飞："今天，我的老板Lorraine女士也来了。"

Lorraine？她怎么也来了？

莫飞有点儿忐忑，毕竟是UST的中国区负责人，整天神龙见首不见尾地满世界飞，忙得分分钟几千万，自己一间小小的饭店开业，怎就惊动了她？

车门开了，她从里面缓缓走出，她依然穿着那身丝绸质地的白西装，以及那双黑色透亮的高跟鞋。她边下车边从右手上勾下一根皮筋，束起了头发，绑完后抬起头，冲莫飞笑笑。

她说："莫总好。"

莫飞看到来人，却惊到说不出一句话。

愣了数十秒之后，他才缓缓地叫出了她的名字。

"林……林姿？"

她没有回答，依然在笑。

然后她说："好久不见。"

零和游戏还在继续。

风口游戏永不结束。

（第一季，完）

341

后 记

感谢这个全民创业的时代

动笔写这个故事之前，我一直在处理另一本书——《这世界正在遗忘不改变的人》。书中本来有两个故事，因为种种原因，这两个故事最终没能出现在那本书里。正因如此，我才有了把它们扩展成长篇小说的想法。

在最初的剧情里，没有彭剑和王杰森这样特征极其明显的人物，只是一个纯粹直白的创业故事。因为没有那些勾心斗角的段落，所以写起来飞快。故事线就是莫飞创业，以及如何拿到融资，最后驰骋商场的老派情节。

初稿写完后拿给很多人看，都觉得平淡如水、索然无味。在我苦恼还能再杂糅些什么元素进去时，某天，我跟一个同行聊天，聊到"某创业者被投资人清算，要求其辞去CEO之职，并踢出董事会""某哥们儿创业七年，最终却净身出户"等行业乱象。太阳底下无新事，这种互相算计又相互依附的剧情，每天都不可避免地发生在互联网上。

我当即给出版人发微信，说这些剧情写出来肯定比小说还精彩，于是，才有了"彭剑"这个原故事之外的人物。

在传统的小说或影视剧里，程序员都戴着厚厚的眼镜，呆板沉闷，仿佛重度自闭症加身。其实这种形象是人们对程序员的固有偏见。要知道，在如今IT培训机构泛滥的时代里，写代码的门槛极低，低到任何一个人，只要会敲键盘，再花上一两万块钱，找一个靠谱点儿的培训机构，在里面待上半年，出来后，随随便便地都可以写上几个小程序。

随着行业门槛的降低，程序员的形象也势必会走向多样化，书中，彭剑及何阳这两个人，则是两个极端的"现代程序员"的形象。

虽然故事没有交代，但彭剑是从类似北大青鸟这样的职业培训机构里出来的程序员，从业前并没有编程的经验，天赋不高，且对编程工作没有太多热爱，技术多是在工作中磨炼出来的。

而何阳则代表着另一批程序员。他们不善社交，但天赋极高，热爱编码，不在乎收入，只想做自己喜欢做的事情，甚至，幻想通过键盘和网络来改变世界。

所以，从另一个角度讲，与其说这本书是创业者之间的战斗，倒不如说是两种程序员思想的碰撞。

同德资金老总徐虎"在创业失败的前提下还能赚到钱"的理论，则来自于我曾经接触过的一个投资人。大多数创业者因为看了网上的新闻报道，以为随随便便就能拿到IDG、红杉这样大佬的投资，更以为他们动不动就慷慨解囊，分分钟挥金如土……但现实中，VC不是慈善家，更不是天使——虽然他们被叫作"天使投资人"，但说真的，他们远没有你们想的那么傻白甜——他们只关心眼前利益，想轻轻松松地从他们手里拿到钱……真是想多了。

他们才是整个风口游戏里，最精明的人。

在故事主线中，最大的bug应该还是新脑科技逆天的数据采集算法了。据我所知，在一些细分领域中，已经有些数据采集的公司在做类似的产品了，不过，这种算法在逻辑上虽然行得通，但能不能达到小说中那样近乎变态的抓取效率，还真说不好。

在美剧《硅谷》里，男主理查德开发的Pied Piper，是一款高效率的数据压缩算法，这其实也是剧中的大bug，但要说这种算法现实社会中有没有——当然有，有很多压缩算法都可以实现。现实跟虚构的区别，无非就是具体能压缩到什么程度罢了。例如，把100M的文件压缩到10M可能很正常，但如果能把1G的文件压缩到10M，而且用时一分钟——这就有点儿"不科学"了。

不过我相信，这样的技术迟早会出现，毕竟互联网就是实现不可能的行业。

陈升在《牡丹亭外》唱道："写歌的人假正经，听歌的人最无情。"

其实编故事的人何尝不是如此，作者装模作样地用虚构的剧情，希望令你感同身受。看故事的人随着剧情嬉笑怒骂，合起书后，依然要各走各路，并随着时间冲淡一本书留下的痕迹。

这样挺好。

最后，我要感谢本书的责编。对她来说，这是一本工作量极大的小说，里面有相当多的术语和概念，需要查很多资料并一一做脚注，这是一个跨门槛且繁重的工作，感谢她没有放弃这本书。

吴晓波在《腾讯传》的最后一段特意提到："我们要感谢互联网，在过去的20年里，它如此颠覆性地改变了我们每一个人的人生，也如此深刻地改变着我们这个国家。"

我也想感谢互联网，以及这个时代。在这个时代背景下，互联网给了更多年轻人工作的机会和成功的可能，而这些机会和可能，是超脱于文凭和家庭背景之外的事情。

感谢这个全民创业的时代。

彩　蛋

中美洲，玛雅山脉东部，卡克斯康伯盆地。

他驾驶着快艇，一手握着方向盘，一手拿着电子设备，盯着上面的屏幕发呆。

做这么一个破东西，有那么难吗？无非就是几块电路板接一个LCD（液晶显示器），外面再套个塑料盒子，到底能有多少技术含量？非得折腾这么多年才搞出来？

那帮白痴科学家，无非就是觉得做这个不赚钱，所以没花精力去研究。行啊，嫌这个不赚钱，给你们赚钱的项目，你们搞出来了吗？酒囊饭袋，硬件做不好，连软件也没弄明白，Penry从新脑偷出来的那堆算法源码，你们研究几个月了，竟然告诉我说只看懂了三分之一！

三分之一？怎么不去死？写那个系统的程序员就是个书呆子罢了，你们这帮老油条每年拿着我王家几百万美金的薪资，竟然连几行代码都搞不定。

他擦了把臭汗，又抱怨了起来。这鬼地方潮湿又闷热，难受无比。想到这儿，他猛踩了脚油门，让快艇跑起来，好给他带来一丝凉风。他顺着风抖了抖上衣，稍微舒服了一点儿。

之所以来这里找罪受，全都怪那个Lorraine在吵架时提到了自己的妈妈："你为什么不去寻找被美洲豹撕碎的母亲？"

浑蛋！

他取出块巧克力，塞进嘴里，嚼了起来，试图让自己冷静下来。他看了眼地图，怀疑自己迷了路。要不是之前做过调查，他还真不知道世界上竟然还有个叫

Belize①的小国。Wikipedia②上说这个国家的官方语言是英文，可那个玛雅向导的英语怎么那么烂，跟他沟通只能连蒙带猜。他刚刚说再往前就是什么？The valley of the damned。诅咒之谷？哼，吓唬人，无非就是想管我多要点儿钱罢了，真是孬种。

他擦了擦手，又看向那台设备，屏幕依然一片空白。这东西到底靠谱吗？它真能搜索到那个闪烁了快二十年的GPS信号吗？自己已经找了一星期了，这个搜寻器根本就没有响过。万一是那帮老油条在骗自己怎么办？

他担忧起来，汽油和干粮不知道还够不够，早知道这么远，就多储备点儿东西了。

也不能全怪那帮老油条，他又想，毕竟这么多年过去了，她的那台太阳能GPS定位器到底还能不能工作，还真说不好。假如自己无功而返呢？——他又想起出发前苏珊对自己说的话，"就当旅游散心了"。

散什么心？有这么轻松吗？我找的可是妈妈的尸体！

"唉，算了。"他叹气道，"妈妈死时她才刚出生，她当然对妈妈没什么感情。"

Whatever，已经到这里了，无论前面是诅咒之谷还是死亡之海，都要过去看一看。

快艇就要穿过诅咒之谷，他望了望四周，并没发现什么恐怖的景致，无非还是无穷无尽的热带雨林和没完没了的苍蝇蚊子。这群小东西，生命力真强。想着，他又拍了下胳膊上的蚊子。这时，船体一个趔趄，他发现前方的河道陡然收窄，河水顺着窄窄的河道变得更加湍急。他双手紧紧把住方向盘，生怕翻船。忽

---

① Belize，伯利兹，法文意为航标、灯塔，旧称英属洪都拉斯。伯利兹西北部与墨西哥接壤，西部和南部与危地马拉接壤，东临洪都拉斯湾，与洪都拉斯隔湾相望。

② Wikipedia，维基百科。一部基于互联网、内容开放的全球多语言百科全书，也是目前世界上最大的百科全书。

然，眼前凭空而起一道数层楼高的巨浪，"轰"的一声把他拍晕在船舱里。

"叮叮叮，叮叮叮……"是什么东西在响？真烦人，他又换了个姿势躺了会儿。不对！他意识到——是不是快没油了？难道刚刚那一下把这破船的油舱拍漏了？他忙爬起来看了看仪表盘。奇怪，还有油。那是什么东西在响呢？他四下地翻找起来。翻着翻着，他摸到了手边的那只塑料盒子，竟然是那个GPS搜寻器在响。

找到了？他握着它，激动起来。他忙又启动快艇，围着这片雨林进行搜索。

快了，快了，GPS搜寻器响得越来越急促。

看来就在这一片了。他把船靠近十二点钟方向。

这时，屏幕上忽然有一个小点儿闪动起来！

就是它了！果真在这里！

他忙把船靠岸，纵身从上面跳下，顾不得拿任何东西。他握着那只GPS搜寻器，朝那个小点儿的方向搜寻过去。他穿过一棵一棵高不见顶的巨树，翻过一座座怪石嶙峋的小山，近了，近了，越来越近了。他又跑过一条落满树叶的羊肠小道，掀开与人齐高的灌木丛，马上就到了，就在这里！

就要靠近它了！

忽然！

它动了！

那个GPS在动！

不可能，妈妈都过世快二十年了，她怎么可能爬起来动？这不科学！可它就是在动！那个光点，它早不动晚不动，偏偏就在自己将要遇见它时，动了起来！那个光点的移动速度越来越快！究竟是什么东西，能让一具尸体动了起来?!

他钻过一片浓密的树林，眼看就要追到了。他看到了，就在这里，他看到了，他睁大了眼睛，他看到了，那是……

那是什么?!

读完本书意犹未尽？
诚邀您关注"美读"微信公众号
与众多趣味相投的人一起分享生活之美